Performing Chekhov

チェーホフを
いかに上演するか

ディヴィッド・アレン David Allen
武田 清 訳

而立書房

目次

第4部　イギリスのチェーホフ

装幀・神田昇和

父へ、そして母の思い出に

すべて演技へ至る道は、内面的なものと外面的なものを、
心理的なものと身体的なものを結びつけることだ。

マイク・アルフレッズ

チェーホフをいかに上演するか

Performing Chekhov

by David Allen

著者まえがき

本書は、上演されたチェーホフ戯曲についての完全な上演史研究ではない。その代わりに、しばしば論争を引き起こした重要ないくつかの演出に焦点をしぼることで、チェーホフ戯曲上演についての手がかりとなる論点と討論をいくつか明らかにしている、と思う。私はできる限り、一次資料（実際に上演にたずさわった演出家や俳優や舞台美術家たちへのインタヴュー）へさかのぼって、チェーホフの作品についての彼らのアイディアを明らかにし、これらのアイディアがいかに具体化されたかを示そうとした。

本書は、イギリスにおけるチェーホフについて書いた博士論文（「何も起こらない：イギリス演劇におけるチェーホフ一九〇九～一九九六」、バーミンガム大学、一九九六年）が始まりである。指導教授だったジェリー・マッカーシー教授とジョエル・カプラン教授へ感謝を捧げる。また、ブリティッシュ・アカデミーとブリティッシュ・カウンシルには奨学金をいただき、論文を完成させると同時に、モスクワで研究をすることができたことを感謝している。また、ウォルヴァーハンプトン大学には、サバティカル休暇をいただき、本書を執筆できたことを感謝したい。

本書の第4部（イギリスのチェーホフ）には、「ニュー・シアター・クウォータリー」に掲載された以下の論文が含まれている（第二巻、第八号の「限りない深さを探究する：マイク・アルフレッズのチェーホフ演出」および第五巻、第十七号の「ジョナサン・ミラーがチェーホフを演出する」）。

はじめに

一八九六年、サンクト・ペテルブルグにおけるチェーホフの戯曲『かもめ』の初演は大失敗だった。アレクサンドリンスキー劇場の観客たちは、嘲り、野次り、笑い声をとどろかせた。観客の一人が「なんてナンセンスなんだ」と声に出して言った。「この劇場の演出家には驚いたもんだ」と別の観客が息まいた。「どうやったらあんながらくたを舞台にかけられるのか」(1)。翌日の新聞の劇評はこう結論を下した、「『かもめ』は死んでしまった。観客全員一人残らず非難する声が殺したのだ。まるで数万匹のミツバチ、スズメバチ、マルハナバチで客席が一杯のようだった――非難の声はそれほど強く、悪意に満ちていた」(2)。チェーホフは打ちひしがれた。友人のアレクセイ・スヴォーリンが回想している。

午前一時に彼の妹が私の家に訪ねて来て、兄はどこにいるだろうかとたずねた。彼女は動揺していた。……彼はどこにも見つからなかった。チェーホフは二時に私を訪ねて来た。私は彼を迎えに出て、たずねた。

「どこにいたんです?」

「街を歩きまわって、しばらく座っていました。あの芝居には何て言ったらいいか分かりません。あと七百年生きるとしても、もう劇場には決して戯曲は渡しません。もうたくさんです。演劇の世界では、私は失敗しました[3]」。

アレクサンドリンスキー劇場での、初演の夜の観客たちの敵意は、通常、上演の特別な事情のせいにされている。戯曲はたった八回稽古されただけで上演され、俳優たちはほとんど台詞が分かっていなかったのだ。さらに、戯曲は人気喜劇女優エリザヴェータ・レフケーエワが彼女の慈善興行のために選んだものだった。客席はお気に入りの喜劇女優による軽い娯楽の夕べを期待していた彼女の崇拝者で埋められていた。『かもめ』を選んだのは時宜にかなった選択ではなかったし、レフケーエワ自身はこの戯曲に出演してもいなかった。したがって、事情は確かに味方しなかったのだ。だが、ロシアの批評家たちは上演よりもむしろ「戯曲」を一斉に攻撃した。「ペテルブルグ小新聞」は、「この戯曲は表現が非常にまずく、組み立てが下手で、その内容は実に風変わり、あるいはむしろ内容が何もなく、……お粗末な戯曲形式による一種の混乱である[4]」と論じた。スヴォーリンでさえ、この戯曲には当惑させられた。彼が日記に書いているように、内容には「ほとんど行動がなく、各場面には演劇的に面白い展開が欠けており、大半が生活のささいなことに費やされている[5]」と思われたのである。

チェーホフの作品がこんなに人気を得ている今日では、『かもめ』がかつてこんなにも論議を引き起こしたことは、ほとんど不可解に思える。それほどのショックを与えたのは、作者が基本的な「戯曲の諸法則」を、「最も初歩的な舞台の要求[6]」をはっきりと無視したことだった。きわめて重要なことは、彼の作品が「通常の意味での行動をほとんど何も持っていない、すなわち次々と起こるきわめて演劇的な事件の急速な動き[7]」を持っていないと思われたことだ。彼の初期の戯曲である『森の精』

が一八八九年にアレクサンドリンスキー劇場に提供されたとき、「行動」が明らかに欠けていることと「退屈な」対話を理由に、上演を断られていた。この戯曲は結局、モスクワのアブラーモワ劇場で上演された。ある批評家はこう不平をもらした、戯曲の中の「行動」はすべて食べることだけで、登場人物たちは「始終、休む間もなくしゃべり……ひょいと頭に浮かんだことを全部話している」だけだ。他の批評家は、戯曲に「事件」が全然なくて、「実に長たらしくて退屈な」家庭内の会話の塊の中に混ぜこまれた「出来事」の描写があるだけだ、と言った。[8]「何にも起こらない」という同じ批評がくり返しチェーホフの作品に関して行われた（今も時々行われる）。戯曲とは、定義によれば、「行動」という意味だ。観客は「何かが起こるのを観に」[9]劇場に通ったのだ。だから、劇作家はできるだけたくさんのわくわくするような行動を示して見せることを強いられた。

一八三七年、ゴーゴリは、ロシア演劇が異常な事件でいっぱいのメロドラマに支配されていることを嘆いた

風変わりなことが現代の戯曲の主題となった。肝心なことは、全く新しくて全く風変わりな、これまで聞いたことも見たこともない事件を物語ることだ。殺人、火災、最も残酷な情熱、つまり現代の社会には全く存在しないこと。……絞首刑の執行人、毒薬――効果、永遠に続く効果だ。天才だけができる、と彼は結論づけた、「日常われわれを取り巻いている、われわれから切り離せ

ない、ありふれたことすべてをつかむのは、――その一方で凡人は両手で尋常ならざるもの、例外的なものすべてをひっつかみ、その醜悪さでわれわれを驚かすのだ」(10)。同じように、チェーホフは同時代の劇作家たちを、彼らが外面的な行動ときわどい演劇的な事件を愛していると言って攻撃した。戯曲は、「実に恐ろしく、哀れで不愉快な、まったく目もくらむような」ことですべていっぱいになっていた。「主人公や女主人公は断崖絶壁から身を投げて溺れ、銃で自殺し、首を吊り、あるいは最も完璧な医学書にも出ていないような恐ろしい病気で死ぬのだ」(11)。チェーホフは大変うまく言ってのけた。

現実の生活では、人々はお互いに銃で撃ったり、首を吊ったり、愛を告白するのにいつも時間を費やしてはいない。彼らは気のきいたことを言うのにいつも時間を使っているわけではない。むしろ、彼らは食べ、飲み、いちゃつき、くだらないことを話している。だから、舞台の上に見られるべきなのはそういうことだ。書かなければならない戯曲は、その中で人々が行ったり来たりし、食べたり、お天気のことを話したり、トランプで遊んだりする戯曲だ。そしてそれは、作者がそうしたいからではなく、それが現実の生活で起こることだからだ。……これは自然主義やリアリズムの問題ではない。そんな制限の中にとどまる必要はないのだ。必要なのは生活がそのまま正確に、人々がそのまま正確に、誇張されずに示されることだ(12)。

さらに一八八九年に、彼はイリヤ・グールリャンドにこう語った。「舞台上のすべてのことを、生活におけるのとちょうど同じように、複雑かつ単純にしてみるといい。人々は食べ、ただ食べ、それと同時に、彼らの幸福は決定されたか、あるいは彼らの生活が崩壊したのだ」[13]。これは戯曲における「異常な事件」を排除することをほのめかすものだ。というより、むしろ、明らかに小さな、あるいは付随的な出来事が強調されている——「人々は行ったり来たりし、食べたり、天気のことを話したり、トランプ遊びをしたりする」のだ。それと同時に、目的はただ単に生活の「自然主義的な」表層を再現することではない。表層ではほとんど何も起こっていないように見える。が、「外面的な」ドラマの欠如と重大な変化、つまり「内面的な」ドラマとの間には、緊張と二項対立とがあって、それは表層のすぐ下で生じているかもしれないのだ。「人々は食べ、ただ食べるが、それと同時に、彼らの幸福は決定されているか、あるいは彼らの生活は崩壊したかなのである」。

もちろん、チェーホフにおいては「何も起こらない」というのは本当ではない。しかしながら、最初批評家と観客は、彼の作品に「生活のささいなこと」のみを見た。彼らは表層の向こう、内部に「内面的な」ドラマを見ることができなかったのである。

初演に先立って、チェーホフはモスクワのある集まりで『かもめ』を朗読したが、その中に劇場主のフョードル・コルシュと女優のリージヤ・ヤヴォールスカヤがいた。「私は戯曲が創り出した印象をおぼえています」とタチヤーナ・シチェープキナ＝クペールニクは回想している。

それは、トレープレフの戯曲にたいするアルカージナの反応にたとえられるでしょう。「デカダン」……「新形式?」。『かもめ』はその新しさで、コルシュやヤヴォールスカヤのような、サルドゥーやデュマといった作家の戯曲だけを感動的だと見なしている人々を驚かしたのです。……私はその時の議論を、大騒ぎを、リージヤのうわべの賞賛を、コルシュの驚きを思い出します。「だって君、こいつは上演する値打ちがないよ。舞台裏で銃で自殺する男がいて、死ぬ前、彼に二、三言も話させないんじゃね！」(14)

したがって、チェーホフは大きな演劇的「効果」をあげる機会をわざと控えることで、舞台の「法則」に背いたのだ。他の劇作家なら、その場面を――「注意、戯曲のクライマックス場面を――このみじめな世界に別れを告げる男の最も美しく感動的な言葉で(15)」満たしたことだろう。ニコライ・エフロスは、チェーホフが「短編を書いていようが、戯曲を書いていようが、言葉を節約し、異常なほどに簡潔になる」ことに気がついた。『かもめ』では、「戯曲の最も本質的で重要な瞬間は、二、三行の台詞、ひとにぎりの言葉、時には単なる舞台指示に制限されている」。第四幕で、ニーナが退場したあと、トレープレフはさして重要でないような、観客の目前で終わったばかりの高揚した場面の気分すらないような言葉を二、三言話すのだ。

トレープレフ　庭で、誰かが彼女を見かけて、後で母さんに言いつけたりするとまずい。きっと母さん、がっかりするから。

それから次のト書きがくる、「二分ほどの間に、だまって自分の原稿をすべて破き、机の下に捨てる。そのあと、上手のドアを開けて、退場」。そのあとすぐ、舞台裏から銃を撃つ音が聞こえる。エフロスは論じているのだが、不注意な読者はこの簡単なト書きをうっかり見落とすのかもしれない、それで「驚くのだろう——なんでトレープレフは自殺するんだ、動機は何なんだ?」と。言いかえれば、読者は「内面のドラマ」をつかみそこねたのかもしれない。チェーホフは、それが読者に必要な仕事だとは「認めない」とエフロスは言う。そのかわりに、われわれは自分自身にとっての意味を「読み取ら」なければならないのだ。[16] 登場人物の感情は言葉には表されていないか、目に見える外面的な方法では示されていないのだ。表層では、原稿を破り捨てるという「行動」は、ふと思いついた、さして重要ではない、ささいなことにさえ思われるかもしれない。「内面の行動」は「サブテキスト」(台本の下にあるもの——訳者注)に埋められているのである。

ニーナ　あなたの戯曲で演じるのはむずかしいわ……ほとんど行動がないんだもの。

(『かもめ』第一幕)

一八九七年、同時代の批評家のなかで稀に見る洞察力を持っていたスミルノフは、チェーホフは「彼の戯曲の重心を外面的なものから内面的なものへ、外面的な生活の行為や出来事から登場人物の内面的、心理的な世界へ」[17]と移したと論じた。チェーホフはある時、『ワーニャ伯父さん』の上演を観た。女優ブトーワが回想している。

第三幕でソーニャはひざまずいて言う、「憐れみというものをお持ちになってね、パパ」、そして彼の手にキスをした。「そうやってはいけないんだ、ドラマというのはそういうものじゃない」とアントン・パーヴロヴィチは言いました。「一人の人物のすべてのドラマ、すべての意味は内面にあるもので、外面の表現にはないものだ。この瞬間より前の、ソーニャの生活にドラマはあったのだ。ここからあとの生活にもドラマはあるだろう、だからこれは、単なる小さな出来事で、ピストルを撃ったことの続きなのです。そして、ピストルを撃つのはどちらにしろドラマではなく、ちょっとした出来事なのです(18)」。

したがって、チェーホフの意見は俳優の注意を「外面的なものから内面的なものへ、外面的な生活の行為や出来事から登場人物の内面の心理的な世界へ」と向け直させた。彼は「外面的な表現」によって登場人物の感情を示す見えすいた方法をすべて拒絶した。

当時のロシア演劇のほとんどの演技は、「目に見えるようにした」行動に基づいていた。つまり、登場人物の感情の外面的な表出である。ロシアの劇作家レオニード・アンドレーエフは、慣習的に用いられていたいくつかの方法について次のように述べている。

大きな悲しみを表現しなければならないとすると、泣き始めるのだ。悲しみが少し収まると、頭をテーブルの上に横たえるのだ。明らかに何の意味もなく唇に指を触れたり、誰かが退場したあとでドアを見つめていることが、妻が夫のことをおしゃべりしているとか、何か疑わしいことが起こっていることとかを意味するのだ。頭をかかえるとか、平手打ちをくわすとか、部屋の中へ歩いて行かないとか、喜んで笑うとか、絶望ですすり泣くとか、唇をすぼめるとか、眉をひそめるとか、眼の下に黒い絹の切れはしを貼るとかが、ドラマの慣習的な「言語」のすべてであり、電報のモールス信号と同じく一般的に承認されていることのすべてなのである。[19]

だから、登場人物たちの感情ははっきりと表出され、外面的な「記号」によって観客に「電報で伝えられて」さえいたのである。

チェーホフは、彼が当時のほとんどの劇場で目にした演技の嘘と誇張に反対していた。ある手紙の中で、彼はこう書いている。

どこかで――街路や家の中で、あなたは胸をひきちぎったり、飛び上がったり、頭をかかえたりしている人々を目にするでしょうか。苦悩は、それが生活の中で表現されているように表現されるべきです、すなわち、腕や脚でではなく、声の調子や目つきでです。身振り手振りでではなく、美しさによってです。教育のある人々にそなわった微妙な内面的感情は、外面的な形でたくみに表現されなければなりません。あなたはおっしゃることでしょう――舞台の制約条件が、と。でも、条件は嘘を正当化はしないのです。[20]

「微妙な内面的感情」をいかにして正確に「外面的な形でたくみに表現」すべきなのか。チェーホフはこの助言を、『三人姉妹』でマーシャをどう演じるかについて、オリガ・クニッペルにしたのだった。「どんな行為をするときも、悲しそうな顔はしないでください。怒るのならいいでしょう、でも悲しみはいけません。胸のうちに長く深い悲しみを抱えてきた人々は、しばしば物思いにふけっているものです(21)」。

だから作家は、俳優の注意をあからさまな悲しみの「外面的な表出」から逸らさせたのだ。登場人物は、彼女の苦悩を「示す」ために泣いたり、頭をかかえたりはしない。「口笛を吹くこと」は単なるささいな、取るに足りない行動、「自然主義的な」しぐさの断片のようにも思える。だが、実際にはそれは、登場人物の中で起きている「内面のドラマ」のたくみな表現として、注意深く選び出されたディテイルなのである。

新しい戯曲の形式は、新しい演技の方法を要求した。アレクサンドリンスキー劇場の俳優たちは、最初『かもめ』にひどく当惑した。演出家はエヴチーヒー・カールポフだったが、彼はこの戯曲が大多数の俳優たちにとっていかに難しいかを感じ取っていた。彼らは、「たがいにのどを締めて窒息させるか、グラスに毒をもり、それを飲んで痙攣を起こして死にかければ(22)」満足なだけだったようである。言いかえれば、彼らは、登場人物の感情を非常にはっきりと表現した「外面的な表出」によって演じることに慣れていたのである。彼らが直面した問題とは、トレープレフが自殺するような場面で、彼らがその場面を理解できず、慣習になっている方法で演じることができなかったことだ。

チェーホフは稽古を見学した際、俳優たちが「演じすぎる、もっと演技を少なくすべきだ(23)」と反対した。だが、ウラジーミル・ネミローヴィチ＝ダンチェンコが気づいたのは、

「何も演じないでどうやって演じるのか」だれも彼らに教えてあげられなかった。特にチェーホフその人が。「すべてがとても簡潔に行われなければならない、ちょうど生活におけるように」とチェーホフは語った。「あたかも毎日そのことを話していたかのように演じられなければならない」。そう言うのは簡単だった。それが一番難しいことなのだ。

ネミローヴィチは俳優たちが直面していた難問が確かに分かっていた。「どうやったらこれらの単純な台詞を単純に言えるのか、それでいてこれらの台詞を舞台上でただ退屈なものでなく、感動的なものにできるのか(24)」。言いかえるなら、どうやって言葉の背後にある「サブテキスト」を伝えるのか。どうやって「内面のドラマ」を外面的な形で表現するのか。

マーシャ役を演じたマリヤ・チタウは、俳優たちが興味をそそられながらも戯曲の「全く新しい調子」に当惑させられたことを回想している。ポリーナ役を演じたアバリーノワは戯曲を読み解く手がかりを発見したと思った。こつは、憂鬱であることと「気落ちしたように話す」ことだと思われた。だから、「涙声で」彼女はトレープレフに言ったのだろう、「ねえ、あなたが有名な作家になって」。すると、この見たところ取るに足りない台詞が、俳優の声の調子によって「意味のある」台詞になったのだろう。しかし、稽古に立ち会ったエリザヴェータ・レフケーエワには分からなかった。「でも、彼が有名な作家になったのは良いことじゃないの」と彼女は私にささやいた、「それなのになぜトーシャ（アバリーノワ）は、まるで大好きなおばさんが病気になってしまったって言ってるみたいに台詞を言ってるの?[25]」

確かに、これは台詞の中にある「内面のドラマ」を明らかに示す「手がかり」ではなかったのだ。結局、チェーホフは「うんざりするようなやり方で演じられた[26]」ために、上演は失敗したのだと感じた。そのあと四回の上演はもっと熱狂的に受け入れられたようである。だが、チタウによれば、演技は良くなかったのだ。五回上演されたあと、戯曲は劇場のレパートリーから外された。ネミローヴィチ=ダンチェンコは次のように結論づけた。

チェーホフには他の俳優が、そして別の演技の方法が必要だったのだ[27]。

上演記録

『かもめ』は、エヴチーヒー・カールポフの演出で、サンクト・ペテルブルグのアレクサンドリンスキー劇場で、一八九六年十月十七日(新暦の十月二十九日)に初演された。

第1部　チェーホフとスタニスラフスキー

第1章　「気分の演劇」――モスクワ芸術座

モスクワ芸術座は一八九八年に、ウラジーミル・ネミローヴィチ゠ダンチェンコとコンスタンチン・スタニスラフスキーによって設立された。ネミローヴィチは劇作家、批評家で、音楽協会付属の学校で演技を教えてもいた。スタニスラフスキーはモスクワ芸術・文学協会のセミプロの俳優、演出家として確固たる評価を得ていた。二人は現在のロシアの職業劇場の状態をともに嘆き、舞台の紋切型とお決まりの「嘘」に戦いを挑む決意をした。

私たちは古い演技様式に対しても、演劇性に対しても、似非パトス、朗詠調に対しても、演技のわざとらしさに対しても、演出や装置の悪しき約束事に対しても、……公演の構成全体に対しても、当時の劇場の貧弱なレパートリーに対しても抗議した。(1)

スタニスラフスキーは語った、「私は演劇に生きた真の生活――もちろん、日常のではなく、芸術的な生活を求めた(2)」。チェーホフとモスクワ芸術座は、「舞台の上に芸術的な誠実さと真実さを勝ちとろう(3)」とする共通した欲求によって結ばれたと彼は見た。

オリガ・クニッペルは音楽協会の学校で、ネミローヴィチの指導の下、俳優教育を受けていた。彼女は、学校でネミローヴィチが『かもめ』に対する愛着をいかにみんなに感化させたかを回想している。彼らは戯曲を何度も読んだが、これがどのように演じられるのか想像することができなかった[4]。当時、ネミローヴィチは芸術座のためにこの戯曲がほしかった。だが、チェーホフは最初ためらっていた。サンクト・ペテルブルグでの大失敗のあと、かれはモスクワでは絶対戯曲を上演させないと語っていた[5]。ネミローヴィチは彼が承知するまで、彼に手紙を三通書かねばならなかった。「おそらく戯曲は拍手喝采の嵐を引き起こしはしないでしょう」と彼は書いた、「けれど、斬新な性質の、月並みから解放された本物の上演は芸術の勝利となるでしょう――私が保証します」。意味深長なことに、彼は新しい上演が、「すべての登場人物の中に隠されたドラマと悲劇[6]」を明らかに示すだろうと述べた。

だが、スタニスラフスキーは最初戯曲を理解することができなかった。彼はこの戯曲が単調で、舞台に向いていないと考えたのだ。「彼には、この戯曲の中の人々が、形を成しておらず、情熱が感動的でなく、おそらく言葉が簡潔すぎて、イメージが俳優に何ら良い材料を与えられなかったように思えた[7]」。彼には「隠されたドラマ」が分からなかったのだ。ネミローヴィチは何時間もかけて、それを彼に説明しようとした――戯曲の叙情的な性質と「登場人物たちをつつむ雰囲気、香気そして気分[8]」を強調した。当時、ネミローヴィチが芸術座の上演をかげで動かす人物であったのは確かである。戯曲を舞台にかけるかどうかは彼の考えによったし、彼の解釈であった。スタニスラフスキーはまだ何だかはっきりとは分からなかったが、演出プランの作成に取りかかり、何回かに分けてネミローヴィチに送った。彼は次のように白状している。

私自身は『かもめ』のプランが良いものやら、まったく役に立たないものやら、分かりません。私に分かっているのは、この戯曲が才能のある面白いものだということだけですが、どこから始めればいいのか分かりません。私はこの戯曲に行き当たりばったりに取りかかりましたので、プランはあなたのお好きなようになさって下さい。……この特殊な戯曲に関しては――切り札はあなたの手にあります。もちろん、あなたは私よりも良く、かつ強くチェーホフを感じ、分かっておられる。(9)

だが、ネミローヴィチはプランが「大胆で、観客が慣れている種類のものとは異なっていて、非常に生き生きしている」(10)と断言した。

初日の夜、俳優たちは極度の神経過敏になっていた。観客はどんなふうに上演に反応するだろうか。劇団員はチェーホフが結核を病んでいることを知っていたので、もし上演がまた失敗したら彼を滅ぼすことになるかもしれないと恐れていたのである。だから、彼らのうち多くの者が上演の始まる前に、カノコ草の薬剤を(精神安定剤として)飲んだのも不思議ではなかった。第一幕が終わって、幕が下ろされた。そのあとは沈黙だった。誰も拍手しなかった。俳優たちは上演が失敗だったと思った。「その時、突然、客席ではダムが決壊したか、それとも爆弾が炸裂したかのようだった――いっせいに耳をつんざくような拍手喝采がどっと起こったのだ」(11)。オリガ・クニッペルが回想している。

すべてが狂ったような歓喜へ一つになりました、客席と舞台が一つになったのです。幕は下ろされず、わたしたちは皆酔ったように突っ立っていました。涙が頬を流れ落ち、わたしたちは抱き合い、互いにキスをしました、すると客席の中に興奮した声が響き、何か言っていると思ったら、ヤルタへ電報を打てと要求しているのでした。『かもめ』と劇作家チェーホフは名誉を回復したのです。(12)

「チェーホフの芸術は気分の演劇を必要とする」とメイエルホリドは断言した。アレクサンドリンスキー劇場での初演は失敗したが、それは「作者の要求する気分(13)」を捉えそこなったからだ、と彼は論じた。わずか二年後に、戯曲は勝利を収めた。その違いは部分的には、情緒的に「雰囲気」を取り入れたスタニスラフスキーの創造にその理由が求められる。「ロシア思想」誌は書いた、「上演が大成功だったのは、その中のいちばん重要なもの、『気分』が俳優たちによって正しく捉えられ、まったく正しく適切な調子で伝えられたからである(14)」。芸術座の上演は、時に舞台の自然主義の極致のように見られているが、実際には高度に詩的な戯曲の表現だった。照明や音響や装置の使用は、生活の自然主義的な表層を再現するというよりも、戯曲を圧倒的な「雰囲気」の中に浸からせようとしていた。これこそが、スタニスラフスキーが彼の演出プランまたは「スコア」（俳優の一連の行動を組み立てたもの—訳者注）で展開しようとしたことなのである。彼は過剰なまでに、聴覚的、視覚的な効果を配した。彼は、観客に強い印象を刻みつけ、「雰囲気」を作り上げる目的で、各幕の始めと終わりに特別な注意を払ったのだった。たとえば、ここに第一幕の冒頭のための彼の覚書がある。

上演は八月の晩の、暗闇の中に始まる。ランタンのほの暗い灯り、遠くに浮かれ騒いでいる酒飲みの歌う声、遠くに犬の吠える声、カエルの鳴き声、ウズラクイナの鳴き声、そして時折遠くの教会の鐘を打つ音が――観客が登場人物たちの悲しそうな、単調な生活を感じとるのを助ける。(15)

個々の音は「自然主義的」であるが、それらの音は「非自然主義的」な方法で結びつけられている。それらの音は「現実生活」という感覚を創り出すというよりも、観客の中にある感情、もしくは「気分」を呼び起こすべく計画されている。つまり、彼らに「登場人物たちの悲しげで単調な生活を感じさせる」のを助けるのだ。舞台装置の晩の深い闇の中に、犬の吠える声、酔っぱらいの歌声に不安の感覚があったのである。遠雷のとどろく音、ゆっくりした教会の鐘の音が、全体としてこの幕の不穏な調子を決定するのだ。

だが、スタニスラフスキーの戯曲の幕開けのための覚書とチェーホフ自身のト書きとを比べてみよう。「日が沈んだばかり。仮設舞台の上、下ろされた幕の背後で、ヤーコフら下男たちが働いていて、咳をしたり、何か叩く音が聞こえる」。この実に簡単な幕開きには、暗闇を暗示するものは何もない。スタニスラフスキーは、「登場人物たちの悲しげで単調な生活」を強調するために、わざと「雰囲気を濃くした(16)」のである。同じように、演出家は次のように第一幕の終わりを考えたのだ。

晩、月がのぼる、二人の人物――男と女――がほとんど何の意味もない、ただ彼らが心に感じているのとは違ったことを話しているということだけを証明するような言葉をやりとりしている（チェーホフの人物はよくこういうふうにふるまう）。遠くでピアノが俗っぽい酒場のワルツを弾いており、それが心の貧しさを、小市民気質を、まわりの環境の田舎芝居じみた俗っぽさを考えさせる。と突然――恋に思い悩む少女の心の底から突き上げてきた思いがけぬ慟哭。そしてそのあとには――ただ一つの短い言葉、叫びばかり、「がまんできないわ……私にはがまんできないわ……がまんできないわ……」この全一景は形式的には何も語っていないのだが、しかしそれは底知れぬ連想と、思い出と、不安な感情を呼びさます(17)。

スタニスラフスキーはこの場面を音の多声法でもってクレッセンドに作り上げた。彼の覚書には次のようにある。

マーシャはすすり泣きながらひざまずくと、ドールンの膝に顔をうずめる。十五秒間の間。ドールンはマーシャの頭をなでる。狂ったようなワルツの音がさらに大きくなる。教会の鐘の音、農民の歌声、カエルの鳴き声、ウズラクイナの鳴き声、夜番の叩く音、あらゆる種類の夜の音響効果。幕(18)。

したがって、照明と音響効果が登場人物たちの内面の感情を反映し、増幅するために――「内面のドラマ」、「サブテキスト」を伝えるために――用いられたのだった。狂ったようなワルツが彼らの情緒的な動揺を反映した。悲しみに沈んだ教会の鐘の音が、今にも起こりそうな悲運の調べに響いた。これらの効果はただ単に対話を補ったのではなく、この場面全体の衝撃を創り出すうえでの重要部分ではないにしても対等の役割を果たしたのだ。明らかに、この場面の「気分」は観客の強い情緒の琴線に触れた。この点について、ネミローヴィチは情緒の「震えるような波」が客席を押し流したと回想している。(19)

だが、くり返すが、スタニスラフスキーの演出上の「付け加え」が、「登場人物たちの悲しげで単調な生活」を強調するため、実際に「雰囲気を濃くした」のである。チェーホフの戯曲の終わり方は、実際にはきわめて簡潔で、調子が低い。

マーシャ　私、苦しいんです。だれも、だれも私の苦しみには気づいていない。(ドールンの胸に頭をつけて、小声で) 私、コースチャを愛しています。

ドールン　なんてみんなこうも感じやすいのかね！　それに恋愛だらけだ。おお、惑わしの湖よ！(優しく) 私に何ができるっていうんです?　この私に……。

『かもめ』の演出をしながら、スタニスラフスキーは、芸術座が「行動の内的な線」に出会ったと語った。

われわれが一度、戯曲の内的な線を見つけると、それを当時は言葉で言い表せなかったのだが、すべてが俳優たちや演出家たちにとってだけでなく、画家や電気技師や衣裳係ほか上演の共同制作者みなにとっても、自然に理解できるようになった。この行動の内的な線、それはチェーホフが他のどの劇作家よりも強く持っているものだが、この時までにそのことに気づいていたのは俳優たちだけであったとはいえ、この線に沿って戯曲それ自体へ向かう自然な重心の力が形づくられ、それがわれわれみなを一つの方向へと引っぱって行ったのだった。[20]

この「行動の内的な線」とは何だったのだろうか。スタニスラフスキーは語らない。だが、『かもめ』ではすべてが「登場人物の悲しげで単調な生活」を示す方向へと向けられたのだと証拠立てられるのではないか。この「決め手となる考え」は上演の諸要素を統合し、全体の芸術的な統一を創り出すのを助けたのかもしれない。だが、重要なことに「決め手となる考え」はスタニスラフスキーのものであって、チェーホフのものではなかったのだ。

「物と音の生命……」

芸術座の上演のあと、チェーホフにおける「雰囲気」ないし「気分」という考え方は、ロシアにおいてほとんどことわざのようになった。だが、この考えはチェーホフよりも、スタニスラフスキーとネミローヴィチに多くを負うものだったと証拠づけられるだろう。

スタニスラフスキーは、チェーホフが「舞台上の外面と内面両方の真実の大家」であると書いている。

彼は、誰にもまして、生命のないボール紙の小道具、舞台装置、照明効果を使いこなし、それに生命を吹きこむことを知っている。彼は、劇場においても実生活においても、人間の魂に巨大な影響を与える。舞台上の物、音、光の生命についての私たちの知識を、繊細にし、深めてくれた。黄昏、日の出、日没、雷雨、雨、朝の鳥の最初の声、舗道を行く馬の蹄の音と遠ざかりゆく馬車の音、時計の音、こおろぎの声、警鐘はチェーホフにとって、外面的な舞台効果のためにではなく、人間の魂の生活を私たちに開いてみせるために必要なのである。どうして私たちを、私たちの内に作られるすべてのこと、私たちがその中に住み、人間の心理が実に強くそれに依存している光と音と物の世界から切りはなすことができよう？　チェーホフの戯曲において、作者の多くのト書きを実行に移すためだけに私たちが利用していった、こおろぎやその他の音と光の効果のゆえに、私たちを嘲笑するのは無駄なことである。(21)

言いかえると、これらの外面的な効果は、登場人物たちの内的な感情を反映し、伝える手段だと見なされたのである。だが、スタニスラフスキーが舞台効果を使用するにあたって、ただチェーホフのお手本に従っただけだと主張したのは、どこか不正直だった。チェーホフは、戯曲の中で音を使いはするが、それは実に選びぬいて、節約して用いているというのが正しい。演出家が技術的な効果を好むのに憤慨したチェーホフは、あるとき冗談めかしてこう言った。

「いいですか！」……「私は新しい戯曲を書きますよ、そしてそれはこんなふうに始まるんです、『何とすばらしいことだろう、何と静かなことだろう！　鳥も、犬も、カッコウも、フクロウも、夜ウグイスも、時計も、鈴も、コオロギも、何の音も聞こえない』」[22]。

舞台とは、とチェーホフは言った、「人生の真髄を映し出すものであって、よけいなものを持ち出してくる必要はありません」[23]。チェーホフ自身のスタニスラフスキーとの戦いは、部分的には、演出家が戯曲をよけいな「舞台効果」で飾り立て、溺れさせようとする傾向を抑えたかったことに由来する。たとえば、『三人姉妹』の第三幕で、チェーホフは「家の前を通りすぎる消防団の音」を要求する。スタニスラフスキーは演出プランにこう書きこんだ、「遠くを消防団が車で通り過ぎる。車輪の音や足音、空になった樽の音、鎖の音、二、三の違った調子の鈴の音、遠くでいちどきに叫ぶ二、三人の声」[24]。

そのあと戯曲では、「舞台裏で半鐘の音」を要求しているところで、スタニスラフスキーはこう書いている。

大きな半鐘の音。

半鐘の音が一度は止んだものの、再び非常に速く、騒がしく鳴り始める。[25]

クニッペルは、スタニスラフスキーが「恐ろしい大騒ぎ」の感じを創り出そうと計画していると、チェーホフへの手紙に書いた。彼は次のように返信に書いた。

第三幕に騒ぎがある。……なぜ騒ぎがあるのか？　騒ぎは遠くの方、舞台裏で、それもかすかな、ぼんやりした騒ぎ、舞台ではみんなへとへとに疲れて、ほとんど眠っている。……もし第三幕を壊してしまうと、戯曲はだいなしになって、老人の僕は追い出されてしまう。

彼は別の手紙で強調した、「もちろん、第三幕は静かにやらなければならない。人々が疲れていて、眠たい感じがでるように」。「それを騒動とは一体なんです？　どこで鐘が鳴るか、書いてあるはずです」(26)。だから、チェーホフはその場面をいくつかの点でかすかに強調する、遠くの、舞台裏の音を要求していたのである。だが、スタニスラフスキーはさらに強く場面全体の調子を色づけ、演劇的効果を強くするために音を用いたかったのだ。登場人物たちが疲れ切っているという感じのかわりに、かれは強い内面の動揺という感覚を伝えたかったのである。「静かな」場面は「恐ろしい騒ぎ」の場面へと変わった。

「間《ま》」

『かもめ』の上演における重要な一つの工夫は、間の使用にあった。間は対話を「生活により近づけた」とネミローヴィチは語った。なぜなら、間は「旧時代の演劇の特徴だった、なめらかで途切れない『文学的な』流れ」(27)から俳優たちを逸らしたからだ。だが、間はまた「気分」を創り出し、登場人物たちの「悲しげで単調な生活」を明らかにすることにも用いられた。たとえば、第四幕でポリーナがマーシャに、トレープレフのことで話しかけるとき、われわれには彼が舞台裏で弾いているピアノの音が聞こえるのである。スタニスラフスキーは覚書にこう記した。

間。十秒間——二人はベッドを整える。ピアノの音が遠くから聞こえる。ゆっくりと二人の女性は手を休め、その姿勢のまま動かなくなり、もう十秒間そのまま立っている——そのあとでポリーナは話し出す。(28)

ここでの「間」——静止に続く沈黙——は、間を意味のつまった瞬間にする。二人の女性の生活の「悲嘆」を強調するのだ。

バルハートゥイは、スタニスラフスキーの演出における間は「場面の行動が完全になくなることを決して意味しない」と書き留めた。それよりもむしろ、「その他の舞台の要素、身振り、マイム、動作、自然のまたは音楽の音に満ちている」(29)。そのいくつかは大胆なものだった。たとえば、第四幕で台本に指示された短い間は、長めのパントマイムをする口実になった。

間。ドールンがまた鼻歌を歌いながら行ったり来たりする。トレープレフはソーリンの膝にもたれて、物思いにふけって座っている。ソーリンは片手で彼の頭をなで、もう一方の手で新聞を取って読む。トレープレフは座って一点を見つめている。マーシャはもの思わしげにトレープレフを見、ポリーナはドールンを見る。メドヴェジェンコは暖炉のそばに立っている。雨と風が吹いてくる音、風が窓を揺らす音が大きくなる。長い間。ドールンが横切って、揺り椅子に腰を下ろす。十五秒後にメドヴェジェンコがシガレット・ケースを取り出し、書き物机のところに行って、タバコに火を点ける。(30)

間のあいだの行動は、ほとんど生活と同じような、静かな家庭の晩を過ごしている一組の人々という感じを作りだした。また、登場人物たちの感情を知らせもした。トレープレフの悲しみと空虚さ、彼を見つめているマーシャの切ない望み。だが、何よりも、おそらくスタニスラフスキーは、このあとすぐに続く、ニーナのトリゴーリンとの生活、そして女優になろうとした彼女の苦労について述べるトレープレフの台詞を観客に聞かせる用意をしていたのである。彼は憂鬱と内省という調子を作りだしていた。トレープレフの台詞もいくつかの間で分割され、音の効果で満たされていた。

間。トレープレフは両肘を膝にのせ、両手で顔を支える。彼は一点を見つめる。ドールンは椅子を揺らしているが、トレープレフの話がますます悲しみを増していくにつれて彼の椅子の揺れはゆっくりになっていき、最後には止まって、彼はじっと動かなくなる。場面全体がこんなふうに進行していく。彼らはみな凍りついたかのように動かない。(31)

ネミローヴィチは、間の使用にこそ「チェーホフへ近づく基本的な道がある、彼は毎ページに二つか三つの間を入れるのだ[32]」と述べた。だが、スタニスラフスキーが、チェーホフがト書きに指定したものをはるかに超えていたことは確かである。のみならず、間はまちがいなく、チェーホフが意図していなかった重みと「意味」を担わされることになった。

第四幕で、スタニスラフスキーは「絶望と避けられないことを受け入れる[33]」という気分を創り出そうと努めたのだ。彼は無数の間のみならず、音響効果の洪水をもつけ加えたのである。これによって戯曲の進行速度は遅くなり、行動はしぼんでいった。トランプで遊ぶ場面では、幕の中ほどまで、スタニスラフスキーはチェーホフの一回に対して六回の間を用いたのだった。たとえば、「マーシャがカードを配る。間。(風、窓がガタガタいう音)。ドールンが鼻歌をうたい、アルカージナはタバコに火を点けて、彼の鼻歌に和す。シャムラーエフが指でテーブルをトントンと打つ。ソーリンが気持ちよさそうにあくびをする」。そのあとで、「間、風、雨、窓がガタガタいう音、遠くでピアノを弾く音(トレープレフが弾いている)。間は十秒ほど続く[34]」。この場面の「気分」はスタニスラフスキーの間の使用によって作りだされた。その一つ一つが音で——風と雨、窓枠のガタガタいう音など——満たされた。これが不安と予感という感覚を創り出した。

批評家のアレクサンドル・クーゲリは、アレクサンドリンスキー劇場の『かもめ』の上演を観たとき、なぜ第四幕で登場人物たちが「ロトー遊びをし、ビールを飲む[35]」のか理解できなかった。つまり、彼には行動がまったく瑣末なことに思われたのだ。しかしながら、スタニスラフスキーの演出は観客にはその場面の感覚を創り出しているように思えたのだ。登場人物の語る言葉は平凡である——だが、雰囲気は効果的に満たされたのだ。セルゲイ・グラゴーリはその場面を次のように描写している。

晩。戸外では秋の風が荒れ狂い、窓を鳴らしている。……小さな炎が暖炉に揺らめいている。彼らがロトー遊びをして、札の番号を読み上げているのが聞こえる。……演劇の紋切型に従えば、登場人物たちは大声を張りあげ、わめき散らすべきなのだろうが、この場面での彼らの役割は他の諸要素、つまり風と火で果たされている。(36)

言いかえれば、この場面の効果は達成されており、情緒的なサブテキストは、演技によるよりも、舞台効果の組み合わせによって伝えられたのだ。

デイヴィッド・リチャード・ジョーンズは、ロトー遊びの場面を「シンボル」、スタニスラフスキーの決め手となる考えにとって「最も表現に富んだ構成もしくは場面」、「登場人物たちの悲しげで単調な生活」だと見ている。

事物はこの世で崩れ落ちるのではない、それらはただ減速するのだ。……これらの人々と階級は一般に、もはや精神的な力を人生に伝えることができない。精神の交換によって彼らのエントロピー（精神的疲労―訳者注）は増えていく。彼らの小宇宙は大宇宙と同じく、エントロピーの最大値へ、硬直と死へと向かいがちである。(37)

だが、チェーホフがロトー遊びの場面をこんなふうにしようとしていたという証拠は何もない。スタニスラフスキーは、彼の「決め手となる考え」の通りに第四幕を演出した。しかし、チェーホフは上演を観たとき、特にこの幕で、自分の戯曲が見分けのつかないほど変えられたと反対した。彼は劇団に、「私の戯曲は第三幕で終わりにすべきだと提案します。君たちに第四幕は演じさせたくない」[38]と語った。

十分に論証できることだが、「『かもめ』を大当たりさせたのは、そこに浸透した気分」[39]だった。観客と批評家が拍手喝采したのは、演出家の芸術、上演の全要素のたくみな一致、印象の全体的統一の創造にであった。

戯曲はあらゆる点ですばらしく上演された。あれほど繊細な理解、戯曲の精神、スタイルそして雰囲気のみごとな再創造、あれほどのミザン・セーヌ（俳優の舞台配置―訳者注）の真実と美、あれほど調和したアンサンブルは長いこと観たことがなかった。（「ノーヴォスチ・ドゥニャ」）

演出家はあの特別な雰囲気を上演に与えることができた、それだけでチェーホフから流れ出てきた絶望のメロディの真の背景として役立ちえた。……背景のやわらかでぼんやりした中間色、そして薄い霧におおわれた前景、それは一つの色彩では目立たせることができなかったものだ。それは始まりから終わりまで持続され、上演は結果として大きな感動を創り出した。（「演劇と芸術」[40]）

モスクワ芸術座初演、『かもめ』第１幕（1898年）

第2章　「スタニスラフスキーが私の戯曲をだいなしにした……」

チェーホフが芸術座のために当てて書いた最初の戯曲が『三人姉妹』(一九〇一年)だった。チェーホフは最初の本読みに参加した。スタニスラフスキーは回想している、「いま読み終わったばかりの戯曲の印象を取り交わしながら、ある者はドラマだと、またある者は悲劇だと呼んだが、こういう呼び方がチェーホフに不審の念を抱かせていることに気がつかなかった」。苛立ち、腹を立てさえしたチェーホフは席を離れた。スタニスラフスキーは彼のあとを追って宿にたずねた、「めったにないことだが、彼が立腹しているのにでくわした」。明らかになったのは、その理由が「劇作家は陽気な喜劇を書いたのに、本読みではみんなが戯曲をドラマだと受け取って、聞きながら泣いていたのである。これがチェーホフに、戯曲は理解されず、失敗したものと考えさせたのだった」(1)。

ジーン・ベネディティは、スタニスラフスキーの仕事に対するチェーホフの批評は、作家の病気──彼は結核で死にかけていた──のせいだと考えられ、そしてこのことが彼を「たえず気分に左右される人間」にした、と論じている。「ゴーリキーによると、不機嫌なときのチェーホフは誰かれかまわず憎んだというのだ。だから、いろいろな見解を、さまざまな方法で、それこそさまざまな人に、そのときの気分次第で言っているのだ。その数は、後に抜きだされた引用の数どころではない」(2)。だが、チェーホフの主張がただ単に健康悪化のせいだったとするのは、彼の意見をつまらないものにし、また作家がはっきりと感じた本当の怒りをなおざりにするものだ。チェーホフはしばしば批評家から「ペシミスト」という烙印を押され、「黄昏気分の歌い手」とか「余計者たちの詩人」とか「病んだ才能」といったあだ名をつけられた。これが彼を激しく苦しめた。死の少し前、彼はこう述べている。[3]

私は生活を描いているのです。さえない普通の生活を。けれども、それは退屈なすすり泣きではありません。彼らは、私を泣き虫か、ただ退屈な作家かのどちらかだとします。私は何冊ものユーモア小説を書きました。それなのに批評は、私を泣き男のようなものと評価します。彼らは私について、頭の中から何やら何でも好きなことを、私が決して考えもしなければ、夢に見たこともないものを考え出すのです。これが私が腹を立てた始まりです。[4]

スタニスラフスキーの演出についてのチェーホフの批評は、この文脈で見ていく必要がある。ある折、チェーホフは大変うまく言ってのけた。

私の作品に泣いたとおっしゃるんですね。そうおっしゃるのはあなただけではありません。でもそれは、私が書いたからではなく、戯曲を泣き虫にしたアレクセーエフ（スタニスラフスキー）のせいです。私は何か別のものを望んでいました。私はただ人々に向かって正直にこう言いたかったのです。「自分自身をごらんなさい、あなたがたの生活がどんなにひどくて退屈か、ごらんなさい！」重要なことはです、人々がそれを理解すべきだということ、そして理解すれば、彼らはきっと自分自身のために、別のもっと良い生活を作りだすことでしょう。私がそれを目にすることはないでしょうが、でも私は知っています――それがまったく違った、今の生活とまったく似ていないものであることを。その生活がやってくるまで、私はくり返し人々に言いましょう、「あなたがたの生活がどんなにひどくて退屈なものか、理解しなさい！」と。そこに何か泣くべきことがありますか？(5)

だから、スタニスラフスキーの演出に対するチェーホフの反対は、ただ単にジャンルの問題（戯曲が喜劇か、それとも悲劇か）ではなかった。それどころか、演出はチェーホフの憂鬱なペシミストというイメージを立証するように思われた。たとえば、クーゲリは「チェーホフの絶望と意気消沈と人生の無意味さの本質」が、その「根本の無慈悲さと無目的さ」が芸術座の手で効果的に伝えられたと考えたのである。(6)

クーゲリのお気に入りのチェーホフ作品は『ワーニャ伯父さん』（一八九九年）で、その静かな詩的魅力を彼は愛した。彼は、この戯曲はある悲劇的な停滞という条件を描いたものだと考えた。つまり、登場人物たちは動くことができない、「自ら閉じこもった苦悩の輪(7)」から逃れることができないのだ。この戯曲のための演出プランの最後に、スタニスラフスキーは次のように書きこんだ、「一八九九年五月二十七日完。アレクセーエフ（スタニスラフスキー）。それに生活それ自体が馬鹿ばかしくて退屈なのだ（チェーホフ的表現――強調のこと）(8)」

これが演出のライトモチーフであると見られる。クーゲリは述べている、「すべての幕が間で始まる。間は、この淀んだ生活の内部世界への案内役のような働きをする」(9)。再び音響効果が全体の「気分」を強めるために用いられた。ここにクーゲリの第二幕冒頭についての描写がある。

教授は妻の近くに足をのばしてテーブルにつく。窓が庭に向かって開け放たれている。カーテンが船の帆のように風に揺らめく。それから柔らかな雨が落ち始め、そして激しくなる——嵐になりそうだ。偶然に、窓ガラスの割れる音が響き渡る。窓が閉められ、再び雨だれの規則的な音が聞こえてくる。(10)

だから、くり返しになるが、音はただ単に自然主義的な性質のために用いられたのではなかった。むしろ、これらの登場人物たちの内的な生命という感覚を呼び起こした。降る雨の規則的な音に悲しげな単調さがあったのだ。と同時に、音立てて迫る危険の引き波があった。おそらく、窓ガラスの割れるのは、第三幕のクライマックスで一気に噴き出す不和を予示していた。ワーニャがセレブリャコーフを撃とうとする場面は、「風と水、笑いと涙の」(11)ちょうど中間でわれわれを驚かすべきなのだ。ところが、スタニスラフスキーはこの場面を喜劇的というよりもむしろ、「悲劇的」にした。ワーニャの登場は混乱と騒動を引き起こした。次に引くのは、スタニスラフスキーの演出プランの覚書である。

２３８．群衆場面。全体のどよめき。ヴォイニーツキー（ワーニャ）が叫んで、セレブリャコーフに飛びかかる。エレーナは、ヴォイニーツキーの手をつかんで悲鳴をあげる。テレーギンが手を振り、泣きじゃくりながら舞台裏から走り出る。セレブリャコーフは逃げて、壁にぴたりと張りつく。ソーニャがセレブリャコーフを止めようとして（？）、悲鳴をあげる。マリーナは発砲をおそれて、部屋の隅へ走りこむ。マリヤ・ワシーリエヴナはソファに座っている。犬が彼女の腕から飛び出して、舞台を走り回る。

２３９．発砲。悲鳴をあげながら、みながたじろぐ。

２４０．ヴォイニーツキーが額に拳銃を押し当てると、女たちが彼を抑えて手を離させる。ヴォイニーツキーが拳銃を落とす。（注：この行は原文では、鉛筆で線を引いて消されている。）

２４１．エレーナが引きつけを起こし、胸と脇腹をつかんで「ア！　ア！　ア！」と叫び始める。彼女は膝からくずれ落ちて、顔をピアノのストールにうずめる。

２４２．ヴォイニーツキーは額をごしごしこすると、暖炉のそばに腰を下ろす。

２４３．ソーニャは部屋の隅で乳母を抱きしめる。テレーギンはハンカチを握りしめて柱のかげから出てくると、壁にぴたり張りついて動けない。

244．十秒間の間。みんなへとへとに疲れて動けない。全体ぐったりと死んだよう。身動きしないまま、ぜいぜいと息をする。(12)

スタニスラフスキーの考えるところでは、この場面は「絶望と意気消沈と人生の無意味」というイメージを示しているのである。これは文字通り、悲劇的な停滞のイメージだ。登場人物たちは動くことができず、「自ら閉じこもった苦悩の輪」から逃れられないのだ。スタニスラフスキーは、「橋を渡る馬のひづめの立てる音や、馬車がガタガタいう音」といった音響効果がいかに戯曲の最後の場面の効果を強めるために用いられたかを回想している。

われわれは……『ワーニャ伯父さん』の第四幕を稽古していた。そのすべての意味は、「行ってしまった」という台詞にある。演出家は、観客が実際に彼らが行ってしまったと――そして、あたかも棺のふたが釘付けされ、すべてが永遠に死に絶えてしまったかのように、家の中がすっかり空になったと感じるようにしなければならなかった。これがなくては幕が下ろせない、これがなくては上演に終わりがないのだ……。もし観客が「行ってしまった」とは感じないまま、俳優たちがメークアップを落とし楽屋に戻ったら、どうなるだろう。一人の俳優が一度退場するだけで、必要なことすべてを伝えられるだろうか。これができる俳優がいるそうだ。だが、私は見たことはないし、そんな俳優を誰一人知らない。稽古の長い休憩中に、その答えを考え出そうとしていた時に、装置を修繕していた裏方の一人がステッキでたたき始めた。そこでわれわれは……突然、その音に橋を渡る馬のひづめの音を感じ取った。これが作者の意図を忠実に、表現豊かに伝え、われわれに必要なものを与え、そして問題を解くのを助けてくれるなら、なぜこの音を使わないのか(13)。

したがって、音は観客にとっての「意味」を、ほとんど潜在意識に訴える方法で強めたのである。その他の音響効果は、登場人物たちの生活の孤独と荒廃とを呼び起こしたようだった。

夜番が杖をコツコツさせる音がその場面の終わりまで続く。ギターの音。マリーナのいびき。雨……（ソーニャが）弱々しく祈りの言葉のようなものをささやく。ヴォイニーツキー（ワーニャ）が叫ぶ。鐘の音、窓ガラスをたたく雨の音。テレーギンはもう（ギターで）重々しい、悲しげな旋律を弾いている。マリーナのいびき。マリヤ・ワシーリエヴナが（彼女の本の）ページをめくり、単調な読み方でそれを読み、ソーニャは祈りの言葉をささやき、ヴォイニーツキーがすすり泣く。コオロギの鳴き声(14)。

「決め手となる考え」

したがって、これらの効果は単に「気分」を創り出しただけではなかった。生活のしかたすべてを描き出したように思われたのだ。スタニスラフスキーが語ったように、芸術座はコオロギの鳴き声のような効果を好みすぎると嘲笑されたが、しかし「チェーホフその人がいかに念入りにこれらの『コオロギ』を描くかに気づいたのだ。彼にとって、それらは不可欠のシンボルなのだ。ロシア全体がこれらのわびしげなコオロギの中にあるのである」[15]。

スタニスラフスキーはあらゆる戯曲に主たるテーマ、「決め手となる考え」が、戯曲を書くにあたっての作家の「超目標」が、あると主張した。『俳優の仕事・第三部』に付した覚書の中で、次のように論じている。

　ドストエフスキーの小説『カラマーゾフの兄弟』では超目標は作家による人間の魂の中における神と悪魔の探究である。シェイクスピアの悲劇『ハムレット』では超目標は「人生の秘密の認識」である。チェーホフでは、それは「より良い生活への憧れ（モスクワへ、モスクワへ）」である[16]。

『三人姉妹』の稽古中に、メイエルホリドはスタニスラフスキーの解釈の基本テーマをノートにメモした。

　人生への憂鬱
　労働への呼びかけ
　笑うべき喜劇（背景）に対する悲劇性

幸福——将来の運命
労働、孤独[17]
ヴィクトル・シーモフは彼の舞台装置で、「色褪せ、思考が低下し、ガウンを着たまま力が押しつぶされ、熱意が女性の部屋着で窒息させられ、水をやらない植物のように才能が凋れていく[18]」苛酷な田舎の環境を呼び起こそうとした。彼は回想している。

演出家は私に、ドヴォリャンスカヤ通りのある個人宅で、田舎の精神を、その本質、その核心を具体化させようとした。その中に、われわれは一つのロシアの反映を、田舎の陳腐さの中に見なければならなかった。チェーホフが描いた地方では、人々は生きているのではなく窒息しており、働いておらず、(夢の中で)「モスクワへ、モスクワへ」行こうと努め、苦労する。そういう地方を、実際、残っているのは、そこから後ろを振り返ることなく逃げ出すことだけ、という地方を示す必要があった[19]。

したがって、装置をデザインする考えは、この地方の生活を逃げ出してモスクワへ行こうとする姉妹たちの願望と欲求を強めた。装置はほとんど戯曲における一つの動因だった。装置はただ単にリアリスティックなだけではなく、意味を象徴的に創り出したのだ。マリアンナ・ストローエワは、日常生活のつまらなさが演出における「活動的で積極的な一つの力」となった、と論じた。

それはほとんど力ずくで人々の生活に食いこみ、徐々にすべてを、彼らの生活のいちばん個人的な側面をも覆いつくした。それは彼らの行動すべてにつきまとい、一足ごとにかれらの夢を窒息させる。冷淡なさげすみで彼らの活力を、彼らの憧れを殺ぐのである。[20]

劇団は戯曲を稽古したが、どんな理由でか、それは「生きておらず、退屈で冗長に思えた」[21]。彼らは、戯曲がヴォードヴィルであるかのように速いテンポで演じようとしたが、その結果、登場人物たちが言っていることを理解することさえ難しくなった。稽古は中止になった。「俳優たちは台詞の途中で止まってしまい、作品に何の意味も見いだせないまま演じるのを止めた。彼らは演出家にもお互いにも信頼が置けなくなった」。スタニスラフスキーがネズミか何かがひっかく音を聞いたのは、彼らが黙りこくって座っていた、その瞬間だった。それはなぜだか分からないが、「私に家庭を思い出させた。私は心の中が温かく感じ、真実を、生活を見つけ、そして私の直感が働きはじめた」。彼は突然、演出に何が欠けていたかを理解した。

チェーホフの登場人物たちが活気づいた。彼らは自分たちの悲嘆に浸っていない。それとまったく反対だ、彼らは喜びを、笑いを、勇気を求める。生きることを望んでいるのであって、沈んでしまいたいのではない。私はこうしたチェーホフの主人公たちについての見解に真実を感じた。これが私を勇気づけ、そして何がなされねばならないかを直観的に理解した。[22]

これは、スタニスラフスキーがチェーホフへ近づいて行くうえでの転回点だったように思われる。これまで見てきたように、彼は登場人物たちの苦悩を、そして彼らの生活の悲しげな単調さを強調しがちだった。だが、今では、彼はこうした近づき方にひそむ危険を悟ったのである。俳優たちは登場人物たちの悲しみに浸ってはならない、むしろ彼らの積極的なあがきが強調されなければならないのだ。一九一七年に『かもめ』の再演出を稽古していたとき、スタニスラフスキーは俳優たちが何やら紋切型の「チェーホフ的」スタイルで演じていると言って非難した。彼らが「チェーホフ的な泣きごとを言う」といって非難したのだ。そのかわりに、彼は登場人物たちの陽気さ、活気、勇気を強調した。彼は、トレープレフが「自殺する決心をするのは生きていたくないからではない。彼はとても生きていたく、より強く生活したくてすべてをつかもうとするのだが、みなすべり落ちるのだ……彼の行動をつらぬく線は、生きること、美しく生きること、モスクワへモスクワへと焦がれることだ」と語った。スタニスラフスキーの論じるところによれば、チェーホフは「活動的だったし、ペシミストではなかった。八〇年代の生活がチェーホフの主人公たちを創り出したのだ。チェーホフその人は生活を愛したし、彼の主人公たちすべてと同じように最も良い生活に憧れたのだ(23)」。

スタニスラフスキーが『三人姉妹』の演出で、いかに「積極的なあがき」という要素を強調しようとしたにしても、彼は観客にとってこの戯曲が「絶望的な憂鬱(24)」に満たされていることが分かっていた。アレクサンドル・ブロークがこの上演を観たとき、彼を「まったくめちゃくちゃにし……最終幕はヒステリックな叫び声に終始した。……多くの観客が泣き、私もほとんど泣いていた(25)」。批評家たちはこの上演を「絶望的なペシミズム」だと攻撃した。この上演は「絶望の気分と気のめいる落胆」とに感染させ、「灰色の、失意の生活[26]」を描いたと言われた。ところが、レオニード・アンドレーエフは次のように書いている。

『三人姉妹』がペシミスティックな作品で、絶望と無意味な切望を生じさせたなどと信じてはならない。これは軽く愉快な戯曲なのだ。劇場へ行って、姉妹たちに共感し、彼女たちの辛い運命を共に泣き、舞台の袖につかまっての「モスクワへ！　モスクワへ！　光に向かって！　生活と自由と幸福に向かって！」という、祈るような叫びを聞くがよいのだ[27]。

『桜の園』

スタニスラフスキーによる『桜の園』の演出についての共通した見解は、これを「消えて行く世代の通夜」――消滅する生活様式へのノスタルジアで満たされた[28]――と述べた、ヴィクトル・ボロフスキーによって要約されている。西欧とロシアの批評家たちは、スタニスラフスキーが戯曲を理解せず喜劇を悲劇にした、と主張してきた。だから、ロルフ＝ディーター・クルーゲはこう書いたのだ、「スタニスラフスキーは憂鬱な、あるいは悲劇的でさえある『桜の園』のサブテキストを強めて、喜劇の要素を削ったのだ[29]」。こうした意見は、大部分、チェーホフが戯曲を初めて朗読したあとで、スタニスラフスキーが彼に書き送った手紙に基づいている。チェーホフはこの戯曲が「ドラマではなく、喜劇で、ところどころ笑劇でさえある[30]」と力説したが、しかし、スタニスラフスキーの最初の反応は、

「あなたがお書きになったのは喜劇でも笑劇でもありません――これは悲劇です」[31]。だった。だが、スタニスラフスキーの演出プランを検討してみれば、われわれは演出についての共通した見解が、実際には神話であることが分かるだろう。実際には――おそらくチェーホフの意見に対する返答では――演出家は、戯曲を「喜劇で、ところどころ笑劇でさえある」と扱ったのだった。その後の手紙では、スタニスラフスキーはこう書いている、「この戯曲全体は以前のものとは違った調子になるだろうと思われます。すべてが明るく、陽気で……要するに、われわれはすべてを水彩絵具で塗りたいと思っています[32]」。

演出プランにおける喜劇の要素は、エピホードフの最初の登場からすぐに分かる。彼は布で窓を拭くのだが、そのすぐあと、同じ布で顔を拭く。彼は外套を椅子の背に引っかけるので、立ち上がるとすぐに椅子は倒れるのだ。第二幕の初めで、エピホードフはドゥニャーシャとヤーシャに好い印象を持たせようとして――自分でも気づかぬまま。自分の帽子をふんづける。実際、エピホードフは足を帽子に引っかけたために、動くと帽子を引きずるのだ。この登場人物は芝居がかった退場のしかたをして、「どうやらこれでピストルの使い道がはっきりしてきたぞ」と言うのだが、舞台裏で何かにぶつかる音が聞こえるからには、これは演出プランに入れこまれているのだ。彼は木の根っこにつまずいたか、あるいは木の枝にぶつかって倒れるのである。

ローレンス・セネリックは、スタニスラフスキーが自分にガーエフ役を、クニッペルにラネーフスカヤ役を、あまりうまくない俳優（レオニードフ）にロパーヒン役を配役することで、上演における力のバランスを変えたのだと論じた。観客の共感は「始めからラネーフスカヤとガーエフにつなぎ止められる」。上演は追放と喪失の悲劇になった。[33] それでもなお、演出プランから明らかなことは、スタニスラフスキーが実際に貴族階級を皮肉な目と、優しくからかうようなユーモアとで見ていたことだ。彼は、彼らが自分たちの抱える問題に面と向き合うのを拒絶することを強調した。第一幕で、ロパーヒンが桜の園の競売の問題を持ち出すとき、この家族は夜食を食べているのである。

パンにバターが塗られ、ソーセージとチキンが切り分けられる。彼らは指でチキンを食べ、手でパンをちぎる。……

ロパーヒンの決心は固まっているが、この屋敷の住人たちの運命が非常に心配だ。彼は言葉で、彼らを説得しようとする。家族の者たちは憤慨し、不満の面持ちで聴く。彼らはロパーヒンの野蛮な考えに憤慨するのだが、しかし本当の問題に注意を向けるのを避けるのだ。というのも、誰ひとりとしてそんなことを許すはずがないのを彼らは十分すぎるほど知っているからだ。

彼らはバスケットの中にワインを見つけて、飲む。ロパーヒンはグラスを傾けようとしない。[34]

スタニスラフスキーは第一幕用の装置に、子供用のテーブルと椅子を組み入れ、子供時代のテーマを強調し、また皮肉をこめて登場人物たちを批評しもする。たとえば、食事は育児用のテーブルに用意され、ガーエフは小さな椅子のひとつに腰を下ろす。(滑稽なことに、シメオーノフ゠ピーシチックも小さな椅子に座ろうとするが、椅子が小さすぎるか、またはピーシチックが太りすぎているのは分かりきっている。)その間に、フィールスが進み出て、この子供用の食事を「まるで本式の晩餐ででもあるかのように[35]」給仕する。これは確かに、この家族がかつての日々の裕福さから今はどんなに低いところに落ちてしまったかという批評である。

スタニスラフスキーは、ラネーフスカヤが「涙から笑いへ、陽気さから絶望へと[36]」軽々と移っていくさまを示してみせる。彼女は第一幕で、「ここにいるのは、ほんとにわたしかしら？」と叫ぶ――それから子供のようにソファーに飛び乗り、すぐ飛び降りて部屋を走り回る。彼女はガーエフに、育児用テーブルに、食器棚にキスする。それから彼女は突然、動けなくなり、食器棚によりそうと、叫ぶのだ[37]。スタニスラフスキーは至るところで、彼女のふるまいにある「パリの」影響を強調する。（ネミローヴィチはオリガ・クニッペルに、「特に役の対照的な、いやむしろ、ラネーフスカヤの魂の対照的な二つの側面、〈パリと桜の園〉を理解しなければならない」と語った[38]。）第二幕に入ると、スタニスラフスキーは、彼女はパリの大通りを歩いていると幸せなのだが、ロシアの田舎の中ではそうではないのだろうと書きとめる。彼女は、「ひんぱんにおしろいのコンパクトと鏡を取り出しては、顔におしろいをはたき、美しく調えるパリ風の習慣が身についている[39]」。だから、われわれは彼女が本当にはこの世界に属していないこと、そして、ここに長くはいないだろうことを感じ取ることができる。第三幕で、彼女がトロフィーモフに、「じゃ、きっとわたしは恋愛以下なのね」と言うところで、スタニスラフスキーは書きとめる。

なまめかしい思わせぶりか、神経過敏のどちらかで、彼女はテーブルに顔をふせ、それから、なまめかしいポーズで立ち上がる。彼女の中にフランス女を認めることができる。（いずれにしろ、オリガ・レオナルドヴナ（クニッペル）は、フランス女の調子を見つけなければならない。）心ならずも、彼女がパリのレストランで、乱雑なテーブルに向かって夜中までどうやって時間を過ごしていたかを知ることになる。彼女の中にはパリの大通りで暮らしているようなボヘミアン生活を思わせるものがある。そして今、彼女の神経は、うんざりする夕食を終えたあとのように苛立っている――彼女は半ば笑い、半ば叫び、いやむしろ同時に笑っては叫んでいるのだ。神経質な放縦さでもって、この気分が演じられなくてはならない[40]。

したがって、桜の園を手放すことになるかもしれないという彼女の苦悩を示しながらも、スタニスラフスキーはこの登場人物に対するある批評的な距離を保ったし、また観客も必ずそうするようにしたのだ。

ガーエフ役のスタニスラフスキーは、「ゴーゴリの『外套』におけるユーモアのように、その人のユーモアが心臓をきゅっとしめつけるような人物[41]」を創り出すのに成功した。彼は書いている。

私は、ガーエフは彼の妹同様、軽くなくてはならないと思う。彼は自分の話し方に気づいてさえいない。彼はしゃべり終わってから気づくのだ。私はガーエフの調子を見つけたように思う。私には、彼はどこか貴族的だが、ちょっと突飛な人という印象を与える[42]。

スタニスラフスキーのガーエフについての批評的な見方は、演出プランに明らかだ。第一幕での

「本棚」演説のあとに、こう記している。「ある悲しい調子が感じ取られる。それは、彼がからっぽで救いがたい人間だという悲しみだ」[43]。そのあとで、ガーエフがアーニャに、彼女の母親について言ってしまったことの許しを乞うとき、彼は「ちょうど何か悪いことをしてしまった子供のように、かわいそうに」[44]見える。

そのあとで、彼は桜の園（領地）は助かるだろうと、彼らを安心させようとする。スタニスラフスキーは、彼には非常に自信があって、てきぱきしているために、彼が銀行の頭取になれるとみんな本当に信じたのだと述べた。だが、そのあとで、彼は口にドロップを放りこむのだ。「それはすばらしい手際で、自分の言ったことをすべて即座にだいなしにする。彼に対するすべての信頼がなくなるのだ」[45]。だから、スタニスラフスキーは、この登場人物のふるまいの中にある矛盾を示すために、皮肉とユーモアを用いた。クーゲリは実際、スタニスラフスキーを、彼がガーエフの中へ皮肉の要素を注ぎこんだことで非難した。（批評家クーゲリは、この登場人物を哀れを誘う気落ちした人物で、他の者をも悲しく落胆させる人物だと見ていたのである。）

第四幕、ラネーフスカヤが最後の退場をしたあとで、スタニスラフスキー演じるガーエフは舞台に残った。一九二三年のアメリカ巡業を観た人の証言によると、彼の退場が上演の感情的クライマックスになったのだった。ガーエフは振り向いて妹に話しかけたのだが、妹はすでにそこにいなかった。

彼が突然ハンカチを、学校の男子生徒が笑いをこらえるように口に押しこんだとき、激しくすすり泣きを始めそうなのだ。彼がくるりと背を向けて出て行くとき、われわれにはその大きな肩がひきつっているのが見えて、それはもう、感激しやすい演劇ファンにはたまらないものなのだ[46]。

シャロン・カーニックは、結末でこのように登場人物を舞台に残すことは、上演を「ガーエフ個人の悲劇」に変えてしまう、と論じた。この胸を引き裂くような最後の瞬間は、観客を感動させて涙させるため、スタニスラフスキーの戯曲に対する悲劇的な解釈を裏づける[47]。だが、これでは戯曲の他の部分におけるガーエフの皮肉な扱いと一致しなくなる。事実、最後の場面で、スタニスラフスキーが悲喜劇的な効果を狙っていたことははっきりしている。彼が、学校の男子生徒のようにハンカチを口に押しこんだとき、この瞬間は観客の半ば「ツボを、笑いと涙の急所を」ついた。スタニスラフスキーは、チェーホフ本人からこの場面の演技で称賛をうけたと述べている[48]。事実、それはチェーホフのユーモア、曖昧さ、皮肉に気づいていることを実証するもので、『ワーニャ伯父さん』のクライマックス場面の演技にはひどく欠けていたものなのである。

演出プランにおけるロパーヒンの扱いには皮肉の要素が含まれてはいるものの、ガーエフやラネーフスカヤの描写よりも風刺が少ない。実際、彼は最も心理的に複雑な登場人物——内面の矛盾に引き裂かれた人間として登場する。（このことは、ロパーヒンが競売から戻ってくる場面にいちばん明らかで、われわれはこのとき彼に商人としての誇りを認める。「彼が子供のときに味わった屈辱をめぐって感じる、隠された怒りと辛さ」、そして「優しくラネーフスカヤの家族みなを、特に彼女を愛している立派で善良な人間[49]」。）チェーホフは最初、この役にレオニード・レオニードフを当てる決定にいくつかの条件をつけていたのだ。にもかかわらず、この俳優は劇団の主要なメンバーの一人だった。

彼が演じた他の役には、『三人姉妹』のヴェルシーニンがある。（当時彼は、セネリックが言うような「二流」ではなかった。[50]）レオニードフはあるときチェーホフに、この役をどう演じるべきかとたずねた。チェーホフは、「黄色い靴をはいているのです」と答えた。最後の稽古が終わったあとで、チェーホフがやってきて彼にこう言った。

私はチェーホフに椅子をすすめた。彼は座った。彼は黙っていた。だが、彼の眼から、満足していることは分かった。そして静かに、鼻眼鏡ごしに見て、やわらかな低い声で言った、「ねえ、とても良かったよ、オリガ（クニッペル）も良かった、ちょっと若すぎたけどね」。私は、彼が認めてくれたのを聞いて、とてもうれしかったが、何よりアントン・パーヴロヴィチが寛大にほめてくれたからだった。[51]

クーゲリは、この登場人物を批評の上では「まったく生きておらず、理解不能」である、と見た。ただ単に、この登場人物が劇作家（チェーホフ）の作品についての彼の考えに合致しなかったのだ。「どんなにチェーホフが、これがおそらくは新しい、陽気で、自覚した、積極的な人生の始まりを代表する一人だと、われわれを説得したくても——これは信じられない[52]」。それにもかかわらずクーゲリは、俳優の演技は「すばらしかった」し、登場人物に何か内面の妥当性を与えたと言ったのだった。彼が最も強く反対したのは、トロフィーモフ役のワシーリー・カチャーロフの演技に対してだった。彼はこの俳優が、スタニスラフスキーよりももっとチェーホフをだいなしにしたと感じた。彼は演技が熱意に、「生の喜び」にあふれすぎていた、と反対した。第二幕の最後の場面、トロフィーモフがアーニャに桜の園なんか捨ててしまうべきだと説得する場面が、生命と青年の熱意にあふれていたのだ。だが、クーゲリはこの登場人物が「まったくの役立たず」に、「ニェダチョーパ」(ロシア語で、ろくでなしの意—訳者注)に描かれるのを、そして彼の理想主義と世界を理解しようとする努力のすべてが不毛だと暴露されるのを、観たかったのだ。批評家クーゲリは、上演に「チェーホフ的憂鬱」の痕跡すらも認められなかったと反対したのである——そして、実際にこれが上演全体に欠けているように思われたのだった。(53)

クーゲリの批評は、事実、スタニスラフスキーの演出が、これまで言われてきたような、消えゆく過去への悲劇的エレジーでは決してなかったことを立証している。事実、ストローエワが述べるように、「過去の人々についての皮肉なからかいだけでなく、未来への楽天的な呼びかけもが、はっきりと聞き取れ、また感じられた」(54)のである。

スタニスラフスキーは、上演が幕を開けたとき、決して用意がととのってはいなかったことを白状している。この上演は、「並みの成功だっただけで、それにわれわれは、そもそもの最初から、戯曲のいちばん大事で、美しく貴重な性質を描くことができないでいることで、わが身を責めていた」のである。ネミローヴィチは重苦しくて退屈だと言った。ようやくのことで、「レースのような、優雅な性質」(55)を手に入れただけであった。一月後、この作品はサンクト・ペテルブルグで上演された。それに先だって、クーゲリは「『桜の園』の憂鬱」(56)と題した一連の論文を書いた。この戯曲はチェーホフの「本質」を捉えている、と彼は感じた。彼はこれが、ある意味象徴的な絶望と落胆のドラマであると見た。「彼ら、『桜の園』の住人たちは、現実的なものと神秘的なものとの境界線上に、あたかも半ば眠ったように、空虚に（影のように）生きている。彼らは人生を葬るのだ」。彼らは（サルトルの戯曲『出口なし』の登場人物たちのように）、「そこからの出口もなく、中に灯りもない」家に住まうよう宣告されている。壁を通して光はほとんど入りこまない――それがわれわれの視野の限界である。外界から鈍い斧の音が聞こえてくる――それが板で囲われた家の限界の向こうにある世界について、われわれが知っている全部である(57)」。

クーゲリは芸術座の上演を観て、そして上演が「軽快で、滑稽で、陽気な(58)」ものであることが明らかになって、驚いた。彼は冗談に、今度は「『桜の園』での騒々しくも楽しい生活(59)」と題した、新しい一連の論文を書かねばなるまいな、と述べた。だが、彼はこれが作者への裏切りであると見た。上演は、ペシミズムを、絶望の感覚を、そして悲劇を欠いていたが、彼はそれらがチェーホフの本質だと定義していたのである。クニッペルは彼の意見をチェーホフに報告している、「彼（クーゲリ）は、私たちが悲劇を演じなければならないところを、ヴォードヴィルを演じていると、そして私たちはチェーホフが分からなかったのだと、思っています。ほら、こんなぐあいです(60)」。

「無用な」真実？　自然主義と芸術座

チェーホフ戯曲の上演は芸術座の名声を築いた。かもめは劇場の紋章となった。他の劇場がスタニスラフスキーの演出を模倣し始めた。だが、一九〇二年に劇団は攻撃を受けた。シンボリストの詩人ヴァレリー・ブリューソフが「無用な真実」と題した論文を書き、その中で彼は不完全な自然主義の形式を提示したとして、芸術座を非難したのである。

現代の諸劇場はできるだけ忠実に生活を再現しようと努める。彼らは舞台上のすべてのものが現実そのままであれば、その機能を十分に果たしていると考えている。俳優たちは客間にいるときと同じように話そうとし、舞台美術家たちは自然のままの風景を描こうとし、衣裳デザイナーたちは考古学的な資料に合わせて布を裁断しようとする。[61]

ブリューソフは、「劇場が現実を模倣するのを止める」[62]時がきた、と断言した。彼は「様式化された」演劇を要求した。だが、スタニスラフスキーは、芸術座は決して舞台上に自然主義を求めはしなかったと主張した。その目標はつねに、彼が「精神的リアリズム」と呼んだもの、「外面的」であるよりもむしろ、「内面的」な真実だった。

運の悪いことに、ブリューソフの論文は多くの点で、つづく何年間かの議論の際の用語になった。彼は、芸術座に「自然主義的だ」というレッテルを貼ったのだが、このレッテルは貼りついたのだった。スタニスラフスキーは、この誤解が根づいてしまい、劇場が多くの異なった実験と発展の段階を経験して、さまざまな演劇的スタイルを創り出したという事実があったにもかかわらず、誤解を拭い去ることができなかったのだと述べた。[63]

他の者たちもブリューソフに続いて、芸術座を攻撃した。（ネミローヴィチは述べている、「至るところで、人々は演劇の危機、シンボリズム、様式化、リアリズムなどなどについて、多くを語っている。大規模な議論すべてで、彼らはつねに芸術座を罵ることから始めるのだ」。(64))『かもめ』でトレープレフ役を演じたフセーヴォロド・メイエルホリドは、おそらく劇団に対する最も執拗で口うるさい反対者となった。彼は、いくつかの上演における行きすぎた自然主義と見たものを、「生活の正確な再現(65)」を提示しようとする試みだと非難した。スタニスラフスキーの『桜の園』の演出に対するわれわれの見解は、メイエルホリドが書いた論文「自然主義の演劇と気分の演劇」(一九〇八年)にかなりに影響されてきた。たとえば、彼は第二幕の、「本物の」橋と「本物の」礼拝堂で(それでいて、「空」は薄絹のフリルのついた大きな二つの青いキャンバスで作られていた)、「本物の」環境を創り出そうとする演出上の試みを非難した。スタニスラフスキーの舞台装置についての説明(チェーホフ宛書簡にある)が自然主義的に見えるのは本当だ。

草原の木々の茂った小さなオアシスの真ん中に、小さな礼拝堂、渓谷、忘れられた共同墓地、……遠くに、川のきらめきと、小高い丘の上に農場が見える。電信柱と鉄道の橋、……日没前に町がわずかの間だけ見えるだろう。この幕の終わりに近づいて、霧。霧は舞台前面の溝から特に濃く立ち上る。カエルの合唱、それから最後の最後に、ウズラクイナの鳴き声。

だが、スタニスラフスキーが自然の叙情的な喚起、つまり「レヴィタン風」(ロシアの風景画家(66))の風俗画ほどに「自然主義的な」演出をねらっていなかったことは、第二幕のための演出プランから明らかだ。自然主義的な要素は、結局、非自然主義的な方法で結びつけられていたのである。

演出での「牧歌的な」要素は、実際には第一幕の終わりで始まっている。スタニスラフスキーは、トロフィーモフの台詞「アーニャ、僕の太陽。僕の青春」に、音響と照明の効果で叙情的な性質を強くした。「羊飼いが笛を吹く。馬が鼻を鳴らす音、雌牛のモーという鳴き声、羊のメーという鳴き声、羊飼いのどなる声が聞こえる。小鳥がさえずる。日が昇って、観客をまぶしくさせる」(67)。

演出プランでは、これが第二幕の始まりだ。

晩に近い。日没。夏。干し草作り。暑さ。草原。町は霧に隠れてまだ見えない。何かの小鳥がいつまでも単調に鳴いている。ときおり、突然、風が吹いて葉をゆらし、ガサガサ音を立てる。遠くでライ麦畑が波のようにゆれる（金属板にスポットライトを当てて反射させる）。時々、枯れ枝が地面に落ちる。森の中を歩いている人たちがいて、ポキポキと枝が折れる音が聞こえる。

ウズラクイナ、カエル、歌、切穴から霧。

ドゥニャーシャとヤーシャが階段に、エピホードフが墓石に腰を下ろす。蚊やハエがたくさんいる。ドゥニャーシャとヤーシャはお互いの腕や顔にとまった蚊をぴしゃっとたたく。こうやって、二人はいちゃついているのだ。自然の物音が登場人物たちの調子はずれの歌でかき消される。

幕が上がると、ヤーシャとドゥニャーシャが二人で歌う、エピホードフがそれに加わろうとする

が、うまくいかない。彼らは誰ひとり音楽がよく分からないので、歌がひどくまずい。(68)

舞台装置の叙情性が、前面にいる登場人物たちの滑稽なふざけぶりに対して、堂々とした背景を形づくる。これは実際、スタニスラフスキーのこの幕の演出における、最も重要な調子であると見なされるかもしれない。滑稽な場面は、午後遅くの暑さの中での静けさと物思いにふける瞬間によって中断される。たとえば、アーニャとワーリャが登場してラネーフスカヤたちに加わるが、彼女は干し草の山に座っているのだ。彼女たちは抱き合い、キスをし、お互いのことを感情をこめて話す。「彼女たちは息ができないので、ぶつぶつ言ったり、言葉にならない音を立てたりする。それから、くすぐったいところ、たとえば耳にキスされると笑う。……もちろん、すべてのことがくすぐったがって立てる声の高まりのうちに終わる。彼女たちは干し草まみれになり、そこに全体の笑いと優しい愛情がある(69)」。だが、このすぐあとで、うっとりとして眠たげな気分になる。このあとにくるロパーヒンの台詞は、スタニスラフスキーのこの場面の解釈のライトモチーフだと見なされるかもしれない。「時には眠れないままに考えるよ……『神様、あんたはわしらにこんなでかい森とひろい野原と果てしない地平線を下された。とすれば、ここに住む以上わしらも、本ものの巨人でなきゃいかんのでしょうな』とね」。このすぐあとに、スタニスラフスキーは次のような驚くべき場面をはさみこむ。「大気はよどみ、小鳥が鳴いているだけ。彼らはみな黙りこくっている」。新しい蚊の一群が近寄ってくる、「ときおり、額や頬や腕をぴしゃっと打つ音が聞こえる。彼らはみな座って考えこみ、蚊をたたく(70)」。

第三幕

演出家の第二幕についての全体的な考えは確かに自然主義的ではない。戯曲を一種の牧歌的喜劇に近づかせている。演出プランに見られる叙情的で牧歌的な要素は、事実ときに度を越しているように思われる。たとえば、スタニスラフスキーはある箇所で、干し草作りから歌いながら帰ってくる百姓女たちの合唱を持ちこむつもりだった。彼女たちの色鮮やかなサラファン、熊手ときらめく大鎌が地平線の上にちらりと見えたことだろう(71)。

メイエルホリドは、第三幕でのライトモチーフは「ラネーフスカヤの迫りくる嵐の予感」だと主張した。

まわりにいるみんなが愚かしくふるまっている。そこで、彼らは実にひとりよがりに、まるで悪夢のような渦の中にいるように、熱狂も情熱も優雅さも、渇望すらない退屈なモダンダンスを踊っているように、ユダヤ人の楽団の演奏する単調な音にあわせて踊り、ぐるぐる回っているのだ。彼らは、自分たちがその上で踊っている地面が足下から消えかけているのが分かっていない。ラネーフスカヤだけが災厄を予感し、それを待っている。彼女は走り回り、そのあと、この回転するメリーゴーラウンドを、この人形芝居の悪夢のようなマリオネットの踊りを、しばし止めるのだ。

「対位法」は次の二つの間に作られる。一方に「迫りくる災厄に不吉な予感を抱くラネーフスカヤの嘆き(チェーホフの新しい神秘主義的な戯曲における重要な要素)があり、もう一方に人形芝居がある」。（明らかな理由があって、とメイエルホリドはほのめかす、「チェーホフはシャルロッタに、人形劇ではおなじみの衣裳——黒い燕尾服とチェック柄のズボンを着せて、「俗物たち」の間を踊らせるのだ[72]」。）

メイエルホリドは、戯曲をある意味神秘主義的な表現で、迫りくる死に直面したときの恐怖のイメージとして、理解した。彼はチェーホフへ書き送っている。

あなたの戯曲は、チャイコフスキーの交響曲のように抽象的（アブストラクト）です。何より、演出家はその響きを捉えねばなりません。第三幕では、足を踏みならす愚かしい音を背景にして、——この足音は聞こえなければなりません——まったく誰にも気づかれずに恐怖が入りこんできます。「桜の園は売れた」。彼らは踊り続けます。「売れた」。彼らは踊り続けます。そして、最後までそうなのです。戯曲を読んでみれば、第三幕はあなたの短編『発疹チフス』にある、病気の男の耳元で鳴り響いている音と同じ効果を生みだします。むずがゆさのようなもの。死の足音が聞こえる陽気さ。この幕には、何かメーテルリンク的なもの、何か恐ろしいものがあります[73]。

メイエルホリドは、この「象徴主義的な」戯曲の解釈を、芸術座のおそらくは「自然主義的な」戯曲の解釈と対比させた。だが、実際には、われわれがこれから見ていくように、こうした「象徴主義的な」感じは、すでにスタニスラフスキーの演出に存在していたのだった。

メイエルホリドは特に、シャルロッタが人を出現させる奇術を演じる場面でのスタニスラフスキーの演出を非難した。彼が言うには、この場面は踊りを背景にして、踊っている人々が再び姿を現す直前に、行うべきなのである。だが、芸術座は人を呼び出す奇術を大きなひと続きの場面にした。その間に、観客はライトモチーフ「ラネーフスカヤの迫りくる嵐の予感」を見失ったのだ。

再びスタニスラフスキーの演出プランを検討してみよう。ここに舞踏会についての覚書がある。

舞踏会は完全な失敗だ。人がほとんどいない。どんなに努力しても、来てくれるひとを集めることができなかったのだ。かろうじて何とか駅長と郵便局員を引っぱりだした。(召使の一人の息子の)粗い生地の軍服(式服ではなく、平服――注:軍人についてのメモは鉛筆で消してある)を着た兵士、上着を着て赤いネクタイを結んだ執事、背が高くてやせた司祭の妻の娘と踊っている若者(老女の息子)、そしてドゥニャーシャも――これが舞踏会に集めることができた全員なのだ。踊り手の大半はカドリールの形を知らないし、グラン・ロンは言うまでもない。[74]

この場面の登場人物たちにはリアリスティックな土台が与えられている。(台詞のない役にも、スタニスラフスキーは俳優を助けてやるために個々の人物の物語を作ってやった。)だが、演出ははっきりとリアリズムを超えるように意図されている。踊りは滑稽で、バカバカしく、グロテスクでさえある。若者が、背が高くてやせた女と踊る。踊り手の大半がステップを知らない、などなど。登場人物たちがほとんど「人形のような」グロテスクさだという意味合いがある。

音楽と踊りがあるにもかかわらず、スタニスラフスキーは一種の「静寂さ」が場面全体に行きわたると書きとめる。それぞれの踊りが終わるとすぐ、客たちは何をしたらいいのか分からなくなる。彼らはじっと座ったまま、退屈する。「彼らはみな葬式のために集まったのだと思われるかもしれない」[75]。ラネーフスカヤが登場すると、彼女はいらいらしている、とスタニスラフスキーは書きとめている。事実、彼は至るところで、彼女がいらいらしていることを強調する。これが、この幕のライトモチーフであるか、あるいは「貫く線」なのだ。舞踏会はそのグロテスクな背景を形づくる。シャルロッタはこの機会を純粋に楽しんでいる唯一の人物として描かれる。スタニスラフスキーは彼女の役割を道化、この狂ったような饗宴のぞっとする宮廷道化のようなものとして強調している。(シャルロッタ役の女優ムラートワが、黒い燕尾服を着て、蝶ネクタイを結び、シルクハットをかぶって片眼鏡をかけた姿の写真がある。彼女はほとんど人形のように見える。)スタニスラフスキーが苦心してシャルロッタの魔法の手品を大きな場面にしているのは事実である(彼の覚書は数ページにわたる)。だが、彼女の奇術がいっときの気晴らしにすぎないことは強調されている。ラネーフスカヤはいっとき不安を忘れ、子供のようにはしゃぐ。事実、この場面は対照的に、舞踏会のほかの部分のぞっとする性質を目立たせる。舞踏会が終わるとすぐに、突然「生命のすべてが消え失せる」[76]のだ。客たちは長いことその場に座ったまま、何をしたらいいのか分からない。ラネーフスカヤは再び興奮し、ワーリャはうちひしがれる。

ラネーフスカヤは、桜の園が売れたという噂を耳にすると取り乱す。客たちは中の部屋で踊り続ける——彼女の感情との対位法である。彼女はピーシチックと踊るが、まるでうわの空で、「自分が何をしているのかすら分からない」。彼女は当惑していらいらした表情をしている。結局、彼女は座って、取り乱し、お茶を飲む。それから再びじっと動かなくなる。「彼女の顔は不安でいっぱいで、一つところをじっと見つめる。彼女はしばらく身動きしないが、それから突然また元気にお茶を飲む」(77)。

　このあとすぐシャルロッタが男の服を、実際にガーエフの服を着て登場する。スタニスラフスキーが書きとめているところによると、彼女は道化がサーカスのアリーナを横切るように、部屋を走り抜けていく。ここでの彼女の行動はひどく突飛に見える。彼女は変なアントルシャ（バレエの動作の一つ――訳者注）を演じ、それから警官とカンカンを踊る。ラネーフスカヤはガーエフの帰りを待っていたのだ。だから、シャルロッタがガーエフの服を着て登場するのは、このあとすぐの、ガーエフ自身が競売から帰ってきて登場するところをグロテスクなやり方で予め示して見せているのだ。

　ロパーヒンが枝つき燭台をひっくり返しそうになって、「金は全部、俺が払ってやるぞ」と言ったあと、中の客間に通じるドアが閉じられ、そこで踊りが再び始まる。われわれに、足を踏む重い音と、踊り手たちの下品な叫び声が聞こえてくる。ビリヤード室では、荒らっぽくゲームが行われる。ビリヤードの球がぶつかる音が聞こえる。アーニャとトロフィーモフがラネーフスカヤを連れ出すと、舞台は空になる。足を踏みならす音がとても大きいため、テーブルの上のグラスがカチャカチャいい、漆喰の破片が天井から落ちて、床でこなごなに砕ける。ここで、メイエルホリドの言葉が思い出されるかもしれない。

　第三幕では、足を踏みならす愚かしい音――この音は聞こえていなくてはならない――を背景にして、恐怖がまったく誰にも気づかれないまま入りこんでくる。「桜の園が売れた」。彼らは踊り続ける。「売れた」。彼らは踊り続ける。そして最後までそのままなのだ。われわれは今や、この足を踏みならすぞっとする音が、破滅の前触れが、実際にはスタニスラフスキーの考案であったことが分かる。

したがって、演出家は戯曲における「象徴主義的な」次元にはっきりと気がついていたのだ。彼はチェーホフに、第四幕は家具が取り去られた子供部屋を舞台にすべきだと提案した。ヴェーラ・ゴットリーブが言うように、「ここの視覚的イメージは非常に強い現実感を——時間の経過と、登場人物たちのこの家に対する所有権とその関係という感覚を与えるのだ[78]」。だが、それはまた象徴主義的なのでもあって、荒廃と空虚さをも暗示している。舞台装置が——戯曲それ自体と同様に——リアリスティックとシンボリック両方に読み取られる。古い家具は死者を包む白布のように覆われている。鎧戸が閉じられているのは、部屋が「木々や光から、そして外の世界から遮断された[79]」ことを意味していた。これは、「現実的なものと神秘的なものとの境界線上にある」（クーゲリ）、一種の待合室あるいはリンボ（天国と地獄の中間）だった。滅亡と消滅を待っている脆く砕けやすい貝殻なのだ。

したがって、メイエルホリドのあとにくっついて、スタニスラフスキーの演出に「自然主義的」というレッテルを貼ったわれわれが間違っていたのである。むしろ、彼の演出は「リアリズムとシンボリズムの間を[80]」揺れていたのだ。

「人目を引く」細部

チェーホフはあるとき、作者は「戯曲の所有者だが、俳優の所有者ではない」と力説した。友人のニコライ・レイキンは、もし作者が稽古中そこにいたら、彼または彼女は演出を妨げ、俳優たちの邪魔をするだけだと言った。だが、チェーホフはこう答えた。「もし作者が関わらなくなったら、そのとき何が起こるか、神のみぞ知るだ」[81]。彼はクニッペルに、自分が『三人姉妹』の稽古に立ち会うことが絶対に必要なのだと語ったが[82]、結局彼は気候が寒くなる前の、初めの会合に数回出席できただけだった。寒さが彼の健康に響いて、モスクワにいられなくなったのである。だが、彼は『桜の園』のことになると、寒さのことなどかえりみないことにしたようだ。彼は、一九〇三年の十二月初めにモスクワへ到着した。ある手紙の中に、チェーホフは、十二時から五時まで稽古に立ち会ったが「稽古のない日に、妻は私が咳きこむと私を家の外に出してくれないのです[83]」と書いている。しかし、記録によれば、彼は実際には全部で四、五回稽古に立ち会っただけのようである。そのうち作者と演出家の間に緊張が生じてきた。シーモフはある折のスタニスラフスキーの様子を回想している。

（彼は）ある場面に不満で、厳しく叱ると、いつものように演出家のテーブルから立ち上がり、どう演じるべきかを俳優たちにやってみせた。その結果にも満足できず、彼は再び自分が求めている演技の方法を実際にやって見せた。そしてこのあと、示されたスタイルに賛成できないアントン・パーヴロヴィチが自分の番だとばかりに、自分の席から意見を述べたのだ（彼はいつも、もう少し向こうの、姿が見えない場所に座った）。自分のプランで頭がいっぱいだった演出家は、作者の意見に対してとやかく言わなかった。すると、チェーホフは立ち上がって出て行ってしまった。これはみんなの心に非常に痛々しい印象を生じさせた。稽古は中止され、休憩となって、われわれはどうやって状況を修復したものかと相談を始めた。何と言っても、われわれは心からアントン・パーヴロヴィチを愛していたからだ(84)。

スタニスラフスキーは、戯曲が稽古では「まだ開花していない」と感じていた。「作者が現れてすべてをだいなしにされた花は、たった今ようやく咲き始めたところでした(85)」。ネミローヴィチは演出家の肩を持った。彼らはともに、問題は「作者というものが演劇を分かっていない」ことにあると感じていたようだ。とうとうネミローヴィチはチェーホフに言った、「みんなの邪魔をしているだけですから、どうぞ家へお帰りください(86)」。

そのすぐあとで、ネミローヴィチは、おそらくチェーホフは稽古中に、「芸術座の中でつねに強力だった二つの傾向――二つともに強力で、二つとも互いに引き立たせ合い、互いに邪魔し合うものの交差するところに」出くわしたのだ、と考えた。オリガ・ラジーシシェワは、彼は「外面的な鮮やかさ」と「内面的な本質」との衝突のことを言っていたのだと述べている(87)。ネミローヴィチ自身は、チェーホフを演出する際、スタニスラフスキーが細部と鮮やかな「外面的」効果を好むことに心を奪われがちで――これが時としてチェーホフ作品の「本質」を損なうのだと、感じていた。たとえば、スタニスラフスキーは『ワーニャ伯父さん』の第一幕で、アーストロフ役の俳優に蚊を防ぐために頭にハンカチをかぶせようとしたのだった。ネミローヴィチは反対した。

私はこの細部を認めることはできません。これがおそらくチェーホフを、その趣味と作品を私がよく知っている人を、喜ばせることはないと断言します。この細部が何ら新しいものをもたらさない、と私は確信を持って言えます。私は、これがいらいらさせるだけの「行き過ぎ」の中に数えられることになるだけで、しかもあなたが取りかかっている目的や仕事のどちらにも何の利益にもならないことを請け合います。これはただ「収拾がつかなくなる」だけの、あの細部の一つです。最後に、現実生活の点から言っても、これは不自然です。要するに、私はこの人目を引く細部に賛成するまっとうな理由が見つけられないのです(88)。

ネミローヴィチは『三人姉妹』の稽古を見て、演出について次のように感じた。

良く考えられており、才能を持って演出されてはいるけれど、アイディアを盛りこみすぎていて、細部で飾られすぎていました。私は、俳優たちがまだ細部に慣れていないのが分かりましたが、それでもやはり、多すぎるように思われました。私は、動きや音や叫び声や外面的効果などのことを言っているのです。戯曲を上演する価値を、あるいはそれらの細部個々の明確な表現を損なわずに、調和のとれた申し分のない全体を、個々のエピソードや思想や気分や特徴から、そしてすべての登場人物の成長から創り出すことは、ほとんど不可能のように思われます。

言いかえれば、豊富な細部が作家の作品を分かりにくくしていたのだ。「けれども少しずつ、ごくわずかに細部を削ったら、全体の意味が明瞭になり始めました(89)」。

だが、それほどにチェーホフをいらだたせたのは、明らかに演出における細部の過剰だった。スタニスラフスキーが『桜の園』の第二幕にカエルとウズラクイナの合唱を加えるつもりでいると聞いたとき、チェーホフは「干し草作りは普通六月の二十日から二十五日にかけて行われます。その時期には、ウズラクイナの鳴き声はもう聞こえませんし、カエルたちも鳴きません。コウライウグイスの鳴き声が聞こえるだけです(90)」と手紙に書いて送った。スタニスラフスキーはまた、遠景に汽車を採り入れたがった。「間の一つのあいだに、小さな煙を吐き出す汽車を通過させましょう。これはすばらしく作用するかもしれません(91)」。チェーホフはクニッペルに書き送った、「コンスタンチン・セルゲーエヴィチ（スタニスラフスキー）は第二幕の舞台に汽車を持ちこみたがっているけれども、彼がそうするのを止めさせなければならないと思います(92)」。彼はスタニスラフスキーに書いた、「もしあなたが汽車を、騒音なしで、一つの音も使わずに出せるのなら、おやりなさい(93)」。

チェーホフは上演を観て、スタニスラフスキーが私の戯曲をだいなしにした(94)、とはっきり言った。「私は理解できない」と彼は友人に語った、「戯曲がよくないのか、それとも俳優たちが私を理解していないのか、のどちらかです。……彼らがいま戯曲を扱っているやり方では、『桜の園』を上演するのは不可能です(95)」。その後、彼は数日間かけて、はっきりしていないとか、単にまちがっていたと感じた細部をいくつか修正しようとした。スキターレッツは、彼が家でネミローヴィチや劇場の他のメンバーたちと「かなり事務的な」会話を交わしているのを目撃した。スキターレッツは回想しているが、チェーホフは「いくつか小さな、重要でない欠点」を指摘した——たとえば、どこでドゥニャーシャは化粧をすべきなのかとか、第二、第四幕の弦の切れたような音はどんなふうな音であるべきなのかとか。[96]これらの点は重要でないように思われたかもしれないが、それでもチェーホフにとっては明らかにかなり重要なものだったのだ。彼は、劇場が自分のト書きをきちんと守ることができなさそうだという事実に怒ったのだった。そのあとすぐ、彼は腹を立てて書き送った。

ネミローヴィチに、『桜の園』の第二、第四幕の音は短く、もっと短く、遠くから聞こえてくるようでなければならないと伝えてくれ。何ということだ、戯曲にはみなあんなにはっきりと書かれているのに、こんな些細な、一つの音にまったく対処できないなんて。[97]

したがって、チェーホフの怒りは、ベネディティが述べるように、「彼の病気の最後の苦しみ[98]」によって引き起こされただけではなかった。彼が激怒したのは、スタニスラフスキーが、彼が書いたように戯曲を上演することができなそうだったのに、自分自身のイメージで戯曲を作り変え続けたことに対してだった。一九〇四年の四月二十四日に、チェーホフはエヴチーヒー・カールポフに会っている——アレクサンドリンスキー劇場での『かもめ』の初演に責任がある同じカールポフである。カールポフはそのころヤルタで、セヴァストーポリからやってきた劇団による『桜の園』の上演を観ていたのだ。この上演についての、彼の回想を読むのは実に楽しい。

ポスターには大きな活字で、戯曲は作者自身の監督の下、芸術座の演出スタイルで上演されるだろうとあった。私は入場券を買って、八時に劇場へ向かった。

一時間すぎても、一時間半すぎても、上演はまだ始まらなかった。観客はぶつぶつ不平をこぼしていた。楽屋すずめたちが、劇団は作者を待っているのだという噂を広めた。観客は興奮した。

ついに十時ごろ、幕が上がった。惨めなボロボロの舞台装置。哀れな道具立て。ウィーン風の椅子が数脚。真新しいが安物の、明らかに賃借してきた食器棚。窓には枝が大きな紙切れを何枚かつけて、桜の園ということで立っていた。舞台装置は材木で作った、田舎の劇場によくあるものだった。

「芸術座のスタイルによる上演」全体が、こんなふうに表現されていた。舞台の後ろから、演出助手が口笛を吹き、カアカア鳴き、カッコウの鳴きまねをし、上演中ずっとガタガタいわせたり、ガーガーキーキー音を立てたりして、カエルと小鳥の鳴き声で俳優の台詞をかき消したのだ。どんなにがんばっても、彼はプロンプターの声を聞き取ることができなかった。それで、プロンプターはプロンプト・ボックスからはい出して、俳優たちに台詞をつけていた。彼は、そのしわがれた低音の声で、俳優の声や小鳥の鳴き声やカエルの鳴き声をかき消したのだった。

結果は何だか信じられないほどメチャクチャなものだった。俳優たちは、プロンプターの声が聞こえなくて、舞台を走り回り、「目覚める自然」の音で混乱し、耳が聞こえなくなった。彼らは自分の役も分からず、ひどいことに台詞を取り違え、混乱し、そして「気分を生きている」のだと言わんばかりに、無意味な間を入れた。

ガーエフを演じていた俳優は、見かけと衣裳が薬局の店員そっくりだった。ラネーフスカヤとアーニャを演じていた二人の女優は、「エル」の音をフランス語風に発音する荒い音で話をし、舌足らずで台詞をぼそぼそ話し、狂った猫のように舞台に飛びこんできては、ちょこちょこ走り回った。劇場を上から下まで埋めた観客は、明らかに途方に暮れていた。時々、舞台裏から声が聞こえた、「もっと大きな声で！　何だって？　聞こえないよ！　プロンプターわめくな！　鳥たち、静かにしろよ！」などなど。私は腹が立って、チェーホフのことを思うと恥ずかしかった。第三幕が終わって、私は頭痛がし、いらいらと腹を立てて劇場を後にした。

この忌まわしい上演のすぐあと、私はアントン・パーヴロヴィチに会いにアウトカ（ここにチェーホフは住んでいた）を訪ねたが、この『桜の園』のことは一言も話さない決心をしていた。チェーホフの具合が悪いのが分かった。彼は肩をすくめ、神経質に両手をもみ合わせて、ひんぱんに咳をした。まだ二言も話さぬうち、アントン・パーヴロヴィチはあの上演のことを語り始めた。

「あなたは『桜の園』をごらんになったそうですね？」とアントン・パーヴロヴィチは私の方を見ずに聞いた。

「ええ……」

「彼らはめちゃくちゃにしてくれた！　これは侮辱だ！　ポスターには私の監督の下で演じているとも書いてあった。ポスターに目をやることもできなかった。けしからんことだ！　やつらはみな芸術座のサルまねがしたいんだ。すべてはむなしいことになった。あそこじゃ、複雑な上演全体が信じられないほどの手間と、莫大な量の時間を費やして、あらゆる細部へ注意を惜しまずに、成し遂げられる。彼らならできる……これ全部がたくさんの音の中で上演された、のだそうだ、で台詞が全部消えてしまった。言葉が大半聞こえなかった……それで芸術座では、こうした演劇的な細部のすべてが観客の気を散らせ、台詞を聞くのを止めさせて、作者の影を薄くする。それがここじゃ……どんなものだったか想像できるよ……ねえ君、私は彼らに私の作品をきわめて単純に、素朴に演じてほしいのだ。昔のように――部屋があって、前方にソファーと椅子があり……そして、上手な俳優たちがいて。それだけなのだ。小鳥も演劇的な気分もいらない。私は実際、私の戯曲がそんなふうに上演されるのを観たい。私の戯曲がだいなしになるのか、私は知りたいものだ。そいつはとっても面白い！　おそらく駄目になるだろうよ。でも、ひょっとするとならないだろう。誰に分かるもんか……」(99)

数週間後の、一九〇四年七月二日に、チェーホフは死去した。

上演記録

『ワーニャ伯父さん』モスクワ芸術座、スタニスラフスキーとネミローヴィチ＝ダンチェンコ演出。初演一八九九年十月二十六日。

『三人姉妹』モスクワ芸術座、スタニスラフスキー、ネミローヴィチ＝ダンチェンコ、ルージスキー演出。初演一九〇一年一月三十一日。

『桜の園』モスクワ芸術座、スタニスラフスキーとネミローヴィチ＝ダンチェンコ演出。初演一九〇四年一月十七日。

モスクワ芸術座初演、『三人姉妹』第４幕（1901年）、ヴェルシーニン役スタニスラフスキー、マーシャ役オリガ・クニッペル

モスクワ芸術座初演、『桜の園』第４幕（1904年）

第3章　直観と感情の路線——チェーホフとスタニスラフスキーの「システム」

スタニスラフスキーが彼のチェーホフ作品を上演したとき、彼はまだ自分の「演技のシステム」の開発を始めてはいなかった。だが、彼は実際にはチェーホフの作品を、自分の考えに重要な影響を与えるもの、「システム」へ向かう道を開くのを助けてくれるものと見た。彼は次のように述べている。

チェーホフは、後にスタニスラフスキー・システムと呼ばれることになるものの基礎となった舞台の技術に、内面的な真実を与えてくれたが、これはチェーホフを通して近づかなければならないものか、あるいはチェーホフへ近づくための橋として役立つのである。(1)

チェーホフを表面的に演じること、つまり「内面的形式と内面的生活を創り出さずに、役の外面的形式を演じる」のは正しくないと、スタニスラフスキーは主張した。「演じようとすること、登場人物を表示しようとするのはまちがっているのである。君たちは（登場人物に）ならなければならない、つまり、深く、内面的な成長の精神的な線にしたがって、生き、存在しなければならないのである」。スタニスラフスキーはこれを、「直観と感情の路線」と呼んだ。(2)

スタニスラフスキーは『かもめ』を演出して、俳優たちが舞台の上で「生きる」のを手助けする方法を発見した。演出の「外面的な」要素が俳優たちに影響を与え、彼らが「内面的な真実」を発見するのを助けたのだった。たとえば、スタニスラフスキーは演出の「気分」は、観客にそれを印象づけるためというよりもむしろ、俳優たちに影響をおよぼすように意図されていたのだと主張した。彼は、周囲にある物が「われわれの感情に影響をあたえる」のだ、と書いている。

そして、これは現実の生活だけではなく舞台上でも起こるのだ。……才能ある演出家の手にかかると、こうした舞台の手段や効果がすべて生活の粗雑な模倣をするためには用いられず、芸術的で創造的な工夫へと変えられる。戯曲の外面的な演出が、登場人物たちの精神的な生活と内的に結びつけられると、しばしば現実生活以上に舞台上での意味を得るものだ。創り出される気分が、もし戯曲の要求をみたせば、俳優が役の内面的な生活を見つけるうえで、すばらしい助けとなる。それは彼の感情や精神状態全体に影響を与えるのだ。(3)

さまざまな照明や音響の効果がなければ、「舞台上に内面的真実を創り出すこと、外面的で粗野で押しつけがましい演劇の嘘に囲まれて本当の気持ちや感情を創り出すことはむずかしいだろう」。言いかえれば、演出の「気分」は俳優が戯曲の「世界」に入りこむのを助けたのである。照明と音響の「雰囲気を感じさせる」要素は、潜在意識の感情的なコードに触れる一種のきっかけとなったのだ。

彼らは外面的な真実を感じ、そして彼らの心には自分自身の生活の親しい記憶が再び浮かび出し、そこからチェーホフが語っていたような感情を誘いだした。すると、俳優は演じるのを止め、戯曲の生活を生き始め、登場人物になった。……それは創造的な奇蹟だった。[4]

ヴィクトル・シーモフがデザインした装置は、表面上は非常にリアリスティックだったが、それはまた非常に雰囲気を感じさせるものでもあった。（「シーモフは私の計画とト書きの意図を理解し、そして気分の創造に向けて見事に私を助け始めた」。[5]）たとえば、第一幕のための装置はとても「リアリスティック」であったため、ある上演の際など、五歳の男の子が母親の方を向いてこう言ったのだった、「ママ、あのお庭で散歩しようよ」。だが、木々と灌木のぎっしりとした茂みは、暗がりという感じを創り出しもした。「舞台の上はしばしば非常に暗かったため、俳優の顔だけでなく、姿も見分けられなかった」[6]。

スタニスラフスキーは慣習になっていた劇場的《シアトリカル》な装置を拒絶したが、それらはしばしば倉庫から持ってこられただけだった。彼は、他の劇場では、俳優たちが「外面的で粗雑で押しつけがましい演劇の嘘に囲まれて」、しばしば空っぽの舞台の上に置き去りにされて立っているのを嘆いた。

君たちは経験から、平らで裸の空っぽの舞台の床が、俳優にとってどんな感じがするものか知っているだろう。その上で注意を集中させるのがどんなにむずかしいか、また短い練習や単純なエチュードをやるのでさえどんなに大変か。

そんな空間に立って、まるでコンサートの平台の上にいるように、舞台前方に進んで、ハムレットやオセローやマクベスの役で「人間の精神生活」の全体を伝えようとしてごらん。演出家やミザン・セーヌ（俳優の舞台配置図—訳者注）の助けもなく、休んだり、もたれたり、座ったり、あるいは周囲に集まったりできる大道具も家具もなしで、そんなことをするのがどんなにむずかしいか！なぜなら、こういった位置取りのそれぞれが、君たちが舞台上で生き、内面の気分に身体的な表現を与えるのを助けてくれるからなのだ。……われわれには、あの三次元が、つまり、われわれがその中で動き、生き、行動することができる舞台の配置というものが必要なのだ。[7]

シーモフの装置は、その中で俳優たちが「動き、生き、行動する」ことができる「真の」環境を創り出した。スタニスラフスキーの演出プランでは、戯曲の始めで、マーシャとメドヴェジェンコは木々と灌木の間をぶらついた。観客に聞こえたのは二人の会話の断片だけで、そのあと二人は木々の中へ姿を消した。二人はまた別の話題の会話のときに、舞台を横切って退場した。これは大胆な趣向であって、慣習になっている舞台の対話の形式（そこに俳優たちが立って、互いにとうとうとしゃべったり、あるいは観客の方を向いて立っていたりもした）を破壊した。演出は自然な会話という感覚を創り出した。俳優たちにとっても、この演出は「舞台の上に」いるというよりも、むしろ単に公園をぶらついているだけという感覚を育てたにちがいない。

フットライトの内側に、シーモフはベンチを置いた。ここに俳優たちは、思い思いのときに観客に背を向けて腰を下ろした。いちばん有名なのは、トレープレフの「戯曲」が上演される間、舞台上の

「観客」がベンチに一列に並んで座ったことだった。これはスタニスラフスキーに関して言えば、大胆な、そして「当時の劇場の一般に承認されていた法則と慣習とは正反対の」[8]シアトリカルな行為だった。俳優たちが観客に背中を向けることは、観客と舞台の間に「第四の壁」という感覚を作り出した。今度は、これが舞台上で展開する行動に俳優が注意を集中するのを助け、そして役を「通して生きる」という感覚を強くしたのにちがいなかった。

第二幕以降の装置デザインもまた、「リアリスティックな原則に基づいた」ものだった。ネミローヴィチは、「登場人物たちの体験と装置全体との間の調和を求める探究だった」[9]と述べた。第三幕のための装置デザインは家の中で、「人が住んでいるように思われたために、観客ははっと息をのんだ」。さらにクニッペルは、最終幕のための装置があまりに寒々しくて埃っぽかったために、「ショールで身体を包みたくなった」[10]と述べた。これは事実、装置が、俳優が戯曲を信じるのを助けた――装置は「リアリスティックで」で三次元的だった――と同時に、感情的反応を、装置の中での「気分」を喚起する（「ショールで身体を包みたくなった」）のを助けもしたように思われる。

演出の仕事を始めたころ、スタニスラフスキーの稽古の方法は独裁的だった。彼は、演出プランに全俳優の動きを前もって書きこみ、すべての身振りと抑揚を指定した。『芸術におけるわが生涯』の中で、彼は次のように釈明している。

> 当時、われわれの俳優たちはまだ経験が不足で、それで独裁的な仕事の方法がほとんど避けられなかった。私は書斎にとじこもって、想像力の中に感じ、見、聞いたままに詳しいミザン・セーヌ

を書き上げた。こうした折に、私は俳優の感情というものをほとんど考えなかった。私は当時、誰かの命令で他人に生き、かつ感じさせることが可能だと、心から思っていたのである。[11]

だから、いくつかの点で、スタニスラフスキーの演出プランは、「内面的形式や内面的生活を創り出すことなく、役の外面的形式」を固定したものだった。彼は後に、こういった仕事の方法を止めた。バルハートゥイが『かもめ』の演出プランを出版する準備を始めたとき、スタニスラフスキーは彼に、ミザン・セーヌが「ずっと前に止めてしまった古い方法に基づいたもので、個人的な感情を俳優に押しつけたものであった[12]」ことを注意した。

スタニスラフスキーの覚書は、ある意味、戯曲の小説化に似ており、台本に欠けているこまごまとした動作にあふれている。たとえば、『かもめ』の第一幕で、トレープレフがソーリンに語りかける。

トレープレフ　(伯父のネクタイを直してやる)　頭もひげも、もじゃもじゃですよ。刈ったほうがいいな。

ソーリン　(ひげをしごきながら)　一生の悲劇なんだよ。わしは若いころからこんな身なりで、酔いどれそっくり。

スタニスラフスキーは書いている、「ソーリンはゆっくりと小さなクシを取り出すと、次の場面全体を通して(観客に背中を向けて座って)、ひげをとかし、それから帽子をぬいで髪をとかし、ネクタイを締め直して調える」。その間、トレープレフは、ベンチでソーリンの隣りに横になって、タバコをプカプカふかしては灰を落とし、興奮している様子を見せるか、あるいは「かがんで花か草の葉っぱをつまんで、それをいらいらとちぎり始める。ことによると、彼はぱっと起きなおり、それからまた不意に横になり、いらいらとタバコに火をつけてマッチを放り投げる」[13]。チェーホフのト書きで示された行動は、スタニスラフスキーによって一続きの行動の流れに拡大されている。『ドラマ・イン・パフォーマンス』において、レイモンド・ウィリアムズはスタニスラフスキーの演出メモの中の「細部」を二種類に区別した。彼は、トレープレフとソーリンの場面を次のように分析している。

草の葉っぱをちぎるような行動があって、これは登場人物が興奮していると考えるなら十分ありうるだろうし、またソーリンがネクタイをほどくような行動があって、これは彼がコンスタンチン(トレープレフ)の長い台詞を聞かなくてはならず、どうもその間何かをしていなければならないのだという意味では十分ありうるだろう。どちらの場合でも、やむをえず台詞に続く特別な行動はしない。だが、当面の問題に関連しては明らかな違いがある。草の葉っぱをちぎるのは適切で、興奮しているという見かけを与える。だが、ベンチに座ってタバコを吸ったりなどするのは、単に「話している間に、登場人物たちがする何か」であるにすぎない[14]。

スタニスラフスキーはただ単に「登場人物たちがする何か」であるにすぎない行動を多く入れこみ

すぎると——言いかえれば、「自然主義的な」行動が多すぎると、言えるかもしれない。しかしながら、「スコア」は舞台上での一続きの「生活」という感覚を創り出すのに役立ったのだ。俳優たちは、他の俳優が話しているときでさえ、自分の行動を続け、自分の役を「生きる」のを続けた。だから、「順番にやる」という感覚、彼または彼女が話す順番になったときに登場人物が動くだけという感覚はなかったのだ。

スタニスラフスキーのスコア中の行動の多くは、物を使用することに集中されている。ネミローヴィチの述べるところによれば、それらは、

観客の注意を引きつけて、舞台に現実という気分を与えるのを助けただけでなく、かなりの程度まで俳優の役にも立ったのだ。俳優の最大の不幸とは、おそらく、昔の劇場においてのことだが、彼が、まさに彼の存在が、あたかも時間と空間の外側にいるかのように感じるという事実だった。行動は、俳優たちの信頼と集中を助け、そして彼らの演技をより「真実な」ものにするのを助けたのだった。

暗がりの中でのマッチと火をつけたタバコ、アルカージナのポケットの中のおしろい、ソーリンの膝かけ、クシ、カフスボタン、手を洗うこと、水をゴクゴク飲むこと、などなど、きりがない。俳優の注意はこれらの事柄に集中できるよう訓練されなければならず、されていれば台詞はより率

直なものになるだろう。後になって、おそらく七、八年ほど経ってから、反動が、まさにこうした事柄に対する戦いが起こった。だが、このときスタニスラフスキーはこれらをもっと大規模に使うことを提案したのだった。彼は日常生活の色彩を用いることに度を越していた。それで彼は極端に陥ったのだが、しかしプランが私の手に渡ったとき、私は余計だと思われたもの、あるいはただ危険すぎると思われたものすべてを中止させることができた(15)。

与えられた行動を演じることによってのみ、俳優は確かな信頼性を見いだすもののようである。彼らはその仕事に没頭した。彼らは、「第四の壁をとりはらって」演じていたと感じた、と推測することができる。『三人姉妹』の稽古に入って、メイエルホリドはトゥーゼンバフの役にもがいていた。ある日の稽古で、スタニスラフスキーは突然彼に紙切れを投げてよこして、こう言った。

ピアノのところへ行って、最初の台詞を三語言い、それから急にこの紙切れを見つけてつまみ上げ、そして君が座ることになっているところに横切っていき、話すのを続けながら、この紙を小さくちぎるのだ。

メイエルホリドは、「これは大きな助けだった。私はこの場面に必要だったものを手に入れたのだ(16)」と断言している。

同じ上演での似たような瞬間をミロスラフ・クルレザが記録している。

私は生きている限り、あの瞬間（第二幕でのマーシャとヴェルシーニンの場面）を決して忘れることはあるまいと思う。（その場面で）クニッペル＝チェーホワはいらいらとマッチをすっては吹き消し、笑っては泣き、中佐が彼女への愛を語っている間、このすばらしい女性は笑いながらマッチの軸を折っていたのだ(17)。

ミシェル・サン＝ドゥニがスタニスラフスキーの『桜の園』の上演を観たとき、彼は第三幕で、ラネーフスカヤが「他の誰かとの話に夢中になったまま、老僕からコーヒーのカップを受け取る。彼女の手が震えて、やけどをし、カップを取り落として床に落ちて割れた」瞬間に強く打たれた。この瞬間が拍手喝采を受けたのは、「この行動の迫真性が実に完璧で、遠くからでも強い印象を受けるほど、わざとらしくなかった」からだった。

スタニスラフスキーに、どうやってあれほどバランスのとれた、説得力のある真実味を創り出せたのかをたずねる機会が訪れた。彼はこう答えた、「ああ。それは実につまらないことなんだ。彼女（クニッペル）はできなかったんだ。われわれは七カ月も稽古したんだが、彼女はできなかったんだ。それである日、私は舞台監督に言って、カップに熱いお湯を入れさせた。で、彼はそうしたんだ」。それで私はこう言わざるを得なかった——当時私は二十五歳だったからね（けれど、彼はすばらしい人だった）——「確かに、それはつまらないですね」。彼は笑った、「いや、まったくつまらなかった。けれど、演劇では必要なものを手に入れるには、あらゆることを、つまらないことでも何でもしなくちゃならないんだよ[18]」。

したがって、稽古では、スタニスラフスキーは俳優に行動を演じさせること、行動を正確に演じさせることに注意を集中させたように思える。だが、その目的はただ単に外面的に本当らしく見えること、すなわち「真実」を創り出すことにあるのではなかった。むしろそれは、俳優の中に「内面的な真実」の感覚を呼びさますことだった。たとえば、『かもめ』の第一幕で、スタニスラフスキーがトレープレフに指定した行動（草の葉をちぎる、など）をただ単に演じるだけで、俳優（メイエルホリド）は登場人物の不安な感覚を体験し始めたにちがいない。言いかえれば、「外面的な行動」が、俳優が役の「内面的な形式と内的な生活」を見つけるのを助けたのだ。ここにもう一つの実例、『三人姉妹』でスタニスラフスキーの下で稽古したメイエルホリドの談話（一九三六年に彼自身の劇団のメンバーに語ったもの）がある。

別の機会にそれは起こった。台詞を不安そうに響かせたかったのだが、まるでちっとも不安に感じなかったのだ。うまくゆかなかった。すると、彼は私にワインの瓶とコルクの栓抜きを渡すと、こう言ったのだ。「台詞を言いながら、同時に瓶の栓を開けなさい」。で実際、やり始めると、私は小さな不安が大きくなり始めたと感じたのが分かった。それで、ワインの栓を開けていたときのむずかしさから、理解したんだ。私はどっちかと言えば上手にやったんだがね、何しろ瓶の栓の開け方は知っているからね（笑）。私はスタニスラフスキーを、瓶を、すべてを憎んだ――行く先に障害が現れたんだ、すると私は自分の台詞に真実の抑揚を見つけたんだ。[19]

この演出では、スタニスラフスキーの演技へのアプローチは、役の「内的生活」への「入口」としての外面的なものとともに始まったように見える。身体的な行動が俳優のための外面的な「スコア」を作り上げたのだ。トレープレフの行動に関して、ディーター・ホーフマイヤーは次のように述べている、登場人物の「心理的プロセス、感情の変化の複雑さに関してスタニスラフスキーが行った分析や説明の言葉は一言もない」。そのかわり、「われわれは、統一のとれた行動をまったく生みださなかったか、あるいはほとんど生みだされなかったような外面的な仕事をほとんど見いださない」[20]。だが実際には、トレープレフの行為には明確に統一のとれた行動と「とぎれぬ線」がある。つまり、自分の戯曲を上演することについての神経質な予感だ。スタニスラフスキーは「心理的なプロセス、感情の変化の複雑さ」を、分析によってではなく具体的な行動を通して伝えるのだ。

面白いことに、芸術座の劇団員たちがチェーホフに、どうやって彼の登場人物を演じたらよいか助言を求めると、彼はいつも彼らに動機や心理の説明によってではなく、行為のごくわずかな細部と身体的な行動を表すことばで答えた。たとえば、カチャーロフがトリゴーリン役を稽古していたとき、チェーホフは彼に、この登場人物の釣竿は「手製の」ものであるべきで――「彼は釣竿を自分で小型のナイフでつくるんだ」――そして、彼は上等の葉巻を吸う――「おそらくそれほど良いものじゃないが、きっと銀紙で巻いてある」と助言した。

それから、彼は黙りこむと、しばらく考えこんで言った、「いちばん大事なのは釣竿だ……」

それから、また黙りこんだ。

だが、カチャーロフは満足できず、しつこく質問した。すると、チェーホフはこうつけ加えた。

「あのね、彼、トリゴーリンがマーシャとウォッカを飲むとき、私だったらきっとこんなふうにするね、きっと」。そして、彼は立ち上がると、チョッキを直して、二、三度ぎこちなく咳ばらいをした。

「ねえ、私だったらきっとそんなふうにするね。長いこと座っていたときなど、いつもそうしたいもんだよ……」

「だけど、どうやったらそんなむずかしい役が演じられますか」と、私は続けた。すると、彼は確かにちょっと怒った。

「それだけだ、あとはすべて書いてある」と彼は言った。(21)

『桜の園』の稽古を観ていたとき、チェーホフは俳優たちの演技がときどき現実的であるよりも、むしろ「演劇的《シアトリカル》」であると感じた。「なぜ、あなたがたはそんなふうに演じるのです」とチェーホフは彼らに言った。「まったく生活そのままなんですよ」。だが、ネミローヴィチにしてみれば、演技を

「生活そのまま」にすることが「いちばんむずかしいこと」なのだった。チェーホフの助言は単純な身体的動作を実行することに集中していた。たとえば、スタニスラフスキーが舞台上で途方にくれて、「どうにもできない……」と言ったとき、チェーホフは彼にこう言った、「ワイングラスに少しミルクを注いで飲みなさい」(「すばらしい助言だった」とネミローヴィチは見ている)[22]。だから、チェーホフは、俳優たちが彼らの演技を、「現実生活」を忠実に観察したうえで、人々が現実に行っているようなやり方で、単純な身体的行動を正確に実行することに「つなぎとめて」ほしかったのだと思われる。

晩年に近くなって、スタニスラフスキーは「身体的行動の方法」を発展させた。モリエールの『タルチュフ』を稽古しながら(一九三六〜三八年)、彼は俳優たちに、「何よりも身体的に」[23]行動することを学んでほしいのだと語った。彼は、稽古を身体的な線あるいは行動の連続を作り上げることから始めて、すべてが、もっともささいなことですら、「抑制と明快さと完璧さ[24]」をもって実行されなければならないと要求した。彼は、われわれが現実生活では何も考えずに行っている、もっとも単純な行動でさえ、舞台上で演じるのは非常にむずかしいことを認めていた。俳優は、行動が演じられる「正確な方法と順序」を思い出す必要があるのだ。だが、この稽古の目的は「自然主義的な」演技を創り出すことなのではなかった。むしろ、俳優が自分の行動を信じ、「内的真実」という感覚を見つけるのを助けるよう意図されていたのだ。(「さあ分かっただろう」とスタニスラフスキーは『役についての俳優の仕事』の中に書いている、「自分自身を信じさせ、舞台上で身体的に行っていることを信じさせるためには、どんなに多くのリアリスティックな細部とわずかな真実とを見つけなければな

らないか」。(25)）

その方法は、「外面的な」ものから「内面的な」ものへ進むというものだった。あらゆる身体的行動は心理的な要素を――それを生みだす「内的で心理的な行動」をふくんでいる、とスタニスラフスキーは見ていた。逆に言えば、「すべての心理的で内的な行動」はつねに何らかの方法で身体的に表されるのである。(26)したがって、俳優は単純な身体的行動から始めることで、「もっとも深く、もっとも複雑な感情と体験(27)」へ入りこむことができた。一九三〇年代に、スタニスラフスキーは「身体的行動の方法」を、彼の演技の「システム」の中心にすえた。このことはある者にとっては完全な断絶、彼の方法の完全な変化だと受け止められた――だが、実際には、われわれはその源をまさしくチェーホフ戯曲での彼の仕事にたどることができる。ここで彼は、俳優が外面的なものから内面的なものへ、身体的な行動から内面的な感情へと進むことができる方法を発見したのだった。

サブテキストを伝えること

スタニスラフスキーは、チェーホフの戯曲の魅力は「対話の中にあるのではなく、台詞の背後に、間に、俳優の外見に、彼らの内面の感情の発露に隠されている(28)」と語った。事実、『かもめ』のための演出プランは、登場人物たちの内面の感情を身体的な行動を通して伝える、または「発散させる」試みであると見なしうる。戯曲がアレクサンドリンスキー劇場で初演されたとき、クーゲリは、なぜニーナがトリゴーリンと恋に落ちるのか理解できなかった、と書いた。(29)スタニスラフスキーは彼の覚書に注意深く、登場人物たちがはじめから引かれ合うように組み立てていた。第一幕で、ニーナがいとまごいを告げようとして、「彼女をじっと見ている」トリゴーリンのそばを通るとき、彼女は「意味ありげに彼にほんのちょっと手を差し出し、どぎまぎして駈け出して行く。トリゴーリンは彼女を目で追う」[30]。おそらくは、これが明らかな引きつけ合いを作り出すのだが、俳優たちが台詞の表面下の、また台詞の間にあるサブテキストを演じるのを確かなものにし、対話がまったくないときでさえも登場人物たちの関係が続くのだ。

われわれは、エフロスが、「不注意な読者」はトレープレフが一見唐突に自殺することに当惑させられるかもしれないこと――チェーホフのト書きの意味を見落として――を心配したのを思い出すだろう。「二分ほどの間に、だまって自分の原稿をすべて破き、机の下に捨てる。そのあと、上手のドアを開けて、退場」。だが、エフロスは、芸術座では俳優（メイエルホリド）がこの行動の意味を理解しており、その結果「客席全体が恐怖にしびれた」と語った。必要だったのは、チェーホフの手がかりにしたがって戯曲を「深く理解して、生き」、観客が「揺さぶられる」ことだけだった[31]。だが、スタニスラフスキーはまた、この「恐怖」という感覚を創り出すのがうまかった。演出プランでは、彼はチェーホフのト書きを拡大して、大きな黙劇の場面を創り出した。

トレープレフは机の上の原稿の束をちょっとの間見つめると、それから

ゆっくりと原稿を破り始める。彼は紙くずをすべて集めると、暖炉のところへ行く（暖炉の扉を開ける音）。彼は紙くずを暖炉に投げ入れると、手で暖炉に寄りかかり、原稿が燃えるのを長いこと見つめる。

それから振り向くと、考えこみ、額をぬぐい、そしてすばやく机のところに戻ると引出しを開ける。彼は手紙の束を取り出すと、それを火にくべる。彼は歩きだして、止まり、考えこみ、もう一度部屋中を見まわして――そして考えこんだまま、ゆっくりと退場する。(32)

原稿が燃えるドラマティックなところはトレープレフの苦悩を強調し、そして観客が彼の自殺を覚悟するのを助ける。行動は身体的であると同時に心理的で、登場人物の心の中で起こる内面のドラマを明らかにする。

スタニスラフスキーは、俳優たちにサブテキストをはっきりさせ、登場人物たちの感情を外面的に、チェーホフがおそらく意図していたよりももっとあからさまなやり方で「示す」ことを、しきりに求めた。たとえば、戯曲では第一幕の終わり近くで、マーシャが嗅ぎタバコを一つまみ嗅ごうとするが、ドールンは彼女の手から嗅ぎタバコ入れを取り上げると、それを投げ捨てる。スタニスラフスキーの演出プランでは、この単純な行動がはるかに強烈で感情むき出しのものになっている。「ドールンは彼女が嗅ぎタバコを嗅ぐのをこっぴどく叱りつけると、すばやく彼女に近寄って手から嗅ぎタバコ入れをひったくり、灌木の茂みの中へ投げる(33)」。第四幕で、ポリーナとマーシャがソーリンのベッドを調えていると、二つ隔てた部屋で誰かがピアノを弾く音が聞こえてくる。

ポリーナ　コースチャ（トレープレフ）が弾いているんだ。気がめいっているんだね。

マーシャ　（音を立てずに、二、三回ワルツのステップで回る）ね、母さん、大事なことは、そばにいないってことよ。

この場面をスタニスラフスキーは次のように考えた。

マーシャはもう一度ため息をつくと、ワルツのステップで窓のところに行き、そこで止まると、外の暗闇をのぞきこむ。母親に見えないようにハンカチを取り出して、頬を流れる涙をぬぐう。(34)

エフロスは芸術座の上演における、この瞬間のことを次のように述べている。

ひとたびこの瞬間を目にしたなら、マーシャがした無言の、ほとんど機械的なワルツのターンからこころの中に反響してきた、深い悲嘆、無気味な恐ろしいほどの感情、隣りの部屋から流れてくるコースチャの演奏に伴われたまさに絶望を、決して忘れることはない。彼女はただ二、三回ワルツのリズムで回転しながら、歩いただけだった。……彼女のだいなしになった人生が、あの数秒の台詞なしの間ほど痛ましかったことはなかった。(35)

言いかえれば、感情、サブテキストが、台詞によってではなく、単純な身体的行動によって、その意味が伝えられたのだ。無言の、ほとんど機械的なワルツのステップによってである。だが、今日ではスタニスラフスキーの演出はむしろ感傷的に見える。戯曲では、登場人物の感情はほのめかされている。スタニスラフスキーの演出では、彼女は心の内を表に出すのだ。

第三幕で、トレープレフはアルカージナに頭の包帯を取り替えてくれと頼む。だが、この場面はそのあと激しい口論になる。スタニスラフスキーは書きとめている、「戯曲を観客により生き生きと理解できるものにするために、私は俳優たちにこの場面がもっとも激しいリアリズムになるのを怖れないよう、助言したい」。

アルカージナは、かっとなって手に持ってトレープレフの顔に巻いていた包帯を放り投げる。彼女は息子のそばから離れる。トレープレフは怒りにわれを忘れて、頭から包帯をむしり取ると、母親に向ってほとんど金切り声を上げる(36)。

したがって、スタニスラフスキーは包帯を、俳優のための焦点、彼らが内面の動揺を表現するための手段として用いたのだ。(同じように、そのあとでトレープレフはハンカチをいらいらと引っぱり、またアルカージナは手を震えさせながらグラスの水を飲む。)だが、くり返しになるが、スタニスラフスキーは感情をドラマティックで説明的すぎるものにしていたと言える。彼は要点、つまり「意味」が観客に見失われないように、この方法でサブテキストをはっきりさせなければならないと感じたのかもしれない。だが彼は、はっきりと論証できるのだが、いくつかの場面で、それをもっと「刺激的に」演劇的にするために「ドラマ」を強めてもいた。『ワーニャ伯父さん』の第四幕で、アーストロフはエレーナに別れを告げる。スタニスラフスキーは、この登場人物はもっとも情熱的な恋人のように演じなければならない、「溺れる者が藁をもつかむように、自分の感情にすがりつく」のだと感じた。だが、チェーホフはクニッペルにこう書いている。

それは正しくない、まったく正しくない!! アーストロフはエレーナが好きで、エレーナは美貌で彼を引きつけるが、最後の幕で彼はすでに、そこからは何も生じてこないこと、エレーナが彼の人生から永遠に消えていくことを知っているのだ――そして、彼はこの場面で、アフリカの暑さについて話すときとまったく同じ調子で彼女に話し、ただ単にやるべきこととして彼女にキスをするのだ。もしアーストロフがこの場面を力強く演じれば、平穏で気だるい第四幕の気分全体をだいなしにするだろう。(37)

スタニスラフスキーは、第三幕のクライマックスでのソーニャと父親のセレブリャコーフ教授との出会いを次のようにするつもりだった。

セレブリャコーフはゴクゴクと水を飲む。ソーニャはうしろから父親に近づき、背中をなでる。父親にキスしようとして、手にキスをする。熱でもあるかのように、ひどく興奮して震えている。(38)

芸術座の上演を観て、チェーホフはこの場面の演出が嘘くさくて芝居がかって《シアトリカル》いると見て反対した。これが彼の、有名な意見を促したのだ。「すべての意味、人物のすべてのドラマは内面にあるのであって、外面的な表れにはありません」[39]。しかしながら、演出の仕事のこの段階では、スタニスラフスキーはときどき「意味」と「内面のドラマ」をどちらかと言えば、あからさまな「外面的な表現」によって伝えようとしたのだった。

心理的行動

一九〇三年に書かれたスタニスラフスキーの『桜の園』の演出プランは、重要な点で『かもめ』のプランとは異なっている。彼は、身体的行動で稽古を続けたが、初めて「登場人物の動機にもとづいた覚書」と「取りかかっていることの心理的、社会的メカニズムの説明をふくんだ[40]」スコアでも稽古を続けた。たとえば、第一幕でラネーフスカヤが窓から庭をながめる場面の覚書を見てみよう。

ラネーフスカヤ　（125）わたしだって、この胸と肩から重しを取りのけることができたら、自分の過去を忘れることができたらいいのに！（126）

（125）窓のところに立って。
（126）彼女はハンカチで目をおおう。窓枠に寄りかかる。間。

ガーエフ　（127）まあな、その庭も借金のかたにされてしまうのさ、信じたくないが……（128）

（127）悲しそうに。動かず。

（128）間。二人とも動かずに立っている。朝の物音。

ラネーフスカヤ　（129）みんな見て！　亡くなったママがあそこを歩いてらっしゃるわ、白いお召し物で！（嬉しくて笑う）ほら！（130）

（129）突然の興奮。

（130）うっとりしている。なぜ突然、彼女に母親が見えたのか、だれにも分からない。おそらく、彼女があまりにも鮮やかに過去を思い出したために、自分がもう子供ではないことを忘れてしまったのだろう。

そこにトロフィーモフが登場する。ラネーフスカヤは彼女の息子グリーシャの死を思い出す。彼女はトロフィーモフを抱きしめて、静かに泣く。

ラネーフスカヤ　（静かに泣きながら）あの子は死んだ、溺れてしまった……ねえペーチャ、なぜ？何だってあの子は死んでしまったんでしょう……（声をひそめて）（137）あちらでアーニャが寝てるのに、わたし、大声で騒いだりして……。

（137）彼女は立ち上がる。彼女はトロフィーモフを、息子グリーシャであるかのように抱きしめる。そこで再びアーニャのことを考える。この時まで、彼女は大声で泣いていて、娘のことを考えていなかったが、今は、息子のことを思い出すと、何よりも娘のことが気がかりになる。[41]

スタニスラフスキーはここで注意深く登場人物の内面の思考過程をたどる経過を組み立てている——登場人物の「内面的な形式と内的な生活」を創り出している。彼は、俳優をある考えから別の考えに連れて行く一続きの論理的な段階を提供する。たとえば、庭をながめることが彼女を子供時代へ連れもどし、彼女はほとんどもう一度子供にもどったと感じるのだ。彼女は過去の追憶にとても深く沈むために、母親が見えると思うほど、ほとんど「幻覚を感じる」のだ。したがって、トロフィーモフに会ったことが彼女にグリーシャのことを考えさせ、彼女はトロフィーモフを息子であるかのように、一種の身代わりとして抱きしめるのだ。自分が「母親」であることに再び気づいて、彼女はアーニャのことを思う。この思考過程のほとんどは観客の目には見えない。これはあたかもスタニスラフスキーが、今や役の外面的な「スコア」とともに、一続きの内的生活、内的なスコアを組み立てる必要を理解しているかのようである。

同じような一続きの「段階」が、ロパーヒンを演じる俳優を、第三幕で彼が競売から帰った場面へと導く。スタニスラフスキーは、ロパーヒンが「ほんの偶然で桜の園を買うのだから、実際にはまごついているのだ。おそらく、彼が酔っぱらったのはそういうわけだからだ(42)」と見ていた。演出プランに、彼はこの場面がどう演じられるべきだと感じていたか、そのあらましを述べている。

ラネーフスカヤ　桜の園は売れてしまったの？
ロパーヒン　（202）売れました。
ラネーフスカヤ　（203）誰が買ったの？

（202）やましそうに、ハンカチを手でもむ。彼は床を見つめて、すぐには答えない。
（203）間。かろうじて聞こえる声で。
ロパーヒン　（204）わたしが買いました。
（ラネーフスカヤはうちひしがれている。傍らに椅子とテーブルがなかったら、彼女は倒れたかも知れない。ワーリャは腰のベルトから鍵束をはずし、客間中央あたりの床にそれを投げつけて、退場する。）
（205）わたしが買いました。
（204）間。いっそう静かに、さらにまごついて。
（205）苦しみもだえる間。ロパーヒンは恐ろしくなって、このことが彼の中の獣性をかき立てる。彼の立場の気まずさが、彼を怒らせ始める。いらいらとハンカチを引っぱる……ワーリャが間を破る。彼女は部屋の中央に進み出ると、鍵束を床に投げ、階下に去る。このことがロパーヒンに忍耐を失わせる。彼はかっとなる。彼は辛さと傲慢さでほとんど叫び出す。「わたしが買いました」。

彼はしばらくすると落ち着きを取りもどす。ラネーフスカヤから離れて座ると、彼の気まずさは、愉快さと商人の自負の感覚へ変わる。競売の模様を話しながら、彼は「仲間の商人や地主に立ち向かうときの実業家のように」自慢し始める。彼は断言するのだ、「今や桜の園はわたしのもの！ わたしのものです！」。彼は楽隊に演奏するよう命じると、それからうしろの方に踊っていき、ラネーフスカヤにぶつかる。ラネーフスカヤが泣いているのを見て、ロパーヒンの気分は突然変わる。われわれは再び、「立派で善良な男、ラネーフスカヤ家の家族みんなを、特に彼女を優しく愛する男を」目にするのである。

ロパーヒン　（責めるように）（220）なぜ、どうして、あなたはわたしの言うことを聞いてくださらなかったんですか？

（220）彼はラネーフスカヤのところへ行き、その前にひざまずいて、その手やスカートに小犬のようにキスをする（ここで酔っていることも影響を与える）。泣く。真心をこめて優しくすればするほど、さらに善良になる。そんな優しい心を持っているのなら、なぜあのときラネーフスカヤを救ってやらなかったのか。なぜなら商人の偏見にとらわれていたから、なぜなら他の商人たちが彼を笑ったであろうからだ。「ビジネスに私情は禁物(43)」。

ラネーフスカヤはロパーヒンを抱きしめて、一緒に泣く。

スタニスラフスキーはロパーヒンの感情の複雑さと矛盾の過程を組み立てる。彼は俳優に、極端なふるまいをして、ロパーヒンの中の矛盾を表すよう求める。スタニスラフスキーは転換点を示す――新しい衝動がロパーヒンに方向を変えさせる瞬間だ。演出家は、俳優がある極端から他の極端へ移るのを助けるために、登場人物の中に変化を起こさせるある身体的な「きっかけ」を与える。だから、ワーリャが鍵束を投げ出すとき、それが彼に平静さを失わせ、かっと怒らせるきっかけになる。このあと、ロパーヒンは実業家らしく競売の様子を自慢する。だが、そのあと、ラネーフスカヤの涙を目にすると、彼は一瞬のうちに元にもどり、懇願するように彼女の前にひざまずくのだ。

スタニスラフスキーはまた、それぞれの段階で登場人物の感情を表す身体的行動を探し求める。まず、ロパーヒンにある物――ハンカチ――を与える、彼はそれを強く引っぱる――それは彼の不安とやましさを表す「心理的な」行動である。それから、一続きの行動は、その力と激しさで、彼の怒りと恍惚の感情を表す。彼は胸をたたき、テーブルを打つ、などなど。そのあとで、彼はラネーフスカヤの手とスカートに「小犬のように」キスをする――彼の恥ずかしさと自己卑下を非常に生き生きと伝える行動である。

〈システム〉を応用する

『桜の園』のための演出プランは『かもめ』のためのプランよりも洗練されていたにちがいない。だが、スタニスラフスキーはなおも俳優たちの動きを指定し、彼らの演技を指示した――自分の命令で「他人に生き、そして感じることを命じ」ようとしたのだ。稽古では、彼は何か暴君のようだった。ネミローヴィチは、ある稽古でスタニスラフスキーがレオニードフに同じ台詞を何百回もちがったやり方でくり返させたとき、無慈悲だと思った。俳優をこんなふうに動かそうとするのは非常識だし、侮辱するものだと感じた。[44]

スタニスラフスキーは、彼の演技の「システム」を一九〇六年以後に開発し始めた。このことがどのように、彼のチェーホフ戯曲演出の方法を変えたかを見ていくのは面白い。われわれが手にしている証拠は本質的なものではないが、それでも解明する手がかりを与えてくれる。一九一七年に、彼は『かもめ』の新演出に取りかかった。トレープレフ役にはミハイル（マイケル）・チェーホフが、ニーナ役にはアーラ・タラーソワが抜擢された。オリガ・クニッペルはひき続きアルカージナ役だった。[45]一九一七年の九月十日に行われた最初の稽古は大失敗となることになった。先にも記したように、スタニスラフスキーは俳優たちが何か一般化された「チェーホフ的」スタイルといったような考えを示していると感じた。「チェーホフ的な哀れっぽさ」が多すぎたのだった。「ひどかった。彼らは作品を葬式に変えている」と彼は語った。[46]彼は俳優たちに、感情を「はっきりと表に出すこと」を、登場人物の悲嘆や悲哀を「示す」ことを望んではいなかった。つづく稽古で、彼は内面的と外面的両方の「行動」を強調した。彼は強く主張した、「場面ごとの結果を求めるんじゃない、一続きの生きた足取りを探し求めるんだ。結果が示されると、面白くはないんだ(47)」。

一九一七年九月十四日に、スタニスラフスキーはミハイル・チェーホフ、タラーソワと稽古をしながら、第一幕のニーナとトレープレフの場面で、俳優たちが「生きた足取り」を見つけるのを助けてやろうとした。彼は「システム」を使ってみるように勧め、各場面を単位（ユニット）と目標に分割し——登場人物の内面的「行動」をはっきりさせた。

第一幕のいちばん大きな単位、トレープレフとニーナの出会いを取りあげよう。ニーナの行動のもっとも直近のとぎれぬ線は、舞台に立って成功すること、などだ。このとぎれぬ線との関係では、そもそもニーナは初めに真実を、自分が遅れたのかそうでないのかを、知りたがる。それは、ここで彼女が周囲を見回して、場に慣れようとする瞬間がある、ということだ。この場面の手がかりを見つける必要がある。登場して、あたりを見回し、落ち着いて一息つくことだ。

こうやって、スタニスラフスキーは登場人物のためのとぎれぬ線、「超目標」を作り上げた。彼女は舞台に立って、成功したいのだ。彼は、これらの行動を、はっきりと正確に実行されなければならない一続きの論理的な段階に分解した。これが役の「スコア」を作り出した。

スタニスラフスキーは俳優たちに、エピソードごとに登場人物に近づく「手がかり」を探させた。彼はこれらの「手がかり」をいくつかの心理的行動の用語ではっきりと示した。たとえば、この場面でのニーナに近づく「手がかり」は、「登場して、あたりを見回し、落ち着いて一息つく」ことだ。

この瞬間でのトレープレフへの「手がかり」は、「彼女の足音を聞きつけ、彼女に対する好意をソーリンに気づかせ、理解させる。ニーナが到着する」だ。彼女が登場すると、彼の行動は「彼女を喜んで迎え、彼女に自分の感情、喜びを表にだすこと」だ。これらの行動はすべて一つのことによって動かされる。トレープレフのニーナへの愛である。「この瞬間、トレープレフにとって何が重要なのか、戯曲の上演か、それともニーナか。ニーナだ。彼はニーナを愛しており、彼女は彼の内面の平静さを失わせる。トレープレフにとっての手がかりは何か。彼女の歩いてくる足音でさえもが彼には愛しいのだ[48]」。

スタニスラフスキーはこうして場面を分解し、俳優と一緒に「生きた足取り」や行動の「スコア」を作り出す作業をしていたのだった。ただ単に、「何か俳優がすること」である行動はまったくなかった。それらの行動はすべて「心理身体的で」、全体の目的あるいは目標に動機づけられていた。

一九一七年九月十七日、スタニスラフスキーはクニッペル、ミハイル・チェーホフとともに、第三幕のアルカージナとトレープレフの場面を稽古した。彼は前もってチェーホフに、君の役は「高いレベルの気質を手に入れなければならない」のだ、と話していた。だが、それをここで手に入れるには、身振りの使用に抑制が求められると述べた。「身振りが抑制されればされるほど、気質は強くなる[49]」。彼は「ごくわずかな真実」を探し求める必要のあることを強調した。

スタニスラフスキーは、トレープレフが母とトリゴーリンの仲という話を切り出すとき、「非常に慎重に」切り出すのだ、と述べた。穏やかな関係を保とうとするお互いの願いがあるのだ。一八九八年の上演では、スタニスラフスキーはこの場面に「非常にはっきりしたリアリズム」を、登場人物の感情の非常にあからさまな表現を要求したことを、われわれは思い出す。だが、今度は方法がまったくちがっていた。彼は俳優たちに、感情を秘密にしておくようにと語った。「この場面が抑制されていればいるほど、力強く興奮したものになるだろう」。

再びスタニスラフスキーは場面を数段階に分解した。トレープレフが自殺をはかったことを話しながら、「トレープレフは自分の感情を確かめ」、「もう二度とやらないと決心する」。それから、彼は母親の手にキスをする。「このキスが身体的に彼を人生と結びつける。これは彼がすがる藁だ。だからこそ母親に優しいのだ(50)」。

スタニスラフスキーは、複雑な心理状態はしばしば単純な身体的行動で表されることを理解していた。たとえば、「悲劇の最高潮の瞬間に、マクベス夫人の心を占めていることは何か。単純な身体的行動、両手から血痕を洗い流すことだ(51)」。この場合、トレープレフの絶望は具体的な行動、キスに表された。俳優は登場人物の感情を「示す」のではなく、行動を演じるようにと言われた。

> 「母さんが分かってくれればなあ。僕はすべてを失ったんだ」。これが再びすがる藁なのだ。だが、トレープレフはもう母親を愛してはおらず、ただ身体で母親にすがりついているだけだ。彼の中には、再び第二幕の絶望がある。だが、積極的である必要が、自分が置かれた状態から抜け出す出口を探す必要がある。さもないと、俳優は絶望を演じることだろう。

スタニスラフスキーは次に、クニッペルとチェーホフを呼んで、登場人物たちの間の口論と仲直りのテーマで一続きの練習を、あるいは即興を、「身体的に真実を確かめること」をやらせた。そのあとで、演出家は（いつもきわめて厳しかった）二人とも機械的に感情をしぼり出していたと批評した。彼は、彼らの稽古に、特にチェーホフに、演劇的な紋切型を認めた（トレープレフが母親への愛情を「示そう」としているところに）。「言葉を用いないで身体的な真実を見つけようとするのが、いちばん良い」と彼は提案した。「何かをどうやってやるか、ではなくて何をすべきなのかを考える必要がある。そうすれば完璧さを、身体的な真実のしるしを手に入れられるのだ[52]」。

一八九八年の『かもめ』の演出プランの中では、スタニスラフスキーはどうやって俳優が自分の行動を実行すべきかを正確に明示した。一九一七年には、彼は登場人物がしようとしていることに、そしてなぜに――「生きた足取り」に、はるかに関心を持っていた。彼はどうやって俳優が行動を実行に移すかを指定しなかった。

稽古では、彼は登場人物の「内面的生活と内的形式」を作り出した。だが、この「内面的生活」は、登場人物の身体的生活と分かちがたく結びつけられている。たとえば、第一幕でトレープレフがニーナを迎えたときの、彼の行動――「彼女を喜んで迎え、彼女に自分の感情、喜びを表す」――は、身体的であると同時に心理的なのだ。スタニスラフスキーは、内面的なものと外面的なもの、身体的なことと心理的なこととの一致をめざしていた。この一致を、彼は「舞台上での有機的な行動[53]」と名づけた。

われわれは、スタニスラフスキーの「システム」を用いて演出された、この上演がどのように作り上げられたものか、知ることができない。この上演は、タラーソワとチェーホフの病気のために中止された。[54]

革命

一九一七年十月二十五日、サンクト・ペテルブルグ（当時はペトログラード—訳者注）でロシア革命が始まった。翌日、モスクワでは芸術座が『桜の園』を上演する予定になっていた。街には緊張した空気がみなぎって、兵士たちがクレムリンの外側に集結していた。だが、この革命の時に、劇場は地主貴族——「まさに革命が向けられた階級」の生活を共感をもって描いた戯曲を上演していたのである。舞台裏で俳優たちは、上演を終了することができるだろうかと心配していた。「われわれは舞台から追い出されるんじゃないか」と彼らは言った。だが、実際には、観客は魔法にかけられたように座っていた。「彼らは詩の雰囲気で身をつつみ、古い生活に永遠の別れを告げようとし、今や犠牲が清められることを要求しているかに思われた」。上演で、トロフィーモフとアーニャが退場する前の最後の台詞——「さようなら、お家、さようなら、古い生活！」「こんにちは、新しい人生！」——は、とりわけ時代に反響し、奇妙に未来を予見したものと思われたことだろう。「上演はおそろしいほどの拍手喝采で終わった」とスタニスラフスキーは回想している、「そして観客は無言で劇場を後にした——そして、彼らのうち誰が新しい生活を求める戦いをする覚悟を決めていたか、誰が知ろう」[55]。

革命は「古い」世界と「新しい」世界の間に「赤い線を引いた」——世界を「以前」と「以後」に分けた[56]。まもなく、モスクワ芸術座とチェーホフをともに、歴史のがらくたの山へ永遠に葬れという要求が生まれてくるだろう。

第2部　ロシアのチェーホフ――スタニスラフスキー以後

第4章　ヴァフタンゴフとメイエルホリド

エヴゲーニー・ヴァフタンゴフはある日、彼の生徒ニコライ・ゴルチャコフと話をしていた。ゴルチャコフは彼に自分自身の劇場を建ててはどうかと勧めていた。彼はこう答えた。

「劇場ね……チェーホフは自分自身の劇場を持っていた。」

「芸術座ですか？」

「いや、彼自身のだ。彼が彼の心の中に創った劇場で、その上演を彼は一人で観ていた。」

「？？！」

「彼の想像力の中で……」

「じゃ芸術座では？」

「それは彼の戯曲が演出されたところだ――スタニスラフスキーとネミローヴィチ＝ダンチェンコによってね。」

「エヴゲーニー、あなたはチェーホフを演出なさったことはないんですか？」

「短編はいくつか。大きな戯曲はない。二、三年前にスタジオで『結婚披露宴』を上演する計画だった。」

「僕らは学校で上演しました。」

「うまくいったかね？」

「稽古が楽しかったです。」

「すると君は披露宴というのは人生で幸せな出来事だと思うのかい？」

「たぶん……」

「チェーホフもそう思ったんだろうか？」

「いえ、全然！」

「じゃ誰が正しいんだ？　チェーホフか？　それとも君かい？(1)」


ヴァフタンゴフはスタニスラフスキーの生徒だった。彼は芸術座に一九一一年に入団した。スタニスラフスキーは、「システム」についての彼の理解力にすぐに感心した。事実、あるとき彼は、ヴァフタンゴフが「私よりうまく私のシステムを教える」ことができたと述べた(2)。一九一二年、スタニスラフスキーは芸術座第一スタジオを開設した。このスタジオは学習と実験のためのセンターとして計画され、ここで「システム」が教えられた。ヴァフタンゴフはいくつかの作品に出演し、『平和祭』（一九一三年）を演出した。おそらく、スタジオのいちばん良く知られた作品が『炉辺のコオロギ』（一九一四年）だ。ディケンズの小説を脚色したこの作品は、演出ボリス・スシケーヴィチ、玩具製造業者タックルトン役にヴァフタンゴフ、ケイレブ・プラマー役にミハイル・チェーホフが出演していた。スタジオ劇場の空間は小さくて、居心地が良かった。「感情的リアリズム」という用語は、この劇団の上演を表すために用いられたものだ。

感情の真実さは信仰告白の様相を呈した。観客がすぐ近くにいることが、まったく生活そのままの調子、動き、視線を必要とした。スタジオという条件でそれほどの自然らしさを創り出すことができたのは、主として俳優が大劇場では欠くことができない外面的な表現を多く要求されることから免れるからだ、ということが明らかになった(3)。

いくぶんかはこうした理由から、スタニスラフスキーは『炉辺のコオロギ』の上演では、「おそらく初めて、潜在意識的な感情の深く心に響く調子が、当時私が夢見ていた規模と形式で聞こえたのだ(4)」と考えた。批評家たちは書いている、「数分間というもの、劇場に座っているということを、これが演劇であるにすぎず、生活ではないということを忘れる」(「ヴレーミャ(時代)」紙)、また、「他のどの劇場も、こんなに近しい親密さと居心地の良さを創り出したことはなかった」(「ロシア新報」紙(5))。だが、メイエルホリドは上演とスタジオの仕事全体を、観客ののぞき趣味に訴えるものだと非難した。この上演は、あたかも観客が鍵穴から生活をのぞいているようなものだったのだ。それは他人の会話を立ち聞きしたり、路上での口論を見たりしている群衆に加わりたいという欲求に似ていた。この劇場が「親密だ」と呼ばれたのは、「最前列の観客が舞台から二メートルほどしか離れていないからだった。鍵穴にそんなに近くて、何て幸せなことか!」。

観客が劇場にいることを忘れるとき、これが上演にすぎないことを忘れるとき、これが生活そのものであると彼らに思えるとき、ああ、そのときは……! そんな劇場で観客がどのようにふるまうか見るがいい。ある新聞の記事によれば、「観客はもはや咳ばらいもせず、鼻もならさず、話しもしない。この親密さは、いかなる外面的な原因や外からの邪魔によっても壊されない」(「ロシア新報」紙)。「だれもがやって来てはくつろいでいる」。やれやれ、それがどうしたというのだ。それは居心地が良いだろう。やわらかな肘掛椅子が鍵穴の近くに移される、「客席が暗闇に沈みこむ」、それで誰かが服を着るのを、顔を赤らめずに眺められるというわけだ。(6)

メイエルホリドが芸術座を「自然主義」だとして続けたキャンペーンの背景に、以上のことが読み取られなければならない。一九〇七年に行われた、「演劇の歴史と技法について」という談話の中で、彼は自ら特に演劇的なイリュージョンなしで済ますことを好むこと、演劇の「演劇性」を賞賛すると断言した。メイエルホリドは、観客は劇場にいて、俳優を見ていることを忘れてはならないと述べた。俳優は、観客の前で演じていることを決して忘れてはならないのだ。ブリューソフの教えにならって、彼は自然主義を拒否して、「様式化された」演劇を要求した。(7)

ロシア演劇は、歴史的な断層線に沿って、二つのオルターナティヴに、二つの対照的な傾向「リアリズム」と「様式化」に分裂してしまったように思える。ルーベン・シーモノフは、リアリズム演劇は「自然主義的になっていく危険に直面しており」、外面的な演劇形式を無視したが、それに対して

「条件的な」（あるいは「様式化された」）演劇は「形式主義的になっていく危険に直面していた」——すなわち、内面的な生命あるいは真実性を犠牲にして外面的な形式に関心を抱いている、と見た。「まるで、生活には忠実だが形式に精通することには自信のない芸術と、形式は豊かだが内容の貧弱な芸術のどちらかを選ばなくてはならなかった」ように見えたのだ。(8)

スタニスラフスキーとメイエルホリドは、これら二つの傾向を象徴しているように思われた。二人は対立している者と見られた。一人は内面的な「内容」に関心があり、もう一人は外面的な「形式」に関心があり、一人は「感情の真実」を重要視し、もう一人は「演劇性」を重要視している、と。だが、これは単純化しすぎだ。メイエルホリド自身が次のように述べている。

> メイエルホリドとスタニスラフスキーが正反対だとする主張は誤りだ。この見解はあまりに硬直化し、固定化した形を取っているがゆえに無意味なのだ。スタニスラフスキーもメイエルホリドもともに何ら完成したものを表現してはいない。二人ともに絶えざる変化の過程にある。(9)

スタニスラフスキーは「自然主義の」演出家だという烙印を押されてきたが、実際には、彼は幅広い演劇のスタイルで仕事をしてきた——たとえば、アンドレーエフやハムスンの象徴主義戯曲を演出し、メーテルリンクやオストロフスキーのおとぎ話的作品を演出している。彼はつねに、演劇は「人間精神の生命」を「芸術的な形式」で(10)表現しなければならない、と主張してきた。言いかえれば、内面的な内容と外面的な形式がともに存在しなければならないのである。

だが、第一スタジオの作品は、その初期には外面的な技法よりも、むしろ俳優の内面に集中していたことは本当のように思われる。このスタジオは親密な、心理的な劇場で、「芸術的な舞台形式」を外面的に求めるよりも、むしろ「人間の精神」の内面的生活を探り出した。[11] 一九一七年、スタジオは『十二夜』の上演に取りかかっていた（マルヴォーリオ役にミハイル・チェーホフ）。スタニスラフスキーは稽古の進捗状況を見て、嘆かわしい状態にあると感じた。「彼は怒りにかっとなってわれわれのところに下りてきた」と、ある俳優が回想しているが、「彼らが言うように、彼はわれわれの稽古をずたずたにした。彼はすべてを自分流に組み立て直した[12]」。この作品は多くの点で、スタジオの仕事の決定的な方向転換を画するものだった。それは演劇性の賛美だった。スタニスラフスキーは上演全体に急速度のペースを課して、「行動、喜劇のエピソード的展開を邪魔しそうなものはすべて取り除いた[13]」。マライア役を演じたジャツィントーワは、この作品が「親密な気分の室内劇ではなくて、客席全体を上演に巻きこむものだった。何か新しいものだった[14]」と語った。だが、ヴァフタンゴフはショックを受けた。彼には、この演劇性と「外面的形式」の新たな強調が理解できなかったのだ。「上演は外面的には非常に面白いものになるだろうと思う」と彼は書いた、「この作品は成功するだろうが、内面的な意味では一歩前進にはならないだろう。『システム』はこの作品では得られないだろう。そして、スタジオの顔が見えなくなるだろう。変わったのではない、見えなくなったのだ[15]」。ストローエワが解説しているように、ヴァフタンゴフはあとで、彼流にこの新しい一歩を理解するようになっただけである。[16]

「真実」と演劇性

一九一七年の革命に続く年月に、ロシアでは演劇活動の爆発と、未来派や構成主義といったような新形式での実験が見られた。だが、モスクワ芸術座は停滞しているように思われた。スタニスラフスキーは芸術座がその目的と方向性を失ってしまったのではないかと危ぶんだ。閉鎖させられるだろうとの噂が流れた。一九一七年から一九二二年までの間に、新作は一本（バイロン作『カイン』）上演しただけだった。だから、レパートリーは過去にしがみつき、劇団は時代遅れで「反革命的だ」としてますます攻撃された。批評家のウラジーミル・ブリューム は、芸術座はロシアのブルジョワ文化の最良のものを代表していたのだが、それはブルジョワ階級が打倒された十月革命の夜に自然死を遂げたのだ[17]、と述べた。

ヴァフタンゴフは、革命が「旧」世界と「新」世界の間に「赤い線を引いた」のだから、「革命が芸術家の心に触れずにいるなどということがありえようか[18]」と断言した。おそらく、芸術座を非難した批評家たちに影響されて、ヴァフタンゴフは自分自身をスタニスラフスキーから距離を置き始めた——彼を「旧」世界の一部であると見なして。彼はノートに書きとめた、「スタニスラフスキーの演劇はすでに死んで、決してよみがえらないだろう。私はそれを幸せに思う。奇妙なことだが、私は今、『三人姉妹』や『桜の園』を思い出すのさえ不愉快なことに気づいている[19]」。彼は今や、演劇の形式が要求する以上に、内面的な感情の真実を強調したとスタニスラフスキーを攻撃した。「スタニスラフスキーは真実一般を熱心に求めるあまりに、舞台に生活の真実を持ちこんだ」。彼は、「俳優の感情は演劇的な手段によって観客に伝えられなければならないということを忘れて、舞台に本物の自然な感情を」要求したのだ[20]。ニック・ウォーラルはヴァフタンゴフの進路を「スタニスラフスキーから離れてメイエルホリドへ向かう旅だ[21]」と見なした。ヴァフタンゴフは述べている、「ロシアのすべての演出家の中で、演劇性の感覚を持っているただ一人の人――それがメイエルホリドだ」。だが、彼はまた、「演劇的真実に熱中するあまり、メイエルホリドは感情の真実を取りのぞいてしまった」とも述べた。彼は演劇的手段を用いたが、その手段は死んで、真の「血と肉」はなくなり、真の感情もまったくなくなった。ヴァフタンゴフは、メイエルホリドとスタニスラフスキーの相違を、彼が見たままに次のように要約した。

演劇においても、生活においても感情は同じものだが、この感情を表現する方法や手段は異なる。ヤマウズラは家庭で料理しても、レストランで料理してもまったく同じものだ。だが、レストランでは演劇的な方法で料理されて出されるが――家庭で料理されたものはどこか家庭的で演劇的ではない。スタニスラフスキーは真実を真実として、水を水として、ヤマウズラは単にヤマウズラとして出したが、メイエルホリドは真実をまったく取りのぞいた。つまり、彼は皿と料理法は残すのだが、ヤマウズラではなく紙を出したのだ。で、感情もまたボール紙だった。メイエルホリドは名人で、レストランのように実に巧みな料理法で料理を出してきたが、食べることができなかった[22]。

スタニスラフスキーについてのヴァフタンゴフの批評は、ある程度、彼の影響から逃れたいという欲求、自分自身の芸術的独自性を作り上げたいという願望を反映しているにすぎなかった。ヴァフタンゴフの生徒の一人ボリス・ザハーヴァは、スタニスラフスキーの「システム」は、「その上にヴァフタンゴフが自らの建物を築いた、永続的で堅固な土台で」[23]あり続けたと正当化した。演出家は新しい演劇的形式を開発したかった——だが、彼は「感情の真実」に大きな価値を置き続けたのだ。事実、ザハーヴァは、ヴァフタンゴフがスタニスラフスキーとメイエルホリドに代表される二つの傾向を和解させようと試みたのだ、と論じた。

スタニスラフスキーとメイエルホリド！　演劇芸術における一つの統合の始まり。ヴァフタンゴフの演劇は両者を、二人が象徴するすべてのものを支持する。スタニスラフスキーとメイエルホリド、内容と形式、感情の真実と出来事の演劇的な表現、それこそヴァフタンゴフが彼の演劇において統一したかったものだ[24]。

ヴァフタンゴフは生き生きとした演劇的なスタイルを、あるいは彼が名づけたように「空想的リアリズム」を探し求めた。

演劇にはナチュラリズムもリアリズムもあってはならないが、空想的リアリズムはあるべきだ。適切な演劇的手段は作者に舞台上の真の生命を与える。手段は学べるが、形式は創り出されなければならないし、それは想像力の産物でなければならない。だから、私はこれを空想的リアリズムと名づける。空想的リアリズムは存在するし、それは現在のすべての芸術形式にあるべきものなのだ[25]。

「空想的リアリズム」という用語は、内面的なものと外面的なものを――内的な「感情的リアリズム」と外面的で演劇的な形式とを結びつける必要を示唆する。一九二一年にストリンドベリの『エリック十四世』を演出したとき、ヴァフタンゴフはこれを「舞台の内容（感情の芸術）のために演劇的形式を探し求める」実験だと述べた。彼は次のように書いている。

　今までスタジオは、スタニスラフスキーの教えに忠実に、内的体験のマスターを根気強くめざしてきた。今スタジオは新しい形式を探究する時期に入っている――スタニスラフスキーの教えに忠実であり続けながら、表現豊かな形式を探究し、それらを手に入れるために用いられる手段を指示するのだ（呼吸、音声、言葉、台詞、思想、身振り、身体、動きの造形性、リズム――これらすべてが特別な、演劇的な意味で内面的な、自然な基礎の上に築かれた[26]）。

「新しい形式」の探究において、ヴァフタンゴフは「グロテスク」という考え方に関心を抱くようになった。この用語は、「下品な誇張や俗悪で粗野なカリカチュア」という形式を意味しているのではなかった。むしろ、ヴァフタンゴフはこれを、「舞台形式の最大の表現の豊かさ[27]」を手に入れた演技のことだと定義した。ストリンドベリの『エリック十四世』の演出では、彼は「グロテスク」の感覚を創り出すために、非自然主義的なメークアップを用いた。

　スタニスラフスキーはヴァフタンゴフの考え方を非難した。後に二人の会話は記録に残された。彼は、今の時代に真に「グロテスク」な上演をほとんど観たことがないと論じた。「グロテスク」が、内面的な正当化のない外面的な誇張を意味してはならないのだ。

いや、真のグロテスクは外面的なもの、ぞっとするような内的内容の、もっとも鮮やかで大胆な正当化、徹底的な誇張の極点です。俳優はすべての構成要素において、人間の情熱を感じ、生きるだけではならず――それらは凝縮され、表現性において目に見え、有無を言わさぬものに、独創性に富んだ大胆で、戯画すれすれのものにされねばならないのです。

ただ単に、俳優の顔に（ヴァフタンゴフが『エリック十四世』でしたように）歪んだ眉毛を貼りつけるだけでは、「グロテスク」は創り出せないのだ。「そこにはないものをふくらませること、空虚さをふくらませること――それは私にシャボン玉をふくらませることを考えつかせる」[28]。だから、これは「演劇性」の拒否を意味したのではなく、誤った演劇性の拒否を意味しただけなのだ。新しい「形式」をただ単に俳優に押しつけることはできないのである。

ヴァフタンゴフの『結婚披露宴』

一九二一年、ヴァフタンゴフはノートに書きつけた。「演劇の自然主義に死を。オストロフスキーやゴーゴリやチェーホフをどんなにうまく上演できることだろう！　ぼくは起き上がりたい衝動に駆られている」。彼は病気でサナトリウムの病院にいた。「走って行って、彼らにぼくの新しい考えを話したい。ぼくは『かもめ』を、チェーホフが書いたように演出したい[29]」。思うに、彼は戯曲が単なる「人生の断片」ではないと言いたかったのだ。その演劇的な形式を発見したかったのだ。

ザハーヴァによれば、ヴァフタンゴフは「すべての戯曲はそれ自らの表現の形式を必要とするのだ」と教えた。その形式は「作品の内容と有機的に結びつけられなければならない」のだ。だが、このことはただ単に、作者によって創られた「形式」に忠実であることを意味していたのではなかった。ヴァフタンゴフは、上演は「現代の要求を満たし」もしなければならないと信じていた。劇団は題材に対する自らの態度を決定しなければならないのだ。「当然、新しい演劇は作者と溶け合って一つになるのではないということになる。演劇は自ら作者とは分離する。演劇は、戯曲の作者が示す人生を舞台の上に創り出すだけではなく、それ自体の視点を発見し、そこから人生を考察するのだ」。第三に、そして最後に、「上演の形式は個々の演劇に有機的かつ自然に備わっていなければならない、それは演劇集団の芸術的な面を、その芸術的発展のそれぞれの段階で示さなければならない。だから、三つの要素が上演の形式を決定するのだ。作者、現代、そして演劇集団である[30]」。

一九二〇年から二一年にかけて、ヴァフタンゴフは彼のスタジオで『結婚披露宴』を演出した[31]。上演の「形式」は、ある程度まで、時代によって決定された。チェーホフの作品は感傷的にされてきた、と彼は論じた。普通の人は、上演が「生活がもっと良くなるだろうという考えでわれわれを慰める——で、ところで……『お茶でも飲んで夢を見よう』と考えたのだ」。

ヴァフタンゴフはこの内容をわざと誇張された「チェーホフ的な」調子で話した。彼はため息をつき、空を見上げると、『桜の園』でアーニャを演じた誰かの感傷的すぎる調子を驚くべき正確さでまねた。「泣かないで、ママ、泣かないで！　わたしたち新しい園を創りましょう、昔のよりずっと美しい園を……ダイヤモンドの空が見えるでしょう！」

（これはチェーホフの台詞ではなく——ヴァフタンゴフが即興で言ったものだ。）演出家は続けた、「そうじゃない、ぼくはチェーホフの戯曲を非常に残酷なものとして、その生き生きとした現実感が何やらの『気分』や俳優たちの歌うような抑揚で弱められず、正確にそのままを示すように、演出したい(32)」。

（ヴァフタンゴフ・スタジオの俳優であり、生徒であった）ルーベン・シーモノフは、演劇ファンたちが今や、チェーホフの作品にちがったように反応していたと見ていた。

過去に、チェーホフの戯曲が極度の沈黙のうちに聞き取られたとすれば、事実、男女の観客はしばしば涙をふくのにハンカチを用いたものだが、今では上演中観客はしばしばもっと笑うのだ。客席の陽気な反応は、チェーホフの戯曲の滑稽な場面を強調するように見えた。

革命後、演出家たちは「人間に対する『同情心にあふれた』、感傷的な態度でもって、チェーホフの作品に取り組むことができなかった。俗物根性に対して、昔の小市民社会に特徴的だった独りよがりと、すべてを消費する俗悪さに対して、よりはっきりとした非難の意思を表明する必要があった(33)」。

チェーホフは、彼が新時代にふさわしく見えるよう、再解釈され、利用されなければならなかったのだ。

シーモノフは、ヴァフタンゴフが「チェーホフの新解釈において、俗物的な生活様式を、あたかもそれを新しい革命という現実から永遠に追放するかのごとくに、嘲笑っていた[34]」と断言した。だが、『結婚披露宴』の演出をただたんに「昔の小市民社会」に対するマルクス主義的な批評だと見るのはまちがいだろう。事実、ヴァフタンゴフが創り出したものは、人間の愚かしさについての暗く、残酷な、悪夢のようなイメージに近かった。ニコライ・ゴルチャコフとの会話で、彼はこう語っている。

おそらく、チェーホフの戯曲の中で彼らが生きているような生き方は、まったく生活ではない。だれもが、自ら楽しみ、婚礼を祝っているかのように踊る。すべてが、「将軍」が借りてこられることさえ、「そうあるべきように」なっているが、それは生活ではない。彼らは自分たちが生きていると思っているが、実際にはだれかが糸を操って、彼らに言っているのだ。「こういうふうにするべきなんだ」。彼らは踊り、口論し、仲直りし、飲み、食い、憎み、買って、売る……

言いかえれば、これは「人形芝居」だと見られた生活だった――メイエルホリドの『桜の園』についての解説を思い出させる。ゴルチャコフは、この解釈が「神秘主義」と見なされると理解した――そして、今や現実のマルクス主義的、「唯物論的」見解に捧げられた社会の中では疑いの眼差しで見られた。だが、ヴァフタンゴフはそれが、「チェーホフの戯曲の演劇的本質についての一つの可能な

解釈だ[35]」と返答した。演出において、

彼はある技法を用いたが、それは彼が長いこと興味を持っていたもので、すでにアントコルスキーの『王女の人形』の演出（スタジオで、ユーリー・ザヴァーツキーが演出した）に勧めていたものだった。彼は俳優たちに、人形のように動くことを提案した。だが、そこには根本的なちがいがあった。『王女の人形』では、彼は生きた玩具を示して見せたかったのだ。この作品で、彼は生きた人間の中の死んだ本質を明らかに示したかった。あちらでは人形が人間のように演じ、こちらでは人間が人形のように演じた。

その結果、チェーホフの喜劇の演出ではすべてが奇妙で見慣れないものとなった。おかしな出来事がそれとは反対のものになって、その非常識さと異常さを、そしてひどく悲劇的な本質を示した。観客は笑ったが、そのうち自分自身の笑いにぎょっとした。笑いがのどに引っかかった。喜劇的なものが悲劇的なものへ変わったのだ。おかしなものが恐ろしいものになった。もし、舞台上で生命のない人形たちが生命あるものになるとしたら、それは恐ろしいことではない。それは滑稽でおかしい。それは観客を感動させ、観客は彼らを愛し始める。だが、時計じかけの機械の心臓が生きた人間の内部にあることに観客が気づいたら、それは観客をぎょっとさせる。チェーホフの『結婚披露宴』で、ヴァフタンゴフが見せたのは、何か死んだものの中の生きたものではなくて、何か生きたものの中の死んだものだった[36]。

シーモノフは上演の様子を次のように回想している。

騒がしいカドリールで上演は始まった。お互いに知らないもの同士の一群の人々が、調子外れなピアノの急テンポだが悲しげに鳴る音を伴奏にして、宴会の介添え人の指揮で、クルクル回ったり、出会ったり、また離れたりした。ぶつかっては、思い思いの方角にちりぢりに分かれ、彼らは騒がしく賑やかだった。だが、彼らの騒がしさと笑いさざめきの中に、この婚礼の宴の空虚さと無慈悲さが感じられたのだ。

ここに、スタニスラフスキーによる『桜の園』第三幕の演出と、メイエルホリドの同場面の解釈との類似が見つけられるかもしれない。ここにもまた「人形芝居」の感覚があったのだ。踊り手たちは滑稽で、馬鹿げてすらいた。（ザハーヴァが演じた）船員のモズゴヴォイは、「全速力で走っては、カドリールを踊るというより、しゃがみこんだ」。ギリシア人の菓子屋ドゥインバ（シーモノフが演じた）は、「何を踊っているのか、だれも分からない」(37)。表面の陽気さと内面の虚ろさの間に裂け目があった。踊りの稽古をしながら、ヴァフタンゴフは踊り手たちに、突然儀式の空虚さに気づいたかのように、ところどころで中断させ、動きを止め、警戒するような目つきを取り交わすよう求めた。彼は、「これらのとんだりはねたりしている馬鹿どもが、踊りながらどんなふうに見えるか、それから気違いじみてはいるが必要不可欠な婚礼の儀式のあと、数秒間正気に返る」(38)のを見るのは面白かろうと思ったのだ。だから、踊りは一種の気がちがったようなメリーゴーランドを表現していたのであって、これはちょっとの間止まると、参加者たちをボーっとさせる――が、そこから抜け出せないのだ。

スタジオのメンバーの一人で、稽古を見ていた者が述べている。「みんなが止まるとすばらしく見える。ゴーゴリの『検察官』のだんまり場面のように、何か凍りついたシンボルだ。グロテスクなんだ」。だが、彼はヴァフタンゴフに叱責された。ヴァフタンゴフは、俳優たちが何か純粋に形式的な、あるいは外面的なある演劇的な「様式」といった感覚を目ざすことを望んでいなかったのだ。「この間を生き、機械的に保たないこと。生きること、考えること、演じること」が生気にあふれるのだ、と彼は強調した。作品は外面的な形式にではなく、内面的な内容に基づかなければならない。「個々の俳優が、なぜこんなにたくさん踊らなければならないのか、なぜ周囲のすべてが止まらなければならないのか、理由を見つけなければならない」。言いかえれば、間は内面的に正当化されなければならないのだ。だれか（シチューキン）が言いだした、「ピアニストの指が硬くなります。ときどき手をもむために数秒間が必要になります[39]」。

さて、ここに内面的なものと外面的なものを密接に結合させようとする、ヴァフタンゴフの願望の実例がある。外面的な行動と身振りが決して機械的に行われないように、しかし内面的な正当化をもっているように保証することだ。シーモノフは回想している、「『結婚披露宴』の稽古中、われわれは先生から、登場人物を真実かつグロテスクに創造する技術を学んだ。内面的に生気を与えられるとともに、外面的に表現力に富んだ演技の技術を学んだ[40]」。俳優は、心理的なものと身体的なものを、内面的なものと外面的なものを、結合させなければならなかった。つまり、役を生きると同時に、役を生き生きとした演劇的形式で表現することだ。

登場人物たちのふるまいの、醜く「グロテスクな」側面が強調された。だから、新郎のアプロムボフは「長いでか鼻で、怒ったような目をして、額にバサッと髪の房がかかっている。やせて長身で、燕尾服（明らかに安物の中古品を買った）を着ており、顔にひっきりなしに失望の色を浮かべて、舞台中を歩き回って、周囲の客たちを憂鬱にさせる」。花嫁のダーシェンカは、太っていてものぐさで、夫もふくめてすべてに関して無関心だ。「テーブルの上の食べ物が、客たちよりもはるかに彼女の気を引いているのだ(41)」。

ヴァフタンゴフは、グロテスクは「悲劇的であるとともに喜劇的である(42)」と述べた。『結婚披露宴』の登場人物たちには、何かしら自暴自棄なところがあった。彼らのふるまいは滑稽なのだが、そこに内面の不幸せが隠されていた。たとえば、助産婦のズメユーキナは、あざやかな深紅のドレスに身をつつみ、明らかに自分を「舞踏会の皇后、崇拝者の一群に取り巻かれた魅力的で愛らしい女だと思っている。事実、一人だけ崇拝者、電信技師のヤーチがいて、それだけでズメユーキナには十分なのだ。彼女は並はずれて優れた女だという印象を与えたいのだが、ヤーチはまったくもって彼女にぴったりの観客なのだ(43)」。この登場人物は強力な「超目標」を持っていた。つまり、注目の的であること、男の目に魅力的に映ることだ。だが、これが彼女をちょっと奇矯なふるまいに追いやる。観客には、彼女の願望とけばけばしい現実との間の裂け目が見える。彼女は喜劇的であると同時に悲劇的で、——そして「グロテスク」なのである。

戯曲では、客たちは宴会の華となる将軍の到着を期待して待っている。将軍が現れると、それは「ある程度までは、よりすばらしい生活という夢の実現なのだ(44)」。だが、彼は海軍中佐にすぎないことが判明する。真実が明らかになると、客たちは彼に向かって怒り始める。彼らは叫び、言い争うが、楽隊はマーチを演奏し始める。恥をかかされて怒った中佐は、うろたえて叫び出す、「誰か（チェロヴェーク）、誰かいないのか」。ロシア語のこの語は、「人間」であると同時に「給仕人」なのだ。ヴァフタンゴフの演出では、「侮辱された老人の絶望的な嘆きは、突然象徴的な意味を帯びた」。これは人情を求める叫び声のように思われて、「観客の心に感傷的な反響を伴って響いたのだった[45]」。シーモノフはこの場面の演出を次のように書き記している。

> 戯曲の登場人物たちはじっと動かずに立って、観客に背中を向けていた……もう夢はない。この世では、いくら金を積んでも本物の将軍を連れてくるのは不可能なのだ。悲しげなカドリールの曲がますます優しく響く。宴会は終わった。お決まりの毎日が始まる[46]。

チェーホフの戯曲は、笑劇的な混乱の場面のうちに終わる。ヴァフタンゴフの終わり方は、はるかに不幸な結末である。まちがいなく、演出家はチェーホフが意図しなかったような方法で、戯曲を陰鬱にしていた。『結婚披露宴』のために彼が見つけた形式は、題材に対する彼自らの態度を反映していた。これは戯曲の「演劇的本質に関する一つの可能な解釈」だった。

結末は、観客にその印象をまとめさせる「終わりのコード」となり、「また、根本的な考えを、上演のテーマを再び理解させる[47]」ものとなった。「夢」は破れ去り、空虚さと馬鹿ばかしさの感覚だけが残った。喜劇的なものが悲劇的なものに変わって、笑いは観客の唇に凍りついた。ミハイル・チェーホフはこの上演を観たとき、涙を流して叫んだのだ、「何て恐ろしいんだ！　何て恐ろしいんだ！」[48]

メイエルホリド――『三十三回の失神』

私がいつも言っているように、戯曲の演出には二つのことが不可欠だ。第一に、われわれは作者の考えを見つけなければならない、それからその考えを演劇的な形式で明らかに示さなければならないのだ。この形式を私は演劇の遊びと呼ぶが、この周囲に私は上演を組み立てるのだ。[49]

一九三五年三月二十五日、チェーホフの生誕七十五周年を記念して、メイエルホリドは三本の一幕の笑劇、『記念祭』、『熊』、『結婚申し込み』を『三十三回の失神』という総合タイトルで上演した。三本の戯曲が上演される間に、登場人物が失神したり、気絶しそうだと言ったり、胸をつかんだり、水を一杯くれと言ったりする機会が三十三回ある、と彼は勘定したのだった。彼は、失神は「チェーホフの時代に非常に広く見かけられた神経衰弱の表れであった」と主張した。「神経衰弱は、チェーホフの登場人物たちに特有の無気力や意志力の欠如の表れなのだ[50]」。

チェーホフが描いた時代と環境を研究していくと、われわれはインテリゲンツィヤの間に神経衰弱が異常なほど高い発生率をみることを裏づける、さまざまなデータを集めることができた。一八八〇年代と九〇年代には、それは一種の流行病となった。（演劇では、「神経衰弱患者」という一定の役まで登場した。）この現象にいかなる社会的な理由があるかを、われわれは熟知している。[51]

したがって、これが演出の「決め手となる考え」、あるいはメイエルホリドが理解したように、「作者の考え」だった。だが、おそらくもっと重要なことに、失神は彼に演出のための「形式」を与えてくれた。彼は失神を、一つの形式上の趣向であると見たが、これが三作のヴォードヴィルをつなぐモチーフとなるのだろう。

最初の稽古で、メイエルホリドはヴォードヴィルの特徴は彼らのラッツィ（身体技―訳者注）、つまり「演劇特有の冗談」であることに気づいた。「これなくしては、ヴォードヴィルなど思いもつかないのだ[52]」。チェーホフはこのジャンルの作品で、「一つの特色、またヴォードヴィルの特徴――しばしば失神して気力が失せてしまうこと、を捉えた」。メイエルホリドは、チェーホフがこれを選んだのは彼が医者だったからだと推測し、そして俳優たちはある臨床的な観察をもって失神を研究する必要があると述べた、「そうすれば、ヴォードヴィルはヴォードヴィルのままで、冗談は冗談のままで」、それにもかかわらず行動は確かな本当らしさを帯びることだろう[53]。

気を失う失神は、行動を中断させる（そして行動をエピソードに分割する）抑制されたパントマイムになった。個々の失神には特別の音楽の伴奏が――男には金管楽器のファンファーレが、女には弦楽器のテーマがついた。こうした気を失う発作はすべて、「幅の広い色合いと性格をもった、きわめてさまざまに異なったものになった[54]」。稽古を見学したノーリス・ホートンは『結婚申し込み』を次のように回想している。

「彼は一杯の水を飲む」といった単純な指示が一つの小場面になる。(ローモフを演じた) イリインスキーは急に話すのをやめると、片手で胸をつかみ、もう一方の手でコートの襟の折り返しをつかむ。父親 (チュブコーフ) が立ち上がって一歩下がると、イリインスキーがまるで彼の方へ泳いで行こうとしているかのように、両手をさしのべる。うしろにいる娘 (ナターシャ) は箒を持ち上げると、頭上に保ったままにする。ここで間が入る。ショパンの音楽が鳴り始める。イリインスキーは襟の折り返しをまだつかんだまま、もう一方の手をテーブルの上のグラスへ伸ばす。彼はグラスを口からはなしたところに持つ。目がますます大きくなる。音楽が大きくなっていく。父親と娘は身動きしないで立っている。イリインスキーはすばやくグラスをぐっと引きつけると、水を飲みこむ。音楽がやみ、娘は掃除にもどる。イリインスキーはていねいに襟の折り返しをもどし、グラスをテーブルにもどす。父親が次の台詞で続ける。[55]

メイエルホリドは登場人物たちの無気力と意志力の欠如について語っていたが、しかし上演では、彼らは実際には一種の躁病的活力、異常な快活さ、神経の興奮に動かされているように見えた。この実例が証明するように、演出家は登場人物たちの極端な感情状態を身体化しようとした。彼は行動の焦点となるものとして物を用いた。たとえば、『結婚申し込み』では、ナターシャとローモフは牛ヶ原と呼ばれる牧草地がどちらの家のものかをめぐって喧嘩口論になる。メイエルホリドの演出では、この場面は「物を使って演じる」[56]ことで身体表現化された。二人は銀の盆とナプキンを取りあって、互いに引きちぎってしまう。だから、くり返しになるが、これは登場人物の感情を身体表現化し、外化する方法だった。だが、「物を使って演じる」ことは、また別種の演劇的な「冗談」ともなり、手のこんだパントマイムをする好機ともなったのだった。

批評家たちは、誇張または「誇張法」だとしてメイエルホリドを非難した。だが、彼は、チェーホフにあっては登場人物たちの行動はさらにもっと極端だと指摘した。たとえば、『記念祭』のクライマックスの場面は、「私が誇張などしていなくて、むしろチェーホフを控えめに上演したことを教えてくれるのだ」。出納主任のヒーリンはかんかんになって怒ると、もう一人の登場人物タチヤーナを部屋から追い出し始める。「出て行け！」と彼は怒鳴ると、足を踏み鳴らす。メイエルホリドは述べる、「チェーホフが『足を踏み鳴らす』と書くとき、それは特別な行動で、それを彼は台詞から選び出したいのだ」。戯曲では、タチヤーナは椅子の上にとび乗り、それからソファーの上に倒れて、失神したかのようになる。「言ってみれば、私の誇張など非常に慎重なもので、これに比べたらまことに上品なものなのだ[57]」と、メイエルホリドは結論づけた。

メイエルホリドはスタニスラフスキーに対して、もう一つ可能な演技のモデルと方法を提案しようと試みた。彼は「心理的な」取り組み方をやめて、そのかわり身体的なものを強調した。メイエルホリドは、俳優の芸術は身振りと動きの芸術、つまり「空間における造形的形式」である、と断言した。彼は書いている。

あらゆる心理状態は一定の生理的な過程によって決定される。身体の状態に対する正しい解決法を見つけることで、俳優は自分が「興奮」を体験する点へ到達し、そのことが観客を感動させ、彼らを俳優の演技に巻きこむ（あるいは、われわれの言い方では彼らを「つかむ」）のだ。この興奮が俳優の芸術の本質である。一続きになった身体の位置と状態から、ある特殊な感情に色づけられた「興奮する点」が生じてくるのだ。[58]

言いかえれば、感情は身体の行動の結果なのだ。「外面的な」ものが「内面的な」ものへ導くのだ。ある行動を演じるとする、たとえば、手を上げるとすると――これが一つの心理的な反応を生みだすのだ。「正確な」身体的行動あるいは身振りは、ただ単に感情を表現するのではなく、感情を創り出すのである。

だが、メイエルホリドの立場はどこか機械論的だった。彼は人間の身体を機械として実にたくみに扱っており、そこでは感情は完全に生理的な過程の産物なのだ。

メイエルホリドは、スタニスラフスキー晩年における身体的行動の方法の強調が、理論と実践両面において二人をより近づけたと確信した。アレクサンドル・グラトコフは、スタニスラフスキーとの数回にわたる長い会話のあとで、「メイエルホリドが、今や二人を分かつものは何もないと、自信をこめてくり返した」[59]と記録している。だが、実際には重大な相違があったのだ。スタニスラフスキーは、身体的行動から稽古をすることが、俳優を刺激して登場人物の内的な生活を探究させるだろうと考えた。たとえば、部屋に入るといったような単純な行動が、ただちに俳優に次のように問いかけさせるのだ。「私の『目標』は何だろう？　なぜ私は部屋へ入りたいのだろう？　状況（あるいは『与えられた環境』）は何だろう？」言いかえれば、「外面的な」行動が、俳優を「内面的な」行動を見つけだすように導くだろうということだ。「身体的行動」のスコアは役の「骨組み」であるにすぎない。それは俳優の仕事の始まりにすぎないのだ。

だが、メイエルホリドは身体的行動をそれだけでほとんど目的であると見なした。彼は、彼の演出を身体的な運動のパターンの周りに作り上げたが、これらはていねいに振付されていた。稽古での彼の演出の方法とは、彼が求めたものを実際にやってみせ、それから俳優にそれをやってみるよう求めるものだった。『結婚申し込み』のある稽古で、チュブコーフを演じていた俳優が最初の台詞を言った、「やあ、これはお珍しい！　イワン・ワシーリエヴィチ」。

「待って！」とメイエルホリドは言った。「君はこの台詞を、こんなふうに言わなくちゃならないんだ」、そして彼はやってみせた。チュブコーフはその台詞をもう一度言った。「ストップ！」とメイエルホリドが言った。「君は、私がやってみせたのとまったく同じようにやっていない。君はなぜこの台詞を言っているのか分かっているんだろうか。私がやってみせたように言ってみて、私がどんな種類の登場人物としてチュブコーフに出てきてもらいたいのか、理解しなければならないんだ」。

それからメイエルホリドは台詞について、台詞を作り上げている言葉と響きの並置について、その意味について、性格描写について、冒頭のその台詞で定められることになる戯曲のスタイルについて、見事な分析をし始めた。「私がどんな種類の登場人物としてチュブコーフに出てきてもらいたいか」。いかなる種類の登場人物も、役についての彼の解釈も、まったくその俳優は思い浮かべられなかった。そのかわりに、「私がやるのを見て！　チュブコーフが彼の馬鹿ばかしさを示すために身にまとわなければならない表現がこれなんだ。これが私の表現だ……分かるかね。さあ、やってみよう」。

ホートンは、稽古がこんなふうな骨の折れるやり方で三時間続けられて、台本の二〇〜三〇ページが終わっただけであったと報告している。

だが、ついに戯曲が読み通されると、もう戯曲の読みが定まってしまったかのように思われた。これはすべて芸術座のやり方とはかなりちがっていた。ここには、隠れている意味を探すこともなければ、ある台詞が伝える感情の本当の意図についての話し合いもなければ、感情を感じる方法もなかった。メイエルホリドはそれらをすべて前もって分析していたのだった。彼は、彼の俳優たちを見事に照らし出された道に導き、すべてのカーブと落とし穴を教え、役をすばやくそれらの周囲に連れてきていた。彼らはついて行けばいいだけだった。ひとたび目標に到達すれば、それで終わっていたのだ。彼らはたどった道を覚えていなければならないが、覚えたあとでは演技をしてみせることができた(60)。

したがって、上演がたどる「道」は、身体的な行動だけでできていて、動機には一切触れずに、機械的に実行されたのだった。上演のスタイルは演出家によって創り出され、俳優たちに押しつけられた。

気を失う発作といったような、はさみこまれた個々の行動は、単なる技術的な効果になる、ただ演劇的な「冗談」だけになる恐れがあった。気を失う発作、「物を使って演じる」ことなどなどが、綿密に作り上げられた型の演技で、非常な熟練と才能をもって演じられた。それらはきらめくばかりに見事だったが、観客は冷やかなままだった。上演は、いくつかの点で、メイエルホリドの演技への取り組み方の限界を露呈していた。問題は（とヴァフタンゴフは見た）、「演劇的な真実を求める情熱にあって、メイエルホリドが感情的な真実を追い出した」ことだった。彼は演劇的な手段を用いた——だが、その手段が死んでいた、本物の「血と肉」がなかったのである。

メイエルホリドが考え出した趣向は何か骨の折れるもので、上演のペースを下げるものであることが判明した。彼はグラトコフに語っている。

われわれは半ば器用すぎた。で、その結果ユーモアを見失った。われわれは真実を直視しなければならない。どんなアマチュアによる『結婚申し込み』の上演でも、観客はわれわれの劇場にいるよりも、たとえイリインスキーが演じてメイエルホリドが演出しても、もっと笑うことだろう。チェーホフの軽くて率直なユーモアは、われわれのアイディアの重みに耐えられなかった。その結果、失敗だったのだ。(61)

社会主義リアリズム

一九三四年に、すべてのロシア作家は一つの同盟に統合され、一つのスタイル「社会主義リアリズム」を適用することを強制された。あらゆる芸術は分かりやすく、「リアリスティック」であるべきで、しかもソビエト社会の生活の肯定的な表現と、社会主義建設の前進を提供すべきであると命じられた。アナトーリー・ルナチャルスキーによれば、「社会主義リアリスト」は、「人類の共産主義の未来を確信し、党とその指導者たちに率いられたプロレタリアートの力を信じ[62]」なければならないのである。「リアリズム」芸術は、「フォルマリズム（形式主義）」とは反対に、健全なものと見なされた。フォルマリズムとは、当時の決定的な用語の悪用で、内容よりも様式に関心を持つこと、内面的な内容以上に外面的な形式の「トリックと見せかけ」に関心を持つ態度を指していた。雑誌「テアトル」に載ったある論説は、「フォルマリズムは、われわれの芸術に対するブルジョワ的影響の、もっとも敵対的で有害な兆候の一つだ[63]」と断じた。メイエルホリドの仕事もふくめて、最近数年間の最も革新的な演劇の仕事のほとんどが、こうして酷評された。（実際、「メイエルホリド主義」という用語は、演劇における「フォルマリズム」と事実上同義語だった。）ソビエト当局は、演劇における「リアリズム派」と「フォルマリズム派」との間の芸術闘争に介入して、その官僚主義的な解決をむりやり押しつけた。

その後、すべての劇場がモスクワ芸術座を模範にして規格化された。ユーリー・リュビーモフが理解したように、これは「表現形式としての演劇の破壊[64]」に等しかった。それは芸術座自体にとっても致命的だった。その間に、スタニスラフスキーは聖者にされてしまった。彼は「社会主義リアリズム」

の偉大なる創始者に祭り上げられた。ソビエトの新聞諸紙は、彼を「われらが誇り」、「演劇の天才」、「リアリズム演劇の創始者」、「リアリズムをめざす闘い」(65)の最前線だと報道した。さまざまな演劇の様式(象徴主義のような)による彼の実験は無視された。「システム」はすべての演劇教育機関における公認のカリキュラムとなった。したがって、彼がつねに開発、探究の途上にあると見なしていた自身の思想は化石化され、公式に定説化され、「誇張されて正典化された」。リュビーモフはコメントした、「全世界が、彼がたえず語っていたことを忘却してしまった。五年ごとに、俳優はすべてをもう一度学ばなければならず、舞台芸術の新しい理論を創り出さなければならないのだ(66)」。

スタニスラフスキーは「フォルマリズム」に反対する運動を歓迎していたもののようで、これが「真の芸術」を求める関心から生じたと明らかに信じていた。一九三七年、革命二十周年に、彼は次のように述べている。

大社会主義十月革命の最初から、党と政府はソビエト演劇に対するあらゆる保護を——物質的にも、精神的にも——引き継いだ。彼らは真実と芸術の民衆的魅力を見守りつづけたし、われわれをあらゆる誤った傾向から守った。フォルマリズムに反対し、本当の芸術を求める声を上げたのは党と政府であった。われわれに必要とされるのは、本物の芸術家になることと、われわれの芸術に誤った無縁な逸脱が一切ないことを確かにすることだけである(67)。

スタニスラフスキーがこの発言で誠実であったのか、それとも政治的指導者たちが聞きたいのだと彼が考えたことをただ語っていただけなのか、われわれは確かめられない。われわれが知っているのは、彼が演劇におけるいくつかの「フォルマリズム的な」傾向に不審の念を抱いていたことだ。彼は、「外面的なものが形式においていかに美しく鋭くても、それだけで舞台の上に生きることはできない」、それは「内部から正当化されなければならず、その時のみ観客を引きつけるのだ」と主張した。彼は、俳優の外面的な技法においては大きな前進がなされたことを認めた——運動の柔軟性、話法、「表現組織全体」において——だが、内面的な技法は置き去りにされていた。

身体の表現文化が芸術の主要な創造の仕事、すなわち芸術的形式において人間精神の生命を伝えることを援ける限りでは、私は現代の俳優がなしとげた新しい外面的な達成を心から歓迎する。だが、表現文化がそれ自体で目的となるときには、創造の過程を無理強いし始め、精神的な目標と外面的な演技の慣習との間に亀裂を生じさせるときには、感情と体験を窒息させるときには、私はこれらのすばらしい新しい達成に対して激しい反対者となる。(68)

スタニスラフスキーはメイエルホリドの演出のいくつかを批判し、他のいくつかを賞賛した。たとえば、ニコライ・エルドマンの戯曲『委任状』(一九二五年)の演出を賞賛した。実際、第三幕で「メイエルホリドはスタニスラフスキーの夢を、『正真正銘のグロテスク』の感覚を創り出すことで、実現した」(69)。

アナトーリー・エフロスは、一八九八年の『かもめ』でスタニスラフスキーがトリゴーリン役を、メイエルホリドがトレープレフ役を演じたとき、「このことがすでに大きな対立の原因となっていた。二つのこんなにちがった芸術的タイプが、こんなに異なった方向を取っていたのだ[70]」と述べた。それでもやはり、二人がお互いの仕事を尊敬しつづけたことは確かである。メイエルホリドは自らをスタニスラフスキーの弟子だと言ったし、スタニスラフスキーも彼のことを自分の「放蕩息子[71]」だと呼んだ。一九三八年一月八日に、メイエルホリド劇場は閉鎖された。芸術問題委員会は、この劇場がその存続した全期間にわたって、「ソビエト芸術とは異質なブルジョワ的、フォルマリズム的立場から完全に逃れることができなかった[72]」と宣告した。だから、スタニスラフスキーがメイエルホリドを、最初は新しいオペラ・ドラマ・スタジオの教師に、そのあとでスタニスラフスキー・オペラ劇場の演出家として招いたことが、みなを驚かせた。周囲の人々が反対すると、彼は、演劇にはメイエルホリドが必要なのだと彼らに語った。彼はこの決定の全責任を負った。これは勇気の要る行為だった——スターリンの不興を買った者の保護を申し出るなどとは。事実、ロシア演劇の両極に立ったこの二人が、彼らの方法の「統合」を成し遂げようとして、集まったかのように思われた。実際、メイエルホリド自身が、二人は結局同じ目標をめざして仕事をしていたのだと結論づけた。つまり、俳優の自由と創造性を、演劇形式の要求と結びつけることだ。二人は、「アルプス山脈にトンネルを建設する者のようだった。彼が向こうから来るのに対して、私はこちらから向かった。だが、中間のどこかで、必ずわれわれは出会わねばならないのである[73]」。スタニスラフスキーは亡くなる数週間前に、オペラ劇場の舞台監督ユーリー・バフルーシンにこう語っていた、「メイエルホリドの面倒を見てくれ。彼は演劇における——われわれの演劇だけでなく、演劇全体の——私の唯一の後継者なのだ[74]」。

スタニスラフスキーは一九三八年八月七日に死亡し、ノヴォジェーヴィチー墓地のチェーホフとシーモフの隣りに埋葬された。

一九三九年六月にメイエルホリドは逮捕された。彼は一九四〇年二月二日に銃殺された。

上演記録

『結婚披露宴』、エヴゲーニー・ヴァフタンゴフ演出。ヴァフタンゴフ・スタジオ。初演は一九二〇年九月、再演は一九二一年九月、モスクワ芸術座第三スタジオ。

『三十三回の失神』、フセーヴォロド・メイエルホリド演出。国立メイエルホリド劇場。初演、一九三五年三月二十五日。

メイエルホリド演出『33回の失神』から『結婚申し込み』、ローモフ役イリインスキー、ナターシャ役ロギノーワ

第5章　エフロスとリュビーモフ

一九四〇年に、ネミローヴィチ＝ダンチェンコは『三人姉妹』の新演出を上演した。最初の稽古で、彼は、この戯曲が一九〇一年に初演されて以来、「生活がまったく変化してしまっただけでなく、この作品が芸術家としてのわれわれを新しい素材で満たし、チェーホフを新しい方法でちがったふうに見ることができ、また見なければならないような方向へ、そしてチェーホフを新たに体験するような方向へ、われわれを導いた」[1]と述べた。彼は、「俳優たちに、『チェーホフ的なやり方』から離れるよう、憂鬱な泣きごと、引きのばされたリズム、哀愁を帯びた抑揚など――要するに、モスクワ芸術座によって生み出されたすべてのものから離れるよう、それらはすでに紋切型に堕してしまっている」[2]と厳しく注意した。彼はスタニスラフスキーがしたように、戯曲の決め手となる考えを「より良い生活への憧れ」だと説明した。だが、スターリン支配下のロシアにおいて、この表現は新たな意味合いを帯びるように思われた。

上演の成功は、いくぶんかは、消滅した世界への郷愁という感覚によるものであったかもしれない。「現代にあっては、古い生活の仕方を単に再現することが、近年エジョフの秘密警察のテロルを経験させられてきたモスクワでは、演劇的な効果を持つことにつながったのだ」[3]。恐怖と抑圧の時代にあって、すべてが、「主人公たちの魂、思想、顔が、まったくの自然の美、家庭の穏やかな居心地の良さが、美しく軽やかに」思われた世界があったのだ。ある観客が回想しているように、「私たちは、三人姉妹の悲しい運命に泣き、彼女たちのように信念と希望をもって、美しく明るい未来が訪れるのを待った」(4)のだった。

しかしながら、ソビエトの批評家たちは上演に対して特殊な偏向を与えもした。コミッサルジェフスキーは、「より良い生活への憧れ」というテーマは、戯曲に「ソビエトの人々の目に深く根づいた楽観主義の感触、自分たちはこのより良い生活を達成したのだという感触」を与えた、と書いている。(5)ある批評家は、上演の最後の場面を次のように描写している。

姉妹たちは互いに手を取り合う。彼女たちの顔は厳しく、重々しい。心の中にあることをほとんど話さない。彼女たちの目が語っているのだ。目は光を発し、涙は浮かべておらず、未来への不屈の信念に光る。そして三人姉妹はこの場面で、彼女たちが苦悩と献身と道徳の力をもった、気高く力強く堂々としたロシア女性のタイプであることを示し始めるのだ。(6)

この上演は、「新しい規範となり、新しい伝統を生みだした。チェーホフはペシミストだという意見に対しても、もう一つの極端な態度が生じてきた。演出家たちは、チェーホフの主人公の中に闘う革命家の特徴を探し始めた。彼の主人公たちは、強い意志と多くの活力を、勇気と楽観主義を負わされた」(7)。一九四七年に芸術座で『ワーニャ伯父さん』が再演されたとき、演出家のミハイル・ケードロフは登場人物たちから「夢を見ているような受動性」を取り除こうとした。むしろ、彼らは俗悪さに対して闘い、「祖国の創造力の未来における解放[8]」を求めて闘っているのだと見なされた。

チェーホフの作品に対するこの「肯定的な」解釈は、明らかに思想的な変形であり、歪曲だった。このようにして、チェーホフは社会主義リアリズムの古典にされてしまった。[9]ある意味これは、チェーホフが被っていた「否定的な」イメージ、「黄昏気分の歌い手」、「余計者の詩人[10]」から彼を救いだし、「激しく未来へ向かって前進し、祖国を深く愛し、献身する強健なリアリズム詩人[11]」として彼を作り直そうとする試みだった。アレクサンドロフは、チェーホフの芸術のもっとも重要な内容は「(旧世界に対して)積極的で破壊的な要素にある。したがって、チェーホフはわれわれ革命の人民に属しているのであって、革命によって転覆された古いブルジョワ社会に属しているのではない[12]」と断言した。「より良い未来」を求めるチェーホフの希望は、人道主義的な理想として描き出された――そして、それは共産主義のユートピアに実現されるものだった。今や、いかなるチェーホフ劇上演においても、「未来は輝きわたらなければならず、主人公たちは力と見通しを持っていなければならず、それゆえチェーホフの信念が完全に伝わる[13]」ことが期待された。

エフロス演出の『三人姉妹』――「運命の哀歌」？

モスクワのマーラヤ・ブロンナヤ劇場で一九六七年に上演された、アナトーリー・エフロス演出による『三人姉妹』は、戯曲と登場人物たちに対する当時支配的だった思想的な見解に挑戦するものだった。『三人姉妹』は「運命の哀歌[14]」として登場した。「ごつごつした雰囲気がチェーホフの脆い叙情性に取って代わっていた」[15]。ある批評家は、「初めてわれわれはチェーホフがいかに深くペシミスティックであるかを理解した。美しい人間の魂は滅び、死にかかり、そして期待された輝かしい未来は登場人物たちには訪れないことだろう[16]」と書いた。

おそらく、いちばんの衝撃は装置だった。舞台空間は、舞台中央が金メッキした鉄の葉のついた一本の木で占められていた。黒い木々が舞台奥の壁に描かれていた。このベケット的なリンボ（煉獄）にあって、チェーホフの登場人物たちの魂は、「孤独に、未来についての苦しく惨めな思いに、死んだような金属の秋の葉のように、黒い木々に弱々しくつかまりながら[17]」しおれ、死んでいくように思われた。演技には異常なエネルギーがあったが、それは一種狂ったようなエネルギーで、第三幕でのチェブトゥイキンの独白にもっともよく見てとれた。俳優レフ・ドゥーロフは舞台に走り出ると、蓄音器のネジを巻き、時代にそぐわない「もしスージーを知ってたら」の調べに合わせて、不安をかきたてるような絶望のダンス・マカーブル（死の舞踏）を踊ったのだった。

この上演が攻撃されたのは、主として労働と未来についての登場人物たちの前向きな台詞が、明らかに皮肉っぽく扱われていたからだった。たとえば、トゥーゼンバフが未来について語ると、チェブトゥイキンは嘲笑うかのようにピアノを不器用に弾き、他の登場人物たちはそれを楽しそうに眺めていたのだ。だが、あとでエフロスはいかなる風刺の意図もないと否定した。

ある時、私は『三人姉妹』で、われわれが働くことを嘲笑っているという意見を耳にした。トゥーゼンバフのモノローグ、「勤労への郷愁、おおほんとに、僕にはじつによく分かります！」われわれの上演ではトゥーゼンバフはこのモノローグを皮肉をこめて言うのだそうだ。もちろん、それはまったくわれわれの意図したことではなかった。何という馬鹿げたことだ！　私自身も、出演した俳優たちも、みんな朝から夜まで働き、そして実際そこに意味も喜びも見出しているのだ——なぜ、われわれが働くことについて皮肉に語らなければならないのか‼

エフロスは、この台詞でトゥーゼンバフがおそらく自分自身をちょっとからかっているのだ、なぜなら彼は自分の言葉がとても大げさであることに気がついているからで、それでも彼は自分の言葉を強く信じているのだ、と述べた。

さらに、トゥーゼンバフのすばらしいモノローグは詩のようなもの、美しくもおなじみの詩なのだ。それに、俳優はこのモノローグを少し歌をうたうような声で、あたかも他の人物たちに、誰もが知っていて愛している何か詩的な思いを思い出させるように語ったのだ、と私は言った。だが、これが普通だとは受け取られず、嘲りだと受け取った人がいたのだ。(18)

しかしながら、論争は続いた。六カ月後、上演は禁止された。

タガンカ劇場の『桜の園』

私は私自身のスタニスラフスキーを愛しています。（エフロス）(19)

モスクワのタガンカ劇場は、一九六四年にユーリー・リュビーモフによって創設された。最初の上演、ブレヒト作『セチュアンの善人』は、当時支配的だった演技と演出の「リアリズム」様式からの断絶を画した。この劇団は、その「表示的な」演技スタイルで知られるようになった。そのため、一九七五年にエフロスが『桜の園』の演出に、タガンカ劇場へ招かれたとき、驚きを引き起こした。だが、エフロスは次のように回想している、「タガンカでチェーホフを上演するのに――結局のところ、どんな良い考えがあるだろう。チェーホフなんか問題にならないと思われている劇場で。つねに煉瓦の壁がむき出しになっていて、俳優たちはブレヒト的な方法で登場人物を表示して見せるのだ」。

実際、おそらくは対照によってのみ真実は探究されるのだろう。ゴーゴリの喜劇は悲劇的に上演されるべきで、そうしたらおかしくなるのだろう。ブレヒトは「チェーホフ的な」様式で、ブレヒト的な調子をまねずに上演されるべきなのだ。……だから、『桜の園』は「チェーホフ的な調子」の「専門家」がいちばん少ない劇場で上演されるべきなのだ[20]。

エフロスは、この劇場の俳優たちが内面的なものと外面的なものを結びつけられるようになることを望んだように思われる。つまり、役を生きることと同時に、それを観客に表示することだ。

あるときエフロスは、彼がスタニスラフスキーとメイエルホリドのどちらに近いと考えているのかと問われた。彼は、どんな人の方法の「奴隷」にもなりたくなかったと答えた。

人間的には、スタニスラフスキーが私に近い。彼はもっと頭がよくて暖かいが……。だが、メイエルホリドは、いわゆる「制約的なリアリズム」、つまり制約的な心理的リアリズムと比べれば演劇芸術を前進させた。私が思うに、現代の演劇はメイエルホリドの路線のみを追うのも、またスタニスラフスキーの路線のみを追うことも不可能だ。両者の奇跡的な結合がなければならない[21]。

もちろんだが、ヴァフタンゴフもまた、スタニスラフスキーとメイエルホリドの「奇跡的な結合」を探究したのだった。ヴァフタンゴフと同じように、エフロスは自然主義や演劇における「生活の真実」を退けた。(「この生活の真実には、私はいつも飽き飽きしていて面白くない。人々が上着を着て舞台に座っているときが面白くないのだ[22]。」)舞台は、「日常生活の現実をただ単に再現するのではなく、そのかわりに凝縮され高められた、ほとんど象徴的な描写をわれわれに提供するのだ[23]」と、彼は主張した。

私はいつもそう思っているし、またいまだにそう信じてもいるのだが、現代演劇はそういった……何て言ったらいいのか、文学的な心理学に基づいていてはならないんだ、たぶんね。スタニスラフスキーはわれわれの仕事に、「行動」とか「内的行動」とかいった用語を持ちこんだ――で、これによって彼は革命を成しとげた。もちろん、言葉が問題なのではないが、用語もまた重要なのだ。われわれは……こうした考え方で教育されてきたし、それがわれわれの職業的態度の基礎になっている……個人的には、内的行動をその限界まで行う必要のあることが、時とともに私にははっきりしてきた。

エフロスは絵画との比較を持ちだした。つまり、リアリズムの限界内にとどまるか――それともそれを越えて行くか、である。

誇張されたもの、グロテスクなもの、強調されたものの生命をつかんで描くことは可能だ。そこで問題だ。どうやって誇張された仕事、誇張された行動、誇張された活動を見いだすか――それも生きている真実をこわさずに、それを何かもっと大きな、もっと鋭いと言ってもいいが、目標に従わせてだ。[24]

したがって、ここで再びわれわれは、内的な「真実」を「強められた」演技のスタイルと結合させようとする願望を認める。エフロスの演出における演技は「心理的な」リアリズムに基づいていたが、しかしそれはまた「高度に美的な」ものでもあった。「彼は、ある登場人物の内部で起こっていることは何でも、身体に表れ出なければならないと信じているのだ」。舞台は、と彼は言った、「つねに非常に活動的で、外面的に表現に富んでいるべきだ。だが、舞台はまた心理的に繊細でもあるべきなのだ[25]」。

このことは『三人姉妹』に明らかだった。第四幕のイリーナとトゥーゼンバフの最後の場面は、通常表面上は穏やかに演じられる。登場人物たちの「苦痛、切望、苦悩」はサブテキスト（あるいは、ネミローヴィチが言ったかもしれないが、「第二のレベル」）に残るのだ。だが、エフロスの演出では、登場人物は突然叫び出し、台詞は「死を前にした最後の言葉のように」彼らからちぎれ出た。

トゥーゼンバフ　何か言って！　何か言って！
イリーナ　何を！　何を！
トゥーゼンバフ　何か！

「サブテキスト」は忘れ去られなかった。それは身体化された。アーラ・デミードワが述べている。「第二のレベル」が「第一の」、主要なレベルとして演じられた。それは感情の爆発のようだった。そのとき、それは私にはもっとも強力な演劇的感動の一つだった。

　エフロスはその後もよく、この方法を演出で用いた。それはほとんど「エフロス的な」慣習になった。[26]

　エフロスは、チェーホフは『桜の園』で「単純で、リアリスティックな生きた描写ではなく、グロテスクな、時には笑劇的な、また時には完全に悲劇的な描写[27]」をわれわれに示す、と述べた。タガンカ劇場の上演では、四幕すべてに常設の装置――花壇のような、あるいは墓地のような土の小山があった。この小山の上にテーブルが、年代物の肘掛椅子が、庭用のベンチと子供用の椅子数脚が、墓石と十字架の間に置いてあった。再び、樹が舞台中央に植えられていた。サクランボの樹だ。背景幕には大きなセピア色の写真が、古い家族の肖像、死を忘れる《モメンチ・モリ》ながかけられていた。舞台の両袖には、レースのカーテンが窓から入りこむ風にはためいていた。ある観客がこの装置を見て、こう言った、「あそこにモスクワ芸術座が葬られている」[28]。

登場人物たちは白い衣裳を着て――この墓地の幽霊のようだった。上演の幕開きに、彼らは全員登場し、陽気な歌をうたった（第二幕のエピホードフのバラッド「浮世を捨てたこの身には……」）――ただし、彼らはこの歌を悲劇的な風にうたった。死者のための奇妙なレクイエムのようだった。この歌は上演の枠組を作る工夫として作用した。最後に、登場人物たちがもどってきて、この歌をもう一度うたった。これが対照のうちに「真実」を探し求めようとするエフロスの願望をカプセルのように包みこんだ。「グロテスク」を創り出すために、悲劇的なものと喜劇的なものとが並置されたのだった。

アーラ・デミードワのラネーフスカヤは、「古い世界の魅力がにじみ出す貴婦人でもなく、メロドラマのようにハンカチを握りしめるのでもなかった」。そのかわりに、「ゆったりした襟の流行のドレスを着て、育ちのよい優雅さと美しさで、舞台をゆったりした足取りで歩く現代の女性がいた。一瞬前かがみになって、うっかり手からタバコを取り落としそうになると、彼女は次の瞬間には息もつけなくなるようなノイローゼの力の発作に襲われる」[29]。エフロスはあるときこう言った、「われわれが医療用心電図を見て、そこに波のない直線を見るとき、それは生命がないという意味だ。波が生命なのだ」[30]。だから、登場人物の内的な生命は振動する線として表現されるべきなのだ。このイメージが示唆するのは、俳優は単一の直線的な感情の「線」を追うよりも、むしろ強力な感情の対照を探り、創り出すべきだということだ。デミードワの演技には、こうした対照が目に見えたのだ。「ある状態からもう一つの状態へ移る鋭敏さが、彼女の演技の主要なパターンとなった」[31]。第一幕で、息子の死を思い出すと、彼女は土の山へ身を投げ出し、墓石と十字架の間をほとんど膝をついて進みながら叫ぶのだ（戯曲では「静かに泣く」とト書きにあるところだ）、「あたしのグリーシャ……坊やが……グリーシャが死んでしまった……溺れちゃった……なんのため？　なんのためなの、あなた？」。再びここが、サブテキストもしくはこの場面の「第二のレベル」が「第一のレベル」へと変えられた瞬間だった。「内面的な行動」はその限界へ、「ほとんど不条理」へと至る。だが、その一瞬あとには、彼女は別の「極端」へ変化した。彼女はトロフィーモフの気を引いて、媚びていたのだ。

ロパーヒンとガーエフが競売からもどると、彼女はベンチに座って、突然まったく黙りこんでしまう。彼女は、ほほ笑みながら果樹園（桜の園）が売れたかどうか、「まるで何かつまらないことであるかのように」訊ねた。これは「死を前にした最後のほほ笑み(32)」のようだった。この不安を感じさせる静けさのすぐあとに、ヒステリーの発作がくる。

ロパーヒンを演じたのは、ウラジーミル・ヴィソツキーだった。彼は領地を救おうとしたとき、「愚かな患者に、病気にかかっているのだから何かすべき時なのだと、教えようとしている医者のように」、「平静で、ひたむきで、悲しそう」だった。だが、競売からもどってくると、彼は「怒っていて、彼自身がそうならざるを得なかったもの――果樹園を切り倒す斧――によって、めちゃくちゃになっていた(33)」。彼はヒステリーすれすれの「足を高くあげた勝利の踊りをおどって、怒りをぶちまけた。ロパーヒンはしきりに地面にへたりこみ、完全にくたくたになって舞台から連れ去られるまで、もう一度足で蹴って立ち上がろうともがくだけだった」。スペンサー・ゴーラブの見るところ、こんなヒステリーは「すべてのエフロス演出にあって、袖で待ち構えていて、気づいたらいつでも飛びだす用意ができていた。彼の俳優たちは、自らの存在のぎりぎりのところで演じているように見える。そうした演技に潜在している危険な感覚は、決して完全には静まらないのだ[34]」。

モスクワで最も話題の政治的な演劇

ユーリー・リュビーモフは『桜の園』の最初の舞台稽古にやってきた。デミードワが回想している、「稽古を見る前から、彼はすでにほとんど横を向いて座っていて、じっと不愉快そうな顔をしていました。彼にはすべてがいらだたしかったのです」。劇場の芸術委員会のメンバーたちは、リュビーモフが不満なのを感じ取ると、「彼にへつらおうとして、演出を激しく非難し始めました。あるいは、ひょっとすると彼らは本当に何も分かっていなかったのです。それで、とても攻撃的でした。……主たる議論は、これは『タガンカ』ではない！ というものでした。今日に至っても、彼らは何が『タガンカ』であり、何がそうでないか、説明ができないのです[35]」。リュビーモフは実際、こう感じていた、「これはわれわれの演劇ではない、洗練されすぎている、タガンカの約束性も無礼さも、現代との直接の関係も何一つない、すべてあまりにも『心理的で』、『分かりにくく』すぎる[36]」。彼はこの作品を劇場のレパートリーから外した。

リュビーモフは一九八四年、タガンカ劇場の芸術監督の地位を解任された。エフロスがその地位に就いて、『桜の園』を復活させた（ヴィソツキーは一九八〇年に亡くなっていた）。彼はあるとき、テーマつまり戯曲の根本的な問題は、「人生はつむじ風のようなものだ」ということだと語った。

人々はこのつむじ風のすぐあとを、のろのろと歩むはめになる。つむじ風は人々をなぎ倒し、さらって行く。つむじ風はいつもわれわれの上にある。われわれは「時間」という名のつむじ風の足跡なのだ。時間は無慈悲ですばやく容赦がない。時間は、火山が大地の姿を変えるように、自ら変化し、またわれわれを変える。そして一般に、人々は火山に直面すればつねに無力だ。火山は大地の形を新しくする。チェーホフは当時、大地の形が変わりつつあると感じていた。そして、そのことについて戯曲を書いたのだ。この戯曲の中には、当時のロシアの過去と現在と未来がある。そしてすべてがつながっているのだ。(37)

意外なことに、上演が復活されると、この作品は「モスクワで最も話題の政治的な演劇(38)」となった。一九九〇年にソビエト議会が、私有財産の問題を討議していたとき、「モスクワ通報」はロシアの新しい「ロパーヒンたち」についての論説を、「今は存在しないが、生まれるだろう階級」という題名で（タガンカの上演写真を付けて）発表した。

状況は見れば分かる。現代のわれわれの国家という領地は価値が下落し、借金にまみれて、値段の切り下げがすでに告げられている。……桜の園に何が起ころうとしているのだろうか。われわれの前で……チェーホフの主人公たちが、今世紀の初めに直面したのと同じ諸問題に、われわれは再び直面しているのだ。(39)

弦の切れたような音の中に、「二十世紀ロシアの歴史の始まりと終わりが、その古い痛みと新しい望みとが」[40]聞き取られる。

不幸なことに、エフロスその人は時代のつむじ風が祖国中に吹き荒れるのを目にするまで生きられなかった。彼は一九八七年に死去した。

ユーリー・リュビーモフ──「空間における造形」の芸術

タガンカ劇場のロビーの壁に四枚の肖像画がかかっている。ブレヒト、メイエルホリド、ヴァフタンゴフ、そしてスタニスラフスキー。リュビーモフは最初にそのことを回想している。

肖像画は三枚だけだった。ブレヒト、メイエルホリド、そしてヴァフタンゴフ。だが、当局の言うには、四枚目の肖像画がなければ、この三枚はそこに掛けておくことはできないと。私はつねにコンスタンチン・セルゲーエヴィチ（スタニスラフスキー）に大きな敬意を抱いていた。だが、それでもやはり、ある理由から、最初は三枚の肖像画が掛けられた。当時、当局が言うには、「君はメイエルホリドを掲げたが、彼は外すんだね」。私は答えた、「すみません、私が彼をあそこに掲げたのではありません。それに、私は彼を外したくありません。ご自分で彼を下ろしてください」。するとと彼らは言った、「それならスタニスラフスキーを加えるんだ」。そんなわけで、タガンカ劇場へスタニスラフスキーの肖像画が加わることになったのだ。[41]

どの肖像画をいちばん親しく感じるかとたずねられて、リュビーモフは「おそらくメイエルホリドだね[42]」と答えた。彼はメイエルホリドの演出をいくつか観たことがあったのだ。

私はこの遺産を実に実用的なやり方で利用した。私の友人たちの多く、メイエルホリドのことをよく知っている演劇人たちの多くが、しばしば私に、君の演出はメイエルホリドの演出とはずいぶんちがっていると言ってくれた。もし私が、あの時代の何かを再創造したとすれば、特に好んでというわけでも、理論的な分析を加えてからでもなくて、直観からなのだ[43]。

「われわれは通常、スタニスラフスキーとメイエルホリドを対立させるのを好む」とリュビーモフは見ていた、「それに、この二人の人間が、雪と火が別物であるように、非常に異なっていることは事実なのだ[44]」。メイエルホリドと同じように、リュビーモフは「演劇における心理的リアリズム派の排他的独占[45]」に反発した。彼はまた、演技を身振りと動作の芸術、あるいは「空間における造形」と見なしている。彼は次のように書いている。

われわれの間には、いまだに大胆な造形的な解決を疑いの目で見る傾向がある。われわれは本当らしさや日常生活的な現実を手に入れようとすることに慣れているのだ。だが、芸術において大事なことは、現実を再現することではなく、その芸術的イメージを生みだすことだ。それにもかかわらず、形象の創造において形式を軽視する奇妙な、だが実に広く普及した傾向がある。俳優の心理的な気分は、それが正確な演劇的形式で表現されなければ、はっきり納得がいくように観客には伝えられないのだ[46]。

演劇の形式は、「真実を語るうえで、より表現に富んだ方法だ」とリュビーモフは主張する、「それは思想の最高の鮮明さなのだ[47]」。この態度が彼を、メイエルホリドと同じように「フォルマリズム」だという攻撃にさらさせることになった。メイエルホリドと同じく、彼は俳優を人形に変え、与えられた行動を機械的に反復させる、として非難されてきた[48]。事実、彼は俳優を「実演芸術家」で、動きの外面的な「スコア」を覚え、実演する者だと述べた。上演は、「バレエのように、造形的また空間的な問題に対する同じ注意をはらって行われなければならない。というのも、頭の向きを変えることがタブロー全体を変えてしまう場合があるからだ[49]」。

タガンカのロビーにスタニスラフスキーの肖像画が掛けられているにもかかわらず、リュビーモフは実際には役を「生きる」というスタニスラフスキー的な原理に反対なのだ。たとえば、『ボリス・ゴドゥノフ』を演出しているとき、彼はある俳優に「君は役をそんなふうに生き抜いてはならないのだ[50]」と助言した。稽古中、彼は俳優たちに、自分の登場人物の心理に焦点を当てるのではなく、むしろ思想を伝えることに集中してくれと頼むのだ。「単純に、思想を表すように話すんだ。思想のことを考えるんだ[51]」と彼は俳優たちに言うのである。これはどういう意味だろうか。部分的には、これはいかなる瞬間にも台詞の意味を表すこと——言葉と動作でそれを具体化することを意味する。だが、それはまた、「上演の構想全体の中での思想の役割を理解すること[52]」をも意味する。『ボリス・ゴドゥノフ』を稽古しながら、リュビーモフは俳優たちに、感情のことは心配するなと言った。「感情はひとりでに生まれてくる。感情で言葉を色づけし始めると、意味は舞台から去っていく」。「自由に演じる勇気を手に入れろ。感情のことは心配するな……感情はある一定の稽古や上演でいつも生じてくることはないかもしれない。けれど、思想に焦点を当てれば、君は真実らしく演じることができるのだ」[53]。アナトーリー・スメリャンスキーは、エフロスが「複雑さと心理的矛盾」に興味を抱くところで、リュビーモフは明断さと直截さに——振動する線よりもむしろまっすぐな線の方を好むのだ、と述べた[54]。

リュビーモフの『三人姉妹』——現代と結びつけること

一九八一年に、リュビーモフは『三人姉妹』を上演した。多くの点で、この演出はほとんど反スタニスラフスキー的であった。これは心理的リアリズムをはぎ取られたチェーホフだった[55]。装置の背景にあったのは、丈の高い金属製の聖像壁で、日に焼けて錆びついていた。フレスコ画の色褪せた顔が——ロシアの聖像画の顔のように、ぼんやりと認められた。奥には鉄の寝台の枠組が三つ——おそらくは兵営の寝台が置かれていた。これはまるで昔の修道院のようで、それが軍隊の兵営に転用されたかのようだった。そこにはまた、ここは強制労働収容所のラーゲリで、将校たちは収容所の看守だといった感覚があった。それは、チェーホフ的な「雰囲気」をすべてはぎ取られた、荒涼とした環境だった。伝統的な上演につきものの諸要素——埃よけカバーのかかった肘掛椅子、ロウソクと花がのったピアノは、ガラクタの山のように舞台の隅に寄せられていた。舞台中央には小さな演技する台があって、舞台の中の舞台になっていた。この演技する台の前に、二列の座席が「観客」用にあつらえてあった。登場人物たちは、行動に参加していないときはここに座った。ときどき彼らは観客の方を振り向いて、じっと見つめた――まるで、われわれの方が「舞台」で、彼らがわれわれを見つめているかのように。彼らは、「非常に鋭く、かつ執拗に見つめたので、われわれは居心地が悪く感じ始めた[56]」のだった。

舞台の左には鏡を張った大きな壁があって、観客の姿を少しかすませながら映していた。上演の始まりに、戦時中の古いマーチを演奏する軍楽隊の音がかすかに聞こえた。それから、鏡の壁がゆっくりと開くと、制服を着た軍楽隊が、劇場の外の街路に立って演奏しているのが見えた。彼らの向こうに、外の幹線道路を走る自動車がながめられた。そして、遠くの地平線上には教会の塔が見えた。これは独創的な演劇的クーデタで、すぐに「現代との結びつき」を創り出した。そこにあったのはモスクワ、姉妹たちの大きな希望――ネオンサインの光の下の、今ではちょっぴり俗悪で薄汚れたモスクワだった。観客はいやいやながら、姉妹の夢と現代の現実とを比較させられた――より良い未来をめざす姉妹の希望が、一九〇一年の初演以来の年月のうちにどうなったかを、自ら問いかけさせられたのだった。

> 劇場が言っているのだ、「周りを見てみろ、『未来』がもうここにある」……劇場は観客を元気づけようともしていないし、不愉快な現実をわれわれに避けられないものとして受け入れさせようともしていない。それは警報を鳴らしているのだ。
>
> 壁が下りてきて、モスクワの爽やかな風がわれわれの顔に吹く。[57]

それから壁が閉じると、観客は再び鏡に映る自分の姿をじっと見つめた。マーシャは、観客をのぞきこみながら、上演全体のエピグラフに見えたかもしれないことを語った、「人は何かを信じなければならないのだと、私には思えます……みなさんが何のために生きているのか知っているかは別にして、すべては空虚、空虚です」。

タガンカ劇場の観客たちは、リュビーモフの演出の中に暗号化された「破壊的な」意味を読み取ることに慣れていた。『三人姉妹』の中に、彼は戯曲の「積極的な」読みを埋めこんだ。登場人物たちの夢と希望はうつろで、馬鹿げてさえいるように見えた。第一幕で、イリーナが働く必要があると語るとき、彼女は演技する台の上に立って、不器用だが素朴な熱意をこめて、ソ連公認の教科書から暗記した文章を暗誦する小学校の女生徒のように、台詞を伝えたのだった。彼女は舞台上の「観客」の皮肉な拍手喝采を浴びた。第二幕で、トゥーゼンバフが哲学を始めるとき、彼はレーニン廟の前の護衛兵のように脚を高く上げて歩いたのだった。いくつかの場面で、全登場人物が観客に面と向かって立ち、その場で行進したが——これはより明るい未来めざして行進する社会主義の夢をまねてからかっているように見えた。

演出は、チェーホフにつきまとう通常の「叙情性」を避けていた。(ゲルシコヴィチが見たように、リュビーモフの荒涼とした戯曲の解釈をそのまま明示するために、「劇場は冷淡で、無慈悲で、わざとらしい知的な行動を取った」[58]。) これらの兵舎の中には、「生きた人々は一人もいなかった。ここではすべてが死に絶えており、生活は空虚なのだ」[59]。登場人物たちは、ときに自動人形のように動いた。

しばしば座ってノートを点検するオリガの姿が見かけられた――すばやく機械的に余白に印をつけるのは、軍隊的な正確さで任務を遂行するのを訓練しているように思われた。第一幕のあるところでは、トゥーゼンバフとソリョーヌイがまるで決闘するために向かい合ったかのように、演技する台の上に互いに面と向かって立った。すると、トゥーゼンバフが銃を撃ったかのように後ずさりした。彼は舞台のうしろの壁にぶつかると、全身ぎこちなく機械的に、人形がダンスを踊るように引きつった――軍楽隊の音楽に合わせた死の舞踏だった。この機械的な動作が暗示していたのは、魂を失った肉体が「無意味で空虚な言葉」と身ぶりとをくり返す世界だった(60)。

休憩なしで二時間半ほど続いた上演は、ほとんど戯曲を「疾走する」かのように上演された(61)。現実の人間が戯曲の中の出来事を「生きる」という感覚はまったくなかった。台詞は、平板で無表情な声で、わざと言葉の中にある感情と合わないように、急速調で語られた。いくつかの箇所では、リュビーモフは過去の上演の録音テープを組みこんだ。たとえば、第一幕でトゥーゼンバフが労働についてモノローグを語る前に、（モスクワ芸術座でこの役を演じた）カチャーロフの最初の台詞が聞こえてきた。彼の柔らかでなめらかな声は、リュビーモフの俳優たちのぶっきらぼうで、そっけない伝達とは鋭い対照を創り出した。さらに、まったくちがった演技スタイルをわざと組みこんだ、ノスタルジックな反響さえあった――それは「チェーホフがどのように演じられていたか(62)」を思い出させるものだった。それと同時に、この趣向は、こうしたより叙情的なスタイルがいかに時代遅れなものに今は思われるかを強調した。

だが、上演の中の一つの演技は、他の演技とはちがって見えた。アーラ・デミードワのマーシャは幾人かの批評家たちに、「チェーホフがどんなふうに演じられていたか」を思い出させた。リュビーモフはマーシャを、「硬直した、軍隊的に訓練されたもの、型どおりの抑揚、動作、身振りから、つまり、彼が程度の多少はあれ、他の登場人物たちに押しつけたものから[63]」自由にしたもののようだった。事実、これはリアリスティックな内面的心理に染められていると見えた唯一の演技だった。第一幕でヴェルシーニンの来訪が告げられると、アンフィーサは、マーシャが肩にかけていた軍人外套を持ってくるのだが、これはマーシャが軍人を好きなことを強調していたのだ。その後も、彼女は外套を肩にかけていて、外套の中に感覚的に包みこまれている。彼女は実際、軍人への執着を持っているように見える。おそらくは父親の影響なのだ。このマーシャの姿にはヘッダ・ガーブラーの感じがあった。第四幕で、ヴェルシーニンが舞台中央に立って、マーシャに別れを告げようと待っているとき、われわれは彼女が舞台の端にいて、軍人外套に頭をもたせかけ、まるでヴェルシーニンがすでに去ってしまったかのように、これだけが彼をしのぶものであるかのように、優しく触れて撫でさするのを観るのだ。これは、登場人物の内面の感情を暗示する、心理的な行動だった。

リュビーモフがマーシャをちがったふうに処理したのは、彼がマーシャの中に積極的で、欠けたものを償う性質を見ているからだ、と言われてきた。（たとえば、マリーナ・リタヴリーナは、このマーシャは「夢を見、考え、憧れ、自由になろうとし[64]」続けた、ただ一人の姉妹として目立ったと語った。）しかしながら、この、リュビーモフの俳優の中でもっとも「リュビーモフ的でない[65]」俳優が実際は——意識的にか、無意識的にか——演出の支配的なスタイルに反して演じるのを選んでいたということもありうる。彼女の演技は、直線よりもむしろ「振動する」線を追っていた。

幾人かの批評家は、上演を「曖昧で」、「荒っぽく」、戯曲の縮小版だと呼んだ。リュビーモフは、登場人物たちに心理的な深さが欠けていて、チェーホフのサブテキストの底層を明らかにすることができない、まったくの形式的な方法を用いたとして非難された。[66] たとえば、ザムコヴェッツは、上演は観客に、登場人物の痛みを理解し、共感する可能性を与えなかったと語った。だが、これらの議論の背後には、リュビーモフの戯曲解釈に対するイデオロギー的な反対もあったのだ。たとえば、同じ批評家が、労働と未来について語る台詞の中の「明らかな嘲笑」に、「チェーホフの世界観の本質」——彼の人間への愛とより良い未来への希望——を帳消しにしたものに、反対したのだった。[67]

リュビーモフの次なる演出、『ウラジーミル・ヴィソツキー』、『ボリス・ゴドゥノフ』、『悪霊』は、すべて公開される前に上演が禁止された。その後、一九八三〜八四年に外国（ロンドンとボローニャ）で仕事をしていた間に、彼はソビエト体制を非難する数々のコメントを発表した。一九八四年三月、彼はタガンカ劇場の芸術監督の地位を解任され、そして七月、彼はソビエトの市民権を剥奪された。

リュビーモフの活動は、ソビエト体制に対する彼の反対に活力を与えられていた。一九八九年に彼がモスクワへ、そしてタガンカへ復帰したとき、いくつかの点であたかも「時代のつむじ風」が演出家と劇場双方の過去を洗い流していたかに思われた。彼はほとんど忘れられた人になっていた。「時事性」と「現代との直接の結びつき」を摘みとられた彼の仕事は、今や一連の演劇的趣向——うまくはあるが冷淡な——以上のものではないように見えた。「演劇的真実を求める熱意」の点で、リュビーモフはメイエルホリドと同じように、「感情の真実を捨て去った」のだった。

エフロスとリュビーモフの仕事の中に、われわれはロシア演劇における「歴史上有名な裂け目」の二つの傾向、「心理的」と「制約的」との間のある連続を認める。スメリャンスキーは、「二つの方法の不断の相互浸透と強化とがある」と見たが、その統合は困難でうまくいかないことが明らかになった。(68) スタニスラフスキー自身も『芸術におけるわが生涯』の中で、俳優の「内面的な」技法を開発し、それを外面的な身体的技法にまで高めることが絶対に必要なのだ、と結論づけた。

その時にのみ、新しい形式は必要な内面的な基礎と正当化を受け取ることだろう、それなしでは新しい形式が生命のないもののままになり、存在する権利を失ってしまうものだ。もちろん、この仕事ははるかに複雑であり、さらに時間がかかる。感情と体験を高める方が、形象化の外面的形式を高めるよりもはるかに難しい。だが、演劇は精神的な芸術形式でなければならず、それゆえこの仕事に即座に取り組む必要がある。(69)

上演記録

『三人姉妹』ウラジーミル・ネミローヴィチ＝ダンチェンコ演出（助手リトーフツェワ、ラエーフスキー）、モスクワ芸術座、初演一九四〇年四月二十四日。

『三人姉妹』アナトーリー・エフロス演出、マーラヤ・ブロンナヤ劇場、初演一九六七年秋。

『桜の園』アナトーリー・エフロス演出、タガンカ劇場、初演一九七五年六月三十日。

『三人姉妹』ユーリー・リュビーモフ演出、タガンカ劇場、初演一九八一年五月十六日。

タガンカ劇場エフロス演出『桜の園』(1975年)、ロパーヒン役(右端)ヴィソツキー、ラネーフスカヤ役(中央)デミードワ

タガンカ劇場リュビーモフ演出『三人姉妹』(1981年)

第3部　アメリカのチェーホフ

第6章　リー・ストラスバーグ――演技における真実

モスクワ芸術座の一九二〇年代におけるアメリカ巡業は、アメリカ人の演技に長期間にわたる影響を残した。アレクセイ・トルストイ作『皇帝フョードル・イオアーノヴィチ』は一九二三年一月八日に、ニューヨークの五九番街劇場で幕を開けた。「観客の感激は、舞台上の感動に匹敵するほどに高まった」、と報告されている。「終幕には、かつてニューヨークでは耳にしたことがなかった喝采と叫び声があった」(1)。つづく演目はゴーリキー作『どん底』だったが、おそらくもっとも大きな衝撃を与えたのは、『桜の園』と『三人姉妹』の上演だった。

この巡業の前宣伝の一部として、オリヴァー・セイラーが劇団について一連の論文と著書を発表した。上演された戯曲の翻訳が、セイラーの序文つきで出版された。観客がチェーホフ戯曲の真価を認めるのに、これが大いに力になった。セイラーは次のように書いている。

芸術座のチェーホフ解釈とそのリアリズムの使用法を理解する主要な手がかりは、ある種の抑制、抑えること、最小化であると、私は思う。それは、旧式の派手でレトリカルな演劇とも、いま再び印象派や未来派の演劇を特徴づけた誇張とも、まったく正反対のものだ。その印象は生き生きと、その場面の内容とは関わりなく、本来の痛烈さで私に生じたのだが、これは単に模倣したのではなく、何の解釈もないと思われるところまで解釈されてもたらされた生活だ、というものだった。それに、この印象は、どういうわけか、内側から私に生じてきた。まるで俳優たちが抜け目なく、まんまと生活を模倣していたというのではなく、彼らが私の目の前でその生活を生きるよう、何か目に見えない影響力に動かされていたかのようにであって、彼らの喜びと悲しみとが、たとえ彼ら自身には分かっていなかったにしても、私にははっきりと分かったのだった。(2)

アメリカの批評家たちと観客が、演技でもっとも感嘆したことが、その「真実らしさ」だった。だが、正確には、この「真実」の性質とは何だったのだろうか。「戯曲の中のさまざまな演技者すべてが、滑らかで変化に富んだ、だが協力して目標に狙いを定めたアンサンブルへと溶け合っている」(3)のを賞賛したのは、ひとりケネス・マッゴーアンだけではなかった。芸術座の上演は明らかに、アメリカ演劇を支配していた、競争による個人主義と自己顕示の精神を奨励した「スター」システムと対照をなすものだった。「われわれの俳優たちはにやにや笑って色目を使い、自分たちの前に集まった人たちに慣れきっている」とアラン・デイルは書いた。だが、ロシア人の俳優たちは「観客をまったく忘れていることをはっきり示していた」。彼らは「演技に集中していた」し、自らの役の中へ「個性を沈めるよう」教えられていたのだ。(4)

したがって、「真実」は部分的には慣習的な演劇性の欠如だと見られていたのだ。だから、パーシー・ハモンドはびっくりして、「俳優たちのもっとも重要なことは、わざとらしい強調をせずに部屋に出入りできる」ことだと見なした。「彼らがいるとか、いないとかいったことに突然気がつくのだ」[5]。『三人姉妹』を批評したマイダ・キャステランは次のように書いた。

ロシア人俳優たちの演技は、反応の良い観客には、自分が開いている窓越しに覗くという、またプローゾロフ家の人々とその友人たちの内輪の出来事に聞き耳を立てるという不謹慎な行為をしている、と感じさせるのだ。彼らの古ぼけた部屋から、控えめでその場に合った服装まで、彼らは生活が生みだした人間であって、舞台が生みだした人間ではない[6]。

さらに、そこには俳優たちがまるで初めてその役を「生きている」ような感覚があった。ハモンドはヴェルシーニン役のスタニスラフスキーについて次のように述べている。

椅子にもたれ目を閉じて、空想として述べる彼の希望に満ちた独白は最後に意見が合わなくなるまで、即興で話しているように思われる。それにチェーホフ夫人（マーシャ役のオリガ・クニッペル）がじっと耳を傾けるとき、まるで二十五年間もそれを聞いたことがなかったかのように耳を傾けるのだ。そして、実際他の俳優たちもみな、われわれがたまたま耳でなく、目を彼らに向けたとき、そのようだったのだ[7]。

セイラーはヴェルシーニンとマーシャの最後の場面を、「もっとも飾らない、もっとも深く感動的な近代演劇の別れである」と述べた。「これを見ると、ナイフで心を切り裂かれるようだ[8]」。何年も経ってから、リー・ストラスバーグは次のように回想している。

彼らは互いに見つめ合い、それから互いをぎゅっとつかんだ。私は、あのつかみ合いを決して忘れないだろう。私は文字通り、座席にしがみついたのを覚えている。あの別れの、二人が互いにしがみついて離れない、率直なリアリティはいつまでも私の中にあるだろう[9]。

それで俳優や演出家たちは、スタニスラフスキーの方法についてもっと知りたいと思った。彼らはこの「真実」の秘訣を知りたがった。リチャード・ボレスラフスキーは以前モスクワ芸術座の一員だった。彼はスタニスラフスキー演出によるツルゲーネフ作『村の一月』（一九〇九年）で家庭教師を演じていたし、第一スタジオでは『天祐丸遭難』（一九一三年）を演出していた。彼は革命後に移住し、今はニューヨークにいて、一九二三年に渡米したかつての仲間たちを迎えたのだった。彼はスタニスラフスキーの「システム」について、一連の講演をしていた。聴講者の一人は後に、これらの講演を「アメリカの文化を目覚めさせ、解放してくれた新しい宗教の到来のようだった[10]」と述べた。雑誌に掲載された一連の論文は後に、『演技——最初の六講』（一九三三年）という一書にまとめられた。多年にわたって、これらの講演（と『芸術におけるわが生涯』の梗概）だけが、スタニスラフスキーの「システム」について出版された手引書だった。（『俳優修業』第一部が出版されたのは一九三六年である。）講演で、ボレスラフスキーは「役を生きる」ことの重要性を強調した。「『自分の役を生きる』

俳優が創造的な俳優である。さまざまな人間の感情をそのつど感じることなく、ただ単に模倣するだけの俳優は『機械的な』俳優である」[11]。

一九二四年に、ボレスラフスキーはアメリカ実験室劇場を設立した。その目的は、「一人一人の俳優が自分の役を、それがどんなに小さな役でも、上演の大事な一部であって、完璧なアンサンブルめざして統一されたものであるかのように演じようと努める」[12]演劇とその流派を創りだすことだった。実験室劇場に参加した俳優たちは、演技におけるあの捉えがたい「真実」という性質に対する答えを探し求めた。初期のメンバーたちの中には、ステラ・アドラー、ハロルド・クラーマン、そしてリー・ストラスバーグがいた。「それはすばらしい訓練でした」と、アドラーは回想している。「徹底的で完璧で、比べようがないほどの水準の、多面的で体系的なものでした。思い出してください、私たちには私たちを駆り立て励ます、モスクワ芸術座の俳優たちという最新のお手本があったのです[13]」。

カリキュラムには、感情記憶と感覚記憶の勉強がふくまれていた。クラーマンは、感情記憶は「実験室の俳優たちの多くをいちばんわくわくさせた要素で——とても斬新なものだった[14]」と語った。スタニスラフスキーは「感情記憶」による練習を第一スタジオで開発したのだった。彼はこれを、フランスの心理学者テオデュール・アルマン・リボーの著作（たとえば、『注意力の心理学』と『意志の疾病』）を読んで、思いついた。彼はこれらの著作の中に、体験と感情が、光景や音のように記憶に痕跡を残すという考え方を発見したのだった。これらの記憶は、ときどきまったく自然にわれわれの中によみがえり、もとの感情の何かがよみがえってくる。だが、それらはまた意識的に呼び起こしうるのだ。練習は、俳優が自分の感情記憶の蓄えを利用することができるよう、また自分の役の人物に類似の感情を表せるよう、工夫されていた。たとえば、第一スタジオでの『炉辺のコオロギ』の演出では、ベルタ役のヴェーラ・ソロヴョーワは意のままに泣くという課題を抱えていたのだったが、彼女は自分の母親が死んだときの感情記憶を利用したのだった。この感情記憶は使えたのだが、しかし何回か上演したあと、この記憶の力は弱くなり、同じ効果を出すために彼女は別の記憶を探さなければならなかった。ミハイル・チェーホフがこのスタジオの一員だった。ある日のクラス練習で、チェーホフが自分の父親の葬儀の記憶を「再体験」した。スタニスラフスキーはとても感激し、練習が感情記憶の力を再び証明したと考えて、チェーホフを抱きしめた。だが、スタニスラフスキーはあとで、チェーホフの父親が実際にはまだ存命であることを知った。チェーホフはただ単に自分の想像力を用いただけだったのだ。(15) 事実、感情記憶という考え方は論議の的になった。後年のことになるが、スタニスラフスキー自身、記憶から無理やり感情を呼び出すのが危険であって、俳優に一種の内面的ヒステリーを生じさせることを認めるようになった。

ボレスラフスキーによるスタニスラフスキーの「システム」理解が、第一スタジオでの初期の実験に限られていたため、身体的行動の方法のような後期のシステムの展開については何も知らなかったのだと、言われてきた。だから、彼は感情記憶を強調したのだと。実際には、実験室の生徒たちが「感情記憶」という考え方にとびついて、「システム」の他の側面——特に「行動」の重要性を無視するように思われたことに、ボレスラフスキー自身はいくぶん困惑し、いらいらさせられていたようなのだ。(16)

グループ・シアター

一九三一年に、クラーマンとストラスバーグとチェリル・クローフォードはグループ・シアターを設立した。この動きは部分的には、モスクワ芸術座をお手本にした常設劇団を作りたいという願望によるものだった。スタニスラフスキーとの結びつきは、グループが一九三三年に彼に宛てて書いた手紙の中に読みとられる。彼らはスタニスラフスキーの「システム」を自分たちの導きの星であると表現した。[17] 最初からストラスバーグは、即興と感情記憶を用いた練習によって、劇団の中に演技について共有できる方法を創りだそうとした。クラーマンは回想している、「俳優たちに対する最初の効果は、奇蹟だった。……最後には、あの捉えがたい舞台の要素、真実の感情へ至る鍵があった。それで、ストラスバーグは真実の感情の問題について熱狂的だったのだ。それ以外はすべて二の次だった」。[18] ストラスバーグは後に、感情記憶を（感覚記憶とともに）「俳優訓練の現代的方法の基礎」[19] だと述べた。彼は、記憶が「演技へ入るプロセス全体の理解に不可欠だ」と語った。そうでなければ、「舞台の上で毎夜体験することはできないのである」[20]。「演技において行うのがもっともむずかしいこと」は、本当の感情的反応、たとえば、「ショック」を受けた瞬間の反応を生みだすこと、それも毎夜タイミングよく生みだすことができることなのだ。「請け合ってもいいが、それを行う唯一の方法が感情記憶によるものなのだ」[21]。

だが、グループ・シアターに参加した少なからぬ俳優たちが、感情記憶を強調することに抵抗するようになっていった。フィービー・ブランドは次のように言っている。

私はしばらくの間、感情記憶の練習を甘んじて受けた——それを経験することは若手俳優には有益だからだが、主観的すぎるのだ。不機嫌で、個人的で、わがままな演技のスタイルをもたらすのだ。俳優とはスウィッチを入れられるだけの感情のメカニズムであることが当然のこととなる。感情はそんなふうには働かせられない——むしろ、与えられた環境での本当の行動の結果なのだ。リーは、個々の小さな感情記憶の要素を働かせることを強調した。わたしたちはいつも人生をさかのぼっていた。過去を掘り返すのは苦痛だった。……リーはたくさんの人たちを駄目にした。[22]

一九三二年にグループ・シアターに加わったエリア・カザンは次のように書いている。「ある場面の稽古に入る前に、われわれの劇団の俳優はその場面にぴったりだとリーが思うまで、自分を感情的に刺激するものを思い出すために『間を入れる』ことになっていて、その後でようやく演じるということが推奨され、要求されもした。うまく行っただろうか。そう。良くも悪くも」。問題は、舞台にいる俳優が「たまたま舞台で自分と一緒にいることになった誰かにではなく、自分の記憶の方に集中していた」ということだった。これは非常に内面化された演技の形式を作り出した。ストラスバーグに演出された俳優たちは、ますます「まるで自分に没頭するという不健全な雰囲気の中を動いているかのように、舞台上で演じることになるだろう。そんなふうに振る舞う人物を通りで見かけたら、われわれはそれを『夢遊病者』と呼ぶ。そんな人物を舞台のうえに見かけたら、われわれは『あれがメソッド演技だよ』と言うだろう[23]」。一九三四年に、ステラ・アドラーはパリでスタニスラフスキーに会い、彼の「システム」を使うようになってから、演技を楽しめなくなってしまった、と彼に話した。

彼女は感情記憶がまるで嫌いだったのだ。スタニスラフスキーは答えた、「もし私のシステムがあなたの役に立たないのでしたら、使うのをお止めなさい。……けれど、おそらくあなたは感情記憶を正しくお使いになっていないのです」[24]。彼はアドラーに、今では感情記憶は、他がぜんぶ失敗したときにだけ使うと話した。感情に直接無理強いするのは誤りなのだ。そのかわり、俳優は行動と与えられた環境に集中すべきなのである。[25] スタニスラフスキーは、もし俳優が戯曲の「与えられた環境」の中で行動を追求するならば、そのとき感情は結果として生じるだろうと考えた。ロシア人俳優で演出家のヨシフ・ラポポルト（ヴァフタンゴフ演出の『トゥーランドット姫』に出演した）は、次のような実例を挙げた。「悲しみ」を演じることはできない。だが、自分に近しい者が重い病気にかかっているという一場面を演じるとしたら、こう言うかもしれない。「彼を助けてやりたい、彼の苦痛を和らげてあげたい、けれどもそうすることができないんだ。これが課題で、それを実行し、その人の健康を願って闘い、それを真心から行う。すると、われわれが悲しみと呼ぶ感情に相当する、本物の舞台の感情を呼び起こすことだろう」[26]。言いかえれば、俳優は「行動」に、「課題」を実行する必要のある段階に、集中すべきなのだ。「行動」は感情を生みだすだろう。

アドラーはアメリカへ戻ると、彼女がスタニスラフスキーから学んだことをグループに伝えた。「スタニスラフスキーは、わたしたちがシステムをまちがって使っていると語った」と彼女は言った。ストラスバーグの返答は決然としたものだった。彼は、「スタニスラフスキーは知らないんだ。私は知っている」と言い放った。[27] それに続けて彼は、自分はいかなる場合でも、スタニスラフスキーの「システム」ではなくて、むしろ自分自身がそれを発展させたものを教えているのだ、と主張した。

（だから、彼は「システム」と区別するために、それを「メソッド」と呼んだ。）ストラスバーグは、スタニスラフスキーが今では「行動」をかなりに強調して、「感情記憶」の方法を排除するのは誤りだ、と考えた。彼は後に、「行動をわれわれはつねに用いてきた」と語った。「だが、主要な推進力として行動を強調するのは、いけない。もし、感情を生じさせることができなければ、行動の目的とは何なのか」[28]。ただ単に行動を追求するだけでは、必ずしも「感情」を生みださない、つまり、「いつも生じるとは限らないのだ」。「理論的にわれわれは見解を異にしているが、要するに感情記憶は使えるということだ、私が言えるのはそれだけだ」[29]。

グループ・シアターでの論争は歴史に残る分裂につながった。アドラーは感情記憶に反対し続け、それは誘発されたヒステリーだと断言した。

汚染された水なのに、それをアメリカ人はふつうに飲み続けている。スタニスラフスキー自身がそれを超えていたのだ。彼は研究所で実験を行っている科学者のようだったし、彼の新しい研究は初期の考え方に取って代わっていた。感情記憶は古い、使い古されたものの方に入っていた。だが、リーはそれがメソッドの基礎であると考えた。そんなわけで、彼は笑い者になったのだった[30]。

だが、ある世代の俳優たちに対するストラスバーグの影響は、アクターズ・スタジオでの彼の仕事を通じて、深まっていった。ジェイムズ・ディーンやマリリン・モンローといった、スタジオに通ったスターたちがアメリカのメソッドの導師という彼の名声をうち立てるのに力を貸した。

演技に対する「主観的な」方法？

スタジオは、一九四七年にチェリル・クロフォード、ロバート・ルイス、エリア・カザンらによって設立された。「才能のある若い俳優が技術上の諸問題に取り組み、方法または能力の誤りと欠点を正し、そして新たな創造性へ向けて新鮮な刺激を受け続けられるような場所を提供すること(31)」が、その目的だった。ストラスバーグは一九四九年に加わり、一九五一年に芸術監督になった。週に二度、彼は俳優たちが演じる場面や練習を見て、それから講評した。授業は一般には非公開だったため、そのことがメソッドの周囲にある神秘的な雰囲気が生まれるのを助長した。事実、スタジオが成功したことが悪評を生じさせた。俳優の外面的な技法を犠牲にして、内面的な研究を強調すると非難されたのだ。ストラスバーグ自身が次のように書いている。

アクターズ・スタジオのメソッドという完全な神話が創り出された。たぶん、「メソッド」という神殿の中で、俳優たちは、つぶやき、小声で不平を言い、だらしなくうろつき、つばを吐き、爪をかみ、体をかき、バイクに乗り、トレーナーを着てブルージーンズをはき、自分の感情に流されすぎてわれを忘れて互いに体を傷つけ合い、観客を馬鹿にし、シェイクスピアや古典を嘲笑い、そして暴力的リアリズムの旗を掲げるように、教えられ、勧められたのだ。

これに応えて、ストラスバーグは「最近入った新しいメンバーの一人、ジェラルディン・ペイジのために設定した最初の課題」を示してみせた。

ペイジさんは彼女の才能の証明として、スタジオのお墨付きを必要としていない。だが、われわれが彼女に要求したことは……彼女の個人的な話し方やふるまい方のマンネリズムを取り除くこと、彼女の真の才能と個人的な癖の陳腐さを区別すること、はっきり正確に話すこと、彼女特有の声の癖を消すこと、などだ。(32)

にもかかわらず、ストラスバーグ自身が次のように認めたのだ。スタジオの授業は「内面的な」ことに焦点を当てがちであって、「創造的プロセスの一部としての外面的なことに対する俳優の感覚、どのようにして外面的な諸要素が自ら強まっていくのか、そしてその結果、人間がさらにすばらしい表現の楽器となって、貴重なヴァイオリンのように内的な技法の命令によって深くかつ真実に応えるか」ということに十分には取り組んでこなかった。(33)

スタジオは、「演技に対する主観的で過去の記憶による方法(34)」を奨励するとして非難された。ロバート・ルイス(一九四八年にはスタジオを離れていた)は、戯曲を犠牲にした「真実の感情」崇拝《カルト》であると見なして、異議を唱えた。

彼ら、百パーセント「役を生きる」人たちは本当に役を生きているのだろうか、それとも彼らは自分自身を生きていて、その人生に作者の言葉をつけ加えているのだろうか。彼らが「心理的な真実」について語るとき、彼らが言っているのは自分たちの心理ではないのか、それとも真実の感情

に加えて、登場人物の環境全体、状況、戯曲のスタイルなどなどをふくんだ芸術の真実のことなのだろうか。(35)

同じように、ハロルド・クラーマンが論じている。

「メソッド」が若いアメリカの俳優に特に魅力だったのは……「スタニスラフスキー・システムの全体ではなく」、俳優の自己の内的な本質、芸術的創造性のもっとも重要な源泉としての、彼の個人的な感情の真実を重視するからなのだ。この自己の開示が正真正銘の啓示として、個人的および職業的な意味で、俳優の心を打つのだ。彼はしばしばそれを一つの崇拝《カルト》に、精神分析から得られる恩恵に似た一種の療法にしがちなのだ。こうなる時、それに文化的背景の欠如が重なってくると、それは芸術一般の歪曲、特にスタニスラフスキーの教えの歪曲となる。(36)

したがって、メソッドは俳優の主観性と自分自身の感情の「真実」を、戯曲のもっと大きな「真実」とは無関係に、重視するように思われた。メソッドは、俳優たちを戯曲の要求しているものに向き合うよう励ますというよりも、むしろ俳優たちが扱えるものに戯曲を縮小してしまうと言われた。「何であれ俳優が『正しい』と感じたものは、演技のための出発点となった」(37)。だが、これはストラスバーグが意図したことではなかった。実際には、彼は、俳優たちが自分自身の主観的な感情を登場人物へ入れこもうとしていると思ったときには、彼らを厳しく叱ったのだった。たとえば、ある時、エレン・

バースティンがスタジオである場面を演じるのを観たあとで、ストラスバーグは彼女にこう言った。「あなたは個人的な事柄で多くを演じたので、登場人物が持っているいくつかのことを私は見失った。私は見失った——あなたの泣き叫んだようなやり方では、私は登場人物を見失った[38]」。

ストラスバーグは彼自身の研究とスタニスラフスキーの研究との間に重要な区別をした。スタニスラフスキーは、俳優が役を演じているとき、登場人物の立場になってみさせて、想像させた。「もし、わたしが、この状況にあったら、わたしは何をするだろうか」。だから、マクベス夫人役の女優と稽古しながら、スタニスラフスキーはこう言ったにちがいない。「さて、君がマクベス夫人だったら、君はこれをどういうふうにするだろうか。どのようにふるまうだろうか」。ストラスバーグは、スタニスラフスキーがこの稽古をしているとき、「役を俳優に合わせて小さくするという美学上の誤りをしばしば犯したのだ[39]」と論じた。

スタニスラフスキーの方式はしばしば、作者が考え、また作者が書いた台詞の下にあるような真実を、俳優に探させることにはならない。彼の方式は、演劇的なすべての事柄を、ほとんど演劇を支えることのできない自然主義的なレベルへと下ろしてしまうことになる。だから、スタニスラフスキーの方式は、ただ偶然に俳優を助けるだけになるだろう[40]。

ストラスバーグは、ヴァフタンゴフによるスタニスラフスキーの方法の修正版の方を好んだ。「わたしがこの状況にいたら、わたしはどうするだろう」と想像するかわりに、俳優は自らに「何が登場人物のようにわたしに感じさせ、ふるまわせるのだろう」と問うのだ。だから、たとえば、ヴァフタンゴフはマクベス夫人を演じる女優にこうたずねたにちがいない。「もし、マクベス夫人がするように、これこれしかじかのことをしなければならなかったとしたら、あなたに何が起こらなければならなかったのか、何があなたにそれをやらせるのだろうか」。言いかえれば、ヴァフタンゴフは「美学的な意図を第一にして、そのあとで美学的な意図を実行する手段として技法を用いる」のだ。俳優が「登場人物のレベルまで上がる」のを助けるというのが、その目的だ。「ほら、役についての研究が真実を創り出すのを助けるのだから、登場人物が行動するように俳優に行動させるよう動機づけることで、俳優に戯曲の真実に気づかせることに、われわれは注意しなくてはならないのだ(41)」。

あるとき、ストラスバーグはスタジオのメンバーたちにこう語った。シェイクスピアを演じるとき、「われわれは、彼ら登場人物を人間にするために、ただ単に彼らを日常の真実のレベルへ落としてしまうことを、決して自分に許してはならない」。

普通の戯曲でも、そうした方法をとったら、私が嘆くことを忘れないでほしい。この研究の目的は、すべてを軽快で普通のものにすることではない。反対に、われわれの目的は、すべてを最大限の意味で満たし、人間のもっとも重要で完全な、そしてもっとも劇的な反応を引きだすことなのだ(42)。

「メソッド」を応用する――ストラスバーグの『三人姉妹』

一九六二年、アクターズ・スタジオ劇場を結成することが決定された。最初のシーズンは、一九六三年の三月にユージン・オニールの『奇妙な幕間狂言』で幕を開けた。短命に終わった劇団の、六番目にして最後の演目が『三人姉妹』で、一九六四年の六月二十二日に（ニューヨークのモロスコ劇場で）開幕した。ストラスバーグは、長年この上演を心の中で計画してきたのだと述べた。スージー・ミーが回想している、「彼の生徒と弟子たちの間に、期待が高まりました。私たちには、偉大なリーが……創造の松明をスタニスラフスキー自身から直接受け取ったかのように思われました。私たちは、これは権威ある正真正銘の『三人姉妹』になるだろうと考えました[43]」。実際、この上演は「メソッド演技を不滅のものにし、スタニスラフスキーを同じ土俵の上で克服しようとする、偉大なアメリカの試みとして長く語られることになった[44]」のだった。それだけでなく、この上演はメソッドを実地に移したものとして評価された。もっとも、クラーマンは「特に何かを証明する義務もないし、しようともしていなかった。これはチェーホフの戯曲を舞台上で明らかにするために上演される（あるいは、されるべきな）のだ[45]」と言って反対した。これはメソッドについての論争が続くきっかけになった。この上演は、あとで見るように、結局はアクターズ・スタジオ劇場とストラスバーグ自身にとって、まったくの失敗となった。だが、おそらくはこの上演を再評価すべき時なのである。

この劇場設立の背景にあった方針は、常設劇団を結成することではなくて、個々の上演に俳優たちを出演させることだった。けれども、俳優は全員スタジオのメンバーということになっていたので、彼らに共有されていた方法、つまりメソッドが、うまくいけば作品を特徴づけるはずだった。ジェラルディン・ペイジが述べているように、「わたしたちはみんなお互いに知り合いでした——わたしたちはスタジオで勉強してきたのですし、課題と取りくむのを互いに見てきたのです。わたしたちが行っている研究には、苦しくかつ心をむき出しにさせるものがあって、それがわたしたちを家族のような感情に結び合わせるのです[46]」。

ストラスバーグがブロードウェイで最後の演出をしたのは一九五一年だった。そのとき以来、彼はスタジオで、また彼自身の個人的なクラスで、教えることに専念してきた。それで問題だったのは、クラスでの研究を劇場に応用できるだろうか、ということだった。事実、『三人姉妹』に取りかかることになって、ストラスバーグは自らの理論の大部分を捨てて、動きを付け、台詞の朗読をやらせるといった、極めて古臭い演出の方法にもどってしまったようだと言われた[47]。だが、実際には、これは作り話だ。証拠が示すところでは、ストラスバーグは稽古に使える限られた時間内で、クラスで教えていた理論を実地に移そうとしたのだ。

チェーホフが演劇について述べた、記録に残された意見を引きながら、ストラスバーグは考えた。作家は、「終始一貫して見せかけのドラマティックな光景をデッチ上げることに反対だった。彼は感傷的なことが嫌いだった。彼は、俳優があまりにも演技を意識しすぎていることが嫌いだった。彼は舞台上で意味が強調されすぎることが嫌いだった」。ストラスバーグは、スタニスラフスキーの演出においてさえ、演技が「強調され」すぎていたと感じた。「彼らの演技の感情的な力がとても強かったために、彼らの演技を観ることは感情的な生活に浸されるようだった。……モスクワ芸術座の上演は豊かで完全だったが、チェーホフはそういったことが決して好きではなかった」。ストラスバーグは、「もっと軽快な感じ」を欲した。彼は、「俳優からあからさまな演劇性を取り去るという、われわれがここでやっている技術的な研究が、チェーホフの意図を実現させることができる[48]」と結論づけた。

アンドレイを演じたジェラルド・ハイケンは次のように回想している。

……リーは私たちに、長い間舞台上で演じられなかったことをやることについて、戯曲の詩的な真実のための感情、演技の調子というよりもむしろ生きた声の調子、登場人物というよりもむしろ人間について、率直に話してくれた。それはたとえば、私たちがやっていたこととオリヴィエの『ワーニャ伯父さん』との違いで、オリヴィエのは聞いてみると、変人たちの一団のように聞こえるのだ。（ストラスバーグが）望んでいたのは変人たちではなかった。彼は人間を求めていたのだ。彼は「性格描写」ではなく、生きていることを望んでいた。だから、彼は人間たちがときどき邪魔されたり、隠されたり、声が聞こえなくなっても、気にしなかった。彼は、「そんなふうにはなりたくない、たくさんの人間たちを手に入れることだろう」と言った。(49)

最初の稽古で、ストラスバーグは準備的な話をした。彼は、ロシアの地方の小さな町、つまり、戯曲の「与えられた環境」に住む登場人物たちの生活を検討した。孤立感、自分自身の楽しみを作り出す必要、などなどについて。ハイケンはこう書いている。

ストラスバーグは子供のころのロシアについての彼自身の思い出を、旅行の困難だったこと、生活の大変さについて、何かを楽しむときには、めったにない機会だから、その中に飛びこんでいったということなど、たくさん話してくれた。そうした理由から、仮面《マスカーズ》をつけた人々が非常に重要になった。それはただふつうとちがったパーティということではなかった。一年を通じてほんの何回かしかないものの一つで、そのうちのいちばん大事なものだった。それで、そういう観点からすべてが感情的に強められた。……すると、ヴェルシーニンのような、まったく明るく新しい顔がつかめた。どんな性質をもった者にも、手が差し伸べられた。友情はいい加減なものではなかった。選べるほど多くの友人はいなかったのだ。(50)

稽古でストラスバーグは、「われわれを取り囲むだろう雰囲気と、それがいかにわれわれに影響をおよぼすかということ」の重要性を強調しつづけた。たとえば、第一幕のための与えられた環境は、次のように決められた。「陽光、明るい日、厳しい冬を過ごしたあとの春の最初の日のような、座って学校の宿題にとりかかっているという印象(51)」。

はじめの五日間は戯曲を読んで、検討することに――スタニスラフスキーが「テーブル稽古」と呼んだものに、費やされた。（フェーラポント役の）セーラム・ルドヴィックは、これが俳優たちに「台本という点から互いに関係のある体験を与えてくれたため、われわれは共有する一つの体験として検討するものを持つことができた(52)」と語った。六日目に、装置の輪郭が稽古場の床の上に線で引かれた。俳優たちは、環境の感覚を創り出し、階段や壁などを想像するために「感覚記憶」を使ってみるように言われた。これは、俳優が五感を通して経験した感じを、再び体験するよう求められる技法だ。単純な例をあげると、俳優はシャワーを浴びる感じを「再び体験し」ようとすることができた。『三人姉妹』のために、稽古の初期の段階から多くの即興が取り入れられたが、それらは大部分、感覚記憶の喚起に、「音、匂い、触感的な寒さの感じ」に当てられた[53]。言いかえれば、ストラスバーグは俳優たちが、ただ単に知的な方法で「与えられた環境」を理解するのではなく、それらを五感を通じて体験するのを助けようとしていたのだ。たとえば、第二幕のために俳優たちは、「極寒のロシアの戸外から暖かい家の中へ入ってくる感覚を創り出さなければならなかった[54]」のである。

ストラスバーグは、稽古のまさに初日に、こうした経験のある配役たちにはその必要はないだろうから、戯曲を「中断し」ないつもりだと、彼らに言った[55]。彼は俳優たちに、いつどこで行動するのかを教えたくなかったのだ。むしろ、彼らに行動するための理由を見つけてほしかったのだ。自発性、「即興の精神」という感覚を生じさせるのが目的だった[56]。たとえば、第一幕で、食事のテーブルを囲んでどの席に座るかは、実際に決められることは決してなかった。ストラスバーグはこの場面を何時間も稽古したが、これは大いに歓迎された。「まず、みんなが本当に食べていた。……分かりきったことだが、ほとんどの上演で、このような場面は食べているふりだ。食べているふりをするのと本当に食べるのとでは大違いだ。私は誰かが、なるほどと思わせるように食べるふりをしているところを一度も見たことがなかった」。その場面は「俳優たちのアンサンブル感覚[57]」を強めるのを助けたし、俳優たちが「演じている」というよりも自分の役を実際に「生きている」という感覚を創り出すのを助けた。「ストラスバーグはわたしたちに、やってみるのにとても良いことを教えてくれた」とジェラルディン・ペイジは回想している。「彼はこう言ったのです、『他の登場人物が話しているときも、君がやっていることを続けなさい。普通の人たちのように歩き回りなさい。全員が自分のやることを続けるんだ――そこに突っ立って、気取っていちゃいけない』。わたしたち全員がしたことがそれで、パーティの場面は、その結果、すばらしい人生そのままの性質を帯びたのでした」(58)。ハイケンは、第二幕のアンドレイの「踊り」が稽古中の即興で創り出されたと回想している。アンドレイは他の人たちにほとんどからかわれて、踊りだす。

だから、その場面の演出全体が……アンドレイが立ち上がって踊るよう促されるという感じを保つためで、最初は嫌がるのだが、そのあとで承知し、自分から踊り出して、部屋にいた他の人たちと踊りで結びついていく。……すると(ストラスバーグは)、われわれがそういった性質を失って、アンドレイが良いところを見せようとした瞬間、その演技を非常に怒ったのだ。それは何か別のものになっていた……(ストラスバーグは)「それはもう別物だ。今のは誰かが立ち上がって、パーティで楽しんでいるのだ。演技をまちがったものにするのは、ちょっとしたレベルのちがいなんだ」と言った。そのことを理解したわれわれは、別のやり方へもどった……(59)

つまり、ストラスバーグは何ごとであれ、「型通り」になったものに反対したのだ。彼は、ただその効果という点で、俳優たちに以前創り出したものをただ単にくり返してほしくなかったのだ。だが、演出家がいくつかの瞬間をとても強く心に思い描いていたことも、また確かだ。あるとき、稽古が始まる前に、彼は(オリガを演じていた)ペイジに、一枚の日本の版画を見せて、「火事の場面はこんなふうだと思うんだ」と言った。

版画には二人の女性が描かれていました――一人は何かをはおって座っており、もう一人がロウソクを持って衝立のかげから現れ、何かに耳を傾け、何かの恐怖にとらわれている。この映像が鋲のように彼の頭に突き刺さったのです……[60]

だが、ストラスバーグはたんに視覚的効果を狙っていたのではなかった。舞台上の衝立は、オリガがそのかげに隠れるための場所になった。それは俳優に、「『わたしそんなこと聞きたくない』と演じるための、またとない機会」を与えたのだった。[61]

同じように、ストラスバーグはハイケンに、第三幕の最後の真情を吐露する台詞を言うところで、台詞を言う間、椅子の背にしがみつくように言った。ハイケンは、椅子をつかむという行動が、自分のなかにある感情的反応を創り出すのに気がついた。彼は、ストラスバーグが「法廷に立って真情を吐露するような感情、立ち上がって何かを白状するような、そのため視覚的であるとともに感情的でもあるようなもの[62]」を求めたのだと推測した。

ストラスバーグは、俳優たちに自分自身の演技を創り出すスペースを与えることに関心を持っていた。彼は、「演出家は、俳優にやってほしいことを決して彼にやってみせてはいけない、なぜなら演出家がやることを真似するだけで、演出家が本当に望んでいる、役を生かすことをやろうとはしないからだと、つねに演出家たちに教えた[63]」。与えられた自由さに困惑させられた俳優たちもいた。「時にはリーは、わたしが助けてほしいと思ったところでも、何も言ってはくれませんでした」とペイジは回想している。「でも、彼は正しかったのです、なぜなら、わたしは自分で考えつくことができましたし、言われてやるよりその方が良かったからです」[64]。

しかしながら、この「自由さ」の一つの結果が、演技のスタイルにおける意見の食い違いになったのにちがいない。ストラスバーグは、ケヴィン・マカーシーがヴェルシーニンを「魅力的すぎるプレイボーイ」にしていることが心配だった。彼は登場人物の中に「寂しい夢想家」をもっと見たかったのだ。三週間ほど稽古したあとで、（舞台監督をしていた）ジョン・ストラスバーグは父親に、なぜ望んでいたことをもっと強く主張しなかったのかとたずねた。「父が言うには、そうする良いチャンスではなかったし、ケヴィンがもっとやり始めるかどうか見るために、もうちょっと待とうと思っていた。父は明確な方向づけをするよりも、むしろ暗示を与えようとした」[65]。彼はマカーシーを動かそうとしなかったし、演技を「無理強い」しようともしなかった。だが、俳優はどちらかというと、ヴェルシーニンの「喫煙車での陽気なマナー」を決して失わなかった[66]。それで、彼の穏やかな演技のスタイルは、マーシャ役のキム・スタンレーの非常に高ぶった感情的な演技とは完全には溶け合わなかった。

最初の稽古期間が終わってから、ストラスバーグは午後にはグループ稽古をやり、午前中には個々の俳優と稽古をし始めた。この中には、感情記憶の稽古もふくまれていた。たとえば、（フェーラポント役の）ルドヴィクは、第三幕の火事騒ぎに巻きこまれた老人の混乱状態を感じ取るために感情記憶を用いた。あとになって、通し稽古に入ってから、ストラスバーグは彼に、その感情をいくぶん失くしてしまったね、と言った。そこで、ルドヴィクはその感情を取りもどすために、以前の感情記憶での研究にもう一度もどる必要があることを理解した。

ハイケンは、第二幕の、アンドレイが大学の古い講義録に目を通す場面で、ストラスバーグがどんなふうに稽古をつけたかを回想している。

それは、私が戯曲で取りかかっていた、もっともむずかしい課題だったと思う。……私がもっとも手に負えなかったこと、またリーがいちばん私を助けてくれたことが、モスクワ大学での講義録を読むことで、彼の最終的な提案は、講義にも大学にも知的な何ごとにも無関係なことを、まさしく感情的にやることだった。ある晩には、それは私の赤ちゃんの写真だったし、時には記憶に残っている石だった。手に入れられそうなものは、何でも役に立った。時には、それは音だった。たとえば、私には子供のころの特別に幸せな記憶、海辺での波の記憶があった。私はその波の音を思い出そうとして、波が浜辺に砕けるときに立てる音を口で作り出して、その音を再現しようとさえした。偶然の一致で、第二幕の初めに吹く風がその音を再現してくれた。それで、ナターシャが私に話しかけてくるとき、実際には彼女が話していることは聞いていなかった。私はその風の音に耳を傾け、海辺で波の音を聞いていた幸せな感情を思い出そうとした。ちょうど実際の生活で、知的ではなく感情的な何かの考えにふけっているときに聞いているようなやり方だった。……戯曲の中でのリーのいちばん大事な仕事は、私のために、他の人の場合は知らないけれど、演じなければならない場面に必要な人間的な事柄を、私自身の体験の中に見つけることだった。(67)

だから、ストラスバーグは、その場面に必要とされた感情を手に入れるために個人的な記憶を引きだしてくることを、俳優に求めていた。この感情は、登場人物の現実の状況からは創り出されなかった。むしろ、もっとも重要な源は「俳優の自己の内的な本質、彼の個人的な感情の真実」だった。これが上演でどんなふうに働いていたかは、一九六五年に撮影された上演フィルムを見ると分かる。[68]ハイケンは物思いにふけってぼうっとした、ほとんどまるで「夢遊病者」のように登場する。彼は前方をじっと見つめて座る。おそらく意味ありげに、彼は「講義録」をかろうじてちらりと見るだけなのだ。この場面に、この注意散漫な性質はふさわしいと言えるかもしれない。事実、アンドレイは物思いにふけっていて、心がナターシャから離れているのだ。ストラスバーグは、「戯曲の条件の下で俳優に、ふさわしい程度の確信と適度の刺激を呼び起こさせて、俳優にそうふるまわせる限り、俳優が思い出すこと」は、さほど重要ではないと考えていた。[69]この場合、ある正当化をすれば、彼がハイケンとともに行った内面的な稽古は、俳優がやることを助けたのだと、主張することができただろう。この稽古が俳優を刺激して、登場人物のようにふるまわせたのだ。だが、俳優は「与えられた環境」の中で「行動」を追求することに何よりも集中していたのではなかった、という事実は残るのだ。俳優に、登場人物の体験と類似したもの、もしくは「人間として等価値なもの」を自分の記憶の中に探すことを求めるのは、役を俳優自身のレベルへと引き下げることになると思われるかもしれない。だが、ストラスバーグはまた俳優が「登場人物のレベルへ上がる」ことをも助けようとした。たとえば、第四幕で演出家がハイケンとした稽古に、これを重視したことが明らかだ。

問題はつねに……作者によって（そしてリーの演出によって）与えられた状況、自分の妻が誠実でないという与えられた状況で、私にはそれが分かっていて、誰もがそれを知っていて、しかも私はそれを話さないという状況、それを私はどういうふうに演じるのか。そういった状況にあって、私は個人としてどのようにふるまえばいいのか。

言いかえれば、「登場人物が行動するように演じること」を俳優にどう動機づけするのか。ハイケンの解決策はこうだった。

そう、何か恐ろしいことが起こっていて、誰もそのことについて話さないというような状況が続いていて、私はそのことを話したくなくて、その問題が話題に持ち出されるのを思いとどまらせるために、できる限りの明るい表情をする。それが私を直接、陽気さ、幸せ、落ち着きという、第四幕の解決策へと導いた。まちがったことは何もなく、誰もまちがったことは何も口にしようとはしないのだ、なぜなら私が直ちにそれを否定するだろうからだ。すべてが申し分なく……内面では、私はそれを思いっきり泣き叫べるが……どうふるまうかが重要なのだ。(70)

稽古中のある段階で、ハイケンは第四幕のアンドレイの独白をふさぎこんだ、憂鬱な調子で演じていた。ストラスバーグは、登場人物の観点からこれは正しいと感じた。だが、その台詞はトゥーゼンバフのイリーナへの別れの言葉のあと、マーシャのヴェルシーニンへの別れの言葉の前にあって、芸術的な観点からは「悲しげな《ダウンビート》」場面が三つ続くのはいただけなかった。アンドレイの場面は対照を作り出す必要があった。これをどう処理するかが、ハイケンに任された。「彼が用いた解決策は、滑稽な存在になっている自分自身に気づき、自分で自分を笑うようになった状況をアンドレイに考えさせること、だった」[71]。つまり、俳優は「美学的な」効果を考慮しなければならなかったのだ。彼は劇的に作用はするが、登場人物のふるまいという点でも正当化されうる解決策を見つけなければならなかった。これは、ストラスバーグの演出においては、出発点は戯曲の要求するものよりもむしろ、俳優が感じたことが何でも「正しい」という考え方を裏切る。

カザンは、上演における俳優たちは「舞台上にいる他の俳優とではなく、自分自身と場面を演じがちであった」[72]と論じた。だが、われわれはカザンがストラスバーグに個人的に反感を抱いていたことを認めざるをえない。上演には、登場人物の内的な生活の強烈な感覚があったのだ。彼らが、他の登場人物たちの話すことに耳を傾け、反応しながらも、自分自身の考えを追求しつづけていたのは明らかだった。だが、このことは「没頭という悪い雰囲気」の中で演じるのと同じではない。ジェラルディン・ペイジはこうたずねられた、「『三人姉妹』で、君はどういうふうに他の俳優たちと話すのか。どういうふうに彼らの生活の中へ入っていくのか」と。彼女は答えた、「互いに関係を結ぶために意識的な努力がなされます。わたしはオリガがさまざまな人たちみなをどう感じるかを見るのが楽しみでした」。たとえば、彼女は「ナターシャが口汚く罵り始めるとき、オリガがどのように殺意をいだくか」に気づいたのだった。

火事の場面で、稽古をすればするほど、ますますわたしはナターシャを殺したくなりました。わたしにはこの反応が悩みの種でした。オリガが「もう、目の前が真っ暗になったわ」と言う台詞がありますす。わたしは、こんな台詞を中断なしで言うなんて絶対できないだろうと思いました。でも、稽古すればするほど、ますますはっきりと、わたしは彼女が自分の巨大な怒りに打ち負かされて何もすることができないでいることが分かりました。ある時、稽古中にフョードル・イリイチ（クルィギン）が、「オリガ、もしマーシャがいなければ、あんたと結婚してただろうってね——あんたはとっても良い人だ」と言ったとき、わたしはとてもやましく感じました。わたしは殺意をいだいているのに、彼はわたしを良い人だと思ったのです。わたしはちょうどこう考えていたのです、「ナターシャを殺すことができるなら、わたしは斧をまっすぐ彼女に振り下ろすだろう。彼女を半分に切って、バラバラにして、そいつを犬に投げてやるのに(73)」。

この場面で、ペイジは自分を落ち着かせようとグラスの水を自分にふりかけ、そしてそれから座ったが、彼女の顔には怒りと緊張が表れていた。彼女が、ナターシャの言うことに耳を傾けながらも、自分自身の「殺してやりたい」という思いを考えつづけていたことは、はっきり分かった。

上演中しばしば、登場人物たちは課された仕事に、花を並べたり、新聞を読んだり、葉巻を吸ったりに没頭していたが、それは他の人々が言っていることを聞いたり、反応したりしながらだった。これは非常に「自然に」思われたし、おそらく俳優が注意を集中するのを助けたのだ。ストラスバーグが彼らを励まして、「普通の人たちのように動き回ら」せたのは、別のやり方でだった。つまり、「演じる」よりもむしろその役を「生き」させたのだ。

キム・スタンレーの演技は高く評価された。彼女のマーシャは、くすぶる導火線のようで、その感情はときに予期せぬ力で爆発した。第三幕の場面を取りあげると、彼女はアルバート・ポールセン演じるクルィギンの方を向くと、怒って切れた、「もうがまんできないわ……」。彼女は失望して、自分の額をたたいた。クルィギンは驚き、恐れをなして、あわてて走り去った。その演技を感情的すぎると感じた人たちもいた。（彼女は、「磔にされたかのように大げさに感情を表した」[74]とケヴィン・マカーシーは回想している。）だが、ジョン・ストラスバーグはこう述べた、「彼女が感情過多だったのではなくて、彼女の感情がときどき邪魔だったのだ」、なぜなら、その感情はとても「真実味にあふれ」、「リアル」だったからだ。いくつかの場面では、「彼女はときどき息をあえがせて、情熱はまことに圧倒的だった」のだ。これは「度がすぎている」だけのようにも思われるが、彼は「他の人間の苦悩と切望にこれほど直に感動させられることを特に好まないのであれば」と結論づけた[75]。

だが、これは登場人物の「真実」だったのか、それとも俳優の個人的な感情の真実だったのか。それは登場人物の新しい面だったのか、それとも自分自身の新しい面だったのか。クラーマンは、スタンレーがマーシャを「戯曲の中で彼女が置かれた状況というよりも、チェーホフの登場人物のそれよりはるかに複雑で文明化した生活体験によって引き起こされた苦痛の発作に襲われた、現代の神経症患者」[76]へと変えてしまったと語った。ストラスバーグ自身は、演技がときに登場人物を神経症的にしすぎたし、また戯曲にふさわしいものを超えていたと感じていたようだ。それは特に第四幕において事実だった。スタンレーは、結っていた髪をほどき、折った枝を乗馬用の鞭のように手に持って、舞台をそわそわと歩き回ったが、それが彼女の苛立ちを表していた。ある稽古のとき、（アクターズ・

スタジオ劇場の経営管理者の）マイケル・ウェージャーがストラスバーグの方を向いて、こう言った、「これは何なんだ……彼女は『ルチア・ディ・ランメルモール』（ドニゼッティのオペラ―訳者注）の狂乱の場面を演じているみたいに見えるぞ」。ストラスバーグはカッとなったような感じで、彼女は最終幕でマーシャが「気が狂ってしまう」ことにしたのであのように演じていたのだ、と言った。[77] ハイケンは意見を述べている。

いくつかの場合で、キムの演技について過大評価されたのだと思う、なぜなら彼女は明らかにいちばんドラマティックだったし、また彼女も認めると思うけれど、上演の初めはドラマティックすぎたからだ。彼女はかなり調子を落としたんだ。彼女は、自分のマーシャはモスクワへ行ってしまったただろうと言った。私は、彼女が公演期間中に、この女性のもの言わぬ感情を実にみごとに創りだしたと思う。[78]

「メソッド」は死んだのか？

稽古期間は合計で五週間ほどしかなかった。ストラスバーグが追求していたような稽古にとっては、実に限られた時間だった。セーラム・ルドヴィクが見るように、ストラスバーグが俳優たちにやるべきことを話しただけであったら、もっと表面上の成功を収めたことだろう。だが、彼は感動を与える「結果」[79] でがまんするよりも、むしろ探究と発展という持続する過程を推し進めることに関心があったのだ。

外面的なレベルで見れば、上演はむしろ慣習的だった。モスクワ芸術座の影がつきまとっていた。（舞台装置はひどくリアリスティックだったし、広い範囲にわたって情緒たっぷりの音楽と音響効果が用いられていた。）おそらく、その迫力は内面的なレベルにあったのだ。登場人物たちの内的生活の、力強い、ほとんどすぐに知覚できる感覚に。

上演が始まったとき、はじめのうちは熱狂的な評判を呼んだ。ジェリー・トールマーは、「アクターズ・スタジオは真実について実に多くを語る。昨夜、モロスコ劇場で、スタジオはわれわれが生きている限り、語る権利をつかんだ」と書いた。だが、あとになると批評はもっと批判的なものになった。ヘンリー・ヒューズは上演を「演技の探究のモンタージュ」[80]であると述べたし、同じようにエリア・カザンも次のように書いた。

私は、何人かの俳優たちは、まるでまだ教室の課題を行っているかのようにふるまい、「すぐれた演技」をして、リーにほめられようと競争をしているのかと思った。私は、アクターズ・スタジオの何人かの俳優の演技が嫌いになったというのが、残念ながら事実だ――個人的には彼ら全員が好きなのだが。私はもっとユーモアがあって、活力があり、わがままや自己憐憫や自意識が少ない方が好きだ。私は感情のストリップ・ショーが嫌いなのだ。[81]

キム・スタンレーの演技についての批評が観客を引きつけるのに役立ち、上演は夏中つづけられ、百十九回上演したあと、十月三日に閉幕した。

そのあと、一九六五年にロンドンで開催される世界演劇シーズン第二回に招待され、再演して、致命的な結果をもたらすことになる。イギリスの批評家と俳優たちは、長いことメソッドを疑いの目で見ていた。アメリカ人特有の愚行だと見られていたのだ。この態度は有名な小話によく表れている。ダスティン・ホフマンが映画『マラソン・マン』に出演していた。ある場面で、彼は三昼夜眠らずにすごしたかのように登場しなければならなかった。それで彼は実際に三十六時間眠らないでやることにした。共演者のローレンス・オリヴィエがそれを聞きつけて、言った、「眠ってないんだって？ねえ君、なぜ演技しようとしないんだい？」(82) この小話は、メソッド俳優が感情的な「真実」を創りだすために、ばかばかしいほどの時間をかける実例としてときどき引かれる。だが、実際には、この小話はオリヴィエ自身にもはねかえってくる（彼は内的な「真実」が非常に少ない、ほとんど外面的な技法で演じた俳優だった）。

ストラスバーグは過去にイギリスの舞台をしばしば軽蔑した。彼は、「悪くはないが、時代おくれだね……リアリティや確信ではなくて演技を自慢するのだ」(83) と言ったのだった。こういった意見を述べたため、おそらく彼はイギリスの批評家たちに好かれていなかったし、彼らは批評というナイフを集団で研ぎはじめていた。

再演するまで十一日間あるだけだった。配役に大きな変更があった。オリガ役はジェラルディン・ペイジからナン・マーティンへ、イリーナ役もサンディ・デニスへ代わった。その一方で、キム・スタンレーはヴェルシーニン役をケヴィン・マカーシーからジョージ・C・スコットへ代えるべきだと要求し、ストラスバーグはしぶしぶだったが同意した。結局、スコットは三日間稽古に出ただけで姿を消した。スタンレーはスコットが嫌いになって、マカーシーが呼びもどされた。劇団は、ロンドンのオールドウィッチ劇場の舞台で稽古することができず、舞台稽古ができたのは初日の前夜だった。彼らは舞台が傾斜しているのを知って、ショックを受けた。家具はみな借り物で、舞台の傾斜に合わせて調節されていなかったため、驚くほど傾いでいた。

初日の夜は通常より一時間のびた。観客はやじをとばした。第三幕でイリーナが「おそろしい夜だったわ」と言ったとき、観客の誰かが「その通りだった」と叫んだ。[84] 翌日、ハーバート・クレッツマーが「デイリー・エクスプレス」紙で述べた、「あの有名なブロードウェイの集団が、昨夜、『メソッド』流派の演技に大打撃を与えた」。B・A・ヤングはこう書いた。

劇団は自らのマンネリズムの囚人だ、そのマンネリズムには一般にメソッド俳優だと見なされている人たちの最悪の特徴がすべて含まれている。彼らの主な特色は、まるですべての台詞が即興で言われているかのような話し方で、それぞれの台詞のキーワードは手さぐりで探さなければならず、空中から呼び出さなければならないのだ。[85]

ピーター・ロバーツは、この台詞の話し方を彼の批評の中でパロディにした。

この、あー、批評が、この批評が、えーと、ちょっと、えー、バラバラになって、えー、いても、許して、えー、ください。アクターーズ・スタジオによる、えー、チェーホフの、えー、『三人姉妹』

の一夜がおわったとき、あー、くそっ、彼らの、台詞の、パターンに、おちいって、息が、できなく、なって、ちくしょう、そこから、抜け、出せ、ないんだ。

その意図は、「チェーホフの台詞を、あたかも自分でいま考えついたかのように伝えようとすること」だったにちがいない。「困ったことは、そうすると、わざわざそうしようとしなくても、観客を置き去りにしてしまう」ことだった(86)。

あるインタビューで、ストラスバーグは「批評家たちが言っていることはいくつかの点で正しかった……われわれは巡業の用意をしていなかった。昨夜の演技はいかなる点でも、俳優たちにできることとは比べものにならなかった」としぶしぶ認めた(87)。事実、その条件は配役された俳優たちに深刻な影響を与えた。キム・スタンレーはおかしくなった。何かの理由で、彼女は「麻酔をかけられたように」、動きが不活発で、長い間合いをとった。「彼女がどんなひどい状態になっていたのか、私には分からない」とストラスバーグは言った。「動きも台詞もタイミングも、すべてが中途半端だった。まったく困惑させられた」(88)。だが、ストラスバーグには分かっていた、本当の問題はイリーナ役のサンディ・デニスだった。アラン・ブライエンが次のように書いている。

たぶん、サンディ・デニスの注意深く計算されたウーやアー、言葉のくり返し、無意味なくすくす笑いやくねくね、とちりや間などは、彼女の芝居がかった筋肉にはとても良い練習だ。だが、それはイリーナを、言葉がはっきりしない間抜けにしてしまった……それが上演時間を半時間長くし

たのにちがいない。(89)

これはほとんどメソッド演技のカリカチュアのようだ。ストラスバーグは辛辣に批評した、「サンディ・デニスは自分のがらくたをやると言ってきかなかった。彼女は良い女優だが、ただ馬鹿なだけだ(90)」。

アクターズ・スタジオ劇場は、ロンドンでの大失敗の結果として、中止された。フォード財団からの助成金は更新されなかった。ストラスバーグ自身、二度と再び演出をしなかった。彼は教室での仕事にもどった。ロバート・ブルースタインは、今回の劇場の失敗はスタジオ自体が「死にかけているか、あるいは少なくとも体力と活力をうばわれている」証拠だと述べた。

ストラスバーグはあの俳優たちとともに十五年以上にわたって、修道院的な講習会で活動してきているのだから、活動を始めたばかりの劇場に私が早まった判断を下しているとは思わなかった。そうではない、彼が以前から約束していた実践的な劇場の上演が、その背後にある理論に疑いを投げかけたのだ……(91)

実際には、スタジオが「死にかけている」というブルースタインの意見はちょっとだけ早すぎた。彼の見解は、メソッドに対する彼個人の敵意を反映していた。メソッドを主として、主観的で、「心理的で」、「自然主義的な」演技の方法だと見ていたため、彼はアメリカ演劇に対するメソッドの締めつけをゆるめ、別の伝統を育てようと運動していたのだった。

一九六五年、モスクワ芸術座が、ヴィクトル・スタニーツィン演出による『桜の園』の新演出（ラネーフスカヤ役にアーラ・タラーソワ）とネミローヴィチ演出の『三人姉妹』（まだレパートリーに入っていた）を持ってニューヨークへ来演した。観客と批評家たちは、その演技スタイルの力強さと、劇団の「身体的なものすべてに対する意欲的な意識」[92]に驚かされた。それは、アクターズ・スタジオに結びつけられている「内面化された」演技とはほど遠いものだったようだ。スタニーツィンはチャールズ・マローウィッツに、今では芸術座の俳優たちは、「自由に楽しんで役に取りくむよう勧められています、それは演技をつぶやきや主観的で無価値なものから徐々に大きくして行こうとするよりも、演技の調子をやわらげるほうが良い、という前提にもとづいているからです[93]」と語った。ブルースタインは次のように書いている。

結果を見るかぎり、もう十分はっきりしている、スタニスラフスキー・システムのストラスバーグ・メソッドに対する関係は、キャビアがホットドックにたいして持っている関係なのだ。ロシア人の演技は、実際問題として、アメリカ人の自然主義的な演技と明らかな対照をなしている。というのも、ロシア人の演技はしっかりしていて、自由で、直接的で、はっきりと表現されているからだ。俳優たちは一度もヒステリーへ入りこむことなく、高度な感情を手に入れている。彼らは決して奇妙でもなければ、神経症的でもない。彼らは個人的なマンネリズムをくり返すかわりに、役ごとに根本的に個性を変えていく。彼らは登場人物とぴったり同一化しているにもかかわらず、役の中に消えていない。ストラスバーグの俳優がもっぱら自分自身に聴き入っているのにたいして、スタニスラフスキーの俳優はそれだけでなく、他の人物たちにも聴き入っているのだ。モスクワ芸術座は明らかにスター的な個性をまったく認めていないのに、俳優たちは全員、小さな役などというものはないかのごとくに演じるのだ。

それでも、ブルースタインは「モスクワ芸術座には何か時代遅れのものが、何かちょっとかびくさくて、博物館ふうのものが」あるとも感じていた。それは主として、リアリスティックな演出スタイルだった。彼は次のように結論づけた。

おそらく、誰がスタニスラフスキーの正当な後継者であるか議論するのを止めるべきとき、また、まったくちがった家族を築くべきときなのだ。父親を、ことに力強くすばらしい父親を拒絶するのはいつでも困難なことだが、アメリカ演劇が自然主義的な真実という拘束を断ち切ることができるまでは、真の前進はないことだろう。(94)

上演記録

リー・ストラスバーグ演出『三人姉妹』、アクターズ・スタジオ劇場、ニューヨークのモロスコ劇場にて。初演、一九六四年七月二十二日。

第7章　アンドレイ・シェルバン——劇作家を鼻であしらう?

アンドレイ・シェルバン演出による『桜の園』(一九七七年)は、観客に「これが本当にチェーホフなのか?」という困惑したつぶやきを残させた[1]。批評家たちの意見は二つに分かれた。これが古典の再発見なのか、というものと、モスクワの墓に眠るチェーホフを嘆かせる冒瀆的行為ではないのか、というものだった。ウォルター・ケアはこの上演を「大胆で、逸脱した、きわめて独創的なもの」と呼んだが、ジョン・サイモンは「終始下品で、事実上白痴的なふるまいで、チェーホフの基本である率直さへの完全な裏切りだ」と言った[2]。

シェルバン自身はこの上演が、「ニューヨークのエリート層の間に大論争を巻き起こしたが、それはこれがスタニスラフスキーの有名な一九〇四年の演出に対するメイエルホリドの批判的な意見にもとづいたものだったからだ。チェーホフはこの戯曲を喜劇で、ところどころはほとんど笑劇で、深刻なドラマではないと言った。事件は、『スタニスラフスキーを否定するなんて許されるのか』という問題に集中していた[3]」と述べた。

サント・ロクァストがデザインした装置は、チェーホフの戯曲と結びつけられている伝統的な「重厚なリアリズム」と縁を切っていた。ヴィヴィアン・ボーモント劇場の広い舞台の床は白一色にされた。家具類はこの雪景色の上に散らばらせて置かれた。登場人物たちも無人の土地に漂っているように見えた。シェルバンは、「慣習になっている地理的な説明をする舞台のかわりに、われわれの舞台は感覚を、匂いまでをも伝えるよう意図されている。たとえば、第一幕では朝の霜と陽光が感じられるはずだ」と主張した。(4) ラネーフスカヤが子供時代の桜が咲く春を思い出すと、背景の紗幕が「照り輝くと同時に上がっていき、枝をつけた五月の木々が一列また一列と現れて、まだ冬の寒さからすっかり解き放たれてはいないものの、到来する生命の虹色の光が見えてくる。その眺めはまことにすばらしく(とウォルター・ケアは書いている)、ジェニファー・ティプトンが設計したくっきりした照明の下で、われわれは何を見ているのか分かるのだ。陽光を浴びた雪の白。死を思わせる光景。死と生が一度に」(5)。シェルバンは記憶に残るイメージをたくさん創りだした。ラネーフスカヤが息子が死んだことを思い出すと、木々の間を走り回る少年の姿が見えてくる。第二幕の始めでは、昔ながらの鋤を引きずる農夫たちの上に、高くそびえる電信柱のイメージが紗幕を通して見える。トロフィーモフの革命的な予言を強めるためには、「地平線が再び変化し、今度は煤こけた赤い空の下の工場の煙突群がわれわれを圧倒する」(6) のだ。最後に、フィールスの亡骸の上に置いた桜の花の枝を持って駆けてくる若い娘、これは古いものの葬送と新しいものの誕生を印象づけているのだが、そのイメージで上演は終わる。工業化したロシアのイメージがもう一度背景にぼんやりと見える。これは「暗喩というよりもむしろ時代のある瞬間への論評、いまだに何かしらわれわれに影響を与える変化の瞬間」(7) だった。これらのイメージは「説明をするというよりもむしろ感情を引きだすように」計画されており、シェルバンは「精神だけではつかむことのできない何かを伝えてくれるのだ」と語った。彼は効果の実例として、上演中に枝が折れる音を引き合いにだしたが、これも同じように説明を加えるというよりもむしろ感情を顕在化させるように計画された「象徴的な技術的工夫」だった。「なぜなら、このいわゆるリアリズムの戯曲には、こういったシンボリズムの実例が、別の性質の要素が多く含まれているからで、私はチェーホフに近づいて、戯曲が暗示しているイメージを用いる何かしらの自由を感じたからだ(8)」。

実際、シェルバンが創りだしたイメージは、見てそれと分かる、想像力のいらないもの、たとえば未来の前触れとしての工場群のイメージといったものであったように思われる。皮肉なことに、それはいくつかの点で、戯曲を自分の思いつきで飾ろうとするスタニスラフスキーの傾向を思い出させるが、これは説明を加えるというよりもむしろ、同じように「感情を引きだす」ために計画されていた。のみならず、シェルバンのイメージはしばしば気をそらせるものだった。ケアは述べている、「紗幕が上がって景色がきらめき、新しい照明の中にあふれ始めると、その間(ラネーフスカヤ役の)ワースが話していて」、それから台詞自体が「中断させられることになる(9)」のだった。第四幕では、家具類が運び去られて、紗幕の向こうに見える。カーテンの吊り棒、箱、揺り木馬などなどが、空中に浮かんでいるように思われる。ピーシチックを演じたC・K・アレグザンダーは台詞を言っている間に、ピアノが漂ってすぎていくのを見て、気が動転した。彼は、観客はピアノを観ていて自分を観てはいなかっただろうと、言いわけした(10)。

ロバート・ブルースタインはシェルバンを「スタニスラフスキーの伝統に取って代わるもの」で、「メイエルホリドの非リアリスティックな伝統に替える」役割をしていると見ている。しかし、これは便利ではあるが、演出家の仕事を位置づけるには単純化しすぎた方法だ。[11] われわれはシェルバンの演出に、メイエルホリドと同じくスタニスラフスキーの反映をも多く見つけるだろう。事実、ときどき彼はわざと先輩演出家の仕事を「引用している」かのように思われるのだ。シェルバンが一九九二〜九三年にルーマニアで『桜の園』を再演したとき、彼は第二幕で、舞台を横切る大鎌と草かきを持った一群の農夫たちをつけ加えたが、これは明らかにスタニスラフスキーの演出プランを意図的に反映させたものだった。

ニューヨーク版『桜の園』の構想は、事実上、メイエルホリドの演出よりも、有名な真っ白な装置をもちいたジョルジョ・ストレーレルの演出に負っていた。[12] いちばん明らかなメイエルホリドの反映は、第三幕の「舞踏会」の場面に現れた。舞台は回転木馬のように回転する、円筒形のあずま屋で占められた。踊り手たちはときにゆっくりとした動きで動くか、あるいは完全に動かなくなった。これは、この場面を人形芝居、「死の舞踏」として描いたメイエルホリドの記述を思い出させる。だが、ハロルド・クラーマンはあずま屋が大きすぎて、「大事な行動と重要な対話が舞台前方にぎっしりつめこまれている」と見ていた。その結果、「わき演技《バイプレイ》が戯曲に優先する」[13] のである。(皮肉にも、われわれはメイエルホリドが同じような言い方でスタニスラフスキーの演出を批判したことを思い出す。というのも、シャルロッタの奇術のような演出家のつけ加えが戯曲の影をうすくしたからだった。)

「身体的な」演技スタイル

一九六九年に、シェルバンがルーマニアからアメリカにやってきたとき、彼の意見によれば、俳優たちが十分に訓練されていないことに気づいた。アメリカには、「一種のインチキなアクターズ・スタジオの方法しかなかったし、それは一般的に言って病弊、アメリカ演劇の病気だった。アメリカの俳優たちには、正確なスタニスラフスキー・メソッドもなければ、メイエルホリドの身体に適応した訓練もなかった。アメリカには明瞭で強固な、俳優の準備のためのメソッドが全然なくて、真空状態になっていた」[14]。

シェルバンは、メソッド演技はチェーホフには合わないと考えている。「内面化」されすぎていて、わがままになるだけなのだ[15]。シェルバン自身の演出の方法は折衷的なもので、『桜の園』のための稽古には「与えられた環境」にもとづいた「伝統的な」スタニスラフスキーの研究も含まれていた。(たとえば、彼は俳優たちに、第一幕で登場人物たちが到着するところの周囲の状況をすべて考えてみるよう求めた。「駅でだれが彼らと会ったのか」、「桜の園を見てどう感じたのか」、「桜の園の匂いがするのか」[16]。)だが、彼はまた、心理的なことよりもむしろ、「身体的な」ことを強調した演技のスタイルを創り出そうとした。登場人物の「内面的な状態」は身体的な行動によって表現されたが、それはときどきかなり極端なものだった。第三幕で、ロパーヒンは自分が桜の園の新しい持ち主であることを明かす。チェーホフの原文では、ロパーヒンはある箇所でテーブルにぶつかり、枝付き燭台をひっくり返す。スタニスラフスキーは彼の演出台本に次のように書いている。

アントン・パーヴロヴィチは何でも激しすぎるのを恐れて、この瞬間の調子を下げてほしいと言うので、枝付き燭台はほとんど倒れそうになるだけだ。私は、これでは駄目だと思う。枝付き燭台はひっくり返って壊れなければならないのだが、舞台の上でではなく、そこ、部屋の中で、なのだ。これが床に落ちると同時に、人々が（官吏、電信技師、ピーシチック）駆けよって、それを拾い上げる。だが、ロパーヒンは彼らを止めるのだ。(17)

このように、スタニスラフスキーは登場人物の行動をもっと身体的でドラマティックなものにした。だが、シェルバンはこの場面をさらにそれ以上にした。（ラウル・ジュリアが演じた）ロパーヒンは乱暴に破壊することに有頂天になり、椅子をつかみ上げて装置にたたきつけ、もう一脚を部屋の向こうへ投げつける。その間、黒いドレスを着たラネーフスカヤは白い床の上に身を投げ出し、手を伸ばして泣きじゃくっている。

演出家は多くの演技を一種のグロテスク、非常に身体的な笑劇になるようにした。これはメリル・ストリープ演じるドゥニャーシャにもっとも明らかだった。第一幕で、ヤーシャがキスをすると彼女は失神した。第二幕の始まりで、この二人の登場人物は舞台の上を互いに追いかけまわした。ドゥニャーシャのペチコートはくるぶし辺りまであって、そのため彼女はつまずいてよろけ、うつぶせにばったり倒れた。最終幕では、彼女はヤーシャと取っ組みあって、地面に倒した。戯曲の心理的な複雑さと情緒的な味わいが、この身体的な演技スタイルで消されてしまったと感じた批評家もいた。たとえば、スタンレー・カウフマンは「詩的リアリズムの傑作」が、「戯曲を具体化しようとする試みよりもむしろ、身体性や悪ふざけや戯曲にもとづいた即興で作品に襲いかかる演出(18)」によって、破壊されたと抗議した。粗野だという非難は、シェルバン演出のチェーホフ作品を苦しめつづけた。たとえば、べネディクト・ナイチンゲールは「彼の才能は、私がそのためにチェーホフを崇拝する、情緒的な多様さや心理的な複雑さや、その他の諸性質に向いているようにはとても思えない[19]」と述べた。だが、この批評の背後には、もう少し上品な演技スタイルともっと伝統的なチェーホフを求める願望がうかがわれる。

シェルバンは、彼も認めている通り、「古典を破壊する演出家[20]」という悪評を得ていた。リチャード・ギルマンは、部分的にはシェルバンの『桜の園』に対する反応として、「新しい演劇の演出家はどのように劇作家を鼻であしらうのか」と題する論文を書いたが、その中で、彼は現代の演出家を演劇界へ転がりこんでくる一種のマフィアとして描き出した[21]。今日の演出家は、と彼は書きだした。

生命を与えられるよりも、忠実に奉仕される、つまり丁重かつ率直に伝えられる必要がないので、しばしば自由が奪われる同種の問題になっている追求において、純粋主義の人々を激怒させ、また思慮深い人々をうろたえさせる。……彼ら自身の作品がそうあるのとは異なって、これらの演出家たちは、古典に関しては幾層もの上演の紋切型の下に埋もれた戯曲については、ある程度大胆でときに無謀でさえある破壊が必要不可欠と考えられるという見解を共有しているのだ。

ギルマンは満足そうにジャン・ヴィラールを引用したが、ヴィラールは（シェイクスピアに関して）、「戯曲がここにあって、台詞自体に具体化された舞台指示が豊富にある……それらをたどる感覚がありさえすればよいのだ。これらの指示を超えて創造されたものは何でも『演出』であって、それらは軽蔑され拒否されるべきなのだ」と言ったのだった。問題になっているのは、「独創性対古風な表現ではなくて、戯曲を歪め、その真の生命を破壊しかねないものに対して、戯曲に一貫して残っている独創性なのである」と彼は示唆した。だが、われわれはどうやって正確に戯曲の「真実の生命」を明らかにするのか。

ギルマンはシェルバンの『桜の園』を次のように規定した。

演出家の精神が劇作家の精神に取って代わって、戯曲の事実を踏みにじるという考え方の注目すべき実例である。舞台装置のデザインからして、それ自体すばらしく、ほお、とか、ああ、とか言わせるべく見事に計算されているけれども、チェーホフの複雑で微妙なリアリズムから徹底的に外れているし、この戯曲が「喜劇」であるというチェーホフの説明からの逸脱である、支配的な笑劇的調子（彼は明らかにダンテ的な意味で言っているのであって、フェイドーのそれではない）という、登場人物たちの侵入——少年、骨折って働く農民たち、最後にフィールスの傍らにひざまずくホワイト・ロックの少女（清涼飲料水の広告の少女—訳者注）は、現在も戯曲には出てこないものだし、背景に出てくる工場は脅かすような工業化の気分をつけ加えるが、チェーホフはちっともそんなことを匂わせていないのだから、われわれが知っている戯曲を意図的に破壊する演出である。

まさに——われわれの知っていた戯曲なのだ。明らかにギルマンは、この戯曲がいかに上演されるべきかという考えをあらかじめ抱いていたのだ。たとえば、彼はロクァストの装置をはねつけたが、それはチェーホフ的リアリズムという彼の考えに一致していなかったからだった。チェーホフがこの戯曲を、ところどころ笑劇です、と呼んだ事実にもかかわらず、ギルマンは笑劇的な要素に異議を唱えた。彼は浸食しつつある工業化というイメージに反対したが、それは「チェーホフはそんなことをまったく言っていない」からだった。実際には、第二幕で舞台を横切って延びる電信柱の列と、遠くにかすかに眺められる大きな町は、変化していく過程にある世界を表しているように思われる。ラネーフスカヤを演じたアイリーン・ワースはシェルバンの新機軸を擁護した。彼女は、「演出家はまったく手加減しませんでした。戯曲を注意深く読めば、戯曲に元々ないものがこの上演には見つからないでしょう[22]」と語った。だが、問題は部分的には、シェルバンが手加減を加えることを拒否したことにあっただけのようだ。ロッコ・ランデスマンは、演出家が「モハメッド・アリの力を借りて劇的もり上がりを作る」ことに反対した。彼は「演出家の手法をたくさんつけ加えたために、彼自身も舞台の上を歩き回って、大きなボクシングのグラブで観客をたたきのめしたのにちがいない[23]」。

皮肉なことに、シェルバンが語ったことのいくつかが、実際に戯曲を「忠実に」解釈する必要があるというギルマンの見解を認めているように思われる。

私は、チェーホフやシェイクスピアの戯曲を上演するとき、それを理解しようとしている。上演をより良く、より直接なものにするときでさえ、いかなる省略も正当化できないのは、私が取り出す断片を理解することができなかったり、私の弱点をいつも示そうとしたりするからだ。だから、私は戯曲の中のすべてを理解しようとすることを、ほとんど自分自身への義務にしているし、そうでなくても正直に戯曲を上演しようとしている。なぜなら、多分他の誰かが理解するだろうから。(24)シェルバンはピーター・ブルックによるパリでの『桜の園』の演出を賞賛したが、それはこの演出が、何の装飾もせずに戯曲を「率直に」上演しているように思われたからだった。

……上演をこれほど驚くべきものにしたのはその感覚、同時に舞台にいる俳優たちが、ただそこにいるだけというふうに演じていたその感覚だった。戯曲が暗喩でもなく、再現でもなく、他の何かの代わりでもなく、上演時間中の俳優たちの体験だと、なぜか現実に感じられたのだ。演劇的な効果は一切なく、それ自体美的な価値は一切なかった。すべてが単純に、舞台背景なしで上演されたのだ。私は、みなさんがパリのブッフ・デュ・ノールへ行ったことがあるかどうか知らないが、それは今ではまったく荒れ果てた、ほとんど廃墟となった十九世紀の劇場なのだ。ブルックの上演では、劇場自体が古い家族の家だった。だから、舞台背景の必要がまったくなかった。それで、われわれは古い家の中にいて、そこに取り残されなければならなかったのだが、それ自体が劇場だったからとっても強烈だった。それで、あの空っぽの空間にあったのは、戯曲と観客に直接的関係にあった俳優たちのグループで、実際そこに戯曲があったのだ。それ以上は、何も必要がなかった。(25)

ブルックの演出は現実に、とても慣習的に「リアリスティック」だった。それは空間の用い方によって、驚くべきものにされていた。それにもかかわらず、シェルバンは次のように結論づけた、「私の

『桜の園』は、彼のそれに比べれば、まったく革命的なものではなかった、と思う」[26]。

日本版リアリスティックな『かもめ』とニューヨーク版「日本的」な『かもめ』

一九八〇年、シェルバンは二つの『かもめ』の演出を、最初は日本で、それからニューヨークで上演した。おそらく意外なことに、彼は、日本版では演技と美術の面で「リアリズム」の形式へ移行したのだった。（東京の劇団四季のための）装置は金森馨のデザインによるものだった。巨大な湖から成る装置で、中にかもめの形をしたプラットフォーム舞台があり、そこでトレープレフの戯曲が演じられた。本物の岩、本物の白樺の木、草、花々があった。「すべてが実に自然主義的だった」とシェルバンはのちに後悔した。「第一幕では、ヤーコフと他の下男たちが本当に湖へ泳ぎに行って、水をしたたらせながら出てきた[27]」。それでも、この意図はそれほど自然主義的な装置を創り出すことにはならず、むしろ演劇的イメージとしての湖を追求することになった。その磁力、「その力、その深さ、そしてわれわれの確かめることのできないその魅力」。だが、シェルバンも認めたように、「なぜか舞台上の水はやはり舞台上の水なのだ。……それはある種の方法で気分をうきうきさせるのだが、その先を見る想像力が抑えられる[28]」。

上演には一種みずみずしい空想的なリアリズムがあった。美しく記憶に残るイメージの数々があった。トレープレフの劇の上演は日没直後、湖面に月を映して演じられた。第四幕では、湖面に本当の波が立ち、それは暗く危険なほどになった。そのあと、トレープレフが原稿をビリビリに破くと、それを湖にばらまき、湖面を白くした。舞台上で、彼が銃で自殺すると、彼は破った原稿が浮かぶ湖の中へ顔から倒れこんだ。

逆説的なことに、シェルバンはニューヨークへ帰ってきてから上演した演出が、かなり「日本的」になったと感じた。（マイケル・イヤーガンによる）舞台装置は、磨き上げられた木の床、一種むき出しの日本的なプラットフォーム舞台からできていた。舞台奥、間口いっぱいに、登退場に用いられた高さのある橋形通路があった。これは日本の演劇の橋懸りや花道に似ていた。それはまるで、シェルバンが日本の演劇の要素を取り入れ、あるいは「引用して」、それらを対照点として用いているようだった。メイン舞台での演技はかなりに「リアリスティック」だったが、橋の上での行動はずっと様式化されていた。演劇についての演劇である戯曲において、橋はあたかも舞台の中の「舞台」であるかのようだった。俳優たちは橋の上に乗ると、戯曲をかなりに形式化された、演劇的なスタイルで「表示した」のだった。動きはペースを落としたり、速めたりされた。だから、第一幕ではニーナとトレープレフは橋の中間で出会い、空を背景にシルエットを形づくった。（このイメージは、第三幕でも、ニーナとトリゴーリンが日暮れを背景にしてくり返された。）それから、アルカージナと他の登場人物たちが登場すると、彼らは月が昇るのに合わせて、とてもゆっくりと橋を渡った。

シェルバンは、それから、戯曲の主要な行動と彼が舞台上に創り出した「イメージ」とをわざと分離して、一種の「モンタージュ」効果を生みだした。だが、再びイメージ群は気を逸らせがちだった。シェルバン自身がもう一度『かもめ』を演出したいと言ったが、それは「なぜなら、私は何も美化せず、橋も日本式のプラットフォームも使わず、上演の諸要素の助けも借りずに、その意味では目に訴えるものは何も用いずに、いかにチェーホフを上演するかを理解したいからだ」。演出の視覚的な魅

力は、
『桜の園』のそれとはちがっていたが、それでもそれ自体の美と光とを持っていて、そのどれもがチェーホフの美ではなかった。今では、私は美に非常に興味を持っていて、どんなに否定しようとしても、美は私の仕事の大きな部分になっているが、それは私が実際は空想的だからだ。私が知りたいのは、ただ、私のイメージ群がどのくらい真実を殺ぐかということで、この点で私はかなりの程度で危険状態にある。イメージ群が真実を支えてくれるなら、……そのときは、問題なしだ。(29)

日本版の『かもめ』で、トレープレフが舞台の上で銃で自殺し、湖に沈んだとき、これは明らかに演劇的な「効果」のために戯曲を歪めるものだった。(チェーホフはわざとわれわれに死を見せず、その場面を舞台裏に移した。) ニューヨーク版では、シェルバンはトレープレフを独創的に演出し、最後の場面では原稿を破いて火をつけ、それが燃えるのを立って見ていた。(この着想をシェルバンは実際にスタニスラフスキーの演出プランから借りた。) それから、彼は燃えている原稿をストーヴに投げ入れると、舞台から走り去った。ローレンス・シャイアーは回想している、「ほとんどすぐに、炎が鉄の缶の外側に燃え上がった——それは息を呑むようなイメージだった」。

舞台は非常に暗くなり、観客はだまって座ってこの炎を見つめていた。炎が弱くなってチラチラすると、それはトレープレフがここにいたのだが、今はいないことの無言の証拠だった。炎が完全に消えると、すぐ新しい光が舞台裏から射してきた――家族が、暗闇の中を前後にゆらめく燭台を持って部屋に入ってきたのだ。彼らはみな、ロウソクの灯りに照らされた道化のように、笑ったり、ぺちゃくちゃしゃべったりしていた。そこに射撃の瞬間がきたが、それはまったく射撃ではなく、爆発だった。直ちに照明がついた。舞台いっぱいにどぎつい白い光が広がった。何が起こったのか直ちに誰もが理解した。ドールンがトリゴーリンに知らせる必要はまったくなかった。全員の顔にそれを理解していることが見てとれた。喜劇は終わった。それが唯一可能な解釈だった。

だが、この着想は試演のときには抜かれていた。シェルバンは、「たとえそれが効果的であったにしても」、「それが戯曲に対して与えるものを好まなかった」と判断したのだ。改訂版は原文をはるかに忠実に追っていた。ドールンはトリゴーリンを脇に連れていき、トレープレフが自殺したことを彼に伝え、そのあいだ他の登場人物たちはカードゲームを続けていた。これは「効果的ではないけれど、チェーホフが意図したことにより近いと感じたし……ある時点でアルカージナに伝えられるだろうと思うが、しかし、それでも生活は続いていくのだ(30)」。だから、この場合、シェルバンはそれが「真実を支え」ないと感じたがために、「効果」を避けたのだった。

批評家たちは再び上演の「大ざっぱさ」に抗議した。「繊細で遠回しな表現をする劇作家が粗野な悪用の大家によって再びめちゃくちゃにされている」と、ロバート・アサヒナは書いた。登場人物たちは「哀感の尊さを許されてもいないのだ(31)」。ジョン・サイモンは、(マーレイ・アブラハム演じる)ドールンは「口先のうまいレバント人の絨毯商人のように登場した……ブハラをモスク(イスラム教寺院）の大きさにしない限り、みなさんは彼を信用しないだろう」と不平をもらし、その一方で、「ローズマリー・ハリスはアルカージナを、心のこもった一言を発することもできず、自然な身ぶりをすることもできない女性として演じるよう、演出された」と述べた[32]。ある部分、これらの批評は、もっと共感できて人に愛されるチェーホフの登場人物の表現、批判的ではなく無神経でもない表現を見たいという欲求から生じているように思われる。より直接的な方法よりも、むしろ「繊細で遠回しな表現」を望んだのだ。俳優たちは、登場人物のグロテスクな「仮面」という形式――強く身体的なイメージもしくは「本質」よりも、「リアリスティックさ」が少ない演技を見せていたように思われる。たとえば、マーシャ役のパメラ・ペイトン＝ライトは喜劇的でグロテスクな姿で、「頑丈な仕事靴をはいて、足音立てて舞台を歩き回り」、前かがみになって「たえず口にくわえた大きなパイプをかんでいた[33]」のだった。エド・メンタはこの姿を「粗野だ」と呼んだが、マーシャはむしろ風変わりな人物なのである（彼女は黒づくめの服装で、酒を飲み、嗅ぎタバコをかいだりするのだ）。俳優と演出家は、ただ単にこの風変わりさを強調し、この人物に大胆な身体的輪郭を創り出したのだ。

くり返すが、登場人物たちの内面的な状態は大胆な身体的行動を通じて表された。マーシャは白いモスリン地の長い布切れを持っていたが、これは終わることのない連続のように彼女が背後に引きずっている人生で、彼女はトレープレフへの愛の望みのないことを述べながら、布切れをズタズタに引き裂いたのだ。同じように、メドヴェジェンコは、ソーリンとドールンがマーシャの酒を飲む習慣について話すのを聞きながら、激しく怒ってリンゴにかじりついた。シャムラーエフはこの家のご婦人方の手をつかんで、「あたかもそれが動物の生肉の破片ででもあるかのように[34]」手にキスしたのだった。

それでもウォルターー・ケアは、「こうした爆発はまれに出るだけで、散発的であるにすぎなかった」と感じたし、演出はときに「よくあるチェーホフのゆっくりとした不機嫌なけだるさに逆もどりする」[35]ように感じた。シェルバン自身は、とくに最終幕で、演技がもっと内面的で「心理的な」やり方へ移っていったと感じた。その結果、上演は「ゆっくりと重くなっていき、事実バラバラになった」[36]のだった。

シェルバンの『三人姉妹』――影のような過去の反響

シェルバン演出による『三人姉妹』（一九八二年、マサチューセッツ州ケンブリッジのアメリカン・レパートリー劇場）は、ほとんど死にもの狂いの速さで上演された。（「これ以上衝撃的で速度のはやい『三人姉妹』は、これからもないだろう」[37]。）したがって、演技がより「内面的」あるいは心理的なやり方になってしまうことはなかった。「演出家は舞台の描写を活気づける一瞬間をも見逃さない」とアーサー・ホームバーグは述べた。（アルヴィン・エプスタイン演じる）ヴェルシーニンは、椅子にとび乗って哲学を語り、「ハンカチをSOSの信号を送るように振りまわした」。第四幕では、（チェリー・ジョーンズ演じる）イリーナがまるで「空高くとびかう小鳥のように、とび去りたがっているか」[38]のように、ぐるぐる円を描いてまわった。（マリアン・オーウェン演じる）オリガはヴェルシーニンに話しかけまいと、気がちがったように地面の落ち葉を熊手でかき集めた。（トーマス・デラー演じる）アンドレイは、怒って本を地面にたたきつけた。だから、登場人物たちの行動は、一種の躁病的な力に操られているように見えた。

上演は暗闇のうちに始まった。そのうち、「三つで一つになったシルエットが姿を現し、幽霊のように舞台を漂いながら動いて、死者に捧げる花束を運んだ。不気味な姿の見えないナレーターの声が意識の表面をかすめていく記憶の断片で劇場を満たしていく」。オリガの最初の台詞の数行は、テープに吹きこまれていて、女優（オーウェン）は口を動かすだけで、そのあとで話し始めるのだが、テープとまったく同調しないのだ[39]。だから、この三人姉妹は、過去からわれわれのところにもどってきた幽霊のようであった。ナレーターの声は、おそらくベケットの戯曲に登場するクラップ氏を、テープに吹きこまれた自分自身の声と記憶の断片にたえず聞き入る男を思い出させた。

舞台装置は、舞台奥のひと続きになった深紅のカーテンでできていて、さまざまな形状に変えられた。カーテンの背後には、偽物の軽量ブロックの壁があって、劇場の黒い壁に見せかけてあった。だから、われわれはある劇場の中にいて、上演を観ていることをずっと意識させられたのだった。（トゥーゼンバフ、チェブトゥイキン、ソリョーヌィの三人は、決闘に出かけるために劇場のラセン階段を天井の方へ登っていった。）用いられた最小限の家具と小道具で、完全な部屋を暗示することができた。だが、それらは劇場の過去の上演で取り残された、空虚な空間に漂う、椅子や小道具のように思われた。だから、プローゾロフ家は「その上で、おなじみのかわいそうな役者たちが気取って歩いては、自らの時間を思い悩む、小『世界劇場』」となった[40]。舞台美術家のベニ・モントレサーは、事実、何だかこのむき出しの外観がしっくりこなくて、シェルバンにたずねた。「これはどこの国なんですか。世界にこんな国はありませんよ」。演出家が答えるには、「ベニ、これは単なる上演だ。上演なんだ。世界のどこかの国である必要はないんだ[41]」。リアリスティックな装置と縁を切りたいというシェルバンの願望が、ただ単にわれわれを演技に集中させることを意図していたのでないことは、明らかだ。『三人姉妹』とニューヨーク版『かもめ』のための装置は、両方とも上演は演劇的な「出来事《イヴェント》」だということを強調していた。目の前に展開する現実の出来事だという錯覚は一切起こらなかった。

『三人姉妹』にもまた、スタニスラフスキーの演出からの「引用」もしくは断片が、過去からかすかに反響している。第二幕で、スタニスラフスキーはナターシャと彼女の子が徐々に家を占拠していく様子を象徴的に表すために、舞台中に散らばった人形を必要とした。彼は、登場人物たちがある時点で、人形を使って遊ぶだろうと説明した。たとえば、イリーナが半年以内にモスクワへ行くことを話していると、ヴェルシーニンはペトルーシカ人形を手にもって、そのシンバルをパチンと鳴らした。それから、トゥーゼンバフが千年後の人間の生活について哲学するとき、彼は玩具の手回しオルガンをもって、そのハンドルを無意味に回した。オルガンはときおり鋭い雑音を立てた。この二つの効果は、登場人物たちの希望と夢を弱めるように思われた。

シェルバン演出の第二幕でも玩具は床を覆った。登場人物たちは「まるでみな特大のベビー・サークルの中にいるかのように[42]」、玩具で遊んだ。妻が自殺をはかったことを知らせるメモをヴェルシーニンが受け取ったあとで、俳優は出て行こうとし、「私はそっと帰ります」、そしてすぐにドミノのコマの山に音を立ててつまずいた（登場人物の邪魔をする、うまくはないが、より笑劇的な方法だ）。

稽古で、シェルバンと劇団のメンバーは、チェーホフの手紙と、「チェーホフ宛の手紙や、伝記の断片、スタニスラフスキーが語ったこと、スタニスラフスキーについてチェーホフが語ったことの断片[43]」を読んだ。スタニスラフスキーは上演の際、チェーホフに「上演の最後に、トゥーゼンバフの遺体を運ぶ行列を舞台に持ちこんでいいか」とたずねた。だが、稽古でこれが観客の気を散らせることが、彼には分かった。彼は、それがそもそも自分の考えであったことを忘れて、チェーホフに手紙を書いてこの場面を削除してもいいかどうかたずねてくれと、クニッペルに頼んだ。腹を立てたチェーホフは、「この場面で、トゥーゼンバフの遺体を運んで舞台を横切るのは、ぶざまなことになるでしょうとすでに僕は言いましたが、アレクセーエフ（スタニスラフスキー）は死体がなければ何もできないと言い張ったのです」(44)と答えた。確かに、死体を持ちこむのはメロドラマ的になるだけであり、劇的な「事件」は舞台裏で起こることにしたいというチェーホフの願いに背くのだ。

シェルバンは、ほぼ確実に、この問題について手紙のやりとりがあったことに気がついていた。それでもなお、彼は自分の演出にトゥーゼンバフの遺体を持ちこむことに、スタニスラフスキーのアイディアを「引用すること」にした。彼は最後の場面のために、イメージのモンタージュを創りだした。チェブトゥイキンは新聞をビリビリに破いた。テープに録音したオリガの声が再び聞こえた。「それが分かったら、それが分かったらね」。これらのイメージ群は再び、「説明を加えるというよりも、むしろ感情を引き出そう」としていた。「心だけでは捉えることができない」何かを伝えるために。だが、姉妹たちは黒い乳母車の周りに集まった。トゥーゼンバフの遺体がその後ろを運ばれていった。トゥーゼンバフの遺体は、重要でないつけ加えであって、明らかにチェーホフの願いに反していた。だから、こうも言えるかもしれない、これは「真実を支え」なかった余計なイメージだったと。

罠にかかったネズミ——シェルバンの『ワーニャ伯父さん』

シェルバン演出の『ワーニャ伯父さん』（一九八三年、ラ・ママにて）のために、劇場空間は戯曲のための「環境」に変えられた。これは、ブルック演出の『桜の園』のためにブッフ・デュ・ノールが「環境」になったのを思い出させた。『ワーニャ伯父さん』には、登場人物たちが暮らすだだっ広い家を「迷路」だと述べる台詞がある。（第三幕で、セレブリャコーフが「迷宮かなんぞのように、ばかでかい部屋が二十六もあって、みんなてんでんばらばら、探す相手の見つかったためしがない」と言う。）ロクァストの舞台装置は、劇場を約十五メートル×六メートルの長方形の演技スペースを囲んだ、ぶざまに広がった多層的な家、廊下と部屋と階段からなる迷路に変えた。中央には一段低くなった地下室のような、気のめいる領域があって、ワーニャの書斎になっていた。この装置は、「エッシャーの版画のようなもので、建物内の廊下がどこかにつながっているかに見えて、どこにもつながっておらず、自分自身のところへもどってくる」[45]。本物の環境というよりもシュールレアルなものだった。登場人物たちは罠にかかったネズミのようだった。迷路は「目的も方向もなく、まばらに家具が置かれた部屋部屋を、薄暗い廊下とバルコニーに沿って、ちょこちょこと走り回る小さな人間たちを圧倒し、最後には打ち負かす」[46]のだ。

この空間は多くの点で、演技に影響を与えた。表面上は親密ないくつかの場面は、登場人物たちの間に大きな間隔をあけて演じられるか、あるいは階段か手すりで隔てられた（これはロシアの無人の大地で、登場人物たちの間に距離があるという、見てわかるイメージである）。この装置は、さらに身体的な演技のスタイルを要求した。ある瞬間では、ソーニャは絶望して両膝をついて沈みこむ前に、膝で空間の中を走った。ベネディクト・ナイチンゲールは、大部分が「感情的な閉所恐怖症についてであり、人々がお互いをいらだたせている」[47]上演の中に、親密さが失われていることに抗議した。それでもなお、この「親密さ」が、シェルバンが逆立ちさせたかったチェーホフ的な紋切型の一つだったのは明らかだ。ジャック・クロールは次のように書いた、「登場人物たちの間の空間を切り開くことで、彼はわれわれに空間の中でパチパチ音を立てる電気を感じさせる。……この木製の世紀末のサイクロトロン（加速器―訳者注）の中に、われわれは人間の原子が分裂するように衝突する、チェーホフの家中にみちた失敗を感じる」[48]。

ナイチンゲールは、演技に「感情の深さと識別力」が欠けていることに抗議した。特に、ある瞬間などは批評家の激怒を買った。第三幕のクライマックス場面、セレブリャコーフが領地についての彼の計画を明かすとき、（ジョゼフ・チェイキン演じる）ワーニャは教授に歩み寄り、膝をつくと、子供のように彼をやさしく抱きしめてほほえみ、そして静かな一本調子の声で、彼に話かけたのだ。ナイチンゲールは、「簡単な質問を一つさせてほしい。いちばん混乱した、また混乱している、人生全体でもっともぞっとするような気の動転している瞬間に、そういうふうにあなたはふるまうというのか。それとも、独創的な演劇的効果を創りだすよう演出家にしむけられて、人々がそうふるまうと考えられるのか。後者だと、私は思うが」と書いた。だが、リチャード・シェクナーはその場面が「嫌味な本質へ煮つめられた憎悪」[49]を表したのだと応酬した。

もちろん、この場面を演じる決定的な方法はない。俳優が明らかに選ぶのは、パチパチ音を立ててふき出す怒りを演じることだ。だが、明らかに、シェルバンはわざとはっきりと選択することを退けていた。おそらく彼は、いくぶんかはただ独創的な演劇的効果へ傾いたにすぎなかった。だが、彼の目的はまた、そう私には思えるのだが、ワーニャをもっとグロテスクに、不条理でさえあるものにすることだった。演出は、この決定的な場面の効果を変えた。それは悲喜劇的というよりは、「悲劇的グロテスク」というものだった。

『三人姉妹』にも、これに匹敵する瞬間があった。第三幕で、酔っぱらったチェブトゥイキンは立って、洗面器で手を洗いながら、医者としての腕が落ちたことを嘆く。シェルバンの演出では、俳優ジェレミー・ガイトは膝をついて四つんばいになって、動物のように洗面器に顔をうずめたのだった。彼はよだれを垂らし、ピカピカの床につばをこすりつけ、床に映った己の姿を見ようとしながら、自分自身の人生を問いかけるのだ。(「もしかしたら、俺は人間じゃなくて、ただ手や足や頭があるふりをしているだけかもしれん。もしかしたら、俺はまったく存在していないのかもしれん。」) それから、俳優が立ち上がると、ズボンがずり落ちた。この瞬間は喜劇的、ドタバタ的ですらあった。そして、喜劇的なものと悲劇的なものを混ぜ合わせるというよりも、悲劇的なものとグロテスクなもの、不条理なものを混ぜ合わせたいという願望が示されていた。(50)

加速化するチェーホフ

シェルバンは上演の始まりと終わりに、とくに注意をはらう。おそらく、ある側面から見れば、これはただ単に記憶に残るイメージを創りだしたいという欲求を反映しているだけだ。だが、彼はまた、チェーホフ作品に対するわれわれの関係を変えようともしている。

『桜の園』には、際立った終わりが創りだされた。戯曲では、ラネーフスカヤは最後にもう一度、子供部屋をしげしげと眺めまわす。「最後にもう一度、壁や窓を見なくちゃ……」。だが、（ケアが記すところによれば）実際にはロクァストの装置には壁はなかったので、アイリーン・ワースは空間を「吸いこむ」ように見えた。

　大きな走り回れる輪の中を、手の届かない地平線の方へ深く、深く動きまわり、それから前舞台の曲線をかこむように前方へまわり、彼女は急いで歩きまわりながら息も切らさず、息を吸いこんで、彼女を連れ去ろうと待っている相手の手を最後につかもうと、手を伸ばした。けれど、彼女はその手をつかまない。そのかわり、彼女は衝動的に、指でその手をはらいのけて、再びもう一つの大旅行へと軽快に進んでいき、目は輝き、胸はいっぱいになって、心ははり裂け、唇はほとんど何でも呑みこみそうな微笑に割れた。それから、彼女はもう一度、勝ち誇った、信じられないような時間を、世界の縁にまたがった裸馬の乗り手としてすごす。彼女は出ていきながら、すべてを持ち去ってしまう。[51]

　行動は内面化されていたというよりも、むしろ登場人物の感情を、記憶を「拾い集め」ようとする彼女の願いを外面化していた。それはシェルバンが述べたように、「非常に感動的なアップビートで、もっと伝統的なメランコリックな結末よりも、むしろ爽やかな退場」だった。[52]

『ワーニャ伯父さん』の冒頭で、ソーニャが手に本をもって登場すると、最後の台詞の一部（「ゆっくり休みましょう……」）を声に出して読んだ。これは、上演の最後で、われわれがこの台詞に再び出会ったときに、いくぶん皮肉にこの台詞を受けとめたということだ。ワーニャを慰める彼女の言葉は、おそらくロシアで詩人ペイシャンス・ストロングにあたる人が書いた本から覚えたもののようだ。この場面でワーニャとソーニャは階段の吹き抜けのところに座ったが、それは棺のようだった。彼らのペンは、黒板を指の爪でひっかくように、紙をひっかいた。ふつうの上演では、テレーギンはうしろの方でギターをつま弾いて、ソーニャの言葉に感傷的な伴奏をする。だが、この上演では、俳優（ムハンマッド・ガファリ）はバラライカをかき鳴らし、イスラム教の修道僧のように、一見ワーニャの苦悩などとは無関係に、永遠に広がるような輪をえがいてグルグルまわった。結末の感傷的な気分につけ加えるかわりに、テレーギンのグロテスクな踊りはわざわざ不調和で耳障りな効果を創りだしたのだった。

「もし、これらのイメージ群に心を開くなら」とブルースタインは書いている、「そのうちのいくつかは、たとえ最初は不必要に思われようと、心にぬぐい去れないほどに刻みつけられるだろう」(53)。だが、ナイチンゲールは彼の批評に、「果たしてチェーホフはこのワーニャを受け入れるだろうか?」という題名をつけた。これは答えることのできない質問である。しかし、ナイチンゲールは、答えは明らかに「否」だと考えた。この質問は、「芸術家ではなく批評家が、劇作家の意図の最良の理解者であり、その作品のもっとも誠実な擁護者であることを示唆している」(54)。その後、リチャード・シェクナーはシェルバンを擁護する論文を書いている。彼の論文にも同じように問題のある見出し、「われわれは正しくチェーホフを演《や》る」(55)が付されていた。だから、二人の批評家は、チェーホフの戯曲はいかに上演されるべきかをめぐって所有権争いをしているように思われた。まるで、「理想の」演出があって、それがチェーホフの意図を正確に実現できるかのように。二人は、シェルバンの演出がこの「理想」に合致していると感じたかどうかで、彼を非難または賞賛したのだった。

チェイキン演じるワーニャがセレブリャコーフの膝に座ったとき、それは「まちがい」だったのか。あるいは、テレーギンが最後にぐるぐる踊りをおどったが、それはまちがいだったのか。それはただ単に、この場面がどう演じられるのかという、われわれの期待に反していただけではないのか。ある程度までだが、シェルバンが違反していたのは戯曲に対してではなく、伝統的な期待感や先入観に対してだったのだ。それにもかかわらず、ときどきシェルバンは明らかに、単に戯曲を「解釈すること」から逸脱して、改作したのであって、（メイエルホリドの言い方を使えば）ある点では「上演の作家」になったのだった。シェルバンの手にかかると、『ワーニャ伯父さん』ははっきりとちがった戯曲になった。彼は戯曲を省略したくないと言明したにもかかわらず、上演は休憩なしの百分の上演時間に刈りこまれた。上演は急速で激しいペースのものになり、演技は再び内向的な方法へ移っていかないように保たれた。行動を圧縮することで、演出はより「ドラマティックな」エピソードに必然的に集中させられた。そこに「日常生活」の流れという感覚は少なかった。そのかわり、急速にクライマックスへ、大団円へと進んでいく出来事の連鎖があった。これが著しくチェーホフの演劇形式を変えたのだった。その結果が、加速化するチェーホフだった。

ある意味、シェルバンはただ単に、どちらかといえば親しみの持てる哀愁にみちた田舎の人々の物語という一定のパターンに固定してしまった戯曲を、われわれに見直させるためにショック作戦を採ったにすぎなかったのだ。ジャック・クロールは、「いつものように、彼の方法は無鉄砲だが、愛すべき、生意気な、しかし妥当なものだ。そして何よりも、彼のチェーホフは生き生きしている[56]」と書いた。だが、ジュリアス・ノーヴィックはかんかんに怒った、「シェルバン氏は戯曲から、しばしば上演を覆っている、うだるように熱いロシアの闇を取りのぞいたが、また戯曲からその感情と意味のほとんどをも取りのぞいたのだ[57]」。

現在までのところ、ほとんどの批評家はナイチンゲールに賛成で、シェルバンは「チェーホフを正しく演《や》らなかったと考えているようだ。おそらくは批評に苦しめられて、シェルバンはニューヨークの舞台の演出から手を引いた。ブルースタインは、「想像力を働かせる勇気をもった」演出家たちが、敵意をもった保守的なジャーナリズムによって劇場から追い払われていることを残念がった。

合意を求めようとする現在の激しい感情が、なぜシェルバンの論議を呼んだ演出がこれほどまでに激しい反応を引き起こすのかを説明してくれるかもしれない。そうした激しい感情が起こるからには、公認された戯曲の解釈があるのだと思う。……

『ワーニャ』をめぐる騒動は、分析的な知性と演出する想像力との間に、伝統的な気まずさがあることを反映している。演劇が絶対のものでも、不変で凍りついたものでもなく、むしろ絶えることなく推移し、変化する状態にあるのだから、それゆえ作者の意図だとか、「決定的な演出」だとかいう固定化した考え方は必要ではないのだということを認めるために、戯曲はどんな向こうみずで狂気じみた解釈をも許すのだとは考えなくてもいいのである[58]。

ブルースタインは、偉大な戯曲というものは「極端な忠誠心によってと同じく、過剰な尊敬心によっても」[59]冒瀆されうるのだと述べている。だが、チェーホフの作品をさらなる「冒瀆」から守るために、ニューヨークの演劇批評家たちの強力なマフィアは、アンドレイ・シェルバンの「生意気な」実験を抑えこむ方へ動いたのだった。

上演記録

アメリカにおけるシェルバンの演出

『桜の園』、ニューヨーク・リンカーン・センターのヴィヴィアン・ボーモント劇場でのニューヨーク・シェイクスピア・フェスティヴァルで。初演、一九七七年二月十七日。

『かもめ』、ニューヨークのパブリック劇場でのニューヨーク・シェイクスピア・フェスティヴァルで。初演、一九八〇年十一月十一日。

『三人姉妹』、マサチューセッツ州ケンブリッジのアメリカン・レパートリー劇場。初演、一九八二年十二月一日。

『ワーニャ伯父さん』、ニューヨークのラ・ママ・アネックス（別館）。初演、一九八三年九月十一日。

シェルバン演出『桜の園』第３幕（1977年）

第8章　ウースター・グループ――『ブレイス・アップ（しっかりしろ）！』

エリザベス・ルコントに率いられたウースター・グループは、一種の演劇的なショック集団で、古典戯曲に奇襲をかけ、素材を新しい思いがけぬ方法で再利用する。たとえば、劇団の一九八四年の作品『L・S・D』はアーサー・ミラーの戯曲『るつぼ』から取った長い抜粋を組みこんでいる。ルコントは、自分の意図は戯曲を演出したり、解釈したりすることではなく、戯曲を「歴史的、演劇的な記録[1]」として検証することだ、と主張した。作品は、ミラーの戯曲を下で支えているいくつかの思想と価値に異議を唱えた。たとえば、黒人の召使ティチューバの性格描写は、いまでは時代遅れの文化的ステロタイプに見える、「十七世紀の奴隷というよりは、五〇年代のテレビ・コマーシャルのジェミナおばさんのようなのだ[2]」。『L・S・D』では、この登場人物はミンストレルのような顔を黒塗りにした白人俳優によって演じられて、直ちにステロタイプに異議が唱えられ、土台が削り取られた。したがって、劇団は古典戯曲を、あたかもその中に普遍的な「真実」がふくまれているもの、犯してはならないものとして、敬意を持って扱ったのではなく、作品を尋問と解体という形式に従わせたのだった。劇団は戯曲を永遠の傑作というよりも、むしろ何かその時代（一九五〇年代）の産物と関係があるものと見なした。劇団は、ミラーの作品を「解釈したり」、作者の意図に「忠実で」あろうとしたりはしていなかった。むしろ、「戯曲」は侵略され、占領される場所のようだった。劇団はその上演を廃墟の上にうち立てたのだった。[3]ルコントは戯曲を「解釈する」という考え方に反対する。「私は、戯曲を解釈するよう教えこまれているのは、ふつう伝統的な演出家だと思うし、その一方で私は誰か他の人の戯曲を使っているときですら、自分自身の戯曲を創っている」[4]。言いかえれば、彼女は、結局、「上演の作家」なのだ。彼女はこう述べている。

私は戯曲を選ぶとき、ある意味行き当たりばったりだ。どんな戯曲でも使えると思う。……私は、この部屋の中で何かを採り上げて、『L・S・D』と同じ完成された作品を創ることができる。この場で、小道具を三つ採り上げられる。あの絵の裏側に印刷されているもの、この本、それからこの紙の束の中にあるものを何でも。それで、それ自体で意味のある何かを創る。ちょうどそれが、私が階下の上演スペースで組み立てたものに他ならない。[5]

したがって、重要なのは「テキスト」ではなくて、テキストが用いられる方法なのだ。「作者の意図」は考慮すらされない。
ウースター・グループの上演は何カ月もかけて創られる。それは、ほとんど連想というプロセスによって生まれてきて、さまざまな考えと「テキスト」が織りあわされたものだ。その他、活字資料から取った抜粋、映像の切り抜き、音楽の断片、などなどが上演台本に挿入され、つけ加えられる。

（「われわれの作品はすべて、作品の中で生じてくる問題点の周りにテキストを集めることで作られている」[6]。これらの「断片」はほとんど恣意的に選ばれているように思える。「コラージュ作家のように、ルコントはたまたま見つけた物や断片を採り上げると、固定化された意味をもっていない場面に入れこみ、他の断片に対置するのである」。彼女はそれを、「手ににぎった豆を空中に投げ上げるような、偶然の作品だ」と述べている[7]。

劇団は、そのどの作品に対しても、単一の固定化した意味というものに抵抗する。一九九四年に死去するまでグループにいた俳優ロン・ヴォーターは、「たった一つの方法で解釈されうる出来事は、可能性を抑え、制限する。われわれが、わざと作品を言葉に表さないものにしようとしていた、というのではない。まったく反対だ。私はしばしば作品を、単一の意味の表現というよりもむしろ、意味を求める機会だと見ている」[8]と述べた。したがって、ウースター・グループの作品はどれも、テキストの「多様性」、可能な意味と解釈の「多様性」をふくんでいるのだ。観客は、彼ないし彼女自身の意味を「断片」のコラージュから組み立てるよう任されている。

ブレイス・アップ（しっかりしろ）！

『三人姉妹』は二十世紀の最初の年に書かれたが、十九世紀の「リアリズム」演劇の偉大なお手本として規範になった。現代のわれわれにとって、中心となる問題は、そのほぼ百年後のリアリズムが撤退しつつある演劇において、この戯曲がいかなる存在意義を持ちうるのか、ということだ。私の考えでは、『ブレイス・アップ（しっかりしろ）！』は一つのすばらしい回答である[9]。

『しっかりしろ！』（一九九一年）は、ウースター・グループによるチェーホフの『三人姉妹』への攻撃である。戯曲はほとんど行き当たりばったりで選ばれたかに思える。ルコントは、この戯曲を実際に読んだことがなかったと言っていた。この戯曲を提案したのはヴォーターで、ただ単にこの戯曲が「劇団と接点を持っていて……配役が簡単だった(10)」からというだけで承認されたのだった。

舞台装置は長方形のプラットフォームで、何本かのマイクとテレビモニターをのぞけば、ほとんどむき出しだった。上演が始まると、ナレーターが戯曲の最初からト書きを読み上げた。「プローゾロフ家の邸内。数本の円柱が並ぶ客間……」（もちろん、舞台装置は全然そのようではない。）（ケイト・ヴォーク演じる）ナレーターは、登場人物たちを紹介し、それらの役を演じている俳優たちをも（「オリガ役のペイトン・スミス」などなど）紹介して、俳優たちの最初の台詞のきっかけを出した。「オリガ、あなたのお父さんが亡くなったときの天候はどんなでしたか」と彼女は、まるでテレビのドキュメンタリー番組でインタヴューしているかのように、たずねた。オリガは「とっても寒くて、雪が降っていた」と答えた。それからヴォークはイリーナに、「君が行きたいと言っていたのは、どこだったっけ」とたずねた。「モスクワ」とイリーナは答えた。観客は笑った。ヴォークは「ああ、あれが食堂で笑っている人たちなんだ」と言った。

姉妹を演じていた俳優たちは、登場人物よりもかなり年上だった。イリーナを演じていたのは、七十四歳になるベアトリス・ロスだった。ルコントは、その決定はいい加減だったと述べている、「おかしなことですが、私は歳のことは考えませんでした。私がいちばん関心があったのは女優の個性で、それが登場人物に合っているかどうかでした。私はベアトリス・ロスの雰囲気、個性の雰囲気に関心があったのです」[11]。だが、ある当然の結果が起こった。舞台美術家のジム・クレイバーは、「リズが三人姉妹の配役で、年齢に合わせないことを考え始めたあと、彼女はそれをほとんど病院的発想だと語ったのだ。相当に高齢だという感じ、ほとんど病気だという感じがあって、三人姉妹がほとんど物として扱われるかもしれないという感じがあった」[12]と回想している。姉妹は実際、ときどき車椅子で生活していた。俳優たちの年齢は、登場人物たちを「リアリスティック」に表現しようとする努力をしないことを認めさせた。明らかに、この配役は皮肉な、喜劇的ですらあることをも重視していた。姉妹は、その潑剌とした希望と夢がとびださんばかりの若人ではなかった。むしろ、それはまるで三人姉妹が、モスクワへ行くというかなわぬ夢を何年間も引き延ばされてきたかのようだった。彼女たちは待っているうちに歳をとったのだ。だから、チェーホフの戯曲の基本テーマはひっくり返され、パロディ化されさえした。(同じように、イリーナが働く必要について語ると、その台詞は七十四歳の車椅子の女性の口から発せられる、何か不条理なものに思われた。)

作品は、戯曲まるごとの上演というよりも、むしろほとんど「リーディング」、あるいは通し稽古として上演された。ナレーターを用いたことは、すぐに、上演が反自然主義的であり、一種の「反演劇」であるとさえ認められた。わざとうちとけた見かけ、アマチュアっぽささえあった。裏方たちが舞台の両側に座っていて、求めに応じて気軽に俳優に小道具を渡しては、誰も台詞を覚えていないとぶつぶつ不平をもらした。「まちがい」が意図的に組みこまれていた。ヴォークは、「マーシャ役の女優がまだ来ていないので」と謝ったりした。彼女は俳優が台詞をまちがうと、それを訂正した。こうした戦略の裏にあった意図は、演劇的なイリュージョンを妨害、もしくは否定すること、そして上演自体が仕上げられ、完成されたものというよりも、何か未完成の、不安定な、即興で演じられたものだという感じを創りだすことだった。

作品は実際、柔軟な構造をもっていて、上演中の変更が可能だった。たとえば、ある俳優が他の用事のためにいなくなると、ヴォークは率直にどんな用事かを告げることができた。（ソリョーヌィを演じたマイケル・スタムの姿がいっとき見えなくなると、ヴォークは彼が「ちょっと休暇で」いなくなった、それで「彼が言うはずだったのですが、テレビの音を大きくしましょう」と観客に告げた。）しかし、これは結局、本当の「ライヴ」な出来事、自然に展開する出来事ではなかった。中に割って入ってくるのを別にすれば、自発性という「イリュージョン」を創りだしたまちがいでさえも、準備され稽古されていたのだ。もちろん、これはそれ自体では非常に「ポストモダン」なアイロニーの形式だと見なされるだろう。

「日本」

『しっかりしろ！』に取りかかる前から、ルコントはすでに日本の演劇と文化に関心を抱いていた。事実、作品の基本的発想は、ある日本の巡業劇団のドキュメンタリー映画を見たことから生まれていた。（演出助手の）マリアン・ウィームズによれば、ルコントの最初の考えは次のようなものだった。

チェーホフを上演している日本の劇団がある。ニューヨークの真ん中にある、火災で全焼したホテルの中に、この巡業劇団がいて、彼らはこの『三人姉妹』なのかもしれないし、そうでないかもしれない西洋の古典を上演している。それで、われわれはこの集団の生活を作り出す必要がある。それが作品の枠組だ。[13]

稽古で、劇団はサムライ映画や能や狂言のビデオもふくめて、広い範囲で日本的な素材を調査した。だが、日本的な上演「スタイル」を吸収しようとしたのではなかった。むしろ、ただ単に、作品に異なる趣向や演劇の約束事を「利用し」たり、「引用し」たりした。これらの趣向は、西洋の「リアリスティック」な古典戯曲に応用すると、その場にそぐわないように思われたし、上演における「リアリズム」のイリュージョンを妨害したり、否定したりするように思われた。[14]

上演を通じて姿を見せる裏方たちは、十六、十七世紀の日本演劇の「プロセニアムの召使」あるいはクロンボ（黒衣）を思い起こさせた。舞台装置には日本的な要素が組みこまれた。舞台の一方の側に（能舞台のように）ランプ（傾斜路）があって、俳優たちが時間をかけて登場できるようにした。第一幕で、チェブトゥイキンがサモワール（ここでは実際にはコーヒー沸かし）を持って登場するとき、彼は一方の傾斜路を非常にゆっくりと出てきた。言いかえれば、俳優がドアを開けて戸外から入ってくるふりをするのを見るかわりに、われわれは様式化された、あるいは慣習化された舞台への登場を見たのだ。俳優が一定のところまでくると、彼の登場は、「これまた能のもう一つの要素である『ウーオー』という声を出す人々の合唱によって[15]」特徴づけられた。

衣裳は折衷的に混ぜ合わされたもので、まるで劇場の衣裳カゴから好き勝手に取り出したかのようだった。オリガは幅広の紫のベルトを帯のように背中に蝶結びにしめ、マーシャの衣裳は着物のようだった。だが、ソリョーヌィは一九五〇年代スタイルの縞のシャツを着、黒のウィンドサーフィン・ブーツをはいていた。したがって、戯曲の「世界」は「ロシア的」ではなく、「日本的」でも「アメリカ的」でもなかった。それはさまざまな文化を、行き当たりばったり集めたようなパッチワークだった。戯曲の実際の歴史的な時代を再現しようとはしていなかったのだ。チェブトゥイキンがサモワールのかわりにコーヒー沸かしをプレゼントしたとき、それは歴史的な正確さを望んで、ロシア人の生活の「リアリスティックな」描写を提供しようと努める上演を犠牲にした、悪ふざけのように思えた。(もちろん、サモワールは演劇におけるチェーホフの、ほとんど一つの象徴になっていた。)

ウースター・グループが仕事の前提にしていることの一つに、舞台で起こっていることを「強めるか、反対する何ものかをつねに持つこと」というのがある。すなわち、台本に並行し、しばしば皮肉に批評することだ。(16)『しっかりしろ!』では、劇団は人気のある映画からとった抜粋を組みこみ、それをテレビ・モニターに映したのだ。それはチェーホフ劇には予期しえない、場違いなものだった。実際、映像の抜粋の選び方はしばしばきわめてふざけたもので、その結果、戯曲の真面目さと、ふつう戯曲に払われている「敬意」を傷つけるものだった。たとえば、ソリョーヌィが登場するときは、いつもモニターには『ゴジラ』の断片が映し出された。これは、彼を安物ホラー映画で暴れる怪物になぞらえることで、「からかった」のだ。同じように、映画『ハーヴェイ・ガールズ』から取った「火事」の場面が第三幕の初めに使われ、この場面を俗悪なハリウッド映画のメロドラマと対比させることで、戯曲の真剣さを傷つけたのだった。だが、ときどきは抜粋の選び方はきわめていい加減で、意味がないように思われた。それらはまるで、戯曲の「文脈《コンテキスト》」に直接の関係をまったくもたない、意図的な意味をまったくもたない、「たまたま見つけたもの」にすぎないかのようだった。たとえば、あるところで、サムライ映画から取った一場面が音声なしのスローモーションで映しだされたが、そのあいだヴォークは日本人の声を真似てサウンド・トラックを作っていたのだった。

音響効果はわざと非リアリスティックにされていた。ある場面で、ヴォークはウォッカを飲んだが、飲むたびにグラスを床にたたきつけて割るしぐさをした。彼女がこのしぐさをするたびに、グラスが割れる音響効果がくり返された。そして、まるで偶然そうなったかのように、彼女がグラスをたたきつけて割るしぐさをする前に、音響がひびいたのだ。ヴォークはあたかも、「君のミスだぜ、私のミスじゃない……」と言っているかのように、非難がましく音響ブースを見た。したがって、演劇におけるリアリスティックな音響という「約束事」の正体がバラされたのだった。

第二幕から取った断片にもとづいたある場面では、イメージと音響群が台本にあるキーワード、風、雪、冬などを反響させるように用いられた。たとえば、「風の音をまねたニューエイジのサウンド・トラックが流され、その間、激しい雪嵐の中を歩いていく男の一場面がテレビ・モニター画面に行き当たりばったりに映し出された(17)」。あるところでは、(スタム演じる)ソリョーヌィがギターを抱えて前へ出てきて、「風に吹かれて」を歌った。だから、この一続きの場面は、ほとんど「チェーホフ的な」音響効果のパロディだったのだ。何一つ「雰囲気」は創りだされなかった。むしろ、さまざまな「テキスト」(「ニューエイジ」の音楽とか、ボブ・ディランの歌とか)のふざけた混合物が、またも、ふつうは「古典の」戯曲の上演を取り囲んでいる神聖な敬意という空気を台なしにしていたのである。

だから、これはガラクタと断片からなるチェーホフ、偶然いっしょくたにされたように見える、イメージと「テキスト」のモンタージュだった。そもそも、作品のタイトル『しっかりしろ！』自体が好き勝手につけられたように思われる。劇団は次のような事実に「困惑させられ、また興味をそそられたのだ。つまり、多くの日本映画では、しばしばサムライである主人公が敵に打ち負かされると、主人公が倒れているところへ門弟が駆けつけ、深い悲しみにひたって、長たらしい台詞を言うのだが、いつもたった二語『しっかりしろ！』に翻訳されるのだ」。[18]このタイトルは、悲しげで打ち負かされた者というチェーホフの登場人物たちについての伝統的なイメージに、皮肉に言及していると言えるだろう。まるで、彼らをちょっと元気づけようとしているかのごとく。しかし、劇団はこのタイトルを説明しなかったし、観客がその「意味」に悩まされるままにした。あるいは、事実そこに「意味」など何もなかったとしたら、どうだろう。

「機能的な」演技

『しっかりしろ！』は、百年にわたる『三人姉妹』の台本から、スタニスラフスキーの伝統を取り除き、スタニスラフスキーの「生きられた感情」に頼らずに、その感情的真実を見つけようとする、エリザベス・ルコントの試みなのだ。[19]

『しっかりしろ！』のあるところで、ヴォークはある女優に、彼女が演じている登場人物についてある質問をした。彼女は、「私は登場人物に働きかけていません」と答えた。

ルコントはスタニスラフスキー的な意味での「演技」を拒否する。俳優は登場人物に「なろう」としたり、登場人物の体験を「生きよう」としたりするべきではないのだ。この劇団の作品における支配的な演技のスタイルは表示的、登場人物に「なったり」、「生きたり」するよりも、むしろ表示するのだ。ウィレム・ダフォーは『L・S・D』で主役のジョン・プロクターを演じたが、彼は次のように述べている。「もし誰かが、私に登場人物のプロクターについてたずねても、私は彼のことを一言も話せないだろう」[20]。したがって、完全なスタニスラフスキー流の演技方法、登場人物の生活全体という感覚を作り上げる方法は拒否されたのだ。そのかわり、ダフォーは技術的なレベルでいかに演技するかに焦点を当てた。

ジョン・プロクターのことは一切考えない。考えるのは、ある台詞の効果がどんなものであるべきなのか、あるいはある部分の効果がどんなものであるべきなのかだ。私は、「ここで、お前はもうちょっとリラックスすべきじゃないか、なぜってお前はもっと軽快な感じがしているはずだし、ここではいいやつであるべきだからな。この場面じゃ、彼はいい加減でいい。ここじゃ、彼は分かっているんだ」と反応するんだ。本当であるふりをすることはないし、一切変身はないんだ……[21]

ルコントは俳優たちに、「自分自身を関わらせて、なぜなら、あなたの役とあなた自身の間には何のちがいもないんだから」と言う[22]。演技は「登場人物」の周りにではなく、俳優個々人の個性の周りに組み立てられる。俳優は、俳優自身のペルソナ（人格）の解釈を、彼ら自身の「人格化」を見せるのだ。（ダフォーが言うように）現実生活では、ロン・ヴォーターは「堅苦しくて、おせっかいなほう」だったので、彼はこういった種類の役を振られがちだった。（『L・S・D』では、彼はパリス牧師の役を演じたし、『三人姉妹』ではヴェルシーニン役を演じた。）これではまるで、ウースター・グループは決まりきったレパートリーを上演する劇団で、個々の俳優たちは彼もしくは彼女自身の「タイプ」を、または演劇的なエンプロイ（役柄）を持っているかのようだ。ダフォーは言う。

演劇作品を作るとき、われわれは（演技者が）何が得意か、あるいはどう読むかに、ある程度合わせる。彼らは機能を持っているので、お互いを俳優として扱っているようではないし、この変身がなければならないようでもない。われわれはロンが台本に持ちこみ、それにはっきりした形を与えることを表現するだけだ。それはまちがいなく、われわれがロンを知っているから、彼が彼自身を世界へ示してみせるから、彼から生じてくる。したがって、もちろんのこと、それにはっきりした形を与えると、上演においてパブリックなものになって、もう少し注目を浴びることになる。それは、ロンがただ彼そのままだということではなく、彼が持っている諸性質を演じている登場人物が帯びるということで、彼はその諸性質をある程度強めて、この構造の中へ入れるということなのだ。[23]

ルコントは、さまざまな種類の訓練を受けてきた、また、「舞台の上で演じるさまざまな方法を身につけている」演技者たちと仕事をしているのだから、「彼らはみんなひとしくすばらしい。私はある人を他の人より評価するということをしない、演技を評価し、舞台を評価する」[24]とはっきり述べた。

彼女は個々の俳優が示さなければならないものを引き出すのだ。

　私はとても多くの層の演技スタイルを用いる。……私は、演技者がいちばん生き生きとしている、演技者がそこにいることがリアルだと感じる場所を見つけることだけに関心がある。(25)

だが、この明らかな折衷主義《エクレクティシズム》にもかかわらず、ルコントの演出にはある支配的な傾向があることがはっきりしていて、それは演技に対する「外面的な」方法のために「内面的な」ものを拒否することだ。稽古では、彼女は一連の「課題」を発展させることに集中するのだが、それを俳優はあとでまったくの技術的なレベルで演じるのだ。

　私は俳優たちに、「あなたがたは観客に示すべき情報を持っていて、その情報をはっきりと知らせる責任がある」と言う。それが俳優たちに、ある精神的な課題を与えていて、それで彼らは人格的なことがらを感情的に色づけせずにやりとげることができる。しばしば、演技者がテキストを飾ったり、テキストが感情的に感じられることを説明したりしようとするとき、俳優が舞台上で本当にやっていることと、テキストが語っていることとの間に衝突が生じる。(26)

　事実、ルコントは、アメリカのメソッド俳優たちの間に、必死に感情を求め、そして「テキストが感情的に感じられることを説明し」ようとする傾向があることに対して反発しているように見受けられる。稽古で、彼女は「機能的な登場」とか、「実用的な退場」とかいった用語を用いるのだが、それは「演技者が単純な課題を行いながら、高められたレベルの感情（刺激を受けたものか、あるいはリアルな）を押しださせない」ためなのだ。

だれであれ何らかの部分を感情でいっぱいにするのを、私が望んでいないことを、みんな気づいてくれなければ。私が望んでいるのは、あなたが空間の中にいることでその部分を満たしてくれることだ。あなたは、あなたのままでいてほしいのだ。私は身体的な行動を求めているのであって、感情ではない。感情は描写全体で与えられるだろう。泣くのは行動であって、感情ではない。声や感情を操作しないでほしい。もし上演が退屈だったら、退屈なままにしておけばいい。(27)

ルコントは、俳優に感情を体験してほしくないのだ。彼女が望んでいるのは、「描写全体」を通して感情が観客に「与えられる」ことだ。『L・S・D』のあるところで、ダフォーが涙を流しているふりをするために、顔にグリセリンを塗っているのが見えた。つまり、俳優はそれを実際に体験するというよりも、むしろ感情をただ単に「表示した」のだ。感情は観客に「与えられた」のだ。しかし、同時にわれわれの注意は涙が「本物で」はなく、単に演劇的な約束事だったという事実に引きつけられた。

『しっかりしろ！』の稽古のあるところで、劇団はスタニスラフスキーの『三人姉妹』の演出台本を見て、彼の舞台指示をいくつか試してみた。ウィームズが意見を述べている。

そのうちのいくつかは馬鹿げているし、いくつかは興味をそそられると思った。……もちろん、スタニスラフスキーの方法は取り組むには大仕事だったから、愉快なことがたくさんあった。けれども、リズ（ルコント）とスタニスラフスキーにはいくつか共通していることがある。リズはディテイルに非常にこだわる。スタニスラフスキーと同じように、彼女は台本の一語一語に動作か身ぶりを創りだす。スタニスラフスキーはそれを心理的な観点から行うのに対して、リズの観点は正反対だ。事実、ウースター・グループはスタニスラフスキーの演出に挑戦している[28]。

稽古で、ルコントは「心理的ではないある種の抽象的な言語や動作を見つける」ために、課題や身体的な行動に焦点を当てる。「たとえば、彼女は一定程度の時間で仕上げるような課題、枕や懐中電灯をさがすといった課題を、俳優に与えることがある。要するに、これは、リズが俳優たちを夢中にさせている間に、台本を検討する一つの手なのだ[29]」。こうした課題は俳優の「気をそらさせ」、注意を引きつけ、そして、彼らを「空間の中に存在させる」。このことは、スタニスラフスキーが特にチェーホフ作品の演出において、身体的な課題を強調したことを思い出させるが、これは俳優の精神の集中と緩和に役立ったのだった。だが、ルコントは心理的な動機づけの一切ない課題で演出をし、しばしば課題は台本とまったく無関係なのだ。だから、『しっかりしろ！』で、チェブトゥイキンがイリーナにプレゼントするためにコーヒー沸かしを持って登場したとき、俳優たちはナレーターのケイト・ヴォークと「ゲーム」をしていたのだった。「もし彼女が動けば、彼らは動けるし、もし彼女が止まれば、彼らはじっと立っていなければならない。そして、これが本当に美しい踊りになったのだ」[30]。だが、この「踊り」は戯曲中の状況に一切無関係で、そのためだけに行われた。これは、混乱、意味もなく演じられた行動という、奇妙な感覚を創りだした。

ジョン・ハロップは、スタニスラフスキーが俳優に、台本を「行動のための地図」として見るように手助けした、と述べたことがある。

スタニスラフスキーにとって、俳優のプロセスは、戯曲全体の行動について明らかな感覚をつかむための台本の入念な理解と分析に基づいていた。……俳優は、台本が、彼ないし彼女の登場人物の本質について、身体的、状況的、感情的な本質について与えたあらゆる情報を集めて、登場人物の身体的、心理的な輪郭を創りだすことだろう……[31]

だが、ウースター・グループの作品では、「テキスト」はもはや地図ではない。むしろ、振りつけられた動作の「スコア」が演技者の従うべき地図となる。演技は、「空間における造形的な形式」の芸術だと見なされる。「確かな身体的スコアの創造」が、「個人の感情」の上にくる[32]。結局、演技者は単なる「実演芸術家」であるにすぎない。

『しっかりしろ!』では、登場人物の発展とか、連続性といった感覚はまったくなかった。そのかわり、俳優たちはただ単に一連の分離された課題を演じたのである。アルフレッド・ノードマンは、「集中と注目の瞬間が、俳優またはエピソードの周りに組み立てられるかもしれないが、これらの瞬間はすぐに分解されて、他の印象にとってかわる」と述べた。[33] 俳優たちは、まったくの技術的なレベルで自分の台詞を語るという、音声の課題を与えられた。たとえば、与えられた時間の間に台詞を言い終えることだ。台詞はしばしば、単調なパッとしない声で、まるで「演じた」とか、「解釈した」とかいうよりも、むしろただ単に声に出して読んだとでもいうように、語られた。さらに、台詞の「単調な」話し方は、「サブテキスト」、つまり言葉の下にある「内的生活」を探ろうとはしていなかったことをも意味した。実際、この俳優たちのグループは、ときどき、まるでその意味を一切考えずに、台詞をただ単に言っているだけのように思われた。たとえば、第一幕でヴェルシーニンが登場すると、彼はマイクに向かってこう言ったのだ。「こんにちは。やっとお宅にうかがうことができてうれしいです。ほんとうにうれしいです。……さてさて、大きくなられましたね」。だが、彼はそのコメントを姉妹にではなく、観客に話しかけたのだった。彼の無表情な声で、言葉にある感情が偽りであることが分かった。だから、彼がモスクワから来たと言ったとき、イリーナは彼を見もせず、ナレーターを見て、「モスクワからいらしたのですか」とたずねたのだった。これは台詞を、バラバラで、行き当たりばったりの、馬鹿げたものにした。「本当の」会話を聞いているという感覚がありえなかった。論理性と連続性が否定されていたのである。

『しっかりしろ！』における上演スタイルは、どっちを向いているのか分からなかった。それは、「外側の空間から劇団に出会ったよう」だった。[34] ほとんど「反演技」の形式のように思われた。演技における内面的な行動の否定は、われわれに、でたらめに演じられたように思える外面的な行動だけを、内的な深さのまったくない、うわべだけの上演を残したのだった。

ウースター・グループの作品における危険は、「古典のテキスト」が、占領されるべき場所であるよりも、パロディ化されるべき対象になりうるということだ。脱構築は簡単に寄せ集めに堕しうる。(『しっかりしろ!』では、それはまるで、「鼻もちならないニューヨークの知識人グループが偉大な古典を『からかい』始めた」かのようだった。[35]) 逆説的なことに、ウースター・グループの作品は「古典のテキスト」の地位を本当には突き崩していないのだ。テキストは実際に作品の中心にあるまだ。事実、劇団はポストモダニズムの混乱という海の上を漂いながら、慣習的な台本という「いかだ」にしがみつき、そばを通過していくその他のテキストや物といった浮き荷や投げ荷を集めまくる必要を感じているように思われる。

『しっかりしろ!』では、劇団はわれわれの期待と先入観をうまく利用し、チェーホフの戯曲についての一連の「皮肉な変奏曲」を提示してみせた。これは面白くもあり、楽しくもあるものかもしれない。チャールズ・マローウィッツが見たように、「人の魂と身体が」たえまなく「新奇で意外な刺激によって、焦らされ苦しめられたのだ[36]」。だが、結局、この作品は内容の伴わない形式の習作だった。

＊　＊　＊

一九五七年には早くも、ロバート・ルイスはアメリカのメソッドが外面的な表現手段を犠牲にして、内面的な研究を強調したことを認めていた。同様に、ゴードン・ロゴフは、「内的真実」崇拝が、「演劇芸術の反論しがたい外的真実を無視するための口実」になったと主張した。[37] メソッドの支配に対する反発は、新たな「身体的な」ものの強調、「過激な身体の再発見」へとつながったのである。[38]

メソッドは主として自然主義的な上演形式と結びつけられてきた。（これが、いかなる時代やいかなる演劇様式にとっても基礎となることを意図しているという、ストラスバーグの主張にもかかわらずに。）だから、メソッドに対する反発はまた、「新しい形式」の探究に、「自然主義的な真実と心理的な真実」と縁を切るための探究につながった。ウースター・グループのような劇団は、演劇形式の実験をしたのだが、「感情の真実」を止めたのだ。その結果は、いくつかの点で、「生活にとっては真実だが、形式の熟達の点では確かではない」芸術と、「形式は豊かだが内容は貧弱な」芸術との間の、今も続いているアメリカ演劇における裂け目なのである。

上演記録

『しっかりしろ！』、ウースター・グループ、ニューヨーク・パフォーミング・ガレージでの最初の稽古進行中（ワーク・イン・プログレス）の上演は、一九九〇年五月十〜十三日。シアトルでの公式の初演は、一九九一年三月二十一日。

ウースター・グループの『しっかりしろ！』(1991年)、イリーナ役ベアトリス・ロス（左端)、ナレーターのケイト・ヴォーク

第4部　イギリスのチェーホフ

第9章　シオドア・コミッサルジェフスキー

ロンドンにおけるチェーホフ戯曲の初演は、サンクト・ペテルブルグでの『かもめ』の初演に匹敵する大失敗だった。一九一一年のことで、劇作家ロドニー・エイクランドの回想するところによれば、ロンドン舞台協会の理事たちは、

イギリスの観客をアントン・チェーホフに引き合わせるいちばん幸運な方法として、『桜の園』の上演を決定したのだった。だが、いざ上演されると、イギリスの観客は紹介されるのを拒絶した。彼らは知りたくなかったのだ。彼らの態度はきわめて決然としていて、その反応は非常にはっきりしていた。彼らは背を向けると劇場を後にした。一人、二人、三人と、それからグループで、最後には大勢で席を立ち、だれもいなくなった。最後、上演の終わりに、哀れな老フィールスが舞台をよろめいて、ドアの取っ手に手をかけて、「行ってしまった」とうめかなければならないところで、この役を演じていた不運な俳優は、この台詞がフットライトの向こう側にこそ当てはまったことに突然気づいた。みんないなくなってしまった。座席の列、また列が見えるだけで、イヴニング・ドレスを着た客などだれも座っていなかったのだ。(1)

舞台協会にチェーホフをやってみてはどうかと提案したのは、バーナード・ショーだった。[2] ほんの数回稽古されただけで、二回だけ上演されたのだった。協会の財源は限られていて、上演はどうしても一時しのぎのものになった。舞台装置は、「どうやら嫌々集められた」[3] もので、衣裳はお粗末なしろものだった。「これがどんな作品なのか、よく分かっているような」俳優は一人もいなかった、と（シメオーノフ＝ピーシチックを演じた）ナイジェル・プレイフェアは後年そう回想している。[4] 観客は、この奇妙な戯曲で「知性を侮辱された」ように感じたのだ。そうでなければ、「からかわれていた」[5] と感じたのだった。

実際、大英帝国の観客にチェーホフが受け入れられるようになることは、決してあるまいと思われた。あとで他の舞台協会もチェーホフ劇を手がけたが、ほとんど成功しなかった。その後、一九二五年に、J・B・フェイガンがオックスフォード・プレイハウスで『桜の園』を演出し、ジョン・ギールグッドがトロフィーモフを演じた。ギールグッドの回想によれば、劇団はたった一週間稽古しただけだった。「私は戯曲がまったく分からなかったし、演出家にそれを説明する時間がまったくなかった」[6]。当然、その結果は「どこかぎこちなくて、おずおずした」[7] ものだった。それにもかかわらず、（その当時、ハンマースミスのリリック劇場の支配人をしていた）ナイジェル・プレイフェアがその上演を観て、これをロンドンで上演することにした。初日は好評に迎えられた。事実、客席から「作者を！」と呼ぶ声すら上がったのだ。だが、批評は敵意のこもったものだった。観客には気の毒なことに、プレイフェアは慌てて上演を打ち切ることにした。だが、ジェイムズ・アゲイトが窮地を救ってくれた。彼はラジオ局に行くと、リスナーにハンマースミスへ「すぐ行く[8]」よう、熱心にすすめたのだ。プレイフェアは正反対の上演評を載せたポスターを作成した。「不滅の傑作」(アゲイト)、「独りよがりのたわごと」(ヘイスティングス)[9]。興行は大入りになり、ロイヤルティ劇場へ移され、一夏中上演された。チェーホフが突然「出現」したのだった。

ハンマースミスでの『桜の園』の成功のあと、「ほとんど注目もされず、評判も良くなかった二流の興行主(彼の名はフィリップ・リッジウェイと言った)が、びっくりするような前代未聞の事業を始めた。それが『チェーホフ戯曲シーズン』にほかならない。一つの戯曲だけではなく、次々に戯曲を上演するシーズンである[10]」。第一作はA・E・フィルマー演出による『かもめ』だった。それは惨憺たる事件だった。(「絶望の波また波が舞台から流れ出てきて、観客を水浸しにし、やがて沈没させた[11]。」)次の作品では、リッジウェイは演出家を交代させた。シオドア・コミッサルジェフスキーは、一九二五年十二月に舞台協会のために『イワーノフ』を演出し、歓呼の声に迎えられた。リッジウェイは、彼にチェーホフ・シーズンの残りの作品を依頼した。(リッジウェイがコミッサルジェフスキーを選んだのは、彼が「チェーホフと同じく、ロシア人名前の知識人だと思われたからだろう」とギールグッドは言う[12]。)『イワーノフ』が再演され、続いて『ワーニャ伯父さん』と『三人姉妹』が、最後に『桜の園』が上演された。これらの上演は、最近郊外の映画館に改装された、バーンズ劇場においてだった。舞台協会による『桜の園』の大失敗からちょうど十五年後、ロンドン中から人々がチェーホフを観るためにバーンズに集まってきて、小さな劇場をいっぱいにした。

コミッサルジェフスキー(あるいは、彼が呼ばれていたように「コミス」)がロンドンにやって来たのは、一九一九年のことだった。彼は有名なロシアの女優ヴェーラ・コミッサルジェフスカヤ（『かもめ』のペテルブルグ初演でニーナ役を演じた）の異母弟だった。[13] 彼が演出家になったのは、一九〇六年、サンクト・ペテルブルグにあった姉の劇場においてで、その後、モスクワのネズロービン・ドラマ劇場、ボリショイ劇場、マールィ劇場で仕事をした。彼はまた自分のスタジオと学校をも設立した。ショーは彼のことを「ヨーロッパ最高の演出家[14]」と呼んだ。彼は「すばらしい人だった」とアンソニー・クエイルは回想している、「演出家であるだけでなく、設計家でデザイナーでもあった」。彼は、自分の作品を照明まで自分で設計した。「彼の設計は、完全で申し分がなかった[15]」。コミス自身が、彼の著『私と演劇』の中で、「総合演劇」、つまり総合芸術（ゲザームトクンストヴェルク）の一形態について論じているが、この演劇では舞台装置、演技、ミザン・セーヌの諸要素が統合的に一体化されていた。「総合演劇の舞台に用いられた全芸術は、同一の感情と思想を観客に同時に伝えるべきである[16]」。この一貫性と統合を、彼はチェーホフ劇に目ざしたのだった。

　ロンドンのバーンズ劇場における、私の演出による『三人姉妹』の大成功は、大部分、私がチェーホフの内的な意味を伝える方法を発展させ、戯曲の「音楽」のリズムを俳優の動きのリズムと混ぜ合わせ、照明と外的なさまざまな「効果」によってアクセントを加えたという事実によるものだった。もし、この統合が完全に調和が取れていなかったら、上演は観客にとって薄っぺらで意味のないものにさえ思われたかもしれない。実際、大多数の俳優が最終的な結果に気がつくまで、統合は稽古中に行われたのだ[17]。

コミスは、ロシアではチェーホフを上演したことがなかった。だが、彼はモスクワ芸術座の上演を観たことがあって、それに影響を受けていたことは明らかだ。「私は決して忘れることはないだろう」と彼は書いている、スタニスラフスキー演出の『ワーニャ伯父さん』における、「満ちあふれる真実の雰囲気と、すべての俳優とすべてのものが完璧に調和がとれているという印象を」[18]。彼は、スタニスラフスキーが「感情のシンフォニー」を、ドイツ語で『スティムング』（気分）と呼ばれているものを、達成したのだと言った[19]。われわれもこれから見ていくように、コミスがチェーホフ戯曲を上演するにあたって、諸問題に見出した解決は、ある程度までスタニスラフスキーの解決と同じだった。（個人的にコミッサルジェフスキーを嫌っていたロドニー・エイクランドは、いくぶん辛辣に、彼はただ単にモスクワ芸術座の上演を模倣しただけだとほのめかした[20]。）

コミッサルジェフスキーとスタニスラフスキーの「システム」

コミスはイギリスの商業演劇をひどく嫌った。ロシアの新聞へ寄せたある手紙の中で、彼は、イギリス演劇はすべて「感傷的な陳腐さ」（ポーシュロスチ―ロシア語で陳腐な表現の意―訳者注）によって破滅させられている、と書いた。「現在、ここの演劇はもっとも忌まわしい商売です。……人々はもっとも馬鹿げて陳腐なレヴューやショーを、ミュージカル・コメディやミュージック・ホールを観に行きます。そこでは陳腐さと卑猥さが、ピューリタン的な感傷性でごまかされているのです」[21]。

ポーシュロスチはイギリスの演技にも影響をおよぼしていて、演技は「生気のない約束事の引き出し」[22]に堕していた。商業演劇の俳優たちはチーム・ワークには関心がなく、ただ自分自身の個性を示し、見せびらかすことだけに関心があった。バーンズ劇場で、コミスはもう一つの演劇モデルを、アンサンブルという考え方にもとづいた「優れた、熱意のある、生き生きとした俳優たちから成る常設劇団」、「演出家のアイディアを実際に示して」見せられる、「調和のとれたチーム」へと訓練されたモデルを、示して見せるチャンスを手に入れたと感じた[23]。

ロシアでは、コミスは自らをスタニスラフスキーの演技理論の反対者と位置づけていた。彼はスタニスラフスキーの「システム」に関する著書、『俳優の創造とスタニスラフスキーの理論』（一九一七年）を書いていた。彼は、スタニスラフスキーの『かもめ』の演出を賞賛し、演出家は「直観的に、インスピレーション」によってチェーホフを上演する方法を発見したのだ、と主張した。だが、コミスによれば、スタニスラフスキーがそのあとで「システム」を開発し始め、彼が以前は「何も考えずに」、無意識的に創造したものを科学的に分析しようとしたとき、彼は「完全にまちがった演技の理論的原則」にたどりついたのだった[24]。コミスは、「心理的自然主義」という形式を主張したとして、スタニスラフスキーを非難した。彼が言うには、「システム」は誤った推論にもとづいているのだ。俳優は舞台で自分自身を演じることだけができるのだと仮定すれば、彼ないし彼女が生活で体験した感情を表現することができるだけだということになる。これは、演技におけるいちばん大事な性質を無視している、とコミスは結論づけた。それは想像力の力である。

しかし、コミスは実際にスタニスラフスキーと一緒に仕事をしたことは一度もなかったので、彼の本はまったくうわさと憶測にもとづいたものだった。スタニスラフスキーは、彼の本の余白に、怒りをこめてコメントを書きこんだ。「嘘だ！　何と卑劣な！　私はまったく反対のことを言っているんだ！」。彼は特に、想像力の重要性を見くびったという、ほのめかしに激怒した。それは、俳優そして演出家としての彼の仕事の中心だったからだ。「何という恥ずべき中傷、理解の欠如だろう」。コミスはまた、「感情的記憶」を攻撃した。だが、スタニスラフスキーによれば、コミスは考え方全体を誤解していたのだ。出発点、そもそもの議論の土台がまちがっていたのだから、残りはただ無駄なだけだった。「私は本に書かれていることを全部線で消した(25)」。

逆説的なことに、コミスの演技に対する方法は、実際にはある程度まで、スタニスラフスキー的な原則にもとづいていた。スタニスラフスキーと同じように、彼は「舞台の因襲とあらゆる決まりきった形式と習慣、およびそれに関連した紋切型(26)」に強く反対したのだった。彼は、俳優に表現の外面的な形式を押しつけることは、空っぽの紋切型につながるだけなので、誤りだと信じていた。

俳優の「内面」、それを「魂」と呼ぼうが、「意識」と呼ぼうが、好きなように呼べばいいが、それは実に複雑で繊細な楽器なのだ。この楽器は舞台でもっとも重要なもので、きわめて敏感で注意深い演出家だけが、俳優の役についての考え方の新鮮さと彼自身の役の創造を傷つけることなく、その楽器に働きかけることができる(27)。

何よりもまず第一に、演出家は俳優に、戯曲の内的な生命を、それから内的な感情と登場人物の「内的な生活」を明らかに示してみせることができなければならない、と彼は言った。「私にとってもっとも重要なことは、……役の正しい体験だ。俳優の魂が稽古を通して変わっていけば、表現形式をはっきり正確につかむ能力もまた変わっていくのだ[28]」。

コミスは俳優たちに、登場人物の「背景にある全体」を、「さらにわれわれがそれを実際に見る瞬間」を知る必要があると強調した[29]。「人間の生活は、その間に中断などなく続いている」もので、したがって「舞台にいる俳優の演技も続いているものでなければならない[30]」と彼は書いている。つまり、「貫く線」がなければならないのだ。

コミスはまた、集中と緩和の重要性を強調し、舞台にいる俳優たちの間の交感を作りだそうとした（彼は、実際にはそういう用語は使わなかったけれど）。彼が言うには、俳優は「相手役の言うことを聞くことになっているときには、相手役に耳をかたむけ、彼のほうを向いて、実際に彼を見な[31]」ければならないのである。

コミスがイギリスに演劇の仕事をしにやって来たとき、彼はイギリスの俳優たちにスタニスラフスキーの「システム」の諸要素を伝える仲介者になった。コミスに演技のレッスンを受けたウォーレン・ジェンキンスは、コミスが「何かスタニスラフスキー流の演技の方法を持ちこんだ。彼はわれわれに、イギリスの俳優たちが慣れていたよりも、もっと深く登場人物の感情と内的な生活を探るよう励ました」と述べている[32]。クエイルは、「すべてが現実と人間関係の真実さをもって行われるべきだ。これこそが、彼が絶えず行っていたことだった」と論じている[33]。

「コミッサルジェフスキーと一緒に仕事をするまでは」とギールグッドは回想している、「私はいつもロマンティックかヒステリックな調子で見せびらかしていた[34]」。だが、今では、彼は「いかにして

役は、その内部から生きられるべきなのかを理解し始めた」のだった。コミスは、

巨大な影響力で私に、外面から演じてはならないこと、あからさまで人目を引く効果やわざとらしさをすぐに利用しないこと、自分自身をひけらかすよりもむしろ自分自身の中で観客も気づいていない登場人物になろうとすること、戯曲の雰囲気と登場人物の背景を自分のものにしようとすること、登場人物を外に向かって創りあげれば自然に生き生きとしてくることを教えてくれた。これは私が今まで考えたこともなかったことで、私には緊張を解く大事な練習だと思われた。……この緊張の緩和が優れた演技の秘密なのだ(35)。

彼は演じることを、つまり、「第四の壁」のうしろにいるかのように演じることを学んだ。チャールズ・モーガンは、コミスがチェーホフの演出において、「一種の処理の自然な誠実さ」をなしとげることができた、と書いている。「彼はどの俳優にも芝居がかった言動に溺れることを許さない。彼はいかなる種類の演劇性《シアトリカリティ》にも断固として反対する。だれもが舞台を気軽に歩きまわるという雰囲気を持っているのだ(36)」。ギールグッドはバーンズ劇団に加わって、『三人姉妹』でトゥーゼンバフを演じた。

私はブルームズベリーにあった誰かのアパートで行われた最初の稽古を覚えている。床に色チョークで途方にくれるような線が引いてあって、グループ分け、登場と退場、すべてがきちんと計画さ

れていた。最初、われわれは誰一人として、なぜこんなに複雑な動きのパターンに並びかえられているのか、想像することもできなかった(37)。

コミスの演出プランは、彼の演出台本《プロンプトブック》に残されている。われわれは、たとえば、第二幕の始めのために彼が作った「複雑な動きのパターン」を見ることができる。ナターシャが舞台前方右(下手)から登場する。彼女は舞台後方右へ、それから舞台前方左(上手)に移動して、中央にあるテーブルのところに座り、それから立ち上がって、舞台前方右(下手)から退場する。この同じ場面で、アンドレイは舞台後方左(上手)に登場し、舞台を横切って、舞台前方右に腰を下ろす。それから舞台を横切って、舞台前方左(上手)にあるもう一つの椅子に移る(38)。今日、コミスの演出プランを読むと、彼が取り入れた動きと行動があまりに多すぎるように思われるかもしれない。明らかに、初めは、配役たちは与えられた動きを理解することができなかった。だが、「スコア」は切れ目のない生活という感覚を舞台上に創りだすのに役立ったのだった。この振付によって、コミスは入念に「事細かな出入り、集合と分散」を捉え、そうして「社交場面のイリュージョンが完璧になる(39)」ようにした。『三人姉妹』の第一幕では、舞台にはベランダの格子細工を通して見える食堂が装置として置かれていた。最初の場面、オリガが独白を語る間、イリーナは食堂でいそがしく女中を手伝って、テーブルの準備をしていた。そのとき、同時に進行する行動を用いることで、日常生活の家事という感覚が創りだされた。このことがまた、俳優たちが絶えず役を「生きている」という感覚を創りだすのを助けた。(チェーホフ戯曲の「潜在的な統一」は、「その場面のすべての俳優と女優たちが途切れることなく生きていて、同時に演じ続けること」によってのみ達成されると主張したデズモンド・マカーシーは、「コミッサルジェフスキー氏のチェーホフ演出が比較を絶して成功しているのは、氏がこの同時性を強く主張しているからだ、と述べた」。(40))

だが、その演出は決して「思いつき」でもなければ、「行き当たりばったり」でもなかった。そのグループ分けは「完璧で」、「注意深く形が整えられて」いた。(41) タイムズ紙は、「たとえ型にはまったつまらぬことに見えようと、『三人姉妹』におけるグループ分けのすばらしい美しさは、明らかにチェーホフのもっとも詩的な戯曲の雰囲気に対する深い感受性のたまものだ」と書いた。(42) アゲイトは第三幕でのイリーナを、姉たちに腕をからませて突然ワッと泣き出したときの彼女を回想している。「この場面でのグループ分けはピラミッド型で、これは……正確なだけの作家によっては把握できないような、苦悩の効果を与える言葉の技術であると同時に視覚的な効果だった」。(43) ノーマン・マーシャルは、「コミッサルジェフスキーがバーンズの窮屈な劇場に創りだした舞台の美以上に、魅力的なものを私は演劇に見たことはなかった」と結論づけた。(44)

コミスは、戯曲の「感情的な内容」を表現するリズムを見つけられるような、「俳優たちの音楽的なアンサンブル」を求めた。(45) 彼は「あらゆる戯曲には、もっとも自然主義的な戯曲でも、その中に隠された音楽がある」と主張した。(46) 戯曲の「リズム」とは、「あるときはすばやく、あるときはゆっくりで、静かだったり、うるさかったりする、『内的な生活』の表現」だ。リズムを見つけることは、場面または役の「感情に触れる」ための方法だった。(47) (ウォーレン・ジェンキンスは、稽古のときに演出家がときどきピアノを弾くのを止めて、俳優たちに「これがその気分だ」と言ったことを回想している。)

コミスは、「彼が求めている演出がどういうものであるかを正確に知っていた。彼はテンポや解釈や、戯曲の正確な音楽的リズムを理解していた」。スタニスラフスキーと同じように、彼は間や、「事細かに稽古したタイミング」を多く用いた。実際、彼のお気に入りの言葉は「間」だった。彼は自分の演出を「対話と同じく沈黙にあってもはっきりと意味を持つように」組み立てることに決めていた。(48)(『かもめ』の第一幕での有名な「間」があるが、アレック・ギネスによれば、それは四分間続いたのだった。(49))

『三人姉妹』を批評して、ジョン・シャンドは次のように言っている。上演は「あらゆる音調の調節、あらゆる感情のニュアンスを、その適切な価にするのが可能な場所へと変えていた。個々のリズムの変化がそれほど完璧に決められていたため、心臓の鼓動で拍子が変えられた事実が分かる。個々の新しい場面は、それ自体で理にかなった新しい動きであり、しかも、その前と後の場面との関係や相違によって、もう一つの価値と美が与えられている」。アゲイトはコミスがその演出で、「視覚と音声の網の目」を創り出した方法に感嘆し、「それによって上演は編曲されたスコアになる。これは劇作家と演出家が対等の力を持った美である」(50)と賞賛した。さらに、スタニスラフスキーと同じように、コミスは間を雰囲気をかもし出す音響効果で満たした。(51)その例を『桜の園』の幕開きに取ろう。雰囲気をかもし出す照明、「ランプの灯りと月光が混じり合って白い壁にかかる。すでに夜明けのバラ色の色調が明るく輝いている」、これが音響の「奥様のお帰りを待っている眠そうな見張り番を起こす、遠くから聞こえる馬車の鈴の音」と結びつけられていた。(52)

舞台装置では、コミスはリアリズムよりも「気分」にはるかに関心があった。「やわらかで豊かで美しい、彼の照明はリアリスティックというよりも、むしろロマンティックで、美しく組み立てられたグループ分けとアンサンブルを強調するよう、彼は画家の腕前で、明るさと影、中間色を見事に用いていた(53)」。

コミスは自然な光源、舞台上のロウソクやランプの光、窓や開いた戸口から射しているように見える照明を好んで用いた。(「コミッサルジェフスキー氏は、一年の季節や一日の時間が分かるような、窓から射しこむ光を投げかける(54)。」)だが、これは「自然主義」が目的というよりも、「気分」を創りだすためだった。(ある批評家は、彼が「絵画的な効果を出すために風変わりな照明を使うことに取りつかれている」と不平をもらしさえした(55)。)だから、『ワーニャ伯父さん』(一九二一年)では、光がステンドグラスの窓を通して薄暗くなった舞台に射しこんでいた。その結果、「戯曲が包まれている黄昏の憂鬱な気分がほとんど目に見えるようにされて」いた(56)。

『三人姉妹』の第二幕では、寒々とした気分が照明によって呼び起こされた。光線が舞台奥の戸口から舞台に射していた。「どんなに美しく光景が行動を満たすか、見るとよい」と「H・H」は書いた。「台所(生活がその力を下ろした場所)からくる光が、マーシャと愛人が黄昏の中で互いの心の内を明かす部屋の中を、どのように照らし出すか(57)」。第三幕の終わり、オリガとイリーナが舞台奥の衝立のかげにあるベッドに退く。コミスの演出では、ここで、照明はほとんど表現主義的だった。「妹の激しい感情の洪水はまだ収まらず、最後のすすり泣きを聞きながら、ロウソクの灯りに照らしだされた、悲しみにくれる二人の姿の巨大な影が上方の壁と天井に映しだされた(58)」。このような効果は、批評家のコメントを引き出すのに十分新しかった。「もっとも痛々しい場面の一つが演じられて、そして歪んで伸びた話し手たちの影だけが観客には見えるなどということを、天才以外のだれが思い切ってやるだろうか[59]」。

したがって、コミスは「観客へ同じ感情と思いを同時に伝える」ために、上演の諸要素を組み立て、または「統合した」のだった。彼が自分で自由に使える、最小限の手段を用いて奇蹟を起こしたことは明らかだ。その後のチェーホフ作品の演出は、その効果のいくぶんかを欠いているとして批判された。プラハ・グループが一九二八年に『ワーニャ伯父さん』を上演したとき、「H・H」は「上演の外面的なところが魅力に乏しい」と不満を述べた。「この作品にはコミッサルジェフスキーの目に見える詩情が何もない[60]」。その一方で、アゲイトはプラハ・グループの『桜の園』を批評して、次のように書いている。

戯曲は何だか惨めったらしい舞台装置の前で演じられたが、その惨めったらしさはまだ問題にもならなかった。照明は特に良くなくて、この方がもっと問題だった。それとも私は感傷的になっているのか。コミッサルジェフスキー氏は確かに、最後の場面を日よけを通して入りこむ午後の陽光の輝きで包んだとき、感傷に捕らえられていたのだ[61]。

批評家と観客は、ある程度までだが、コミスの演出の「外面的なもの」に魅せられていたように思われる。

「愛しむべき過去《ミスト・オブ・ラヴリネス》」を通して見たチェーホフ

バーンズ劇場でもっとも当たった作品は『三人姉妹』だった。イヴニング・スタンダード紙は、これが「現代演劇が創りだしたもっとも深みがあって、魅力的な作品」の一つだったと書いた。C・ナボコフはこの戯曲をモスクワ芸術座で観ていたが、コミスの演出が「同じように忘れがたい作品だった」と「何のためらいもなく」述べた[62]。

上演は、「悲しいほどに美しいだけでなく、秋そのものが春の陽気さのきらめきをも加えられた」[63]感傷的な気分を引き起こした。ペギー・アッシュクロフトは「これまでイギリスの舞台では観られなかったようなものを観ていたということが分かりました。日常生活が完全な正確さで再現されたのです」と語った。ロドニー・エイクランドにとって、その体験は圧倒的なものだった、「私は、まるで初めてであるかのように、ふつうの生活の美と奇蹟を見たのだ」[64]。

それでも、これはロマンティックな霞を通して見た「ふつうの生活」だったのだ。われわれは今なら分かるが、コミスはイギリスの観客により訴えるものにするために、チェーホフの戯曲を歪めたのだ。彼は「観客の好みに合うように、イギリスの舞台での生活は、愛しむべき過去《ミスト・オブ・ラヴリネス》を通して示されなければならなかった」と主張した[65]。彼はそれを軽蔑したように語ったが、しかし、彼自身がチェーホフを「愛しむべき過去」を通して見せたのだ。『三人姉妹』の女性たちは、「スカートの腰当てをし、髪を束ねた」格好をしていたが、これが「まことに魅力的に見え、彼女たちの見事な様子を確かに引き立てた」のだった[66]。コミスは、戯曲の時代設定を一八七〇年代に変更し、むしろＢＢＣの時代物テレビドラマのような、郷愁を誘う魅力を創りだしたのだった。「衣裳が時代をさかのぼったような情緒をかもし出し、もはや失われた世界を差し出すのだ」[67]。

ベアトリクス・トムソンが演じたイリーナは、クリスティナ・ロセッティの詩に描かれた娘のような、またアーサー・ヒューズの線画に描かれたような、「とても愛らしい女」だった。彼女には「繊細で花のような美しさ」があった[68]。アイヴァー・ブラウンは、イリーナがトゥーゼンバフとの「愛のない不幸な結婚」を承諾するとき、「彼女は何か完璧な花がしおれるようだった」と書いている[69]。コミスはその一方で、男爵が醜男だという箇所をすべて削除した。彼はギールグッドにこの役を、「ロマンティックな若者」として演じるように言ったのだった。

パリッとした制服を着て、顎ヒゲを生やし、できるだけハンサムに見えるようにした。なぜ彼がこんなふうにさせたのか、私は今まで気づくことができなかったが、コミスはイギリスの観客に訴えるには、どんな戯曲にも恋愛に関心を持っている若者が必要不可欠だと思っていたと、うすうす感じている[70]。

マーシャ役のマーガレット・スワローは、「不幸な結婚をした女性の中の、叶わなかった恋愛の哀感を表現した。グノーの色褪せた歌曲がほんの一瞬彼女を情熱的に生きさせ、そしてそれから、精神が再び死に絶えたように思われた」[71]。アイヴァー・ブラウンは読者に呼びかけた、「出かけて行って、マーシャとヴェルシーニンの愛が戯曲の核となって輝くのをごらんなさい。アイオン・スウィンリーとマーガレット・スワローが気高く炎と燃え上がっていますから」[72]。

したがって、コミスは登場人物たちをロマンティックにして、姉妹を悲劇のヒロインにし、そして、戯曲を二つの絶望的な恋愛からなる、甘くて苦い物語に変えたのだった。彼はチェーホフを歪めたのだが、批評家たちは概してまだ戯曲をそれほどよく知ってはいなかったので、コミスが行った変更に気づかなかった。いずれにしろ、マイケル・レッドグレイヴが述べているように、コミスが何をしているのか分かっていると誰もが信じていたし、また、彼らは「コミスの言葉を福音だと[73]」受け取ったのだった。

コミスは、一九三六年、『かもめ』の演出でチェーホフへ戻ってきた。これは多くの点で、戯曲に対する彼の方法の神格化だった。「事実、これは『かもめ』が大劇場で上演される初めての機会だ」とデイリー・ミラー紙は報じた[74]。コミスはバーンズ劇場では最小限の手段で演出したのだったが、今度はウェスト・エンドで演出するのだったから、彼はぜいたくに資金を使った（たとえば、第一幕の樹木のために絹の葉っぱを使うと主張した）。その結果は、「豪華な上演[75]」となった。配役には、ジョン・ギールグッド、イーディス・エヴァンス、ペギー・アッシュクロフト、レオン・クウォーターマイン、そしてジョージ・ディヴァインが加わっていた。デイリー・スケッチ紙の批評家は、「問題なのはスター・キャストだ」と題した記事を書いた、「人々はこの上演を観に行こうとはしないだろうが、おそらくは空前絶後のスター・キャストは観に行くだろう[76]」。

上演は、「くよくよしたメランコリーの雰囲気を、ユーモアのきらめきでやわらげて」結びつけていた。舞台装置は、特に第一幕の装置は「うっとりとさせた[77]」。アイヴァー・ブラウンは、コミスが演出の「古くさいゴテゴテした様式に異議申し立てを行っている」と語った。「彼の枝にはやわらかな音楽があって、彼の柳は本当に泣いているのだ[78]」。衣裳もまたすばらしかった。ある雑誌には、見開き二ページの上演写真に、「一八九四年のファッション雑誌のページではなく、『かもめ』のイーディス・エヴァンス」という説明がついていた[79]。

再び、登場人物たちは単純化され、ロマンティックにされていた。コミスは、ギールグッドが夜会服を着た優雅な姿で、トリゴーリンを演じるべきだと主張した。(彼はギールグッドに、「今までに観たトリゴーリン役の、三人の優れたロシアの俳優たちは優雅な衣裳を着ていたと話した。帝室劇場のダルマートフ、モスクワ芸術座のスタニスラフスキー、彼の姉の劇場でのブラーヴィチ」。スタニスラフスキーが初めてこの役を演じたとき、「とても優雅な衣裳を着ていた」のは本当である。そして、チェーホフが彼に、トリゴーリンは破れた靴をはいていて、縞のズボンをはいているべきだと言ったとき、彼はそれが理解できなかった[80]。)演技は、「神経質なギールグッド流のとても優美な展示会」で、その人物は「ダンテがベアトリーチェに恋い焦がれる」ように、ニーナに恋い焦がれていた[81]。

アゲイトは、この上演を「永遠に美しい」と呼んだ。だが、イヴニング・ニュース紙の「J・G・B」はこう書いている、「どうしてだか、すべてが少し入念すぎる、凝りすぎなのだ。美しくはあるのだが、美しすぎるのだ。気まぐれさもなく、ありのままがなく、満足できないものが何もなく、制御されているのだ[82]」。バーナード・ショーはこれをひどく嫌った。コミスは、スタニスラフスキーと同じように、最終幕をノロノロしたものへ変えたようなのである。

私は『かもめ』を観に行って、これがとても嫌いになった。……コミサルは彼の古いロシア風のやり方を失っていた。彼は最終幕を、第一幕でながらがまんできる類の間で埋めつくした。第一幕なら、急ぐことはないし、観客もよろこんで少しは無言のショーをあれこれ推測するだろう。いずれにしても、無言のショーは理解不可能だし、面白くない。[83]

コミスは、イギリス演劇は「一種の芝居がかった、きれいだが面白味のない生活の再現を、偽のロマンティシズムを」提供したのだと述べた。[84] 逆説的なことに、イギリスの商業主義演劇を軽蔑しながら、その観客の弱みにつけこむ方法からして、コミスはイギリス人の好みと妥協し、チェーホフの戯曲を歪めて、われわれに何か「きれいだが、面白味のない生活の再現」に近いものを提供したのだった。

「コミッサルジェフスキーは、イギリスの観客がチェーホフに対して抱いている愛情に対して、非常に大きな責任がある、と私は思う」とペギー・アッシュクロフトは主張した。[85] いくつかの点で、彼はイギリスの舞台に、チェーホフのための基調を築いた。彼が戯曲を浸した「愛しむべき過去」を、将来晴らすのはむずかしいだろう。『かもめ』を批評して、アイヴァー・ブラウンが書いているように、批評家と観客は、「昔の生活のしかたが失われたことをチェーホフが嘆くとても優美なリズム、その時代の衣服を身につけた人物という型、戸外では冬の風が吹いているのに秋の気分でいる、文明のひりひり疼くような感覚を」愛するようになったのである。[86]

上演記録

コミッサルジェフスキーの演出

『ワーニャ伯父さん』　舞台協会との提携、ロンドンのロイヤル・コート劇場、初演一九二一年十一月二十七日。

『イワーノフ』　舞台協会との提携、ロンドンのヨーク劇場、初演一九二五年十二月六日。

『ワーニャ伯父さん』　ロンドンのバーンズ劇場、初演一九二六年一月十六日。

『三人姉妹』　バーンズ劇場、初演一九二六年二月十六日。

『桜の園』　バーンズ劇場、初演一九二六年九月二十八日。

『かもめ』　ロンドンのニュー劇場、初演一九三六年五月二十日。

コミッサルジェフスキー演出『かもめ』第１幕（1936年）

第10章　ジョナサン・ミラー

コミッサルジェフスキーの『三人姉妹』から五十年経った一九七六年に、ロドニー・エイクランドはジョナサン・ミラー演出によるこの戯曲の上演を観に、ロンドンのケンブリッジ劇場へ出かけた。彼は、「客席に入るとすぐ、私は気持ちが沈んだ」と回想している。プラットフォーム舞台があって、灰色の無地の背景幕がかかっていて、「天井からむき出しのスポットライトが下がっていた」。そういう単調さが現代の舞台美術の傾向なのかもしれないと彼は考えたが、「しかし、よりによって劇作家チェーホフがこんな目に遭わねばならないとは！」。これは、彼が受けたショックの最初のものにすぎなかった。『三人姉妹』の舞台に照明がともるとすぐに、「私が、大嫌いな上演様式を単に受け入れるという問題ではなく、コミッサルジェフスキーのものを、戯曲自体から引き出した着想をすべて放棄することなのだ、と理解した」。ヒラリー・スパーリングは、「この上演の強硬に反ロマンティックな傾向以上に、スタニスラフスキーとコミッサルジェフスキーによって伝えられた伝統と異なるものを想像することはむずかしい」と主張した[1]。

ミラーのチェーホフ演出の方法は、部分的には、戯曲を取り囲んでいる「愛しむべき過去《ミスト・オブ・ラヴリネス》」をきっぱりと完全に取り除こうとする試みだと見ることができる。イギリスにおいては、チェーホフは「すべてがあまりに容易に、不滅のメランコリーによって、記憶に残されすぎている」とミラーは述べている。(2) 別の様式が取り入れられ、彼の作品が「まことにすばやく、いい加減に、みすぼらしくさえ上演されると」、人々は「あの美しい作品が汚された」と思うのだ。これは私には、チェーホフのすばらしさとは何かを誤解することだと思われる。彼の作品は、生活についての美しくもなく、ありふれたものの中に、楽しみを見いだすものだ。(3)

思い出してみよう、チェーホフはこう言ったのだった、「舞台では、ちょうど生活と同じように、すべてのことが複雑で、単純だ。人々は食べ、ただ食べて、そして同時に彼らの幸福は決定されているか、あるいは彼らの生活は滅びたのだ」。(4) この発言から手がかりを得て、ミラーはチェーホフの戯曲が表面上は、「現実の生活と同じように、きわめてふつうで、無頓着で、だらしなくさえ」見えるべきなのだとほのめかす。「戯曲はむしろ、あてどないおしゃべりという怠惰な流れの上を漂うのだ」。この要素が、「喜劇に加えて、引きだされる必要がある」。(5)

ミラーは自らの演出を「自然主義の形式を台なしにすること」だと述べている。「チェーホフはまったく明らかにシェイクスピア以上にリアリスティックだ。登場人物たちは、ふつうの人々が互いに会話するときに話すのと、まったく同じように台詞を話す。現実に目の前にいるという感覚を強くする方法があるし、『会話の規則』と呼ばれるものに注意することがいちばん大事なのだ」。「耳を傾けること、他人が言い終わるまで話さないこと、自分の順番がきたのを知ること」などなどの規則があるのだ。(6) 会話とは「実際、次に話そうとする複雑な競り合いで、会話では誰かが話している間に割って入ろうと待っているものだ」。どんな会話でも、「音楽用語を使うと、そこには言葉を用いない声や音の『五線譜』があって、それが会話のデザインの一部なのだ」。だが、台本のページ上の台詞には「ためらいや不十分さや、会話をテープ録音したら見つかるかもしれない重複部分」というものが欠けている。演技に「自然な」性質を得るためには、これらの細かなことが「意識的に復元されていなければならない」。「こうした細かな台詞の特徴をすべて舞台上に再現するには、長い時間がかかるのだが、俳優がこれを何とかやりとげると、観客はあたかもそれが目の前の現実の会話であるかのように感じるのだ(7)」。

ミラーの演出では、登場人物たちはときどき互いに互いをさえぎる。彼らは同意だと言って、または聞きとれない何かの意見をつぶやいて、会話に割って入る。台詞は部分的に重なるかもしれないし、ときには登場人物たちがみな一斉に話し出す。したがって、その目的は「むだに少しずつ流れる会話、まさにあてどない会話が絶えず行き来する(8)」という感覚を創りだすことで、これが戯曲のふつうさを強調している。「これがすべて信じられないほどふつうだった」とミラーは述べている。「登場人物たちに、あたかもお互い現実に話しているかのように話をさせるだけで、『三人姉妹』の上演時間が二十分短くなったのだった」。

登場人物をデザインし直す

ミラーは『三人姉妹』を演出したとき、「モスクワに恋い焦がれる三人の娘が、しゃれていて魅力的で、感じやすいヒロインとはほど遠いことに気がついた(9)」。アーヴィング・ワードルは書いている。

私がこれまでに観た他の上演はすべて、程度の差はあれ、姉妹たち自身の視点から見た行動を表現するという罠にはまっていた。つまり、三人の上流家庭の娘たち、モスクワで生活する準備がすっかり調っていたのに、田舎の生活の凡庸さに痛ましくも負けて、浪費家の兄とその冷酷で貪欲な妻から身を守ろうとする気高すぎる娘たち。(10)

ミラーは意見を述べている。

戯曲が『三人姉妹』という題名であるという事実は、彼女たちの視点から出来事を見るようにしむけるかもしれない。しかし、チェーホフには重要ではない登場人物は一人もいないのだ。たとえば、しばしばマーシャが戯曲の中心となる登場人物だと思われているが、私は彼女には、オリガやイリーナや、あるいは、仕事を失うのではないかと考えて恐怖にかられている年老いた乳母と同じほどにしか興味がない。私は、チェーホフは実際に、とてもふつうな三人の若い女性たち、彼女たちが生きていた社会よりもむしろ自分たち自身が良く分かっていた女性たちに興味があったのだ、と思う。

だから、ミラーは登場人物たちの置かれた状況のふつうさを強調する。モスクワに行き着けない姉妹たちの失敗は、「悲劇的ではない。彼女たちはただ、退屈な地方の生活を、時が経つにつれて、ときどきは事件が起こる生活を続けなければならないだけだ(11)」。アンドレイ役を演じたジョン・シュラプネルはこう結論づける、「チェーホフは日常生活の退屈さを描いていたのであって、彼女たちの苦悩を通して、世の中に何か普遍的な真実を明らかにしようとした、三人の悲劇的な主人公たちを描こうとしたのではない[12]」。

マーシャはしばしば戯曲のロマンティックなヒロインだと見なされてきた。たとえば、デイヴィッド・マガーシャックは彼女を「三人の姉妹のうち、いちばん詩的で感じやすい人」と呼んだ。彼女がヴェルシーニンへの愛を打ち明けるところに、「チェーホフは彼女の真に詩的な性質を明らかにする」と彼は書いている[13]。だが、ミラーは次のように主張する。

私は、これは多分チェーホフが意図したことと反対だと思う。稽古で現れ始めたものは、マーシャの気取りとわざとらしさだった。彼女は自分より下に見ている人たちや、彼女のつまらない退屈な夫に対する軽蔑だった。彼女は自分のことを実際よりもっと感じやすく、頭が良いと思っている。彼女は退屈な駐屯地の町で、退屈な生活を送っている。まったく突然に、ある将校が訪ねてくる。ヴェルシーニンは通常、銀髪のロマンティックな人物として演じられる。彼はロマンティックではない。取り立てて美男でもない。彼はいつも妻と二人の幼い娘のことを心配している。彼の哲学的思索はくり返しが多くて単調だ。彼は退屈なやつなのだ。

ミラーは、「紋切型を追ったり、陥ったりしないよう、注意しなければならない。チェーホフには『ロマンティックな主役』は一人もいない。取り立てて立派な人や悪党はいないのだ。彼らは、ほとんどの人間がそうであるように、愚かなだけで、ときどきは馬鹿げているが、愛すべき人たちなのだ」。だから、「彼らは、ロマンティックすぎず、魅力的すぎず、メロドラマ的すぎないように、かなり徹底的にデザインし直される必要がある。ふつうさがユーモアをもって強調されなければならないのだ」と主張する。(14)

ミラーは戯曲中の登場人物たちと決定的な距離を保つ、と言われてきた。(登場人物たちは、「客観的に、喜劇的な鋭さで」描かれる——ワードル。(15))彼は、「私はチェーホフと同じく医者だ。だから、私は人々を見る。人々を見るとき、自分自身を彼らから分離しているのが当然だと、ときどき思う。事実、それが、彼らをとらえる方法なのだ。彼らを、彼らのあるがままに見るのだ」と述べている。ミラーの演出を論じて、ロバート・クッシュマンはこう結論づける、「われわれは今や、チェーホフの登場人物たちを、許されざる罪を犯した者であるかのように、横柄にではなく、厳しく見るのだ。なぜなら、彼らの弱さはわれわれ自身の弱さなのだから、そうしなければならない。それに、彼らは完全に描き出されているのだから、それに耐えられるのだ(16)」。

ミラーの上演で、もっとも鮮やかな演技、「本当に目を見張らせるもの(17)」は、アンジェラ・ダウンによって演じられたイリーナの描写だった。コミッサルジェフスキーの上演では、エイクランドが回想していたように、

私の記憶では、それを観た日から疑問の余地のないものだった。三人姉妹の末娘役のベアトリクス・トムスンは、優しく感じやすくて傷つきやすく、限りなく女性らしくて魅力的で、悲劇と感情

の点から、上演のデザインの中心だった。想像もできないほど年月が経った今でも、ケンブリッジ劇場の最前列に座ると、私は心の目にとてもはっきりと、トリクシー・トムスンが、第一幕で繊細で花のような美しさと、幸福を求めて震えるような希望を持っていたイメージを、チェーホフが描いた純粋な若い娘の完璧な模範を、第四幕の運命に誰も気づいていない第一幕で演じる「小さな犠牲者」を、感じ取ることができる。確かに、これは唯一可能なイリーナ、チェーホフの意図した真のイリーナだった。だが、今、私の目の前には、硬く糊のきいたハイネックのドレスを着た、断固とした表情の、ドレスが作られた素材と同じく無神経で頑固な若い人がいた。彼女もまた、ミラー医師とアンジェラ・ダウン嬢によれば、イリーナであるということになっている。これは認めがたいと思った。私は反対した。憎んだ。だが、徐々に、嫌々ながら、そしてあらゆる点で戦いながら、私は納得させられた。(18)

ミラーは意見を述べている。

私は、イリーナがしばしば優しく無邪気な子供、繊細な花として演じられているのを知っている。私は考えなければならなかった、どうしてもこうなるのかと。オリガは彼女に、魅力的でまばゆく輝いて見えると言うが、これはイリーナよりもオリガについて言っているのかもしれないのだ。姉たちはしばしば妹をこんふうに甘やかし、ほめそやす。チェブトゥイキンはイリーナのことを、「私の子」、「私の可愛い娘」と呼ぶが、彼は感傷的な年老いた道化で、たまたまイリーナを溺愛しているのだ。私はいつも彼女を、扱いにくくて、疲れ切った、がまんのならない娘だと想像してきた。

ミラーは、「この解釈が、戯曲の最後の短い台詞の言い方をデザインし直すことで、舞台に実現できることに気がついた。通常、医者が、トゥーゼンバフが撃たれたという知らせを持って登場するとき、そこに憂愁と悲しい断念『わたし分かってた、わたし分かってたわ……』がある。そのかわりに、私は、彼女に突然くちびるをかませ、こぶしを地面に向けて投げつけさせ、まるで罵り言葉を叫ぶように言葉を吐き出させた」。あたかも彼女が、トゥーゼンバフがそんな馬鹿だったことに、せっかくの抜け出すチャンスを台なしにしたことに、激怒しているかのように。「これが全体として登場人物を変えたし、今ふり返ってみれば、われわれは彼女を作り変えなければならなかったのだ[19]」。

エイクランドは、ミラーの上演が終わるまでに、「われわれがそう観るよう制約されていたものの背後に、別のパターン」が現れたと見た[20]。姉妹の「悲劇的な姿」は弱められた。もし、「共感できる」登場人物たちをもっと冷淡に眺められれば、「共感できない」人たちはもっと温かく、寛大に取り扱われた。ナターシャは、姉妹たちとその世界を破壊することを決意した、俗悪さの権化のように見なされてきた。デイヴィッド・マガーシャックは、彼女の「極悪非道な性質」について、彼女が呼び起こさずにはいない「まったくの恐怖」について語った[21]。だが、ジューン・リッチー演じるこの人物は、不快な人物というより、むしろ滑稽な人物として登場した。（ジャネット・スズマンによれば、ナターシャは「いつもまったくうんざりする者になろうとしているが、彼女は実際にはじつに滑稽になっていて、彼女の俗悪さはびっくりするほど喜劇的」だった。[22]）彼女は、「横柄でゼンマイ仕掛けのような歩きぶり[23]」で、つむじ風のように家中を調べてまわり、ロウソクをオリンピックの聖火のミニチュアのように胸の前に持って、すべてがあるべき場所にあるかを確かめようと隅々までチェックしては、あらゆる方角に顔を向けてはうなずいたのだった。

同じように、（ピーター・ベイリス演じる）ソリョーヌィは、「驚くべき邪悪な決闘をする悪党」ではまったくなくて、ちょっとおかしな「酔っぱらいで、怒りっぽくて孤独に悩んでいる人物[24]」で、隅っこにこっそり立っていて、太い葉巻を深々と吸いこんでは煙の輪に囲まれていた。ベイリスはこの人物の社会的な無能さをあらわにした。イリーナにプロポーズするとき、彼はイリーナから少し離れて立っていた。それはまるで、酒の力を借りてプロポーズしようと決心したかのようだった。彼は不安でぎこちなく、彼女を見ることさえできなかったのだ。「愛している」、「あなたなしでは生きられない」と彼は言った。彼の言葉は情熱に満ちているが、声に感情がまったくこもっていなかった。それはまるで、前もって暗記していた台詞を暗誦しているかのようだった。「ああ、あなたを見ているだけで何という喜びだろう」と彼は言うのだが、彼の目はきっぱりとよそを向いたままだ。この場面は滑稽で、痛々しく、そして馬鹿げていた。

喜劇にもどす

『芸術におけるわが生涯』の中で、スタニスラフスキーは『三人姉妹』を「悲劇」だと言ったら、チェーホフが腹を立てたことを回想している。チェーホフは、これは喜劇だと言い張ったのだった。

だが、この発言は、この戯曲を悲劇だと見なし続けた多くの批評家たちを困惑させた。ミラーの演出には、強い皮肉とユーモアの調子、「タッチの軽さ」があって、こうした読み方とは逆になっていた。ミラーがやったことは、とシェリダン・モーレイは結論づける、「単純かつ大胆に『三人姉妹』を、どこから見ても喜劇として復活させることだ[25]」。

ミラーは、チェーホフの作品では一つの気分が絶えずもう一つの気分によって切り替えられる、と述べる。「ある瞬間、登場人物たちが泣いているかと思うと、次にはヒステリックに笑っているのだ」。こうした思いがけない変化と皮肉な逆転は、喜劇を上演する大事な手段だった。たとえば、第二幕でマーシャとヴェルシーニンがテーブルを前に一緒に腰を下ろす。「少し哲学でもしましょうか」とヴェルシーニンが提案する。そして、二人は互いに寄りかかり、二人だけになろうとする。だが、二人はがっかりする。トゥーゼンバフが「やりましょう」と熱心に言って、二人の間に割って入る。と同時に、マーシャとヴェルシーニンはうろたえた表情を浮かべて、顔を背けたのだった。

火事のあった夜、トゥーゼンバフはテーブルの上に置かれたままになっている衣類の山に頭をもたせかけて眠りこんでいる。イリーナが彼を起こすと、目を覚まして、すぐに彼女に愛の告白をやり始める。「あなたのその蒼ざめた顔は、美しくて、魅力的です。……その蒼ざめた顔が、まるで光のようにまわりの暗闇を照らしているみたいだ。……」マーシャはこれを聞いて、「何てことを」とうめき声を出し、頭を枕の下に埋める。したがって、トゥーゼンバフの台詞にあった感情は、マーシャの反応によって切り替えられたのだった。

第三幕でのイリーナの感情の爆発は、「狂暴な力」を持っていた[26]。そのあと、ナターシャが偵察をしに入ってくる。彼女はきびきびと部屋の中に入ってくると、姉妹たちを見もせず、一言も話さずに出ていく。ミラーの演出では、そのあとイリーナが立ち上がり、義理の姉の真似をする。鼻を宙にあげてよたよた歩いては、あらゆる方角にうなずくのだ。姉妹たちはいっせいに力なく笑った。それはまるで、ちょっと回復したイリーナが、自分自身と姉たちを安心させようとしたかのようだった。一瞬にして、場面の気分は逆転した。それから、マーシャ（ジャネット・スズマン）はヴェルシーニンを愛していると告白を始めた。話し始めると、思いがけないことに彼女はくすくす笑いを始めた、はじめは不安そうに、それからほとんど抑えきれないように。「あの人のことを、みんな愛しているのよ」と彼女は言うと、両腕をパッと広げた。「あの人の声も、あの人の不幸も」、そして彼女は再び笑い出した、「あの人の二人の娘も」。スズマンは、「もし上演を見なければ、マーシャの告白はとてもすばらしい部分でありうるでしょう。人は人生でいちばん大事なことを言っているときに、しばしばくすくす笑うものだという、まさに真の洞察に、私たちみながある日到達したことを、私は思い出していきます」と述べている。(27) この場面の最後で、くすくす笑いはぴったりはまった。彼女はソファに深く座って、思案気に、ちょっと困惑したかにさえ見えた。まるで、彼女の内にわき出した神経質な感情の波が、ちょうど消えてしまったかのようだった。

気分のこうした変化が、作品に「微妙に変化するオパールのような外見」を作りだすので、「観客は、悲しみに沈んだ人たちを観ているにしても、大いに楽しんで観ているのだ」とミラーは述べている。

潜在意識に働きかける細部

ミラーは彼の『上演の後で』の中に、チェーホフの短編小説が「おそらくもっとも良い戯曲への序文」だと、書いている。短編小説は、

重要な身ぶりと、細かな身体的細部に満ちている。それはまるで、ディケンズの上演台本に向かうとき、小説を読むことで上演における細部をつかむインスピレーションを見つけるようなものだ。小説は、ポケット氏の一人、ハーバート・ポケットの父親の見事な挿絵であふれていて、そこに彼が間一髪のところで立ち直るのが見られる。(28)

ディケンズとチェーホフは、「二人とも、思いがけないふるまいの風変わりなところを提供するのがうまく、それらは戯曲の中に組みこまれて、実に驚くべきものになっている」とミラーは述べている。彼は、『三人姉妹』の中でソリョーヌィが手に香水をふりかけるのを例に引いて、「むしろディケンズ的な奇妙さだ(29)」と言う。これはびっくりするような細部、興味をそそるが、わずかに滑稽な細部だ。われわれがソリョーヌィのふるまいの理由を知るのは、ようやく第四幕になってからだ。ソリョーヌィは決闘でトゥーゼンバフと対決しようとしている。彼は立ったまま、手に香水をふりかける。「今日は一瓶全部ふりかけたが、それでも両手が臭うんだ。俺の手は死体のにおいがする」と彼は言う。突然、われわれはソリョーヌィの心の中で動いている気味の悪いものを垣間見せられる。この細部はすぐに、登場人物の奇妙かつ滑稽でさえある対象化として、また、登場人物の心理への「束の間

の」洞察として機能する。「チェーホフのどんな作品をも動かしているのは、奇妙ではあるが決して異常ではない風変わりな癖、潜在意識に働きかける小さな細部の、この恐ろしい火花だ」とミラーは主張する。[30]

こうした「潜在意識に働きかける細部」は、意味を明らかにすると同時に、喜劇的でありうる。それらは登場人物のふるまいの中にある矛盾をあらわにする。ミラーは一九七三年から七四年にかけて『かもめ』を上演し、ロバート・スティーブンスがトリゴーリンを演じた。舞台にいたのは「人当たりのよい文学的な紳士」などではなく、「ばつの悪そうによたよた歩く人物、どちらかといえば、不慣れな田舎で困惑し、そこの住人たちが理解できない人物」だった。[31] スティーブンスは「演技の調子を、最初に登場した直後から正確に決めていて、アルカージナのそばに座るために横切りながら、退屈そうにちょっと控えめに咳をする」。[32] ニーナを誘惑することになったとき、彼はニーナのために自分の住所を「欲望に後ろめたさを感じて手を振りながら」走り書きした。[33] それから、彼はニーナにキスをしたが、アルカージナが突然入ってきて彼らを見つけるときにそなえて、片目を臆病そうに開けたままだった。

『三人姉妹』を批評して、マイケル・ビリントンは、ミラーが「第一級のチェーホフ演出家の能力を持っていて、行動主義的なわずかな細部によって、登場人物の意味を明らかにする」と述べた。たとえば、スズマン演じるマーシャは「ヴェルシーニンの吸うタバコの煙を心ゆくまで浴びているのだが、その一瞬後、ソリョーヌィのがまんできない葉巻の臭いには怒って手を振るのだ」。[34]「上演の隅々に浸透していて、人々を納得させるのはこの種の細部なのだ」と、ワードルは述べている。

酔っぱらいの医者役のセバスティアン・ショーは、絶望的な告白をしながら、洗面器の水をどこに捨てるかむなしく探しているが、彼はその水に溺れそうになったばかりだった。ピーター・ベイリス演じるソリョーヌィは、ブランデーをもう一杯いかがと言われてもらったが、すでに人目を盗んで一杯注いでいたのだった。ピーター・アイアはコーヒーをいれておいてという最後の願いを、イリーナを決闘から遠ざけるために、断固とした命令として伝えたのだった(35)。

ジョン・エルソムはこう結論づけた、俳優たちは「さまざまな意味を直接、能率的に、かつさりげない迅速さで理解させられるほどうまいのだ。ミラーは、スタニスラフスキーが捉えそこなったチェーホフの芸術におけるあの要素、節約と正確を愛したこと、ゆっくり描写するかわりに、すばやい細部を愛したことを捉えていたように思われる(36)」。

「私は舞台上でチェーホフに近づくのに、ある程度臨床的な細部をもってした」とミラーは述べている。「臨床的にということで、私は病理学的なことを言っているのではない。私は身体的なふるまいの微妙な差異に関心があるのだ」。『かもめ』では、ピーター・アイアがトレープレフ役を演じた。通例になっている「不機嫌なハムレットもどき(37)」よりも、むしろそこにいたのは生まれながらの空論家だった。暗くて、おそろしく真剣で、年のわりに老けている。おそらく、やつれて悩ましい顔をした病身の人物だ。最終幕で、彼はその気分の暗さにマッチした黒い服を着ていた。自殺をはかる直前の、彼の最後の行為は、「フロイト的な、強迫的なきちょうめんさで机の配置変えをすること(38)」だった。ミラーは述べている。

私は、トレープレフがこの場面でどんなふうにふるまうべきか、考えなければならなかった。自殺する用意をしている人たちというのは、しばしば自分たちがどんなに傷ついていたかを他人に知らせようとして、痕跡を残すものだ。ほとんどの自殺は、現実の行為の点でペダンティックだ。チェーホフはこの場面について興味深いメモを残している。彼は、トレープレフが原稿を破るのに約二分かけることを求めている。それを文字通りに取るなら、舞台上での二分間は非常に長い。私の演出では、トレープレフは原稿を破ることから始めて、そのいくらかを紙屑カゴへ投げ入れる。それから、彼はすべてが自分の思い通りになっているのを見ようと、部屋を見回す。突然、彼はニーナに水をあげたことを思い出す。グラスにまだ半分水が残っている。彼は残りを飲み干すと、しずくを払って、グラスを水差しの上に置き、そうやって彼女がいた痕跡が一切残らないようにする。それから、彼はもう一度部屋をチェックする。用意ができると、彼は出て行って自殺するのだ。

銃声が聞こえるとき、恐ろしい音がするだろう。舞台にいる者はみな凍りつく。医者が部屋から出てくるまでの時間は、うんと長いように思われるだろう。それから、彼は戻ってきて、自分を落ち着かせなければならなかったし、そして何と言えばよいか考えなければならない。彼は冗談を言うことにする。「何でもありませんよ」と彼らに言う、「エーテルの入った小瓶が破裂したんです」。それから彼は実際に音を立てる。「ポン!」もう一度彼らを安心させようと、「ポフ!」。

それから、医者は部屋を歩き回る。彼はどうやってアルカージナを遠ざけるかを考えなければならない。そして、彼はまた、何が起こったのか彼らに推測させるような証拠が残っていないか、部屋を見回さなければならない。何げなく、彼が机の引き出しを開けると、そこに破られた原稿があるのが見える。「ああ」と彼は思う、「分かった。止められなかったか。なぜ、もっと早く気づかなかったのか」。これに必要な時間がかかったのだった。

この場面全体で七分ほどかかる。ときどき、上演時間を延ばす必要があって、これらのことをするのにどれだけかかるかが分かる。他のどこかで行動は縮められるし、急速なペースでやることもできる。

したがって、この場面の演出は、身体的行動の正確な連続（あるいは「スコア」）にもとづいていた。トレープレフが自殺を図る足取りは、論理的に、リアリスティックな細部に注意を払い、ふるまいの微妙なちがい、あるいは「小さな真実」に注意して組み立てられた。原稿を破ったり、グラスの水を飲み干したりする一つ一つの細部は、「ふつうの小さな自然な行動」であるとともに、登場人物の心の中で起こっていることをわれわれに見抜かせるための、潜在意識に働きかけるサインでもあったのだ。(39)

写真のメタファー

パトリック・ロバートソンのデザインした『三人姉妹』（一九七六年）と『かもめ』（一九七三〜四年）のための舞台装置は、簡素とはいえないまでも単純なものだった。「気分」を呼び起こそうとする試みがまったくなかったのだ。ミラーは次のように述べている。

チェーホフ自身は、スタニスラフスキーが持ちこんだ視覚的、聴覚的にリアリスティックなたくさんの細部にひどく腹を立てた。それらは無関係なものだったし、上演をメチャクチャにするのに役立っただけだった。チェーホフにおいて重要なことは、登場人物たちの出会いと、展開して行く人間関係の網の目だ。それに集中することを容易にするために、私は単純な舞台装置のほうを選んだ。装飾といった点で、リアリスティックな細部はほとんどなかったのだ。

装飾的な装置がなかったことで、ミラーの視覚的な構造物の大事な要素は、「俳優たち自身によって提供される」とエルソムは見ていた。『三人姉妹』のためのデザインは、

舞台をふつうとはちがったいくつかの演技空間に、とりわけ奥行きで分割する。ミラーは上演の光と影をしばしば、俳優たちを舞台の特徴的な部分に置くという単純な工夫を使って引き立てた。だが、そうするために、彼は注意深く、背景、前景、そしてその間のさまざまな段階を正確に描き出さなければならなかった。(40)

たとえば、上演が始まったとき、オリガは舞台中央に立っている。彼女が行動の中心であり、そして舞台の描写の焦点なのだ。イリーナとマーシャは前景に動かずに座っており、男たちの集団が後景

のテーブルのそばに立っている。
　スタニスラフスキーの演出では、間口の広い舞台を使い、家への出入りを捉えるために「広角レンズ」を用いた。シーモフとともに、演出家は舞台を性質の異なるいくつかの区域に分割したが、そこにはアーチ形の入り口を通って奥へつながる食堂と、前景上手にある小さな張り出し窓、またはベランダが含まれていた。第一幕の始めで、マーシャは下手端にある長椅子に腰を下ろしている。オリガとイリーナは反対側端の張り出し窓のところにいた。男たちが入ってきて、食堂のテーブルのそばに立った。チェーホフはオリガの台詞に、チェブトゥィキン、トゥーゼンバフ、ソリョーヌィらの会話の断片を割りこませる。

オリガ：今朝目が覚めると、部屋中春の光があふれてるじゃない。もう嬉しくって胸がときめいて、むしょうに生まれ故郷のモスクワに帰りたくなったわ。
チェブトゥィキン：（ソリョーヌィとトゥーゼンバフへ）そいつは無理だ！
トゥーゼンバフ：もちろん、ばかげてますよ。

　男たちの台詞が意図的なものであるのは明らかで、オリガのモスクワへ行きたいという夢に皮肉な意見を述べている。だが、スタニスラフスキーの演出では、彼らの言葉は会話の自然主義的な「背景」となるざわめきの一部となっていて、アンフィーサが食堂でテーブルの用意をする音や、アンドレイが舞台裏で弾いているヴァイオリンの音と混じり合っていた。

ミラーの演出は、もうちょっと形にこだわっていて、まったく自然主義的ではなかった。舞台の絵の中のさまざまな要素が「ワンカット《インショット》」で、また同時に並置された。オリガの台詞は温かさと心情にあふれているが、われわれは「前景」にいるイリーナとマーシャをちらちら見ていなければならず、二人が姉の言うことを上の空で聞いているか、全然聞いていないことを見なければならなかった。二人の無関心さが姉の感激に水をさす。男たちが話すと、それはまるで絵の背景が突然ちょっとの間だけ注目を集めて、それから遠ざかるかのようだった。この演出は、チェーホフが将校たちと姉妹を一緒に並べたのが意図的で形式的な工夫であって、それが皮肉になるのを重視していたという事実を強調した。

演出におけるちょっと形式的な要素は、ある程度まで、上演の「自然主義的な」表面に逆に作用した。姉妹を、周囲の「まさに当てのないおしゃべり」の「流れ」から分離させるために、いくつか「凍りついた」瞬間があったのだった。(41)『上演の後で』の中でミラーはこう回想している。

『三人姉妹』を稽古していく過程で、われわれはくり返しよみがえる記憶のテーマを発見した。ほとんど全ページに、時が過ぎゆくことと強い感情が持続しないことについて触れる箇所があるのだ。……

プルーストにおけるように、写真のメタファーが時間の体験を強調するのに用いられている。第一幕の終わりと最終幕の始めに、集合写真が撮られる。この二回の瞬間は喜ばれたし、写真にうつった人たちにおそらくは記憶されるのだが、その視覚的記録は、将来この写真を見る人には謎めいて不可解なものだろう(42)。

第一幕の終わりで、イリーナの名の日の祝いに集まった客たちがカメラに向かってポーズをとる。ミラーが述べているように、「当時、写真が感光するのに三十秒ほどかかったのだ」。ミラーの上演における引き延ばされた間は、観客が登場人物たちの顔をしっかりと見ることができるようにした。彼らはみな、ちょっぴりカメラを怖がっているようでもあり、はにかんでいるようでもある。たじろぐことなく、しっかりと見つめていたマーシャを除いて。反対にナターシャは泣きださんばかりに見える。写真が撮影されるとすぐ、集団は拍手のうちにバラバラになる。まるで、カメラに向かって「演技していた」かのように、出来上がった写真の中に自分の姿を見るのを楽しみにしているかのように。

戯曲の中のもう一つの時間のメタファーは、回転するコマによってもたらされる。これはフェドーチクがイリーナにプレゼントするものだ。ミラーの演出では、テーブルについている客たちがふり返ってコマを見つめている間、再び彼らはじっと動かなくなる。聞こえる音はコマが立てるブーンという音だけだ。それは、「まるで時間がひとコマ落っこちたようだった(43)」。

彼らは全員ふり返る。写真を見ると、人々が肩越しにふり返って見ているのが見える。コマが回転するのを見つめながら、おのおのは自分の思いを抱いてそれに相対している、何も考えていない人もいるが。

コマは人間の生活の縮図だ。それは、与えられた一種のエネルギーで動いている、そしてエネルギーが続くかぎり動いている、有機体を表している。やがて静かになって、最後にはゆっくりと停止する。誰かの名の日を祝うために集まった客たちは、突然、自分自身の人生がゆっくりと縮まっていくのを見る。

戯曲は、「時の瞬間」の追想、過去のイメージをもって始まる、とミラーは書いている。オリガは一年前の父の死を思い出す。彼女はイリーナに、「わたし、もう生きていられないと思った。あなたも死んだみたいに気を失って、寝ていたわね」と話す。それなのに、

一年後、彼らはそのことをとても気楽に話せるし、イリーナは幸せに「輝いている」のだ。悲しみさえも時とともに消えていくように思われる。戯曲の最後で、われわれはもう一つの悲しみに立ち会うが、そのときは姉妹がひどく悲しみに沈んで、もう立ち直れないように見える。それでも、われわれは姉妹が立ち直るだろうこと、一年後には彼女たちのうちの一人がその日のことをふり返って、「トゥーゼンバフが亡くなったとき、私たちがどんなだったか覚えてる」と言うのが、分かっている。

ミラーの演出では、各幕の始めと終わりに、行動がちょっとの間凍りつく。これはある「距離」の感覚を作りだす。それはまるで、われわれが何か時間をさかのぼって、古い写真を眺めているかのよ

うだ。上演が始まったとき、姉妹は「三角形」に配置されていた。最初から最後まで、ミラーはこの家族の「三角形」がさまざまに変化する形を、第四幕の終わりの最後の「タブロー」で頂点に達する形を創りだした。男爵が死んだという知らせがもたらされると、イリーナは座ったまま前方を見つめて、じっと動かなくなった。マーシャは座って、がっくりと前に倒れこんで、肩を丸め、頭が膝についたまま、死んだようになる。オリガは二人の背後に立つ。それはまるで、写真に永遠に記録されるべきもう一つの瞬間であるようだった。

「出来事はまもなく忘れられる」とミラーは述べる、「われわれの人生は、誰かの具合が悪くなり、発作を起こすか死ぬかすることと一緒に過ぎていくのだ」。

『かもめ』の中のトリゴーリンの台詞の一つが、チェーホフの時間への最大の関心をとらえる。「それじゃあ、出発だね？　また列車に駅、食堂車にメンチカツ、おしゃべりか」……

「おしゃべりとメンチカツ――人生にあるのはそれだけだ。」(44)

上演記録
ミラーの演出作品
『かもめ』　チチェスター・フェスティヴァル劇場、初演一九七三年五月二十二日。再演、ロンドンのグリニッジ劇場、一九七四年一月三十日。

『三人姉妹』　トライアンフ劇場プロダクション、初演ギルドフォードのイヴォンヌ・アルノー劇場、一九七六年四月二十日。

ミラーは、一九六九年にノッティンガム・プレイハウスでも『かもめ』を演出している。

ジョナサン・ミラー演出『三人姉妹』第１幕（1976年）

第11章　マイク・アルフレッズ

私が初めてマイク・アルフレッズと、彼のチェーホフ作品演出について話をしたのは、彼が一九八二年にオクスフォード・プレイハウス劇団で『桜の園』を演出した直後のことだった。これはいくつか辛辣な批評を受けた作品だったが、それでもロバート・クッシュマンは「上演の新しい思想が確かにそこにはあった」と見ていた[1]。私が次に彼をつかまえたのは、一九八五年に彼が再びナショナル・シアターのために戯曲を演出しているときだった。その後、『三人姉妹』（シェアド・エクスペリアンス、一九八六年）の稽古も見学したし、また、彼の最新の演出による『桜の園』（メソッド・アンド・マッドネス、一九九八年）の巡業にもついて回った。

アルフレッズは、チェーホフの作品が「自然主義的だ」という考え方に反対する。ジョナサン・ミラーとは反対に、彼はチェーホフの「戯曲には偶然的なものは何もない」と主張する。登場人物たちは、決して「ただ座っておしゃべりをしているのではないのだ。チェーホフが書くことは、すべて高度に選びぬかれたもので、多くの反響や暗示をそなえている。戯曲のほとんどすべての台詞が、一つ以上の目的を果たしているのだ」。たとえば、『かもめ』の第四幕で、アルカージナが兄ソーリンへ次のように言う場面を取り上げてみよう。「兄さん（ペトルーシャ）、退屈じゃない？（間）寝ているわ」。この場面は、会話で「あいさつをする」程度の、単純な雑談の部分であるように見える（また、しばしばそう演じられる）。だが、アルフレッズは、アルカージナは兄の具合が相当悪いことを聞いて帰ってきたのだから、彼女は実際に兄が寝ているだけで、死んではいないことを確かめていたのだ、と指摘する。だから、この台詞はただ単に会話に関係のない話として扱うことはできないのだ。しかしながら、「自然主義的な」上演では、「台詞はしばしば切り捨てられ、瞬間瞬間がまったく検討されないのだ」[2]。

アルフレッズの目標は、身体的に大胆であると同時に心理的に複雑な、「高められた」演技スタイルを創りだすことだ。活力と感情に満ちていると同時に繊細さと細部に満ちたスタイル。俳優たちとの稽古には、スタニスラフスキー流の土台がある。「われわれは登場人物のための内的な生活を計画し、行動と目標をもって始めた」。したがって、演技は内的な、「心理的な」リアリズムにもとづいているが、また高められた、非常に運動的で「身体的に表現力に富む」ものでもある。俳優たちは、登場人物の内的生活の「生き生きして大胆な外面化を創りだす」よう励まされる。

思い出してみると、エフロスは、内部で何が起こっていようと登場人物は「自ら現れ出なければならない」と考えていた[3]。アルフレッズは次のように述べている。

稽古で私は内面的なことを強調したものだった。もし俳優が、登場人物の目標を力強く演じれば、身体は内面の衝動によって変えられるだろうと、私は思っていた。だが、今は、俳優がとても深く考え、感じていても、観客には何も見えないことに気がついている。なぜなら、身体が強い感情を放つように条件づけられていないからだ。私がある俳優に、「君は反応していない。だれかが君に、とてもびっくりするようなニュースを知らせているのに、君はただそこに突っ立っているだけだ」と言ったとする。すると、彼は言うだろう、「えっ、だってぼくは聞いているだけでした」。それで私は、「そう、けれど何らかの方法で、君の身体は反応を示して、それを表現しなければならないんだ」と言うのだ。

「自然主義的な」上演では、演技は観客に「向けられ、外される」とアルフレッズは述べる。それとは反対に、彼は戯曲の中の感情的な底流が表面に浮かび上がり、観客と「共有される」方法を探しているのだ。

私は「スーパー・リアリズム」の形式を目ざしている。私が考えていることはイングマール・ベルイマンの映画の中に見いだせる。彼の作品では、登場人物たちの内面の生活が生き生きと示されている。非常に力強く、開かれた演技の感情のレベルが、映画のクローズ・アップと同じような効果が出せたらいいのだが。[4]

アルフレッズの演出で、俳優たちの稽古を見ていると、彼らが「高められた」演技のレベルに達しようと努めていることに気づかされる。彼は、「通常求められるもの、効果的だが低級なリアリズムから脱け出すには、かなりの勇気が要る」と述べている。

シェアド・エクスペリアンスの『かもめ』

一九八一年、アルフレッズはシェアド・エクスペリアンスとともに『かもめ』を上演した。アン・マクファーランはこの上演を、断然「ロンドンの演劇でもっとも際立った夜」だと呼んだ。登場人物たちは、切迫した、狂気じみてさえいる情熱に動かされているように見えた。これが大胆で滑稽な身体性によって表現された。たとえば、サンドラ・ヴォー演じるポリーナは「非常に興奮して愛人の医師を非難し」、ジョナサン・ハケット演じるトリゴーリンは「彼の芸術の餌として、ニーナの純真さをむさぼるかのように彼女に飛びかかるのだ(5)」。

演技を身体化させるに当たって、俳優たちはそれぞれが演じる登場人物のふるまいに、ある独特な癖を際立たせた。マーシャが嗅ぎタバコを嗅ぐような細部は、他の上演では削除されたかもしれないが、ここでは拡大された。たとえば、チェーホフは、トリゴーリンは小説を書かなければならない強迫観念の表れとして、いつもノートを持ち歩く、と指示している。アルフレッズの演出では、この強迫観念が「高められた」。トリゴーリンは歩く書類整理棚となり、彼のポケットからは紙片や原稿があふれ出す。

最初、演技の調子はクッシュマンに「強調しすぎ」という印象を与えたが、上演は最後には「真実を伝える」と結論づけた。「われわれは、チェーホフは骨の折れる処理ができるのだと、知り始めている(6)」。

笑劇と感情の間のバランス——オクスフォード・プレイハウスでの『桜の園』

オクスフォードの『桜の園』は、ドゥニャーシャとロパーヒンが興奮した二人の子供のように、くすくす笑いをしながら舞台に駆けこんでくるところから始まった。これは通常とはちがって、活気にあふれた上演の幕開きだった。（ふつう最初の場面はきわめて控えめで落ち着いたものだ。）登場人物たちの内面の興奮と神経のたかぶった様子が身体的に表現されていた。ドゥニャーシャは立ったまましきりにうなずいては、子供のように服をぐいぐい引っぱった。

ラネーフスカヤが登場すると、家中に子供らしいうれしい気分が広がっていくようだった。ピーシチクがラネーフスカヤの薬を呑んでしまうと脅すと、みんなが彼の周りに集まり、そして、彼が呑んでしまうと、大歓声を上げた。登場人物たちが身体を接触させる度合いはふつうとはちがっていて、ラネーフスカヤが一同の手を取って一列になって、くねくねしながら舞台裏へ引っぱっていく楽しい瞬間があった。

俳優たちは再びある特徴を選び出して、それを強め、自分の演じる登場人物のために、力強い身体的な生活を創りだした。たとえば、トロフィーモフは、体に合わないズボンをはいて、始終両手をもみしぼる、ひょろひょろした姿だった。しかしながら、マイケル・ビリントンは反対した、「ほとんどすべての登場人物が、熱に浮かされたようにてんてこまいするという同じ調子で演じられている。だから、ワーリャ（チェーホフによれば、「責任感が強くて信仰心をもった娘」）がこの上演では、目をきょろきょろさせ、両手を握りしめて、ヒステリックにひざまずくことになる」。同じように、ネッド・シャイレットは、「それぞれの演技がそれぞれの登場人物を原色で塗り分けようと精いっぱいの努力をして、どんな特徴がいちばん大事かを際立たせている」と書いた。マイケル・コヴェニーは、登場人物たちが「神経衰弱者の一団」と化してしまった、と不満をもらした。(7) これにアルフレッズは応えている。

まず実際の演技が、考えを十分に実現していなかったことを認めよう。かなり多くの俳優たちが、演技の「高められた」レベルへ達することがなかなかできなかった（嫌がったのではない）。稽古時間が、必要だと思っていたよりも取れなかった。奥行きのない戯画や漫画的な人物を示そうという意図はまったくなかったのだ。だが、彼らを自然主義から脱け出させて、演技を「高めよう」としていると、演技が少し粗削りであるように見える段階がある。

登場人物のために身体的な生活を作りだそうとして、俳優はおそらく一つの側面に焦点を当てようとする。それで、特定の歩き方や身ぶりがくり返されるのだろう。ふつう、俳優は稽古期間中にこの仕事をしっかり身につけて現れる。演技は成長して、精巧かつ多層的なものになってゆく。おそらく、この段階にわれわれはたどりつけなかったのだ。

アルフレッズは、戯曲の笑劇的な性質を強調したかったのだ。だが、上演では「笑劇と感情の」バランスが失われて、「何やら狂乱した結果になった」と彼は感じた。

彼はこの戯曲を再び一九八五年に、ナショナル・シアターで演出し、イアン・マックレンとエドワード・ペザーブリッジに率いられた俳優グループと稽古したが、その中にシェイラ・ハンコックとロイ・

キンニアーがいた。当時のことをアルフレッズはこう述べている。

この劇団となら、上演が非常にうまく行くだろうと思った理由の一つは、彼らがとても大胆な演技のできる、力強くて喜劇味あふれる、個性的な俳優たちだったことだ。私は、彼らならこうした性質を作品に使えるだろうと感じた。笑劇的な要素をそれほど強調する必要はないだろうと思った。

ロシア人の気まぐれな性格

アルフレッズは、チェーホフを上演するにあたって、次のように取り替えることが重要だと述べる。

われわれアングロ・サクソン流の感情表現をもっと外向的な、スラヴ的なものに取り替える。イギリス人にとって、強い感情を処理する主たる方法は、控えめにすること、抑制をきかせること、抑え、こらえることだ。ロシア人の場合、もっと感情を解放することができる。これは、ある国民性が多少とも感情を操作する能力があるという問題ではなく、いかに感情が表現されるかという問題なのだ。

デイヴィッド・ジョーンズが一九七〇年代にロイヤル・シェイクスピア・カンパニーのためにゴーリキーとチェーホフの戯曲を演出していたとき、彼はマーク・ドンスコイの映画で、ゴーリキーの自伝三部作（『幼年時代』、『人々の中で』、『私の大学』）を観て影響を受け、そこに彼はこんなことを見てとっていた。

すばやく極端から極端へ、悲劇的な気分から喜劇的な気分へ、あるいは、ある瞬間には他人に対して確実に悪意があったものが、次の瞬間にはおそろしく親切なものへと移って行く能力だった。これはイギリス的ではない一種の気まぐれな気質で、一般にイギリスの俳優たちはその感情状態をなめらかなものにしたがる。私は、彼らに勇気を出して極端なものにしてみるよう、登場人物に対して感情の限界を探してみるよう励まそうとした。[8]

アルフレッズは意見を述べている。

> われわれは、頭ではロシア人がより感情的に気まぐれで、ほんの一瞬のうちに涙から笑いへ、怒りへと移るのが分かっている。頭で理解するのはむずかしくない。俳優がそれを演じるのがむずかしいのだ。だが、演技の中に気まぐれなところを見つけると、見つけないと曖昧なままになってしまうような、戯曲の中のある場面の意味を理解させてくれる。ギアチェンジが並外れているのだ。たとえば、ラネーフスカヤが家にもどってきて子供部屋を見ると、彼女は泣いて、笑って、再び泣くのだ。台詞の一行おきに大飛躍が、われわれが大飛躍だと考えるようなものがあって、それが感情のそれなのだ。

アルフレッズは、「チェーホフの戯曲にイギリス人的な態度を持ちこむ」ことはできないと主張する。彼は俳優を助けて、異なった心理を、異なった思考と感情を宿らせる方法を探しているのだ。

「異なった態度と価値を持った、事実上外国人の社会の心理の内側に入りこんで、自分自身を変えようとしているのだ」。

ナショナル・シアターで演出した『桜の園』のための演出ノートに、アルフレッズはロシア人を「気まぐれで、感情的な表示行動をしがちで、身体的な表現に富んでいる」と規定した[9]。正確に言えば、ロシア人はどんなふうに気まぐれなのだろうか。これには議論の余地がある。ロシア人はイギリス人よりも気まぐれだが、それにしてもほとんどの民族がそうだ[10]。実際、アルフレッズは特に「ロシア人的な」身体的また感情的な表現スタイルを目ざしているというよりも、慣習的なアングロ・サクソン流の口数の少なさや控えめさを壊そうとしているのだということは、論じられていいだろう。「われわれイギリス人は身体を使わない」とアルフレッズは主張する。「われわれは身ぶりを交えて話さないし、互いにそんなに身体に触れない。それがわれわれの演技のしかた全体に影響を与える。われわれは皮肉と控えめな表現を用いるのだ[11]」。

実際、「ロシア人らしさ」という考え方は、アルフレッズが俳優たちに「身体的な表現に富む」ようにしむける方法の一つで、そうすると、登場人物の内部で起こっていることがすべて「自ら外に出てくる」のだ。稽古では、焦点は部分的には、俳優たちを変え始める身体的な作業に、動きのパターンと自らを身体的に表現する方法を変えることに当てられている。シェイラ・ハンコックはナショナル・シアターで『桜の園』を稽古しながら、「私たちの国民性を振り落とそうとして、力強いロシア・ダンスで一日を始めることも含めて、多くのことをした」と回想している[12]。アルフレッズは、これらのダンスは俳優たちに「身体的な気質」という感覚と、共有の「身体的言語」を与え、それから演技へと移される「身体的な探究」の一形式であると見なしていた。

アルフレッズは「スタイル」という言葉に反対する、なぜなら「外側からの押しつけという意味が含まれている」からだ。彼は上演の「世界」という言い方を好んでいる。

私は舞台の上に首尾一貫した「世界」が見たい。あまりにも多くの上演に、非常にわずかしか一貫性がない。すべての俳優がさまざまなやり方で動き、話し、台詞を操っているように見える。別々の場面で個々の俳優たちと稽古をするかわりに、私はいつも稽古の始めから終わりまでずっと劇団を一つにまとめる。これが「アンサンブル」の感覚、俳優たちが同じ「世界」に一緒に生きているという感覚を創りだすのを助けるのだ。

アルフレッズのチェーホフ演出では、この同じ「世界」に俳優たちが一緒に生きているという感覚を創りだすことが、部分的には「ロシア人らしさ」という考え方なのだ。

実際、私がしようとしていることは、現実には存在しない世界を創りだすことだ。イギリス人の俳優がロシア人になれるはずがない。だが一方で、イギリス人に留まっていてはならない。われわれが達成できたらいいと思っているのは、異なった動きと関係のしかた、異なった心理と気質を捉える、創造された「世界」だ。

一九九八年、アルフレッズが再びメソッド・アンド・マッドネスと『桜の園』を上演したとき、俳優たちはロシア語の抑揚で演じていた。アルフレッズが主張するように、「われわれの話し方は、われわれが動き、自らを表現する方法に実に不可欠なのだ」。これは、俳優たちを励まして、自分を「変える」もう一つの方法だった。

「軽快で、優雅な『道化芝居』」

ナショナル・シアターで稽古をしながら、アルフレッズは出演者に「演技がほとんどシュールレアルになって、上演が万華鏡のように、色彩がきらめき、生き生きとしている必要があるように」、彼らの演技を「高める」ことを求めた[13]。

私は『桜の園』を軽快で、優雅な「道化芝居」として心に描いている。私は言葉のもっとも広い意味で「道化」という語を用いているが、それは不幸のために馬鹿げたふるまいに走る、彼または彼女のことだ。これを考えついたきっかけはシャルロッタの性格だ。彼女は奇妙な服を着て、人々を笑わせるために演じる「道化」で、そして彼女は絶望的に不幸なのだ。エピホードフも「道化」だ。彼は始終へまをやらかすが、彼もまたとても生真面目なのだ。

ここに『桜の園』に対する新しさ、色彩あざやかな性質がある。戯曲の内面の生活は激しいのに、表面は軽快だ。チェーホフの他の戯曲より、はるかに捉えにくく、曖昧なのだ。実際には台詞は出しぬけに言われることが多いし、俳優たちが意味を理解して、決まりきったやり方で演じられる場面はほとんどない。戯曲の表面がほとんど「泡立つ」か「揺らめいて」いるのだ。

アルフレッズはこの「新しさ」が舞台装置に反映されることを望んだ。ポール・ダートのデザインは、ボリス・クストージェフの絵画に影響を受けたものだった。アルフレッズは、「クストージェフの作品は強烈に色彩が豊かで、光にあふれている。彼の空景画は並外れている。われわれは似たような背景を、雲の浮かんだ明るい青空を用いた。とても新鮮で叙情味にあふれている」と記している。空景画の周囲の内側、演技をする空間の周りと上に、「小屋」の効果を出すために、「その中で登場人物たちが生きている脆い世界を暗示するために」、白いカーテンが用いられた。「カーテンは破裂する小屋のように、幕ごとにちがった形に広がった」。

戯曲の終わりで、弦の切れたような最後の音は遠くから聞こえる悲しげな音というよりも、むしろ鋭く金属的な音だった。カーテンが吊ってあるところから落ちて、花のように漂って床に落ち、経帷子のようにフィールスを覆った。クストージェフの見事な色彩すべてが、空景画のスタイルが初めて示された。だから、これは通常のメランコリックな終わり方ではなかった。むしろ「陽光と希望の暗喩的な破裂が」あったのだ。(14)

したがって、デザインは「非リアリスティック」だった。しかし、その内部で俳優たちは「リアリスティック」に空間を使い、家具と関係を持つようすすめられた。彼らは想像力の中に「リアリスティック」な環境を創りだしたのだ。ところが、俳優たちが初めて装置の中で稽古することになったとき、彼らは元に連れもどされた。ハンコックが次のように回想している。

稽古場という特徴のない環境ですごした、それまでの七週間の間に、私は想像力の中に私のロシアの領地と家という生き生きした考えを創り上げていたので、幾枚かのカーテンと白っぽいピンクの雲が浮かんだ青の背景幕はすごいショックでした。……すべてのことが、まったくふさわしいとは感じられなかったのです。

したがって、俳優たちは内面的なものから動き、想像力の中に環境を思い描き、この非リアリスティックな、あるいは「コンセプチュアルな」舞台装置の中で演じるのが困難だった。だが、ハンコックは俳優たちの初めのうちの抵抗にはもう一つの理由があったと述べている。

稽古の初めに装置の模型を見て賛成したことは言うまでもありませんし、私たちの稽古がすべて軽快に進んだにもかかわらず、私たちはまだ、ロシアの戯曲にある微妙な色彩と重たい家具についてのイギリス人的な認識から離れるという大変革に、まだ本当の準備ができていなかったのです。

「ピンクのアイスクリーム・コーンの雲」は、わずかに色調が和らげられたが、そのほかはそのままだった。そして、ハンコックはアルフレッズが「そのままにしたのは正しかった」と結論づけた。(15)

「本気でチェーホフを」

上演を批評して、マイケル・ビリントンはつぎのように書いた。

私は『桜の園』をパリで、モスクワで、シカゴで観てきたし、ここ二十年間にイギリスで少なくとも九回は観た。だが、コッテスローでのマイク・アルフレッズの新演出ほど感情的に力強い、あるいは深く感動的な上演は観たことがなかった。これは本気のチェーホフだ。[16]

俳優たちの間には、再びふつうとはちがったレベルの感性と身体的な接触、ハグしたり、キスしたり、触れたりがあった。また、すべての俳優が絶えず行動に熱中しているという感覚があった。たとえば、第一幕でシェイラ・ハンコック演じるラネーフスカヤは、家にもどってきた興奮を、両手を宙に振って示した。舞台にいた他の登場人物たちは、その瞬間つりこまれて、彼女の真似をして手を振ったのだった。

一人一人の登場人物が「生き生きと実現されて」、力強い独特の身体的な生活を与えられた。それはちょっとけた外れで、ほとんど道化のような演技だった。たとえば、（セリーナ・キャデル演じる）ドゥニャーシャは、「耳障りなキーキー声で笑い、目をきょろきょろさせ、興奮しすぎて気が動転したときは大慌てで白粉をはたいていた[17]」。また、エピホードフは、「自分のことを『ある種の昆虫』と説明しているが、グレッグ・ヒックスの演技では不気味なほどにその通りで、彼は指を昆虫のようにぎこちなくねじ曲げて、この登場人物の自分を表現しようとして奮闘する痛みを暗示していた[18]」。

アルフレッズは、軽快で優雅な「道化芝居」としての上演という自らの考えを、もう少しで実現するところだったと感じた。彼は、「おそらく、訓練をつんだ道化のグループと半年間稽古するのでなければ、これ以上にできるとは考えられない」と結論づけた。

稽古のプロセス

アルフレッズの演劇への取り組みの根底にあるのは、「演技のプロセスに夢中になること」だ[19]。稽古中、彼はほとんどの演出家にくらべて、口出しすることが少ない。成果を求めて仕事をするという世間一般の意味で言えば、彼は「演出し」ないのだ。初めに、彼は戯曲の完全な把握と共通の理解を育てることを目ざしたプロセスに、数段階をもうけて個々の戯曲に近づいて行く。「われわれの稽古は、『インプット』を、われわれ自身を素材で満たすことを重要視しており、そのあとそれができるだけ率直に演技に解放される。われわれは非常に積極的で感情的な方法で戯曲を分析する。それは、退屈で知的なプロセスではない」。

したがって、戯曲は「行動への地図」として用いられる。アルフレッズは、戯曲をスタニスラフスキー流の「単位」に分解することから始めるが、各単位は一つの出来事を特徴としている。（たとえば、『桜の園』では、最初の単位は「ロパーヒンとドゥニャーシャは汽車が到着したことを確かめる」になるだろうし、その次は「ロパーヒンはラネーフスカヤ夫人との過去の関係を思い出す」になるだろう。）この作業が、戯曲の細かい「プロット」をはっきりとした簡単な言葉で述べていく。それから、彼は俳優たちに、登場人物が演じる行動を（この段階では「目標」ではなく）とにかくはっきりさせるよう要求する。たとえば、『桜の園』の冒頭では、これらの行動は「私はロウソクをもって入る」、「私は本をもって入る」、「汽車が着いたという安心を表す」であるだろう。

〈アクターズ・ワークショップ〉というラジオ番組で、アルフレッズはこの方法を学生俳優のピーター・ウィングフィールドに説明した。彼らは、『かもめ』の第三幕の、母親との場面でのトレープレフの行動をはっきりと規定した。

アルフレッズ：君は何をしているんだ……？
ウィングフィールド：僕は……しようと
アルフレッズ：ちがう、何をしているかだ。君の目標ではなく、君が何をしているかだ。君が見つけられるいちばん単純で、短い説明の言葉を見つけようとしてごらん。

アルフレッズはいくつか実例を出す。「僕は君に……を説明する」、「僕は君に……を指摘する」、「僕は君に……を思い出させる」などなど。[20] だから、この段階では、焦点は動機または感情よりも、むしろ「行動」にある。この方法はスタニスラフスキーの「身体的行動の方法」を思い出させる。稽古の初期のころ、アルフレッズと俳優たちはこんなふうに戯曲を分解し、それから各幕を「行動」だけで、台詞は用いずに通してみようとする。俳優たちは行動を口で言うとともに、それを身体的に演じる（たとえば、「ロウソクをもって入る」）。「この時点では、君たちは自分の役の人物や戯曲について、何も知らないと仮定しなければならない。知っているのは、役の人物が何をするかだけだ。君たちは、なぜ彼らがこれらのことをするのか、あるいはどのようにしようとしているのかを知らないのだ」。

それから俳優たちは自分の役を身体化し始める、「彼らは実質上、最初から演じているのだ」。最終的に、俳優たちは戯曲全体を、「行動」だけを使い、台本には一切関係なく、通してみる準備ができる。「われわれは、その上に戯曲の血と肉と筋肉をつける背骨を作っているのだ。この作業がわれわれに、非常に早い時期に、大まかな戯曲全体の見通しを与えてくれる」。

アルフレッズはまた、俳優たちに「登場人物研究」をしておくよう求める。彼らはおのおの、戯曲を綿密に読みこんで、四つの「リスト」を作成する。

i　登場人物についての具体的な事実
ii　登場人物が自分自身について言うこと
iii　他の人物たちがその登場人物について言うこと
iv　その登場人物が他の人物たちについて言うこと

したがって、再びこの練習は俳優たちに、戯曲の中の事実にもとづく情報を「解釈する」よりも、むしろ分析するよう求めるのだ。

この方法で戯曲に取りかかることで、演出家が戯曲の中の事実や証拠を無視して解釈を押しつけたり、あるいは俳優が登場人物についてのはっきりしない考えを押しつけたりする、二重の危険が避けられる。それらは、劇作家が用意したものとは関係が少なく、俳優が演じたいと思うことの方に関係があるのだ。

それから、俳優たちは全員の前でリストを読み上げる。(「リストは、それを作らなければ隠されてしまうようなパターンを明らかにしてくれる」とアルフレッズは主張する。「たとえば、『三人姉妹』でオリガが何回『疲れた』とか、『頭が痛い』とか言うかが明らかになる」。)こうして、ようやく彼らは、登場人物の動機にどんな情報が含まれているかを推測し始める。アルフレッズはこれが共有されたプロセス、個々の俳優が自由に議論で意見を述べるプロセスであることを強調する。「だれもが、自分自身の登場人物の問題ではなく、全体としての戯曲の問題に触れさせられる。私はこれが、戯曲の内容へ正確に近づく、また俳優たち全員が同じプロセスを進んでいくことを確実にする早道であることを、発見した」。

私は、シェアド・エクスペリアンスによる『三人姉妹』(一九八六年)の稽古を見学した。初めのころの集まりで、フィリップ・ヴォスは、チェブトゥイキンという登場人物のために用意した「リスト」を読み上げた。「事実」の中にこんなものがあった。

彼はこの家庭に下宿している。
彼はクラブへ行って賭博をする。
彼はアルコール依存症だ(もっとも、この二年飲んでいなかったが)。

リストを検討してから、俳優たちはこの登場人物の動機を推測し始めた。再びアルフレッズは、この登場人物が実際に「やる」ことにもとづいて観察をすることを熱心にすすめた。ヴォスは、チェブトゥイキンが「他の人たちの哲学的な考えをからかっている。自分の失敗の言いわけをするために、彼は他の人たちの願望が馬鹿げたものであることを証明しなければならない。彼はアンドレイに、賭博に行こうとそそのかす。彼はある女性を殺す。彼は置時計を落として壊す。彼は何の気づかいもせずに、決闘へ向かう。彼はすべてを破壊したがる」と見た。

「何か前向きなものはあるかい?」とアルフレッズがたずねた。

「イリーナとの関係だね。」

それから、ヴォスとアルフレッズは戯曲を通して、この登場人物の「行動の主要な線」を、再びこの人物が実際に「やる」ことを調べながら検討した。二人は要点を三つ挙げた。

他の人々を過小評価し、けなそうとする。
イリーナとの関係にしがみつこうとする。
自分の存在は幻影だと信じこもうとする。

アルフレッズは次にクロエ・サラマンと、イリーナという役を検討した。二人はこの登場人物の「与えられた環境」を検討した。たとえば、

イリーナは二十歳。モスクワを離れたのは九歳のとき。一年前の父親の死は大きな転回点だった。

姉妹は生活を建て直さなければならなかった。彼女は一年間白い服を着なかった（喪に服していた間）が、今は白い服を着ている（などなど）。

俳優たちは、身体的な言葉で登場人物をどのように見たかを討論し、それをルドルフ・ラバンの「エフォート」を用いて、はっきりと規定しようとした。[21] イリーナは「漂いがちで、動きは軽快で、直接的ではない」と提案された。「この登場人物は、戯曲が展開する間に変化する」とアルフレッズは述べた。「初め彼女は興奮して、輝いていて、楽天的だ。戯曲が進んでいくにつれて、彼女は幻滅し、疲れ、いらいらし、生気を失っていく。だから、感情的にも身体的にも広い幅があるわけだ」。

一人一人の登場人物が検討されたあとで、アルフレッズは俳優たち全員に、登場人物の身体的生活を調べてみるよう促した。たとえば、ここで彼は、イリーナの焦点を当てるべき特別な面を選び出すべきだと提案した。彼女が大喜びしているときや、落ちこんでいるとき、戯曲の冒頭や最後のときだ。俳優たちは再び部屋の別々の場所に分かれて、登場人物の感情状態に身体的な表現を見つけ出そうと試み始めた。ある者は窓のそばに座って外をながめ、窓枠の縁に指を走らせた。ある者は軽快で「漂う」動きを試し、他の者は退屈に沈みこんだ。この作業は俳優たちに、役の中の感情の幅を反映させた。この作業はまた、「登場人物分析」が抽象的あるいは知的なものにとどまらず、身体的な形へ移しかえられることを確かにした。約十五分後に、俳優たちはもう一度集まって、どんな発見をしたかを討論した。

「彼女はとても真剣だ。人生はいつもわくわくするものでなければならないのだ。」

「心の中で叫びをあげている感じがする。」
「子供と女性の間を引きつける力はとても強いと思う。」
「私は彼女が鉄道駅で待っているイメージがした。彼女は何度も腕時計を見て、そして考える『ああ、列車が来ない。私は男爵と結婚することもできるし、別の人をつかまえられるかも知れない』。」
「クロエ・サラマンはこれらの提案を、彼女がぴったりだと思うかどうかで、使うことも捨てることもできる」とアルフレッズはあとで私に話してくれた。事実、彼女はこの討論の多くを演技に取り入れた。たとえば、第一幕での彼女のあふれんばかりの喜び、動きの軽快さと、第二幕での彼女の疲労感との対照に。第一幕には、イリーナがチェブトゥイキンに、私は幸せだと言いながら両腕を広げて周囲をまわる場面があった。大胆な身振りは、俳優たちが登場人物の「激しい内面の状態」を身体化するために取りかかった稽古から生まれてきたように見えた(22)。

アルフレッズにとって、俳優の演技への鍵は登場人物の「超目標」の理解にある。

俳優として自分の意図が何であるのか分かっているのなら、舞台の上で現実に途方にくれることは決してありえない。たとえば、ラネーフスカヤの人生の動機、彼女の超目標は、愛されること、崇拝されること、最高の愛を得られるところへ行くことだ。だから、俳優は知的かつ感情的に、彼女が必要とする応答が得られるような方法で、人々と関係を結ばなければならない。

「超目標」は、ふつうは非常に幅が広く、「愛されること」とか「人生で成功すること」などだ。アルフレッズが述べるように、「超目標は実行できない、なぜなら一般化されすぎているからだ。より小さな、特定の場面の目標だけが実行できる」。だが、超目標は「俳優に、しがみつくべき何か、あるいは進むべき進路、貫く線を与えてくれる」。ラネーフスカヤの「愛されたい、崇拝されたい」という願望は、彼女の中にたえず在る要求を表しており、それはそれから具体的に、特定の状況で実行される（たとえば、第三幕で、彼女がトロフィーモフから同情を引き出そうとするとき、「ペーチャ、善良で親切な人。私をかわいそうだと思って……」）。

瞬間を演じる

アルフレッズは、二つの演技がまったく同じということはありえないと考える。俳優は上演において、戯曲を探り続けるべきなのだ。

俳優には息がつける余地を与えなければならない。それによって何か複雑で、多層的で、曖昧なことを言おうとすることを、優れた演技だとは言えないのだ。「この台詞はこんなふうにやってほしい」とか、「この場面はこれこれについての場面だ」とか。毎晩毎晩が新鮮に創造されるべきだし、俳優たちは望むところへどこでも、身体的かつ感情的に自由に行くべきなのだ。それは、彼らが互いにとてつもなく開かれていなければならないということだ。

この発言は、スタニスラフスキーに土台がある。真実の「適応」の必要性だ（スタニスラフスキーがこれまで、俳優たちに動きを変える自由を許したなど、ありそうもないことだが)。「演技は本質的には非常に単純だ」とアルフレッズは述べる。「ある目標を持って舞台へ上がる。何かを欲する。欲するものを追求し、得ようとするさまざまな戦法や戦略を持つことだ。そうすれば何が起こるか分かる」。俳優は、ある場面における登場人物の目標を知らなければならないが、それは俳優にどのように演じるかを教えない。「それが、その間に追求すべきものの指針を与えるのだ[23]」。程度の多少はあっても、上演から上演へと、「どのように」は変化しうる。「何を求めているかは分かっているが、どのようにそれを手に入れるかは、実際には即興なのだ」。言いかえれば、俳優は固定された「外面的な」スコアよりも、むしろ役の内面のスコアを演じるのだ。たとえば、『かもめ』の第三幕のトレープレフとアルカージナの場面を例にとろう。ある上演では、トレープレフを演じる俳優は「子供じみていて」、「依存心の強い」男であるかもしれない。もし、アルカージナを演じる女優がてきぱきと対応すれば、トレープレフはそれに適応して、彼女を味方に引き入れる方法を見つけなければならない。

この方法は俳優に、技術的にも感情的にも、多くの要求を課す。

私が求めているのは、俳優がその瞬間を、それが起こる通りに正直に演じるべきだということだ。もし、登場人物の新しい面を探っているのなら、演技は微妙に変わっていくだろう。もし、ある刺激を受ければ、ある場面で相手役からあるエネルギーを受け取れば、その瞬間、それに応えなければならないのだ。

前もって組み立てられた声と身体のパターンに頼ることができるかわりに、彼らはできるだけ正直にその瞬間を演じるよう求められるのだ。わざとらしくて、偽物の効果的なもののために精いっぱいがんばってはならない。残念なことに、われわれは巧妙に見せかけられた感情を舞台に見ることに、慣れてしまっている。リスクを取っているという、つまり、演技に感情的な危険を冒すという感覚があることはまれだ。感情的な真実は非常にまれで、達成するのがむずかしい。上演に半ダースほどの正直で感情的な瞬間があるとすれば、それは並外れている。だが、われわれは演技における、正直な意図と効果的な結果とを区別する必要がある。もし、われわれが見せかけの感情のはびこる演劇を受け入れるなら、われわれは不誠実な演劇を作りだしていることになる。

稽古での目標は、作品に対する「内面の構造と規律を創りだし」、それによって演技が一種の「統制された即興」になることだ。ハンコックは、『桜の園』には徹底的な準備が必要だったと回想している。

私たちは、自分が演じている人物だけでなく、作品中の他の人々についてもできるだけのことを知らなければならず、同時に人間の本性の気まぐれさを認めて、登場人物の内側に入り、舞台にいる他の誰かがもし何かちがうことをしたら、私たちはとっさにその登場人物に反応したことでしょう。要するに、私たちはその人物にならなければならなかったのです。(24)

俳優としての仕事の半分は自分自身の登場人物を創り上げること、もう半分は周りにいる人たちの演技を支えることだ、とアルフレッズは考えている。登場人物たちの関係を強め、はっきりさせるために、彼は戯曲の通し稽古を何度も行い、そこですべての俳優がそのつど、ある特定の登場人物に焦点を当てて、「彼らを直接理解し、そして、あるいはつねに、彼らのことを真剣に考えるのだ」。しばしば戯曲は、ある場面で、そこの幾人かの登場人物に十分な対話を用意していないが、「しかし、彼らは一緒に舞台に登場するのだから、俳優たるものは互いにその態度を探らなければならない。この独特の練習が、その機会を俳優に与える」。

アルフレッズはまた、幕ごとに何度も通しで稽古し、そのつど俳優たちにちがった「集中する箇所」を示す。たとえば、『桜の園』の第一幕では、次のようなことが含まれていた。「時間は午前二時」、「ラネーフスカヤが去ってから五年」、「グリーシャの死」、「桜の園」、「子供部屋」などなど。[25] この練習は戯曲の「与えられた環境」を集団で意識するのを確かにした。（「与えられた環境」を、一連の理解しにくい事実としてたんにリストにするだけでは不十分で、それらが俳優の体験の中に吸収されなければならないことを、アルフレッズは理解している。）

うまくいけば、この徹底的な稽古のプロセスを通して、俳優たちは、

それが彼らにとって潜在意識的な知識となるまで、素材を吸収することだろう。演技を下から支えてくれる豊富な思考、イメージ、感情のことだ。これは俳優たちと演出家の間に大きな信頼を必要とする稽古の方法だ。俳優たちは、自分たちがこれをやれると、つねに自信を持てないかもしれ

ない。戯曲と上演に対して、彼らに大きな責任を負わせるからだ。ナショナル・シアターの俳優たちと稽古をしている間、アルフレッズはときどき、彼が俳優たちに求めていたことを、彼らが本当には理解していなかったのではないかと、彼が最終的に演技にそうした「自由さ」を求めたことを本当には信じていなかったのではないかと心配になった。

おそらく最大の問題は、ほとんどの俳優が何をすればいいのか、特に外面的な点で何をすればいいのか、演出家に言われることに慣れているということだ。彼らは権利を認められることに慣れていない。彼らに権利が与えられると、彼らはそれを特権だと考えるのだが、しかしそれは権利だ、試してみる、危険を冒す権利なのだ。

マイケル・ラトクリフは、アルフレッズの方法が俳優たちの間に「ぞくぞくするような熱心さと鋭敏さ」を創りだすと見てとった。ここに、ロパーヒン役を演じたマックレンの演技を二晩続けて観たときの描写がある。

ラネーフスカヤの領地を買った無骨なロパーヒンの深い悲しみに沈んだ勝利は、さらに感動的だった……勝者と敗者が互いの腕の中で涙にくれたが、チェーホフの登場人物という範囲内ではひとしい演劇的な感覚を創りだしたし、それに粗野なロパーヒンというマックレンの性格描写では、家の鍵束をカーボーイのように頭の周りで振りまわし、ソファ・ベッドを蹴とばし、花瓶の真っ赤な花をラネーフスカヤと一緒に……白い部屋の縁にまき散らすのだ。[26]

ハンコックはマックレンとともに演じた場面を次のように回想している。

（その場面は）すばらしい決闘のようでした。彼が、桜の園を買いました、と告げる場面では、彼が何をするつもりなのかまったく分かりませんでしたから、毎晩それは新鮮な大事件でした。ときに彼は、私に駆けよって抱きしめ、キスで涙をぬぐい取り、ときに私に憎しみを浴びせようとしました。私たちの行動すべての根底にあったのは、手袋を投げつけて、相手が挑戦に応じるかどうか見てみようということでした。[27]

しかしながら、上演が回を重ねるうちに動きのいくつかは、ふつう一般の上演ではそうなるように、「固定化」される傾向があった。以前の上演で、観客とともに「創り上げた」場面を採り上げて、これをくり返したことで俳優たちにもときに責任があった。これはアルフレッズが意図したことの反対だった。「瞬間を演じる」というよりも、むしろ「結果」を求めての演技だったのだ。

行動と身振りは、舞台上ではすぐに自動的なものになりうる。背後に本当の刺激がある限り、俳優が同じ選択をしても何も悪いことはない。だが、もしそこに内面の正当化がまったくなく、効果の反復にすぎないのなら、そのときは、私は口出しをして、そういったパターンを壊さなければならない。

ある上演の後、アルフレッズは俳優たちに怒りをあらわにしたメモを書いた。「君たちは死んだ演劇に貢献してしまった。どうか生きた演劇へもどってくれないか。すべての上演の前に、みんなが考えて準備してほしい。このままではやっていけない[28]」。

『三人姉妹』――感情的危機の感覚

アルフレッズは、特定の戯曲が要求するもの、あるいは劇団の必要とするものに応じて、稽古の方法を作り変え、新しい練習を取り入れる。たとえば、一九八六年のシェアド・エクスペリアンスの『三人姉妹』のために取り入れた方法は、彼の『桜の園』の演出とはかなり異なっていた。「チェーホフの戯曲は、それらがまるで似たようなスタイルで書かれたかのように議論されがちだ」と彼は言う。「実際には、一つ一つの戯曲はとてもちがっていて、注意深い評価と個別の方法を必要とする。チェーホフは『三人姉妹』をドラマと呼んでいる。滑稽な場面が多いし、苦い皮肉がいっぱいだが、この戯曲は『桜の園』よりも、ずっと暗く、希望がなく、苦痛に満ちている」。

ポール・ダートの装置は暗く憂鬱で、「絶望的な運命」という感覚を創りだした[29]。くすんだ白で、黒いざらざらの染みがついた四本の円柱が、第一幕の柱廊と第四幕の戸外の白樺林とを暗示していた。背景幕は幅広の黒い刷毛のひと掃きで刻み目がつけられていた。「陰気で荒々しく[30]」、表現主義的でさえあった。
すでに見てきたように、ジョナサン・ミラーは姉妹が置かれた状況のふつうさ、、、、を強調した。それとは対照的に、アルフレッズは次のように述べる。

戯曲の行動が扱うのは三年半の間なのだが、登場人物たちはほとんどいつも危機にある。現代で、これほどの苦痛を受けなければならなかったら、急いで精神分析医のところに送られるだろう。『三人姉妹』を上演することの問題の一つは、この戯曲が非常に感情的であることを要求することだ。私が稽古でやろうとしたことは、俳優たちがこれほどの激しさを上演時間中もちこたえられるよう、彼らを訓練することだった。

戯曲はときおり、取り組むのを妨げられた。俳優たちは、登場人物たちの体験する苦痛を受け入れられるようになるために、稽古で大きな危険を冒した。稽古では、上演でもそうだが、ある感情的な危険、それから荒廃した感情的光景という感覚がある必要がある。

ナショナル・シアターの『桜の園』では、アルフレッズは演技における「軽快さと繊細さ」を勧めた。だが、この作品で彼は異なった身体的な性質を狙っていたのだ。

戯曲がより深く危機に陥っていくにつれて、悲劇的な様相を帯びていく。演技は強烈で激しいものになる必要がある。長い台詞のいくつかは、ほとんどシェイクスピアの独白のようだ。それらはまったくリアリスティックではない。稽古で、私は俳優たちに台詞を選んで、それを高めようとすること、古典的な、ほとんど「ヒロイック」なレベルに達することを求めた。この稽古のいくぶんかは演技に取り入れられた。私は、こうした瞬間に俳優たちが静止する必要があると感じた。リアリスティックな上演に用いられる何げない動きは、選び出されて取り除かれなければならなかった。

この実例を、われわれはアンドレイ役のジョナサン・ハケットの演技に見ることができる。人々の間で落ち着かず、まごついているこの登場人物は、考えにふけり、第四幕の独白のところではじっと動かずに座ったまま、押している乳母車の赤ん坊に目をすえていた。もっと希望に満ちた将来のイメージが、つかのま彼をとらえると、彼は顔に明るい、ほとんどふぬけたような笑みを浮かべて、顔を上げた。「妹たち!」と叫ぶと、彼は妹たちを抱きしめようとするかのように、両腕を広げて前に出した。だが、そのときナターシャがじゃまをした、「そこで、そんな大きな声で話しているのはだれ?」幻想は消えて、彼は沈黙に沈みこんだ。

アルフレッズの演出は、イギリスのほとんどの上演にある「上品さ」を避けた。ビリントンは上演にいくつかあった感情的な危機を賞賛した。たとえば、フィリップ・ヴォスはチェブトゥイキンを「あごひげをさする、年取って角のとれた人」としてではなく、「あの場面で、顔を洗っている洗面器を壊そうとしているかのように見つめる、とてつもない怒りに囚われた人間」として演じた。(31)

それにもかかわらず、『三人姉妹』は賛否両論の批評を受けた。アルフレッズは、初日の夜、俳優たちの神経の昂ぶりが演技にちょっと影響したと感じた。それは、彼らが互いにそれほど敏感にも、「率直に」もなれなかったということだった。（重要なことに、おそらく後の方の上演を観た批評家たちは、概してもっと熱狂的だったのだ。）だが、アルフレッズが上演に対して採った「方針」にはいくらかの抵抗もあったのだ。だから、ビリントンは上演が、「チェーホフの自然にわいてくるユーモアをいくぶん欠いている。明らかに、これは意図的にそうした結果だ、というのもこの上演は私がこしばらくの間に観た中で、もっとも救いがたく悲劇的な『三人姉妹』だからだ」と不満をもらしたのだった。[32] アルフレッズは、次のように批評に応えている、「チェーホフがいかに上演されるべきかについて、人々は一家言を持っているようだ。批評家たちは『チェーホフ的なバランス』について語る。彼らの言わんとしていることは、チェーホフの上演は感動的なものであるべきで、感情的すぎるものであってはならない、おかしいが滑稽すぎてはならない、悲しげだが悲劇的すぎてはならない、というものではないかと思う」。

確かに、チェーホフはスタニスラフスキーに、これは喜劇だと言い張ったが、しかしまた彼はヴェーラ・コミッサルジェフスカヤに「その気分は暗いうえにも暗いのです」と語っているのだ。[33] アルフレッズの演出には非常に多くのユーモアと皮肉の感触があった。（たとえば、ナイジェル・アンドリュースは、ヴェルシーニンが哲学を話している間、「他のみんなが暗喩的に自分の腕時計を見始める」さまを記録している。[34]）だが、これはまた、ヘレン・ローズが観たように、「最初から不幸な運命にすっかり覆われていた」[35] のだ。実際、その気分は「暗いうえにも暗かった」のである。

『かもめ』と「演劇」のメタファー

一九九一年、アルフレッズは今度はオクスフォード・ステージ・カンパニーとともに『かもめ』に復帰した。この戯曲の登場人物はすべて、「何らかの点で自分の人生を『演じながら』その役を演じている」とアルフレッズは主張する。それはまるで、彼らが自分自身を戯曲か小説の登場人物と見なしているようなのだ。たとえば、マーシャは「不幸なのだが、また自分の不幸を『演じ』てもいる。その感情は本当なのだが、彼女が感情を処理するやり方が大げさで滑稽なのだ。マーシャは自分の感情を心ゆくまで楽しんで、そこからドラマを作りだす。そして、多くの登場人物がそうするのだ。彼らは、自分の人生の苦痛を、それに耐えられてうまく処理できるものにするやり方で『演じる』のだ」。

ポール・ダートによる装置には、正面に偽の「プロセニアム・アーチ」があった。古典的な白い柱は優雅な十九世紀風の劇場を暗示していた。深紅の半幕が各幕の終わりに下りてきて、アルカージナのような貴婦人が舞台をふんだ時代の劇場を再び思い出させた。だが、これは正面だけだった。舞台の片一方の側は、正面が剝ぎとられて、古典的な柱の下の木製の枠組みが見えていた。装置には一切「壁」がなかった。俳優たちは、登場する前から袖に姿が見えていた。だから、装置は「演劇」という戯曲の中心となるメタファーを強調するように意図されていたのだ。それは、登場人物たちが「演じて」いることを観客がつねに意識していられるようにした。

演出は、登場人物たちが自己を劇化している瞬間を際立たせた。たとえば、第三幕でマーシャがトリゴーリンに、彼が送ってくれる本に献辞としてどう書いてほしいのか言うとき、彼女は手をドラマティックに胸に押しあてた。これは、マーシャが自分の人生について行った、おそらく、いささかウォッカを飲みすぎて気が大きくなってやった、一種の堂々たる自己劇化の声だった。

　第二幕には、ニーナがドールンにあげた花束をポリーナがひっつかみ、嫉妬にかられて引きちぎるという場面がある。オクスフォードの上演では、ポリーナは突然激怒し、そして登場人物たちは興奮して、気が狂ったように花束を奪おうと取っ組み合いを続けた。ポリーナはドールンのために「演劇化」し、彼女の感情を「演じて」いたのだ。したがって、行動は内面的に動機づけられていた。それでもなお、われわれは彼女がいかに滑稽で、自己劇化しているかを見てとることができた。われわれは、そこから登場人物のふるまいをながめるべき、一定の皮肉な視点を与えられていたのである。

「心理的なものと身体的なもの」

　再び、演技がときに強調されすぎだったと感じた批評家たちがいた。ベネディクト・ナイチンゲールは、俳優たちが「感情を手旗信号の旗のように取り出して、ふりかざす」と不満を述べた。どちらかと言えば、「チェーホフにとってかなり重要であるところで、つまり、言葉の下や、まなざしの背後で、ほとんど何も起こっていないのだ」と彼は言った。[36] しかしながら、明らかに彼は、まったく異なった、もっと「自然主義的な」上演様式を、「観客に向けられ、逸らされる」スタイルを期待していたのである。そこでは、登場人物たちの感情は、「自ずから現れ出る」よりも、むしろ微妙にほのめかされるのだ。

　「真実とリアリズムは、いまだに同義語と見なされているようだ」とアルフレッズは意見を述べている。「演技のスタイルが『大胆だ』という事実は、表面下で何も起きていないとか、内面的な『真実』が何もないということを意味しない」。

アルフレッズの最新のチェーホフ演出は、メソッド・アンド・マッドネスのための『桜の園』で、一九九八年の一月にエグゼクターのノースコット劇場で幕を開けた。[37] ピーター・マッキントッシュがデザインした装置は、メイエルホリドの影響を受けているように思われた。サーカスのリングのような円形の演技エリアがあって、背後をたくさんの梯子が取り囲んでいて、その先が天井の見えないところへ伸びていた。梯子はサーカスを暗示しているだけでなく、果樹園の木々、電信柱、鉄道線路などをも暗示していた。上演の始まりに、俳優メンバーが全員急いで登場して、第一幕のための装置を用意した。音楽は明るくて、サーカス風でさえあった。俳優たちは笑顔で観客に挨拶した。そのあとすぐに、彼らが、ほとんどサーカスのアーティスト同然の、われわれのために「演じ」ようとしている「演技者」であることが明らかになった。

稽古にはいくつか道化の練習が入っていた。それで、上演が始まったとき、演技のスタイルは高度に身体的だった。俳優たちは側転しては尻もちをついた。エピホードフは登場してつまずくと、サーカスの前転をした。第一幕の終わりで、トロフィーモフがアーニャを見つめると、彼は側転して喜びを表現した。第二幕の終わりで、トロフィーモフがアーニャと二人きりになると、一緒に梯子を登った。行動のエネルギーが高度の興奮状態を表していたのだ。同じように、第三幕でワーリャがエピホードフを舞踏会から追い出そうとすると、エピホードフは梯子のうちの一本を登り、ワーリャは彼を追いかけた。エピホードフは別の梯子へ乗り移ると、梯子の側柱を（道化のように）すべり下りた。したがって、俳優たちは、ほとんどメイエルホリド流の「演技のための機械」のように装置を使うよう、すすめられていた。彼らは大胆で身体的な行動によって、登場人物の「内面の状態」を表現する方法を見つけていたのである。

しかしながら、この段階でアルフレッズは、演技がもっと感情的になる必要があると感じた。巡演中の休日に、俳優たちは行動や目標や集中点をもう一度稽古し直す時間がもてた。初日から六カ月ほどあとに、再び上演を観ると、身体的な側面ははるかに目立たなくなっていた。側転も尻もちもなくなっていた。演技はより内面化されていたのだ。アルフレッズは意見を述べた。

変化はショーの展開の一段階だ。私は身体的な内容をあきらめるつもりはない、決してない。だが、これがわれわれの今の時点で到達した段階だ。起こっているのは、もし上演が活発でおどけたものになると、その内的な生活を失うということだ。もっと十分に内面的であれば、身体的な活力を失うのだ。

一年におよんだ巡演のあと、「身体的な活力」のいくぶんかは回復してきた。たとえば、第一幕のラネーフスカヤが家にもどってきた興奮は、突然の意外な方法で表現された。彼女はドゥニャーシャをあらためて見て、彼女を持ち上げるとぐるぐる回したのだった（ドゥニャーシャはもちろん驚き、満足した）。アルフレッズは、上演が「もっと有機的に」なったと感じた。「すべて演技へ至る道は、内面的なものと外面的なものを、心理的なものと身体的なものを結合させることだ。少しずつ、俳優たちはこの両面を一つにしつつある」。

「私は必ずチェーホフへもどり続けることだろう」とアルフレッズはしめくくる。「戯曲は洞察が豊かで、形式が複雑で、俳優と観客にひとしく大きなものを要求する。私はいつも新しい発見をしている。戯曲に一つの層を見つけだすと、その下に別の層が見つかるのだ。探るべき無限の深さがある」。

上演記録

イギリスにおけるアルフレッズの演出。

『かもめ』シェアド・エクスペリアンス、初演一九八一年九月十二日、シェフィールドのクルーシブル劇場。

『桜の園』オクスフォード・プレイハウス・カンパニー、初演一九八二年八月九日、ロンドン・ラウンドハウス劇場。

『桜の園』ロンドン・ナショナル・シアター、初演一九八五年十二月十日、コッテスロー劇場。

『三人姉妹』シェアド・エクスペリアンス、初演一九八六年二月二十日、ウィンチェスターのロイヤル劇場。

『かもめ』オクスフォード・ステージ・カンパニー、初演一九九一年一月二十三日、ワーウィック・アーツ・センター。

『桜の園』メソッド・アンド・マッドネス、初演一九九八年一月二十二日、エグゼクターのノースコット劇場。

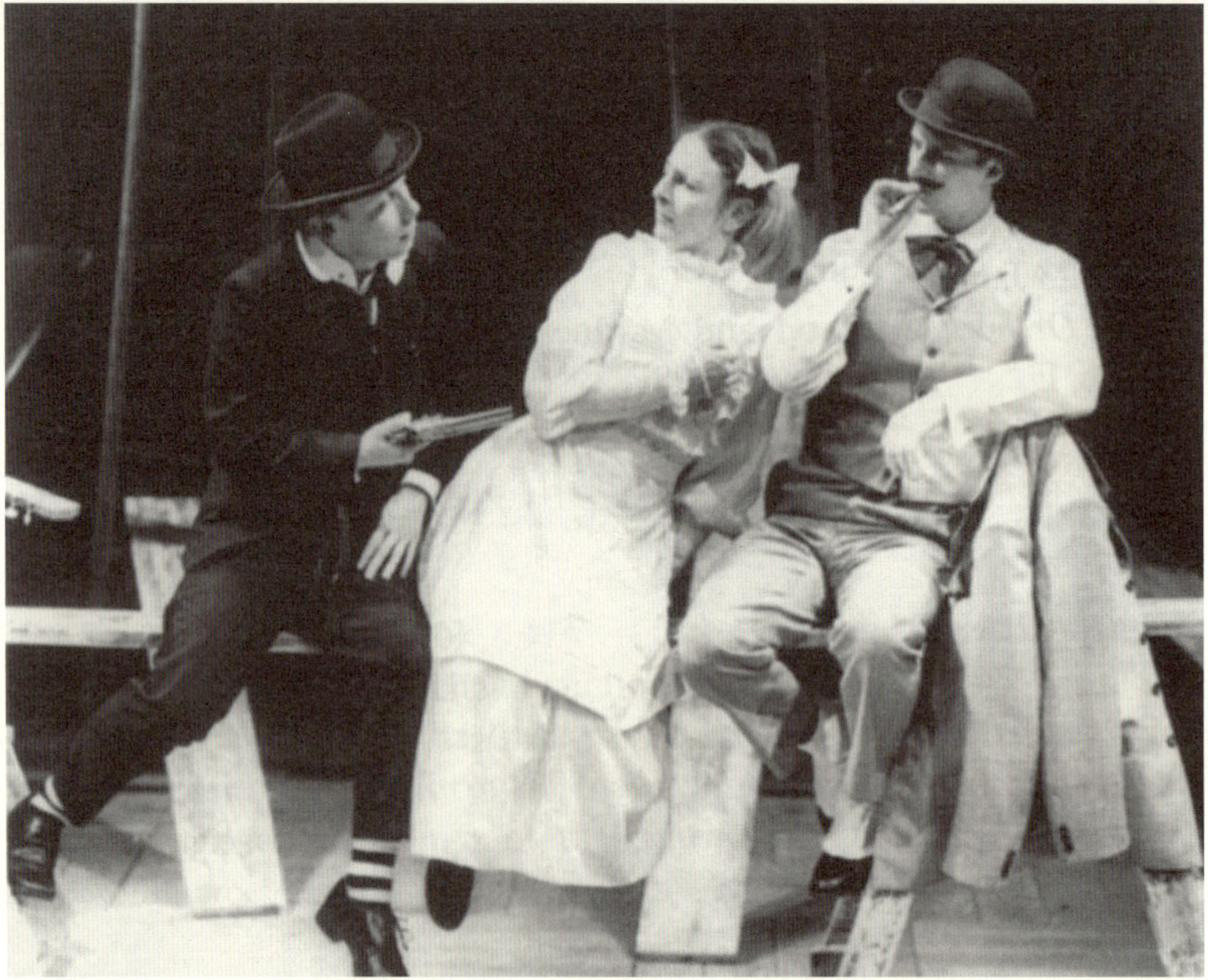

マイク・アルフレッズ演出『桜の園』第２幕（1998年）

おわりに

「赤い糸」のように本書を貫いているのは、演技における「内面的」なものと「外面的」なものについての疑問だった。

西欧におけるチェーホフは、ある一定の上演スタイルと結びつけられてきた。つまり、「自然主義」という穏やかな形式で、そこではサブテキスト、登場人物たちの内面の考えと感情が、ふるまいのとても小さなちらりと見える細部、「目配せとおずおずした身振り」によって仄めかされている。(1) この上演スタイルがこれまで「チェーホフ的」と呼ばれてきた。

ここまで検討してきたように、最近では「自然主義」の支配を破り、もっと「表現豊かな」チェーホフの上演スタイルを創りだそうとする試みが行われてきた。だが、こうした試みは批評家たちの抵抗を受けがちで、彼らはより「身体的な」あるいは「表現豊かな」スタイルは粗雑で、チェーホフの「微妙さ」を欠いているように思われると主張する。しかし、これらの批評の裏にあるのは、「微妙だ」ということが必ず「小さく」て「自然主義的」だということを意味しなければならないという信念なのだ。

マイク・アルフレッズは、非常に外面的な演技は「内的な生活」を一切持たなくなる危険のあることを認めている。だが、その一方で、内面的なものを強調する作品は、身体的な表現性という点で弱いものになる危険がある。疑問は疑問のままだ。チェーホフの登場人物たちの「内的な生活」はどのように外面的な形式で表現されるべきなのか。「内面的なドラマ」は隠されたまま、とても小さな「自然主義的な」細部を通して間接的に暗示されるべきなのか。それとも、それは「直接に」引き出されるべきなのか。

チェーホフはまったく「外面的な」演技の形式に反対した。彼はモスクワで、サラ・ベルナールが演じるのを観たとき、彼女の演技は「ごまかし」の連続だと非難した。「あらゆるため息、涙、死のもがき、彼女の演技のすべては、非の打ちどころなく巧妙に準備された稽古以外の何ものでもない。稽古、朗読者、それだけだ！」「彼女にはひらめきがまるでなかった、ひらめきはそれだけでわれわれを感動させて、激しく涙させ、われわれを恍惚とさせうる」。言いかえれば、まったく「内的な生活」がなかったのだ。それだけでなく、彼女は演技で、「自然なものではなく、風変わりなものを探し求めるのだ。彼女の目的は諸君をびっくりさせ、驚かせ、そして目をくらませることだ[2]」。

チェーホフがアレクサンドリンスキー劇場で、『かもめ』の稽古を見せてもらったとき、彼は俳優たちが「多く演じすぎる、もっと演技は少なくすべきです」と言って反対した。彼は俳優たちに説いた、「大事なことは……わざとらしく《シアトリカル》ならないことです。すべてが単純に、きわめて単純であるべきです。彼らはみんな単純な、ふつうの人たちなのです[3]」。彼は、俳優たちが一切内的な生活を持たずに、まったくの「外面的な」手段で演じる傾向があることに反対しようとやっきになったのだった。

舞台の伝統が彼らに「わざとらしく《シアトリカル》」なること、ふつうでないものを探すこと、観客をびっくりさせて目をくらませることをけしかけたのである。

チェーホフは、微妙な感情は「外面的な形式で微妙に表現されなければならない」と主張した。だが、これは彼が上演における「自然主義」という形式を擁護したという意味だろうか。確かに、彼は俳優たちに、人々の現実のふるまい方を観察するように言った（たとえば、トリゴーリンを演じているカチャーロフに与えた助言を見るとよい）。これは、彼が部分的には、身体的なふるまいの細かなところに正確な注意を向けて、登場人物が創りだされることを望んだのだと思われる。しかしながら、チェーホフの登場人物たちの行動は、決してただたんに「自然主義的」ではない。見かけは単純な行動が深い内的な心理的意味を表現しうるのだ。たとえば、『かもめ』でトレープレフが彼の原稿を破り捨てるとき、これは「心理身体的な」行動であって、登場人物の内面の感情を巧みな外面的形式で表現している。事実、チェーホフにあってはあらゆる細部が、「人生におけるのと同じように単純であると同時に複雑な」のだ。俳優にとって難題なのは、こうしたはっきりと示された「単純な」行動によって演じて、内面的な複雑さと深さを伝えることだ。

モーリス・ベアリングが伝えるところによれば、ロンドンで『かもめ』が上演された初期のころ、俳優たちは何か内面的な意味を持たせて登場人物の行動を実行することができなかった。ベアリングは、第三幕でトレープレフが母親と口論しながら、頭から包帯をほどく場面を引いている。

俳優たちはト書きを読んだのだと思うが、そこにはこう書いてある、「男は包帯をほどく」、だがこの場面の台詞はいかなる感情も強調もなしに語られた。ある場面で、男は静かに包帯を取り去ると、あたかもそれが邪魔になったかのように、あるいは吸い終わったタバコを投げ捨てるかのように、包帯を床に落としたのだった。

包帯を捨てるという行為が、言いかえれば、それがただたんに「自然主義的な」細部であったかのように、いかなる「内面的な」意味も持たせずに演じられた。「外面的な」身体的行動は、内面的な心理的行動を表さなかったのだ。

だが、ベアリングはモスクワ芸術座を観ていた、そこでは「あらゆる効果が物語るように作られていた」のだった。(4)

スタニスラフスキーは、チェーホフの戯曲を自然主義という重苦しい形式で防腐処理したとして、酷評されたのだった。だが、すでに見てきたように、彼は自らの演出をリアリズムまたは自然主義の練習としてではなく、チェーホフの登場人物たちの「内的な生活」を明らかにしようとする試みだと見なしていた。音響効果のような、彼が作りだした趣向は、外面的な自然主義を創りだすことではなく、「人間の魂」を明らかに示すことを意図していたのである。(5)

チェーホフの登場人物たちは、「しばしば言葉には表さないことを感じ、かつ考える」とスタニスラフスキーは述べている。(6) 俳優たちとの稽古で、彼が重要視していたのは、「内面的な行動」、「サブテキスト」が明らかにされ、表現されうる方法を見つけることだった。彼が試みていたことは、登場人物たちの感情を実際に証明する決まりきった「視覚化された」形式、あるいは外面的な演技を止めて、外面的な形式で内面の感情を表現する繊細微妙な方法を探すことだった。『かもめ』のための演出プランで、彼は身体的行動の「スコア」を創りだした。たとえば、トレープレフが原稿を燃やす場面では、彼が自殺する準備をしている間の、複雑な内面の心理を表すのに、単純な行動の連続が用いられた。

すでに見てきたように、『かもめ』におけるスタニスラフスキーの方法はときどき、彼が登場人物の感情を外面的に、あるいは「目に見えるように」、「実際に証明すること」にもどった際には、少し粗雑にも見えた。それだけでなく、細部を選択する能力に確かに欠けていた。ときにスタニスラフスキーは舞台を「自然主義的な」もので埋めていただけのように見えた。にもかかわらず、身体的行動に焦点を当てたことが俳優たちを助けて、通常とちがった深さにまで役に没頭させ、彼らが舞台の上で「生きる」のを助けたことは明らかである。

後年、スタニスラフスキーは「身体的行動の方法」を考え出した。彼は、具体的な身体的行動の筋の通った「スコア」によって稽古することが、俳優の演技を導くことを理解した。だが、その目的は自然主義的なふるまいという見かけを創りだすことでは決してなかった。スタニスラフスキーは次のように強調した、「われわれには身体的行動の真実が必要だが、それを信じるのはリアリズムや自然主義のためではなく、われわれの中に役の内的な体験を刺激し、舞台上に登場人物たちの生きた、人間的な、精神的な本質を伝えるためなのである(7)」。

スタニスラフスキーは、複雑な感情が単純な行動で表現されうることに気づいていた。マクベス夫人が両手についた血を洗い落とそうとするとき、その行動は単純でもあり、複雑でもある。身体的行動の方法によって稽古することは、俳優が「単純なものから複雑なものへ、単純な身体的行動から複雑な心理的体験へと」進んでいくのを助けてくれる方法だった。(8) 一九三〇年代に、スタニスラフスキーはこの「方法」を彼の「システム」の中心にすえた。だが、彼がもっと初期のころから身体的行動によって仕事をしていたことは明らかだ。一九一六年に、彼は演技が「生きた、ダイナミックな身体的また心理的な仕事のスコア」にもとづいていることを要求した。(9) 一九一七年、彼がタラーソワ、ミハイル・チェーホフとともに『かもめ』の稽古をしながら、いかにして各場面のためにこの「スコア」を創りだそうとしたかを、われわれはすでに見てきた。トレープレフが母親にキスをする場面のような、あらゆる行動が心理的であると同時に身体的なのだ。これは「偶然そうなった」細部ではなかった。それは内的な重要性から探りだされた。それは単純な行動であったが、同時に複雑でもあった。その目的は「内面的な」ものと「外面的な」ものとの、心理的なものと身体的なものとの一致、スタニスラフスキーが舞台上の「有機的な行動」と名づけたものを創りだすことだった。(10)

「舞台上にあるすべてのことを、人生におけるのと同じように複雑かつ単純なものにせよ」とチェーホフは力説した。「人生があるがままに正確に示され、人々があるがままに正確に示される」ことが必要なのだ、と彼は主張した。しかしながら、彼は、それは「自然主義やリアリズムの問題ではない。そんな制限の中にとどまる必要はない」とつけ加えた。(11) したがって、人生を「あるがままに」、人々を「あるがままに」示すことは、必ずしも自然主義の形式で演じることを意味しないのである。

チェーホフを上演する手がかりの一つは、登場人物たちの「身体的行動」にある。アルフレッズが主張してきたように、自然主義的な上演にひそむ危険は、場面場面が「ただ単に検討されていないこと」、重要な意味が見落とされていることだ。そうすると、われわれには内面の複雑さを欠いた、人生の表面的な「単純さ」だけが残される。

結局、チェーホフが上演されるべき方法に対する最終的な解答はない。だが、われわれは何が「チェーホフ的」であって、何がそうでないかについて、狭く限定的な定義はいかなるものも受け入れるわけにはいかない。スタニスラフスキーはその人生を通してチェーホフを上演する必要性を探り続けた。人々がチェーホフの作品を、あたかもすでに完全に理解されて、発見すべき新しいことはもう何もないかのように忘れ去ったように思われたとき、彼は苛立ち、当惑した。演劇人たるものはチェーホフの戯曲の技法を研究し、学び続けなければならないと、彼は力説した。チェーホフの戯曲は新しい表現手段を、そして「新しい演技の心理学」を要求するのである。

そういうわけでチェーホフについての章はまだ終わっていない。チェーホフはあるべきようには読まれてこなかったし、その本質は捉えられていない。本はあまりに早く閉じられてしまったのだ。本は再び開かれて、終わりまで読まれ、そして研究されるべきなのだ。(12)

参考文献

ロシア語

Anikst, A., *Teoriya dramy v Rossii ot Pushkina do Chekhova*, Moscow, Nauka, 1972.

Balukhaty, S. D., *Problemy dramaturgicheskogo analiza Chekhova*, Leningrad, Academia, 1927; repr. Munich, Wilhelm Fink, 1969.

——*'Chaika' v postanovke Moskovskogo khudozhestvennogo teatra: rezhisserskaya partitura K. S. Stanislavskogo*, Leningrad and Moscow, Iskusstvo, 1938.

Bryusov, Valeri, *Sobranie sochineni*, vol. 6, *Stat'i i retsensii 1893 - 1924; iz knigi 'Dalekie i blizkie'; miscellanea*, ed. D. E. Maksimov, Moscow, Khudozhestvennaya literatur, 1975.

Chekhov, A. P., *Polnoe sobranie sochineni i pisem v tridtsati tomakh* (Collected Works in Thirty Volumes), Moscow, Nauka, 1974 - 83.

Demidova, Alla, *Teni zazerkal'ya: rol' aktera: tema zhizni i tvorchestva*, Moscow, Prosveshchenie, 1993.

Efros, Anatoli, *Repetitsiya—lyubov' moya*, vol. 1 of a four - volume edition of Efros' writings, Moscow, Panas, 1993.（『演劇の日常』宮沢俊一訳、テアトロ、一九七九年）

——*Professiya: rezhisser*, vol. 2, Moscow, Panas, 1993.

——*Prodolzhenie teatral'nogo romana*, vol. 3, Moscow, Panas, 1993.

Efros, Nikolai, *Moskovski khudozhestvenny teatr: 1898 - 1923*, Moscow, Gosudarstvennoe izdatel'stvo,

1924.

Ezhegodnik Moskovskogo khudozhestvennogo teatra 1943, Moscow, Iskusstvo, 1945.

Gershkovich, Aleksandr, *Izbrannoe*, Moscow, ULISS/Teatral'naya zhizn', 1994.

——*Teatr na Taganke* (*1964 - 1984*), Moscow, Solyaris, 1993. (『タガンカ劇場』中本信幸訳、リブロポート、一九九〇年)

Gitovich, N. I. (ed.), *A. P. Chekhov v vospominaniyakh sovremennikov*, Moscow, Khudozhestvennaya literatura, 1986. (『チェーホフ全集』中央公論社、別巻『チェーホフの思い出』参照)

Gladkov, Aleksandr, *Meierkhol'd*, 2 vols, ed. V. V. Zabrodina, Moscow, STD, RSFSR, 1990.

Gogol', N. V., *Sobranie sochineni*, eds S. I. Mashinski and M. B. Khrapchenko, vol. 6, Moscow, Khudozhestvennaya literatura, 1978.

Gorchakov, N., *Rezhisserskie uroki Stanislavskogo: besedy i zapisi repetitsi*, Moscow, Iskusstvo, 1951. (『モスクワ芸術座の演劇修業』野崎韶夫訳、筑摩書房、一九五八年)

——*Rezhisserskie uroki Vakhtangova*, Moscow, Iskusstvo, 1957. (『ワフターンゴフの演出演技創造』高山図南雄訳編、青雲書房、一九七八年)

Il'inski, Igor, *Sam o sebe*, Moscow, Iskusstvo, 1984.

Komissarzhevski, F., *Tvorchestvo aktera i teoriya Stanislavskogo*, Petrograd, Svobodnoe iskusstvo, 1917.

Mal'tseva, O., *Akter teatra Lyubimova*, St. Petersburg, LenNar, 1994.

Meierkhol'd, V. E., *V. E. Meierkhol'd: stat'i, pis'ma, rechi, besedy*, ed. A. V. Fevral'ski, 2 vols, Moscow, Iskusstvo, 1968. (『メイエルホリド　ベストセレクション』諫早勇一ほか訳、作品社、二〇〇一年に抄訳されている。)

——*Meierkhol'd repetiruet*, ed. M. M. Sitkovetskaya, 2 vols. Moscow, ART, 1993.

Mikhailova, Alla, *Meierkhol'd i khudozhniki*, Moscow, Galart, 1995.

Nemirovich - Danchenko, Vl. I., *Izbrannye pis'ma*, vol. 1 (1879 - 1909), Moscow, Iskusstvo, 1979.

——*Rozhdenie teatra: vospominaniya, stat'i, zametki, pis'ma*, ed. M. N. Lyubomudrov, Moscow, Pravda, 1989.（『モスクワ芸術座の回想』内山敏訳、早川書房、一九五二年）

Radishcheva, O. A., *Stsnislavski i Nemirovich - Danchenko: istoriya teatral'nyx otnosheni. 1897 - 1908*, Moscow, ART, 1997.

Rudnitski, K., *Rezhisser Meierkhol'd*, Moscow, Nauka, 1969.

Simonov, Ruben, *S Vakhtangovym*, Moscow, Iskusstvo, 1959.

Smelyanski, Anatoli, *Nashi sobesedniki: Russkaya klassicheskaya dramaturgiya na stsene sovetskogo teatra 70-x godov*, Moscow, Iskusstvo, 1981.

Stanislavski, K. S., *Rezhisserskie ekzemplyary K. S. Stanislavskogo*, vol. 2, *1898 - 1901: 'Chaika' A. P. Chekhova, 'Mikhail Kramer' G. Hauptmana*, ed. I. N. Vinogradskaya and I. N. Solov'eva, Moscow, Iskusstvo, 1981.（『かもめ』のみ翻訳がある。『スタニスラフスキイ演出教程』倉橋健訳、未来社、一九五四年）

——*Rezhisserskie ekzemplyary K. S. Stanislavskogo,* vol. 3, *1901 - 1904: p'esy A. P. Chekhova 'Tri sestry', 'Vishnevy sad'*, ed. I. N. Solov'eva and N. N. Chushkina, Moscow, Iskusstvo, 1983.

——*Sobranie sochineni v devyati tomax* (Collected Works in Nine Volumes), Moscow, Iskusstvo, vols 1-7, 1988-95.（第八、九巻はそれぞれ一九九八年と一九九九年に発行された。）

——*Moe grazhdanskoe sluzhenie Rossii*, ed. M. N. Lyubomudrova, Moscow, Pravda, 1990.

——*Rezhisserskie ekzemplyary Stanislavskogo 1898 - 1930: 'Dyadya Vanya' A. P. Chekhova, 1899*, ed.

I. N. Solov'eva, Moscow, Phoenix, 1994.

Stanislavski v menyayushchemsya mire: sbornik materialov Mezhdunarodnogo simpoziuma 27 Fevralya - 10 Marta 1989 g., Moskva, Moscow, Blagotvoritel'ni fond Stanislavskogo, 1994.

Stroeva, M. *Chekhov i khudozhestvenny teatr: rabota K. S. Stanislavskogo i Vl. I. Nemirovich-Danchenko nad p'esami A. P. Chekhova*, Moscow, Iskusstvo, 1955.

——*Rezhisserskie iskaniya Stanislavskogo, 1898 - 1917*, Moscow, Nauka, 1973.

——*Rezhisserskie iskaniya Stanislavskogo, 1917 - 1938*, Moscow, Nauka, 1977.

Surkov, E. D. (ed.), *Chekhov i teatr*, Moscow, Iskusstvo, 1961.

Suvorin, A. S., *Dnevnik A. S. Suvorina*, ed. M. Kricheski, Moscow and Petrograd, L. D. Frenkel', 1923.

Toporkov, V., *Stanislavski na repetitsii: vospominaniya*, Moscow, Iskusstvo, 1950.（『稽古場のスタニスラフスキー』馬上義太郎訳、早川書房、一九五三年）

Vakhtangov, E., *Evg. Vakhtangov: materialy i stat'i*, eds L. D. Vendrovskaya and G. P. Kaptereva, Moscow, VTO, 1959.（『演劇の革新』堀江新二訳、群像社、一九九〇年）

Vendrovskaya, L. D. (ed.), *Vstrechi s Meierkhol'dom: sbornik vospominani*, Moscow, VTO, 1967.

Vilenkin, V. Ya. (ed.), *Ol'ga Leonardovna Knipper-Chekhova: vospominaniya i stat'i; perepiska s A. P. Chekhovym (1902 - 1904)*, 2 vols, Moscow, Iskusstvo, 1972.（『チェーホフ、クニッペル往復書簡』全3巻、牧原純訳、麥秋社、一九八四年）

Vinogradskaya, I. N., *Zhizn' i tvorchestvo K. S. Stanislavskogo: letopis'*, 4 vols, Moscow, VTO, 1971 - 6.

——*Stanislavski repetiruet: zapisi i stenogrammy repetitsi*, Moscow, STD, RSFSR, 1987.

英語、独語、仏語

Adams, Cindy, *Lee Strasberg: The Imperfect Genius of the Actors Studio*, New York, Doubleday, 1980.

Agate, James, *My Theatre Talks*, London, Arthur Barker Ltd, 1933.

——*James Agate: An Anthology*, London, Rupert Hart-Davis, 1961.

Ahrends, Günter (ed.), *Konstantin Stanislawski: Neue Aspekte und Perspektiven*, Tübingen, Gunter Narr Verlag, 1992.

Baring, Maurice, *The Puppet Show of Memory*, London, W. Heinmann, 1922.

Barthes, Roland, *Empire of Signs*, New York, Hill & Wang, 1982.（『表象の帝国』宗左近訳、ちくま学芸文庫）

Bartow, Arthur, *The Director's Voice: Twenty-one Interviews*, New York, Theatre Communications, 1988.

Benedetti, Jean, *Stanislavski: A Biography*, London, Methuen, 1988.（『スタニスラフスキー伝』高山図南雄、高橋英子訳、晶文社、一九九七年）

——*The Moscow Art Theatre Letters*, London, Methuen, 1991.

Bergan, Ronald, *Dustin Hoffman*, London, Virgin, 1991.

Beumers, Birgit, *Yuri Lyubimov at the Taganka Theatre 1964 - 1994*, Amsterdam, Harwood Academic Publishers, 1997.

Billington, Michael, *Peggy Ashcroft*, London, John Murray, 1988.

Boleslavsky, Richard, *Acting: The First Six Lessons*, New York, Theatre Arts Books, 1933.

Braun, Edward (ed.), *Meyerhold on Theatre*, New York, Hill & Wang, 1969.

——*The Director and the Stage*, London, Methuen, 1982.

Brecht, Bertolt, *Brecht on Theatre: The Development of an Aesthetic*, ed. John Willet, London, Methuen, 1978.

Bristow, Eugene K. (ed.), *Anton Chekhov's Plays*, New York, W. W. Norton, 1977.

Brustein, Robert, *Who Needs Theatre: Dramatic Opinions*, New York, Atlantic Monthly Press, 1987.

Callow, Simon, *Charles Laughton: A Difficult Actor*, London, Methuen, 1988.

Carnicke, Sharon M., *Stanislavski in Forcus*, Amsterdam, Harwood Academic Publishers, 1998.

Clark, Barrett H. (ed.), *European Theories of the Drama*, New York, Crown Publishers, 1965.

Clayton, J. Douglas (ed.), *Chekhov Then and Now: The Reception of Chekhov in World Culture*, New York, Peter Lang, 1997.

Clurman, Harold, *The Fervent Years: The Group Theatre and the 30s*, New York, Da Capo Press, 1983.

Cole, Toby (ed.), *Acting: A Handbook of the Stanislavski Method*, New York, Three Rivers Press, 1995.

Cole, Toby and Chinoy, Helen Krich (eds), *Actors of Acting: The Theories, Techniques, and Practices of the World's Great Actors, Told in Their Own Words*, New York, Three Rivers Press, 1970.

Dukore, Bernard F. (ed.), *Dramatic Theory and Criticism: Greeks to Grotowski*, New York, Holt, Rinehart & Winston, 1974.

Edwards, Christine, *The Stanislavsky Heritage*, London, Owen, 1966.

Emeljanow, Victor (ed.), *Chekhov: The Critical Heritage*, London, Routledge & Kegan Paul, 1981.

Forbes, Bryan, *Ned's Girl*, London, Elm Tree Books, 1977.

Funke, Lewis and Booth, John E., *Actors Talk about Acting*, London, Thames & Hudson, 1961.

Gamble, C. E., *The English Chekhovians: The Influence of Anton Chekhov on the Short Story and Drama in England*, unpublished Ph. D. thesis, University of London, 1979.

Garfield, David, *A Player's Place: The Story of The Actors Studio*, New York, Macmillan, 1980.

Gassner, John (ed.), *Producing the Play*, New York, Holt, Rinehart & Winston, 1941.

Gershkovich, Alexander, *The Theater of Yuri Lyubimov: Art and Politics at the Taganka Theater in Moscow*, translated by Michael Yurieff, New York, Paragon House, 1989. (『リュビーモフのタガンカ劇場』中本信幸訳、リブロポート、一九九〇年)

Gielgud, John, *Stage Directions*, London, Heinmann, 1963.

——*Early Stages*, London, Heinmann Educational, 1974.

——*Backward Glances*, London, Hodder & Stoughton, 1989.

Gorchakov, Nikolai A., *The Theater in Soviet Russia*, translated by Edgar Lehrman, New York, Columbia University Press, 1957.

Gordon, Mel, *The Stanislavsky Technique: Russia—A Handbook for Actors*, New York, Applause, 1987.

Gottlieb, Vera, *Chekhov in Performance in Russia and Soviet Russia*, Cambridge, Chadwyck-Healey, 1984.

Hancock, Sheila, *Ramblings of an Actress*, London, Hutchinson, 1987.

Harrop, John, *Acting*, London, Routledge, 1992.

Hayman, Ronald, *Gielgud*, London, Heinmann Educational, 1971.

Hethmon, Robert H. (ed.), *Strasberg at the Actors Studio*, New York, Theatre Communications Group, 1991.

Hirsh, Foster, *A Method to their Madness: The History of the Actors Studio*, New York, Da Capo Press, 1984.

Houghton, Norris, *Moscow Rehearsals: An Account of Methods of Production in the Soviet Theatre*, London, George Allen & Unwin, 1938.

Hull, Lorrie, *Strasberg's Method as Taught by Lorrie Hull: A Practical Guide for Actors, Teachers and Directors*, Woodbridge, Connecticut, Ox Bow Publishing, 1985.

Jackson, Robert Louis (ed.), *Chekhov: A Collection of Critical Essays*, Englewood Cliffs, NJ, Prentice-Hall, 1967.

Jones, David Richard, *Great Directors at Work*, Berkeley, University of California Press, 1986.

Kazan, Elia, *Elia Kazan: A Life*, London, Andre Deutsh, 1988.(『エリア・カザン自伝』上・下、朝日新聞社、一九九九年)

Kluge, Rolf-Dieter, *Anton P. Čechov: Eine Einführung in Leben und Werk*, Darmstadt, Wissenschaftliche Buchgesellschaft, 1995.

Komisarjevsky, Theodore, *Myself and the Theatre*, London, Heinmann, 1929.

——*The Theatre and a Changing Civilization*, London, John Lane, Bodley Head, 1935.

Komissarjevsky, V., *Inside Moscow Theatres*, Moscow, 1959 (publisher unknown).

Lewis, Robert, *Method—or Madness?*, London, Heinmann, 1960.

Lyubimov, Yuri, *Les Feu Sacré*, Paris, Fayard, 1985.

MacCarthy, Desmond, *Drama*, London, Putnam, 1940.

Magarshack, David, *Stanislavsky: A Life*, London, MacGibbon & Kee, 1950.

——*Chekhov the Dramatist*, London, Eyer Methuen, 1980.

Marowitz, Charles, *The Act of Being*, London, Martin Secker & Warburg, 1978.

——*Directing the Action: Acting and Directing in the Contemporary Theatre*, New York, Applause, 1986.

——*Alarums and Excursions: Our Theatre in the 90s*, New York, Applause, 1996.

Marshall, Norman, *The Other Theatre*, London, John Lehmann, 1947.

Miles, Patrick (ed.), *Chekhov on the British Stage*, Cambridge, Cambridge University Press. 1993.

Miller, Jonathan, *Subsequent Performances*, London, Faber & Faber, 1986.

Newlove, Jean,, *Laban for Actors and Dancers*, London, Nick Hern Books, 1993.

Playfair, Nigel, *Hammersmith Hoy: A Book of Minor Revelations*, London, Faber & Faber, 1930.

——*The Story of the Lyric Theatre, Hammersmith*, London, Chatto & Windus, 1925.

Redgrave, Michael, *In My Mind's Eye*, London, Weidenfield & Nicolson, 1983.

Roberts, J. W., *Richard Boleslavsky: His Life and Work in the Theatre*, Ann Arbor, UMI Research Press, 1981.

Romain, Michael, *A Profile of Jonathan Miller*, Cambridge, Cambridge University Press, 1992.

Rudnitsky, Konstantin, *Meyerhold the Director*, translated by George Petrov, Ann Arbor, MI, Ardis, 1981.

——*Russian and Soviet Theatre: Tradition and the Avant-Garde*, translated by Roxane Permar, London, Thames & Hudson, 1988.

Saint-Denis, Michel, *Theatre: The Rediscovery of Style*, London, Heinmann, 1960.

Savran, David, *Breaking the Rules: The Wooster Group*, New York, Theatre Communications Group, 1988.

Sayler, Oliver M., *The Russian Theatre*, London, Brentano's, 1923.

Schmidt, Paul, *Three Sisters* (translation), New York, Theatre Communications Group, 1992.

Senelick, Laurence (ed.), *Russian Dramatic Theory from Pushkin to the Symbolists*, Austin, University of Texas Press, 1981.

——*Gordon Craig's Moscow 'Hamlet'*, Westport, CT, Greenwood Press, 1982.

——(ed.) *Wandering Stars: Russian Emigre Theatre 1905 - 1940*, Iowa, City, University of Iowa Press, 1992.

——*The Chekhov Theatre: A Century of the Plays in Performance*, Cambridge, CUP, 1997.

Seymour, Victor, *Stage Directors' Workshop: A Descriptive Study of the Actors Studio Directors Unit, 1960 - 1964*, unpublished Ph. D. thesis, University of Wisconsin, 1965.

Shared Experience 1975 - 1984 (no named author), London, Shared Experience, 1985.

Simmons, Ernest J., *Chekhov: A Biography*, Chicago, The University of Chicago Press, 1962.

Simonov, Ruben, *Stanislavsky's Protégé: Eugene Vakhtangov*, translated and adapted by Miriam Goldina, New York, DRS Publicatons, 1969.

Slonim, Marc, *Russian Theater from the Empire to the Soviet*, London, Methuen, 1963.

Smeliansky, Anatoly, *Is Comrade Bulgakov Dead?: Mikhail Bulgakov at the Moscow Art Theatre*, London, Methuen, 1993.

Stanislavski, Constantin, *My Life in Art*, translated by J. J. Robbins, Harmondsworth, Penguin Books, 1967.

Strasberg, John, *Accidentally on Purpose: Reflections on Life, Acting, and the Nine Natural Laws of Creativity*, New York, Applause, 1996.

Tracy, Robert E., *The Flight of the Seagull: Chekhov's Plays on the English Stage*, unpublished Ph. D. thesis, Harvard University, 1960.

Trussler, Simon (ed.), *New Theatre Voices of the Seventies*, London, Methuen, 1982.

Vakhtangov, *E., Evgeny, Vakhtangov*, ed. by Lyubov Vendrovskaya and Galina Kaptereva, translated by Doris Bradbury, Moscow, Progress, 1982.

——*Jewgeni B. Wachtangow: Schriften*, ed. Dieter Wardetzky, Berlin, Henschelverlag, 1982.

Wardle, Irving, *The Theatres of George Devine*, London, Jonathan Cape, 1978.

Wellek, René and Nonna, D. (eds), *Chekhov: New Perspective*, Englewood Cliffs, NJ, Prentice-Hall, 1984.

Williams, Raymond, *Drama in Performance*, Harmondsworth, Pelican Books, 1972.

Worrall, Nick, *Modernism to Realism on the Soviet Stage: Tairov, Vakhtangov, Okhlopkov*, Cambridge, CUP, 1989.

——*The Moscow Art Theatre*, London, Methuen, 1996.（『モスクワ芸術座』佐藤正紀訳、而立書房、二〇〇六年）

Zarrilli, Phillip B. (ed.), *Acting (Re) Considered*, London, Routledge, 1995.

注

Chekhov, *PSS*: A.P.Chekhov, *Polnoe sobranie sochineni i pisem v tridtsati tomakh* (Complete works in thirty volumes), Moscow, Nauka, 1974–84.

Stanislavski, *SS*: K.S.Stanislavski, *Sobranie sochineni v devyati tomakh* (collected works in nine volumes), vols. 1–7, Moscow, Iskusstvo, 1988–95.（第八、九巻はそれぞれ一九九八年と一九九九年に発行された。）

はじめに

(1) Reported by I.L.Leont'ev (Shcheglov), 'Iz vospominani ob Antone Chekhove' in E.D.Surkov (ed.), *Chekhov i teatr*, Moscow, Iskusstvo, 1961, pp. 219–20.

(2) *Peterburgski listok*, 18 October 1896, no. 288; quoted in Chekhov, *PSS*, vol. 13, p. 372.

(3) A.Suvorin, *Dnevnik A.S.Suvorina*, Mikh. Krichevski (ed.), Moscow and Petrograd, L.D. Frenkel', 1923, p. 125.

(4) *Peterburgski listok*, 18 October 1896, no. 288; quoted by A.Anikst in *Teoriya dramy v Rossii ot Pushkina do Chekhova*, Moscow, Nauka, 1972, p. 571.

(5) Suvorin, *Dnevnik*, p. 125.

(6) Quoted by A.Skaftymov, 'Principles of Structure in Chekhov's plays' in Robert Louis Jackson (ed.), *Chekhov: A Collection of Critical Essays*, Englewood Cliffs, NJ, Prentice-Hall, 1967, p. 69.

(7) A.Smirnov, 'Teatr dush' in *Samarskaya gazeta*, 9 December 1897, no. 263; in Chekhov, *PSS*,

vol. 13, p. 378.

(8) S. Vasil'ev, 'Teatral'naya khronika' in *Moskovskie vedemosti*, 1 January 1890, no. 1; in Chekhov, *PSS*, vol. 12, p. 391. I. I. Ivanov, *Artist*, February 1890, part 6, pp. 124–5; in *PSS*, vol. 12, p. 392.

(9) Maurice Maeterlinck, 'The modern drama' in Bernard F. Dukore (ed.), *Dramatic Theory and Criticism*, New York, Holt, Rinehart & Winston, 1974, p. 734.

(10) N. V. Gogol', 'Peterburgskie zapiski 1836 goda' in *Sobranie sochineni*, S. I. Mashinski and M. B. Khrapchenko (eds), vol. 6, Moscow, Khudozhestvennaya literatura, 1978, p. 176.

(11) Chekhov, 'Modny effekt' in *Chekhov i teatr*, p. 192.

(12) D. Gorodetski, 'Iz vospominani ob A. P. Chekhove' in *Chekhov i teatr*, pp. 208–9.

(13) A. Gurlyand, in *Chekhov i teatr*, p. 206.

(14) T. L. Shchepkina-Kupernik, 'O Chekhove' in *Chekhov i teatr*, p. 243.

(15) A. Smirnov, 'Teatr dush' in *Samaskaya gazeta*, 9 December 1897, no. 263; in Chekhov, *PSS*, vol. 13, p. 378.

(16) N. Efros, '*Chaika*' in *Novosti Dnya*, 31 December 1898.

(17) Smirnov, 'Teatr dush' in Chekhov, *PSS*, vol. 13, p. 378.

(18) N. S. Butova, 'Iz vospominani' in *Chekhov i teatr*, p. 346. ここでのブトーワの記憶はちょっと違っている。ソーニャは実際には、ピストルが撃たれる前に、「憐れみというものをお持ちになってね、パパ」と言うのである。だから、この場面はピストルを撃ったことの続きではない。

(19) Leonid Andreev, 'Second letter on the theater' in Laurence Senelick (ed.), *Russian Dramatic Theory from Pushkin to the Symbolists*, Austin, University of Texas Press, 1981, pp. 258–9.

(20) Chekhov, letter to Ol'ga Knipper, 2 January 1900; in *Chekhov i teatr*, p. 110.

(21) Chekhov, letter to Ol'ga Knipper, 2 January 1901; in *Chekhov i teatr*, p. 118.

(22) P.P.Gnedich, quoted by Laurence Senelick in *The Chekhov Theare*, Cambridge, CUP, 1997, p. 31.

(23) Chekhov, reported by Evtikhi Karpov, 'Istoriya pervogo predstavleniya *Chaiki*' in *Chekhov i teatr*, p. 238.

(24) V.I.Nemirovich-Danchenko, *Rozhdenie teatra*, Moscow, Pravda, 1989, p. 79. (『モスクワ芸術座の回想』内山敏訳、早川書房、一九五二年)

(25) M.M.Chitau, 'Prem'era *Chaiki*' in N.I.Gitovich (ed.), *A.P.Chekhov v vospominaniyakh sovremennikov*, Moscow, Khudozhestvennaya literatura, 1986, p. 354.

(26) Chekhov, letter to Suvorin, 22 October 1896; in *Chekhov i teatr*, p. 88.

(27) Nemirovich-Danchenko, *Rozhdenie*, p. 52.

第1章 「気分の演劇」――モスクワ芸術座

(1) Stanislavski, *SS*, vol. 1, p. 254. (『芸術におけるわが生涯』上、中、下、蔵原惟人、江川卓訳、岩波文庫、二〇〇八年)

(2) Stanislavski, *SS*, vol. 1, p. 193.

(3) Stanislavski, *SS*, vol. 5, book 1, p. 141.

(4) Ol'ga Knipper, 'O A.P.Chekhove', in N.I.Gitovich (ed.), *A.P.Chekhov v vospominaniyakh sovremennikov*, Moscow, Khudozhestvennaya literatura, 1986, p. 615.

(5) See Chekhov, letter to Suvorin, 18 October 1896; in I.Vinogradskaya (ed.), *Zhizn' i tvorchestvo K.S.Stanislavskogo*, vol. 1, Moscow, VTO, 1971, p. 195.

(6) V.I.Nemirovich-Danchenko, letter to Chekhov, quoted in *Rozhdenie teatra*, Moscow, Pravda, 1989, p. 130.

(7) Nemirovich-Danchenko, *Rozhdenie*, p. 136.

(8) Nemirovich-Danchenko, *Rozhdenie*, p. 131.

(9) Stanislavski, letter to Nemirovich, 10 September 1898; in Stanislavski, *SS*, vol. 7, pp. 275–6.

(10) Nemirovich-Danchenko, *Rozhdenie*, p. 145.

(11) Nemirovich-Danchenko, *Rozhdenie*, p. 162.

(12) Ol'ga Knipper, 'O A.P.Chekhove', p. 619. クニッペルはこれが最初の二幕で起こったと言っているが、他の回想では、第一幕のあとで起こったことになっている。

(13) Meyerhold, 'Naturalisticheski teatr i teatr nastroeniya' in *V.E.Meierkhol'd: stat'i, pis'ma, rechi, besedy*, Moscow, Iskusstovo, 1968, vol. 1 (1891–1917), p. 122. (『メイエルホリド　ベストセレクション』諫早勇一他訳、作品社、二〇〇一年)

(14) *Russkaya mysl'*, quoted by S.D.Balukhaty in '*Chaika v postanovke Moskovskogo khudozhestvennogo teatra*, Leningrad and Moscow, Iskusstvo, 1938, p. 66.

(15) Balukhaty, '*Chaika*', p. 121.

(16) David Magarshack, *Stanislavsky: A Life*, London, MacGibbon & Kee, 1950, pp. 172–3.

(17) Stanislavski, *SS*, vol. 1, p. 291.

(18) Balukhaty, '*Chaika*', p. 167.

(19) Nemirovich-Danchenko, *Rozhdenie*, p. 162.

(20) Stanislavski, *My Life in Art*, translated by J.J.Robbins, Harmondsworth, Penguin Books, 1967, p. 331. この箇所は、最初のアメリカ版'*My Life in Art*'には出ているのだが、後にロシア語版

を出す時にスタニスラフスキーによって削除された。

(21) Stanislavski, *SS*, vol. 1, p. 292.

(22) Stanislavski, *SS*, vol. 1, p. 345.

(23) Meyerhold, 'Naturalisticheski', p. 120.

(24) Stanislavski, *Rezhisserskie ekzemplyary K. S. Stanislavskogo*, vol. 3, Moscow, Iskusstvo, 1983, p. 195.

(25) Stanislavski, *Rezhisserskie*, vol. 3, p. 203.

(26) Chekhov, letters to Ol'ga Knipper dated 20 and 17 January 1901; in E.D.Surkov (ed.), *Chekhov i teatr*, Moscow, Iskusstvo, 1961, p. 120.

(27) Nemirovich-Danchenko, *Rozhdenie*, p. 146.

(28) Balukhaty, *'Chaika'*, p. 253.

(29) Balukhaty, *'Chaika'*, p. 97.

(30) Balukhaty, *'Chaika'*, p. 259.

(31) Balukhaty, *'Chaika'*, p. 261.

(32) Nemirovich-Danchenko, *Rozhdenie*, p. 146.

(33) Balukhaty, *'Chaika'*, p. 56.

(34) Balukhaty, *'Chaika'*, p. 273.

(35) A.R.Kugel', *Peterburgskaya gazeta*, 19 October 1896, no. 289; in Chekhov, *PSS*, vol. 13, p. 376.

(36) Sergei Glagol' (pseudonym of S.Sergeev), quoted by Laurence Senelick in *The Chekhov Theatre*, Cambridge, CUP, 1997, p. 47.

(37) David Richard Jones, *Great Directors at Work*, Berkeley, University of California Press, 1986,

pp. 66–7.

(38) Ol'ga Knipper, 'Iz moikh vospominani o Khudozhestvennom teatre i ob A.P.Chekhove' in *Chekhov i teatr*, p. 334.

(39) Laurence Senelick, *Anton Chekhov*, London, Macmillan, 1985, pp. 73–4.

(40) *Novosti dnya* and *Teatr i iskusstvo*, quoted Balukhaty, *'Chaika'* pp. 64–5 and p. 67.

第2章 「スタニスラフスキーが私の戯曲をだいなしにした……」

(1) Stanislavski, *SS*, vol. 1, p. 305.

(2) Jean Benedetti, *Stanislavski: A Biogaraphy*, London, Methuen, 1988, p. 86.

(3) N.K.Mikhailovski, quoted by Robert Louis Jackson in his introduction to *Chekhov: A Collection of Critical Essays*, Englewood Cliffs, NJ, Prentice-Hall Inc., 1967, p. 8.

(4) Evtikhi Karpov, 'Dve poslednie vstrechi s A.P.Chekhovym' in E.D.Surkov (ed.), *Chekhov i teatr*, Moscow, Iskusstvo, 1961, p. 373.

(5) Aleksandr Serebrov [A.N.Tikhonov], 'Vremya i lyudi: O Chekhove' in *Chekhov i teatr*, pp. 370–1.

(6) Aleksandr Kugel', quoted by Nick Worrall in *The Moscow Art Theatre*, London, Methuen, 1996, p. 162. (『モスクワ芸術座』佐藤正紀訳、而立書房、二〇〇六年)

(7) Kugel', quoted by A.Anikst in *Teoriya dramy v Rossii ot Pushkina do Chekhova*, Moscow, Nauka, 1972, p. 615.

(8) Stanislavski, *Rezhisserskie ekzemplyary K.S.Stanislavskogo 1890–1930: 'Dyadya Vanya' A.P. Chekhova, 1899*, ed. I.N.Solov'eva, Moscow, Phoenix, 1994, p. 133.

(9) In Worrall, *Moscow*, p. 117.

(10) In Worrall, *Moscow*, p. 117.

(11) Desmond MacCarthy, *New Statesman and Nation*, 13 February 1937; in Victor Emeljanow (ed.), *Chekhov: The Critical Heritage*, London, Routledge & Kegan Paul, 1981, p. 399.

(12) Stanislavski, *Rezhisserskie* (*Dyadya Vanya*), pp. 101–3.

(13) Stanislavski, quoted by Nikolai Efros in *Moskovski khudozhestvenny teatr: 1898–1923*, Moscow, Gosudarstvennoe izdatel'stvo, 1924, p. 232.

(14) Stanislavski, *Rezhisserskie* (*Dyadya Vanya*), p. 133.

(15) In Efros, *Moskovski*, p. 232.

(16) Stanislavski, *SS*, vol. 4, p. 134.（『俳優の仕事』第三部、堀江新二ほか訳、未来社、二〇〇九年）

(17) Meyerhold, quoted by Laurence Senelick in *The Chekhov Theatre*, Cambridge, CUP, 1997, p. 59.（訳注—引用の箇所をセネリックは、ルドニーツキーの『演出家メイエルホリド』（モスクワ、一九六九年）一六頁から引いているのだが、原文では、第一行目はToska po zhizni（人生への憂鬱）とある。だが、セネリックは、それを、Longing for life（人生への切望）と訳しており、著者もそのまま引用している。日本語訳では原文に従った。）

(18) Simov, quoted by Edward Braun in *The Director and the Stage*, London, Methuen, 1982, p. 70.

(19) Simov, quoted by M. Stroeva in *Chekhov i khudozhestvenni teatr*, Moscow, Iskusstvo, 1955, p. 130.

(20) Stroeva, *Chekhov*, p. 114.

(21) Stanislavski, *SS*, vol. 1, p. 306.

(22) Stanislavski, *SS*, vol. 1, pp. 306–7.

(23) Stanislavski in I.N.Vinogradskaya (ed.), *Stanislavski repetiruet*, Moscow, STD RSFSR, 1987, p. 200.

(24) Stanislavski, letter to N.V.Drizen; in I.N.Vinogradskaya (ed.), *Zhizni' i tvorchestvo Stanislavskogo*, vol. 2, Moscow, VTO, 1971, p. 209.

(25) Blok, quoted by Viktor Borovsky in 'Discord in *The Cherry Orchard*: Chekhov and Stanislavsky' in *Encounter*, January/February 1990, p. 67.

(26) S.D.Balukhaty, *Problemy dramaturgicheskogo analiza Chekhova*, Leningrad and Moscow, Academia, 1927; reprinted Munich, Wilhelm Fink, 1969, p. 146.

(27) Andreev, quoted by Worrall, *Moscow*, p. 127.

(28) Borovsky, 'Discord', p. 70.

(29) Rolf-Dieter Kluge, *Anton P. Čechov*, Darmstadt, Wissenschaftliche Buchgesellschaft, 1995, p. 120.

(30) Chekhov, letter to M.N.Alekseeva [Lilina], 15 September 1903; in *Chekhov i teatr*, p. 149.

(31) Stanislavski, letter to Chekhov, 22 October 1903; *SS*, vol. 7, p. 505.

(32) Stanislavski, letter to Chekhov, 23 November 1903; *SS*, vol. 7, p. 519.

(33) Senelick, *Chekhov Theatre*, p. 71.

(34) Stanislavski, *Rezhisserskie ekzemplyary K. S. Stanislavskogo*, vol. 3, Moscow, Iskusstvo, 1983, p. 317.

(35) Stanislavski, *Rezhisserskie*, vol. 3, p. 315.

(36) Stroeva, *Chekhov*, p. 187.

(37) Stanislavski, *Rezhisserskie*, vol. 3, p. 315.

(38) Nemirovich-Danchenko, letter to Ol'ga Knipper, before 17 January 1904; in V.I.Nemirovich-Danchenko, *Izbrannye pis'ma*, vol. 1 (1879–1909), Moscow, Iskusstvo, 1979, p. 354.

(39) Stanislavski, *Rezhisserskie*, vol. 3, p. 413.

(40) Stanislavski, *Rezhisserskie*, vol. 3, p. 297.

(41) Aleksandr Amfiteatrov, quoted by Worrall, *Moscow*, p. 161.

(42) Stanislavski, letter to Chekhov, 31 October 1903; *SS*, vol. 7, p. 510.

(43) Stanislavski, *Rezhisserskie*, vol. 3, p. 319.

(44) Stanislavski, *Rezhisserskie*, vol. 3, p. 331.

(45) Stanislavski, *Rezhisserskie*, vol. 3, p. 333.

(46) Heywood Braun, 'The new plays' in *New York World*, 23 January 1923; quoted by Sharon Carnicke in 'Stanislavsky's production of *The Cherry Orchard* in the US' in J.Douglas Clayton (ed.), *Chekhov Then and Now*, New York, Peter Lang, 1997, p. 24.

(47) Carnicke, 'Stanislavsky's production', p. 25.

(48) See O.A.Radishcheva, *Stanislavski i Nemirovich-Danchenko*, Moscow, ART, 1997, p. 226.

(49) Stanislavski, *Rezhisserskie*, vol. 3, pp. 423–5.

(50) Senelick, *Chekhov Theatre*, p. 71.

(51) L.M.Leonidov, 'Proshloe i nastoyashchee' in *Chekhov i teatr*, pp. 351–2.

(52) Kugel' in Anikst, *Teoriya*, p. 613.

(53) Kugel' in Stroeva, *Chekhov*, p. 199.

(54) Stroeva, *Chekhov*, p. 199.

(55) Stanislavski, *SS*, vol. 1, p. 347; Nemirovich, letter to Efros, after 21 December 1908, quoted by

M.N.Stroeva in *Rezhisserskie iskaniya Stanislavskogo 1898–1917*, Moscow, Nauka, 1973, p. 121.

(56) See *Teatr i iskusstvo*, no. 12, pp. 246–7 and no. 13, pp. 262–5, 1904.

(57) In Anikst, *Teoriya*, pp. 612–4.

(58) Kugel', 'Zametki o Moskovskom khudozhestvennom teatre' in *Teatr i iskusstvo*, no. 15, 11 April 1904, p. 304.

(59) Kugel' quoted by Borovsky, 'Discord', p. 71.

(60) Ol'ga Knipper, letter to Chekhov, 5 April 1904; in V.Ya.Vilenkin (ed.), *Ol'ga Leonardovna Knipper-Chekhova*, Moscow, Iskusstvo, 1972, vol. 1, p. 365.

(61) Valeri Bryusov, 'Nenuzhnaya Pravda' in *Sobranie sochineni*, vol. 6, Moscow, Khudozhestvennaya literatura, 1975, p. 68.

(62) Bryusov, *Sobranie*, vol. 6, p. 71.

(63) See Stanislavski, *SS*, vol. 1, p. 398. スタニスラフスキーによる象徴主義戯曲の演出はセンセーションを引き起こした。レオニード・アンドレーエフは彼の『人の一生』の演出（一九〇七年）の方がメイエルホリドの演出より優れていると見た。ベネディティ著『スタニスラフスキー伝』（晶文社、一九九七年）二三三頁を参照のこと。

(64) V.I.Nemirovich-Danchenko, *Rozhdenie teatra*, Moscow, Pravda, 1989, pp. 368–9.

(65) Meyerhold, 'Naturalisticheski teatr i teatr nastroeniya' in *V.E.Meierkhol'd: stat'i, pis'ma, rechi, besedy*, Moscow, Iskusstvo, 1968, vol. 1 (1891–1917), p. 113.

(66) Stanislavski, letter to Chekhov, 19 November 1903; *SS*, vol. 7, p. 518.

(67) Stanislavski, *Rezhisserskie*, vol. 3, p. 337.

(68) Stanislavski, *Rezhisserskie*, vol. 3, p. 339.

(69) Stanislavski, *Rezhisserskie*, vol. 3, p. 357.

(70) Stanislavski, *Rezhisserskie*, vol. 3, p. 361. ヴァフタンゴフによると、チェーホフは『桜の園』に蚊を出すことに激しく抗議した。See Nikolai Gorchakov, *Rezhisserskie uroki Vakhtangova*, Moscow, Iskusstvo, 1957, p. 49.（『ワフターンゴフの演出演技創造』高山図南雄訳編、青雲書房、一九七八年）

(71) Stanislavski, *Rezhisserskie*, vol. 3, p. 369.

(72) Meyerhold, 'Naturalisticheski', p. 118.

(73) Meyerhold, letter to Chekhov, 8 May 1904; in *V. E. Meierkhol'd*, vol. 1, p. 85.

(74) Stanislavski, *Rezhisserskie*, vol. 3, p. 374.

(75) Stanislavski, *Rezhisserskie*, vol. 3, p. 375. メイエルホリドは、第三幕の登場人物たちは不注意で無関心であるため、差し迫った災厄に気づかないと述べている。ところが、芸術座は「退屈を描こうとしました。これは誤りです。無関心を示さなければならないのです。これは同じことではありません。無関心はもっと活動的です。だから、この幕の悲劇は激しい形で現れるでしょう」。（チェーホフ宛書簡、一九〇四年五月八日、in *V.E.Meierkhol'd*, vol. 1, p. 86.）

(76) Stanislavski, *Rezhisserskie*, vol. 3, p. 391.

(77) Stanislavski, *Rezhisserskie*, vol. 3, p. 411.

(78) Vera Gottlieb, *Chekhov in Performance in Russia and Soviet Russia*, Cambridge, Chadwyck-Healey, 1984, p. 30.

(79) Gottlieb, *Chekhov*, p. 30.

(80) Worrall, *Moscow*, p. 156.

(81) Chekhov, letter to N. Leikin, 15 November 1887; in *Chekhov i teatr*, p. 26.

(82) Chekhov, letter to Ol'ga Knipper, 15 October 1900; see Jean Benedetti, *The Moscow Art*

Theatre Letters, London, Methuen, 1991, pp. 84–5.

(83) Chekhov, quoted by Radishcheva, *Stanislavski*, p. 230.

(84) Simov, quoted by Radishcheva, *Stanislavski*, pp. 227–8.

(85) Stanislavski, letter to V.V.Kotlyarevskaya, 26 December 1903; *SS*, vol. 7, p. 521.

(86) Nemirovich-Danchenko, quoted by Radishcheva in *Stanislavski*, p. 229.

(87) Radishcheva, *Stanislavski*, p. 236.

(88) Nemirovich-Danchenko, letter to Stanislavski, before 26 October 1899 in *Izbrannye pis'ma*, vol. 1, p. 198. （だが、上演写真からはスタニスラフスキーがハンカチを持っていることが分かる。）

(89) Nemirovich-Danchenko, letter to Chekhov, 22 January 1901; in *Izbrannye pis'ma*, vol. 1, p. 230.

(90) Chekhov, letter to Staniskavski, 23 November 1903; in *Chekhov i teatr*, p. 160.

(91) Stanislavski, letter to Chekhov, 19 November 1903; in *SS*, vol. 7, p. 518.

(92) Chekhov, letter to Knipper, 23 November 1903; in *Chekhov i teatr*, p. 160.

(93) Chekhov, letter to Stanislavski, 23 November 1903; in *Chekhov i teatr*, p. 160.

(94) Chekhov, letter to Knipper, 29 March 1904; see *Chekhov i teatr*, p. 164.

(95) Reported by A.S.Yakovlev in *Chekhov i teatr*, p. 465.

(96) S.G.Skitalets, quoted Radishcheva, *Stanislavski*, pp. 235–6.

(97) Chekhov, letter to Knipper, 18 March 1904; *Chekhov i teatr*, p. 163.

(98) Jean Benedetti, *The Moscow Art Theatre Letters*, London, Methuen, 1991, p. 170.

(99) Evtihi Karpov, 'Dve poslednie vstrechi s A.P.Chekhovym' in *Chekhov i teatr*, pp. 372–3.

第3章　直観と感情の路線——チェーホフとスタニスラフスキーの「システム」

(1) Stanislavski, *My Life in Art*, translated by J.J.Robbins, Harmondsworth, Penguin Books, 1967, p. 329.（この箇所は、ロシア語版では削除されている。）

(2) Stanislavski, *SS*, vol. 1, pp. 290–1, 295.

(3) Stanislavski, *SS*, vol. 2, p. 297.

(4) Stanislavski, *SS*, vol. 1, pp. 292, 294–5.

(5) Stanislavski, *My Life*, p. 331.（この文章は、ロシア語版からは削除されている。）

(6) Nemirovich-Danchenko, *Rozhdenie teatra*, Moscow, Iskusstvo, 1989, p. 147.（上演写真は実際には、この暗がりという感じを伝えていない。おそらく、写真家のために照明が変更されていた。）

(7) Stanislavski, *SS*, vol. 2, p. 299.

(8) Stanislavski, *My Life*, p. 331.（この文章は、ロシア語版からは削除されている。）

(9) Nemirovich-Danchenko, *Rozhdenie*, p. 147.

(10) Laurence Senelick, *The Chekhov Theatre*, Cambridge, CUP, 1997, p. 43; Ol'ga Knipper, quoted by E.Polyakova in *Stanislavski*, Moscow, Iskusstvo, 1977, p. 152.

(11) Stanislavski, *SS*, vol. 1, p. 267.

(12) Stanislavski, quoted in *Rezhisserskie ekzemplyary K.S.Stanislavskogo*, vol. 2, (1898–1901), Moscow, Iskusstvo, 1981, p. 6.

(13) S.D.Balukhaty, *'Chaika' v postanovke Moskovskogo Khudozhestvennogo teatra*, Leningrad and Moscow, Iskusstvo, 1938, p. 129.

(14) Raymond Williams, *Drama in Performance*, Harmondsworth, Pelican Books, 1972, p. 119.

(15) Nemirovich-Danchenko, *Rozhdenie*, pp. 145–6.

(16) Meyerhold in *Meierkhol'd repetiruet*, M. M. Sitkovetskaya (ed.), vol. 2, Moscow, ART. 1993, p. 274.

(17) Miroslav Krleza, quoted by Jovan Hristic in '"Thinking with Chekhov": The evidence of the notebooks' in *New Theatre Quarterly*, no. 42, p. 179.

(18) Michel Saint-Denis, *Theatre: The Rediscovery of Style*, London, Heinemann, 1960, pp. 41–3.

(19) *Meierkhol'd repetiruet*, vol. 2, p. 274.

(20) Dieter Hoffmeier, 'Die Regiebücher Stanislavskijs' in *Konstantin Stanislawski: Neue Aspekte und Perspektiven*, Günter Ahrends (ed.), Tübingen, Gunter Narr Verlag, 1992, p. 16.

(21) V. I. Kachalov, 'Iz vospominani' in *Chekhov i teatr*, E. D. Surkov (ed.), Moscow, Iskusstvo, 1961, pp. 349–50.

(22) O. A. Radishcheva, *Stanislavski i Nemirovich-Danchenko*, Moscow, APT, 1997, p. 229.

(23) Stanislavski, reported by V. Toporkov in *Stanislavski na repetitsii*, Moscow, Iskusstvo, 1950, p. 145. (『稽古場のスタニスラフスキー』馬上義太郎訳、早川書房、一九五三年)

(24) In Toporkov, *Stanislavski*, p. 136.

(25) Stanislavski, *SS*, vol. 2, p. 235.

(26) Stanislavski, reported by Nikolai Gorchakov in *Rezhisserskie uroki K. S. Stanislavskogo*, Moscow, Iskusstvo, 1951, p. 151. (『モスクワ芸術座の演劇修業』野崎韶夫訳、筑摩書房、一九五八年)

(27) In Toporkov, *Stanislavski*, p. 71.

(28) Stanislavski, *SS*, vol. 1, pp. 288–9.

(29) A. R. Kugel', *Peterburgskaya gazeta*, 19 October 1896, no. 289; in Chekhov, *PSS*, vol. 13, p. 376.

(30) In Balukhaty, '*Chaika*', p. 159. (『桜の園』のための演出プランには同じようなものが見かけられる。たとえば、第二幕で、スタニスラフスキーはこう書いている、「できるときはいつでも、トロフィーモフはアーニャをみて楽しむ」。(*Rezhisserskie ekzemplyary K. S. Stanislavskogo*, vol. 3, Moscow, Iskusstvo, 1983, p. 361.)

(31) N. Efros, '*Chaika*' in *Novosti Dnya*, 31 December 1898.

(32) Balukhaty, '*Chaika*' p. 291.

(33) Balukhaty, '*Chaika*' p. 165.

(34) Balukhaty, '*Chaika*' p. 253.

(35) *Ezhegodnik Moskovskogo Khudozhestvennogo teatra 1944*, p. 290; quoted by Senelick in *Chekhov Theatre*, p. 47.

(36) Balukhaty, '*Chaika*', p. 227.

(37) Chekhov, letter to Ol'ga Knipper, 30 September 1899; in *Chekhov i teatr*, p. 105.

(38) Stanislavski, *Rezhisserskie ekzemplyary Stanislavskogo 1898–1930: 'Dyadya Vanya' A. P. Chekhova, 1899*, ed. N. Solov'eva, Moscow, Phoenix, 1994, p. 99.

(39) Chekhov, reported by N. S. Butova in 'Iz vospominani' in *Chekhov i teatr*, p. 346.

(40) Jean Benedetti, *Stanislavski: A Biography*, London, Methuen, 1988, p. 131.

(41) Stanislavski, *Rezhisserskie*, vol. 3, pp. 325–7.

(42) Stanislavski, letter to Chekhov, 31 October 1903; *SS*, vol. 7, p. 510.

(43) Stanislavski, *Rezhisserskie*, vol. 3, pp. 421–5. (格言の原文はフランス語。)

(44) Nemirovich, letter to Stanislavski, 14 January 1904; See Radishcheva, *Stanislavski*, p. 233.

(45) スタニスラフスキーは、『かもめ』を一九一七年の九月から一九一八年の六月の間、全部で五カ月間ほど稽古した。だが、残っている覚書は四回の稽古についてのものだけである。ヴィノグラーツカヤは、この演出でのスタニスラフスキーの主な関心は、ニーナ役とトレープレフ役にアーラ・タラーソワとミハイル・チェーホフを配したことだったと述べている。See I.N. Vinogradskaya, *Stanislavski repetiruet*, Moscow, STD RSFSR. 1987, p. 190.

(46) In Vinogradskaya, *Stanislavski*, p. 197.

(47) In Vinogradskaya, *Stanislavski*, p. 202.

(48) In Vinogradskaya, *Stanislavski*, pp. 202–3.

(49) In Vinogradskaya, *Stanislavski*, p. 197.

(50) In Vinogradskaya, *Stanislavski*, p. 205.

(51) Stanislavski, *SS*, vol. 2, p. 239.

(52) In Vinogradskaya, *Stanislavski*, p. 206.

(53) N. Gorchakov, *Rezhisserskie uroki K.S. Stanislavskogo*, p. 52.

(54) タラーソワはチェーホフの『かもめ』に復帰したが、それは一九六〇年になってからで、彼女は芸術座でアルカージナ役を演じた。彼女はまた、一九四〇年のネミローヴィチ演出による『三人姉妹』でマーシャ役を演じた。

(55) Stanislavski, *SS*, vol. 1, p. 459.

(56) Evgeni Vakhtangov, 'S khudozhnika sprositsya' in *Evg. Vakhtangov: Materialy i stat'i*, eds L. D. Vendrovskaya and G.P. Kaptereva, Moscow, VTO, 1959, pp. 166–7. (『演劇の革新』堀江新二訳、群像社、一九九〇年)

（1）N. Gorchakov, *Rezhisserskie uroki Vakhtangova*, Moscow, Iskusstvo, 1957, p. 30.（『ワフターンゴフの演出演技創造』高山図南雄訳、青雲書房、一九七八年）
（2）Gorchakov, *Rezhisserskie*, p. 11.
（3）Konstantin Rudnitsky, *Russian and Soviet Theatre*, London, Thames & Hudson, 1988, p. 21.
（4）Stanislavski, *SS*, vol. 1, p. 436.
（5）Quoted by Meyerhold in 'Sverchok na pechi, ili u zamochnoi skvazhiny' in *V.E. Meierkhol'd: stat'i, pis'ma, rechi, besedy*, vol. 1, Moscow, Iskusstvo, 1968, p. 263.
（6）Meyerhold, 'Sverchok', pp. 263-4.
（7）See 'K istorii i tekhnike teatra' in *V.E. Meierkhol'd*, vol. 1, pp. 105-42.（『メイエルホリド　ベストセレクション』諫早勇一他訳、作品社、二〇〇一年）
（8）Ruben Simonov, *S Vakhtangovym*, Moscow, Iskusstvo, 1959, p. 95 & p. 162.
（9）Meyerhold, quoted by Aleksandr Gladkov in *Meierkhol'd*, vol. 2, Moscow, STD RSFSR, 1990, p. 236.
（10）Stanislavski, *SS*, vol. 2, p. 62.
（11）ヴァフタンゴフは、一九一四年の十二月に、彼の生徒たちと即興を行った際、「上演が様式化されるべきかどうかについて」疑問が生じたが、「この段階では、『親密で、心理的な』また『主観的で、自然主義的な』演劇を創ることに集中する必要が感じられたために、その考えを却下する決定がなされた」と記している。（Quoted by Nick Worrall in *Modernism to Realism on the Soviet Stage*, Cambridge, CUP, 1989, p. 90.）

(12) S.V.Giatsintova, quoted by I.Vinogrdskaya in *Zhizn' i tvorchestvo K.S.Stanislavskogo*, vol. 3 (1916–26), Moscow, VTO, 1973, p. 61.

(13) A.Diki, quoted by M.N.Stroeva in *Rezhisserskie iskaniya Stanislavskogo, 1917–1938*, Moscow, Nauka, 1977, p. 15.

(14) Giatsintova, quoted by Vinogradskaya, *Zhizn'*, vol. 3, p. 88.

(15) Vakhtangov, letter to A.I.Cheban, 3 August 1917; in *Evg. Vakhtangov: Materialy i stat'i*, L.D. Vendrovskaya and G.P.Kaptereva (eds), Moscow, VTO, 1959, p. 79.

(16) See Stroeva, *Rezhisserskie iskaniya, 1917–1938*, p. 16.

(17) See Jean Benedetti, *Stanislavski: A Biography*, London, Methuen, 1988, p. 229.

(18) Vakhtangov, 'S khudozhnika sprositsya' in *Evg. Vakhtangov*, pp. 166–7.

(19) Vakhtangov, in *Evg. Vakhtangov*, L. Vendrovskaya and G. Kaptereva (eds), translated by Doris Bradbury, Moscow, Progress, 1982, p. 141. （この1節は、ロシア語版からは削除された。）

(20) Vakhtangov, 'Dve besedy s uchenikami' in *Evg. Vakhtangov*, pp. 207–8.

(21) Worrall, *Modernism*, p. 77.

(22) Vakhtangov, 'Dve besedy', p. 208.

(23) Boris Zakhava, *Vakhtangov i ego studiya, in Jewgeni B. Wachtangow: Schriften*, Dieter Wardetzky (ed.), Berlin, Henschelverlag, 1982, p. 294.

(24) Zakhava, *Vakhtangov*, p. 300. （同じように、ブレヒトもヴァフタンゴフを、スタニスラフスキーとメイエルホリドの「合流点」と見なした。）See *Brecht on Theatre*, John Willet (ed.), London, Methuen, 1978, p. 238.

(25) Vakhtangov, 'Dve besedy', p. 214.

(26) Vakhtangov, *Kul'tura teatra*, no. 4, 5 April 1921; in *Evg. Vakhtangov*, p. 185.
(27) Gorchakov, *Rezhisserskie uroki Vakhtangova*, p. 187 & p. 177.
(28) Stanislavski, 'Iz poslednego razgovora s E.B.Vakhtangovym' in *Moe grazhdanskoe sluzhenie Rossii*, M.N.Lyubomudrova (ed.), Moscow, Pravda, 1990, pp. 486-7.
(29) Vakhtangov, notebook entry for 26 March 1921: in *Evg. Vakhtangov*, p. 188.
(30) Zakhava, *Vakhtangov*, pp. 292-3.
(31) この戯曲は二度上演されており、初演が一九二〇年、その後、一九二一年に改訂版が上演された。
(32) Gorchakov, *Rezhisserskie uroki Vakhtangova*, p. 43.
(33) Simonov, *S Vakhtangovym*, p. 21.
(34) Simonov, *S Vakhtangovym*, p. 25.
(35) Gorchakov, *Rezhisserskie uroki Vakhtangova*, p. 30.
(36) Zakhava, *Vakhtangov*, p. 296.
(37) Simonov, *S Vakhtangovym*, p. 46.
(38) Gorchakov, *Rezhisserskie uroki Vakhtangova*, p. 40.
(39) Gorchakov, *Rezhisserskie uroki Vakhtangova*, p. 41.
(40) Simonov, *S Vakhtangovym*, p. 62.
(41) Simonov, *S Vakhtangovym*, p. 28.
(42) Vakhtangov, *Evg. Vakhtangov*, p. 187.
(43) Simonov, *S Vakhtangovym*, p. 29.
(44) Simonov, *S Vakhtangovym*, p. 53.
(45) Zakhava, *Vakhtangov*, p. 296.

(46) Simonov, *S Vakhtangovym*, p. 56.

(47) Simonov, *S Vakhtangovym*, p. 127.

(48) Mikhail Chekhov, quoted by Laurence Senelick in *The Chekhov Theatre*, Cambridge, CUP, 1997, p. 120.

(49) Meyerhold, quoted by Norris Houghton in *Moscow Rehearsals*, London, George Allen & Unwin, 1938, p. 117.

(50) Meyerhold, quoted by K. Rudnitski in *Rezhisser Meierkhol'd*, Moscow, Nauka, 1969, p. 475.

(51) Meyerhold, '33 obmoroka. Beseda s narodnym artistom respubliki Vs. Meierkhol'dom' in *Pravda*, 25 March 1935.

(52) Meyerhold in *Meierkhol'd repetiruet*, Moscow, ART, 1993, vol. 2, p. 151.

(53) Meyerhold, *Meierkhol'd repetiruet*, vol. 2, p. 152.

(54) Igor Il'inski, *Sam o sebe*, Moscow, Iskusstvo, 1984, p. 248.

(55) Houghton, *Moscow*, p. 123.

(56) Aleksandr Fevral'ski, quoted by Konstantin Rudnitsky in *Meyerhold the Director*, Ann Arbor, MI, Ardis, 1981, p. 526.

(57) Meyerhold, 'Moya rabota nad Chekhovym' in *V. E. Meierkhol'd: stat'i, pis'ma, rechi, besedy*, Moscow, Iskusstvo, 1968, vol. 2 (1917–39), p. 316.

(58) Meyerhold, 'Akter budushchego i biomekhanika' in *V. E. Meierkhol'd*, vol. 2, pp. 488–9.

(59) Aleksandr Gladkov, *Meierkhol'd*, Moscow, STD RSFSR, 1990, vol. 2, p. 239.

(60) Houghton, *Moscow*, p. 127.

(61) Gladkov, *Meierkhol'd*, vol. 2, p. 296.

(62) Lunacharski, quoted by Nikolai A. Gorchakov in *The Theater in Soviet Russia*, New York, Columbia University Press, 1957, p. 287.

(63) From an editorial, 'Znamenatel'noe piatiletie' in *Teatr*, no. 1, 1937, p. 7; quoted by Gorchakov, *Theater*, p. 356.

(64) Yuri Lyubimov, *Le Feu Sacré*, Paris, Fayard, 1985, p. 31.

(65) Sharon Marie Carnicke, 'Stanislavsky Uncensored and Unabridged' in *The Drama Review*, vol. 37, no. 1 (T137), Spring 1993, p. 22.

(66) Lyubimov, *Le Feu*, p. 32.

(67) Stanislavski, 'S narodnoi tribuny' in *Pravda*, 7 November 1937.

(68) Stanislavski, *SS*, vol. 1, p. 487.

(69) Reported by Aleksandr Gladkov in *Meierkhol'd*, vol. 2, p. 237.

(70) Anatoli Efros, *Prodolzhenie teatral'nogo romana*, Moscow, Panas, 1993, p. 52.

(71) In Rudnitsky, *Meyerhold*, p. 540.

(72) In Rudnitsky, *Meyerhold*, pp. 539–40.

(73) Meyerhold in Gladkov, *Meierkhol'd*, vol. 2, p. 233.

(74) Yu. Bakhrushin, 'Stanislavski i Meierkhol'd' in *Vstrechi s Meierkhol'dom*, L. D. Vendrovskaya (ed.), Moscow, VTO, 1967, p. 589.

第5章　エフロスとリュビーモフ

(1) V. I. Nemirovich-Danchenko, *Rozhdenie teatra*, Mocow, Pravda, 1989, p. 424.

(2) G. Tovstonogov, 'Chekhov's *Three Sisters* at the Gorky Theatre' in Eugene K. Bristow (ed.),

Anton Chekhov's Plays, New York, W.W.Norton, 1977, p. 328.

(3) Anatoli Smeliansky, *Is Comrade Bulgakov Dead?*, London, Methuen, 1993, p. 293.

(4) T.Knyazevskaya, 'Providcheskoe u Chekhova' in *Teatral'naya zhizn'*, 1994, part 4, p. 11.

(5) V.Komissarjevsky, *Inside Moscow Theatres*, Moscow, 1959, p. 124. (Publisher unknown.)

(6) Quoted by Michael Walton in 'If only we knew' in *New Theatre Magazine*, Autumn 1968, vol. 8, no. 1, p. 34. 意味深長なことに、ネミローヴィチはチェブトゥイキンを戯曲の最後の場面から削ったために、彼の否定的で虚無的な決まり文句、「どっちだっておんなじさ……」は、意気揚々とした希望の調子を妨げることがなかった。

(7) Tovstonogov, 'Chekhov's *Three Sisters*', p. 328.

(8) Nikolai A.Gorchakov, *The Theater in Soviet Russia*, New York, Columbia Universsity Press, 1957, p. 394.

(9) スタニスラフスキー自身、部分的にはこの事態の進展に責任があった。革命後の数年間、チェーホフの作品が「旧」世界の一部だとして忘れ去られたことを、彼は悲しみ、当惑していたのだ。彼は、「なぜ人々が、チェーホフは革命を、それが創り出した新しい生活を理解できなかっただろうと言うのか」、分からなかった。彼は部分的には、いまだに有力であった「チェーホフは日常生活と灰色の人々の詩人だった。彼の戯曲はロシア生活の退屈な一面を反映しており、国の精神的な衰退の証拠だった。あらゆる努力を麻痺させる不満、活力を失くさせる絶望……これらが彼の戯曲作品のモチーフだと見られた」という意見に反対していた。そのかわりに、スタニスラフスキーはチェーホフの楽観主義を強調し、ほとんど彼を革命へ向かう「同調者」として描き出した。彼は、チェーホフは「世論を準備し、新しい思想を広め、古い生活の腐敗を明らかにする」進歩的な人々と一体だった、と主張した。

時は流れた。つねに進歩を求めていたチェーホフは、足踏みをしていられなかった。それとは反対に、彼は生活や時代とともに進んでいった……

……彼は、まだ革命が萌芽段階でしかなく、社会がぜいたくに浸りつづけていたときに、革命が避けられないことを、世紀の変わり目に感じた最初の作家たちの一人だった。彼は警鐘を鳴らした最初の一人だった。美しく開花する桜の園を切り倒し始め、その時代が過ぎて、古い生活が消える運命にあることを理解していたのは、彼ではなかっただろうか。（Stanislavski, *SS*, vol. 1, pp. 350-1.）

（10） N. K. Mikhailovski, quoted by Robert L. Jackson, introduction to *Chekhov: A Collection of Critical Essays*, Englewood Cliffs, NJ, Prentice-Hall, 1967, p. 8.

（11） Alexander Solodovnikov, 'The Moscow Art Theatre Today' in: *Moscow Art Theatre: A Symposium* by A. Solodovnikov, N. Volkov, V. Vilenkin and G. Zayavlin. London, Soviet News Booklet no. 27, 1958, p. 11.

（12） B. I. Aleksandrov, quoted by Jackson, *Chekhov*, pp. 14-15.

（13） Anatoli Efros, *Repetitsiya—lyubov' moya*, Moscow, Panas, 1993, p. 266.（『演劇の日常』宮沢俊一訳、テアトロ、一九七九年）

（14） T. Knyazevskaya, 'Providcheskoe', p. 11.

（15） M. Stroeva, 'Voennaya musyka' in *Teatr*, 1982, part 10, p. 119.

（16） Knyazevskaya, 'Providcheskoe', p. 11.

（17） Knyazevskaya, 'Providcheskoe', p. 11.

（18） Efros, *Repetitsiya*, p. 33.

（19） Efros, quoted by Henry Popkin, *The Times*, 17 July 1968.

(20) Efros, *Professiya: rezhisser*, Moscow, Panas, 1993, pp. 93–4.
(21) Efros, 'O Chekhove i o nashei professii' in *Moskovski nablyudatel'*, 1993, part 11–12, p. 8.
(22) Efros, 'O Chekhove', p. 7.
(23) Efros, quoted by Spencer Golub in 'The theatre of Anatolij Efros' in *Theatre Quarterly*, 1977, vol. 7, no. 26, p. 33.
(24) Efros, 'O Chekhove', p. 7.
(25) In Golub, 'Theatre', p. 22 and p. 31.
(26) Alla Demidova, *Teni zazerkal'ya*, Moscow, Prosveshchenie, 1993, p. 73.
(27) Efros, quoted by Aleksandr Gershkovich in *Izbrannoe*, Moscow, ULISS/Teatrl'naya zhizn', 1994, p. 36.
(28) Reported by Golub, 'Theatre', p. 24.
(29) Golub, 'Theatre', p. 25.
(30) Efros, quoted by Anatoli Smelyanski in *Nashi sobesedniki*, Moscow, Iskusstvo, 1981, p. 293.
(31) Smelyanski, *Nashi*, p. 296.　興味深いことに、スメリャンスキーはこれを「非チェーホフ的」だと見た。
(32) Smelyanski, *Nashi*, p. 296.
(33) Smelyanski, *Nashi*, p. 297.
(34) Golub, 'Theatre', p. 25.
(35) Demidova, *Teni*, p. 132.
(36) Gershkovich, *Izbrannoe*, p. 27.
(37) Efros, 'O Chekhove', p. 4.

(38) Gershkovich, *Izbrannoe*, p. 26.

(39) *Moskovskie novosti*, 25 February 1990; in Gershkovich, *Izbrannoe*, p. 30.

(40) Gershkovich, *Izbrannoe*, p. 38.

(41) Yuri Lyubimov, 'Portrety na stenakh i zhivye traditsii' in *Stanislavski v menyayushchemsya mire*, Moscow, Blagotvoritel'ni Fond Stanislavskogo, 1994, p. 160.

(42) Lyubimov, quoted by Marina Dmitrevskaya in 'Yuri Lyubimov: "Ya ne proryvami zanumalsya..."' in *Peterburgski teatral'ny zhurnal*, 1995, no. 8, p. 102.

(43) Lyubimov, *Le Feu Sacré*, Paris Fayard, 1985, p. 36.

(44) Lyubimov, *Le Feu*, p. 34.

(45) Lyubimov, 'The Algebra of Harmony: A Meditation on Theatre Aesthetics' in *The Theater of Yuri Lyubimov* by Alexandr Gershkovich, New York, Paragon House, 1989, p. 203. (『リュビーモフのタガンカ劇場』中本信幸訳、リブロポート、一九九〇年)

(46) Lyubimov, 'Algera', p. 202.

(47) Lyubimov, quoted by Aleksandr Gershkovich in *Teatr na Taganke*, Moscow, Solyaris, 1993, p. 7.

(48) リュビーモフの『罪と罰』のロンドン公演に出演したパオラ・ディオニソッティは、演出家が自らを「振付師、俳優たちをダンサーと見て、自分の仕事はステップを教え、私たちの仕事はそれを覚えることだ」と見なしていると観察していた。 (Paola Dionisotti, quoted by Birgit Beumers in *Yuri Lyubimov at the Taganka Theatre 1964–1994*, Amsterdam, Harwood Academic Publishers, 1997, p. 223.)

(49) Lyubimov, 'A note on actors and the acting profession' in Gershkovich, *The Theater of Yuri Lyubimov*, p. 214.

(50) Lyubimov, quoted by O. Mal'tseva in *Akter teatra Lyubimova*, St. Petersburg, LenNar, 1994, p. 55.

(51) In Mal'tseva, *Akter*, p. 47.

(52) In Mal'tseva, *Akter*, pp. 47-8.

(53) In Mal'tseva, *Akter*, p. 54.

(54) Smelyanski, *Nashi*, p. 293.

(55) ユーリー・ポグレブニチコが約一年にわたって上演の稽古をした。そのあとでリュビーモフが入ってきて、重要な変更を加えた。彼はたった十二日間で演出を完成させたように見える。(See Beumers, *Lyubimov*, p. 302.)

(56) Stroeva, 'Voennaya', p. 121.

(57) Stroeva, 'Voennaya', p. 125.

(58) Gershkovich, *Teatr na Taganke*, p. 99.

(59) Knyazevskaya, 'Providcheskoe', p. 11.

(60) Knyazevskaya, 'Providcheskoe', p. 11.

(61) 「疾走する（スピード・ラン）」は稽古の技法で、俳優たちは上演全体を通じてすばやく走り、何らの感情も交えずに、すべての行動を「表示する」よう求められる。

(62) A. Karaulov, 'Rekviem' in *Teatr*, 1982. Part 10, p. 117.

(63) Marie-Luise Bott, 'Die *Drei Schwestern* in Moskau—Eine Groteske: Zur bisher letzten zugelassen Inszenierung Jurij Ljubimows am Taganka-Theater' in *Theater Heute*, March 1984, p. 20.

(64) Marina Litavrina, 'Klyuch ot royalya' in *Moskva*, 1983, part 7, p. 178.

(65) Karaulov, 'Rekviem', p. 117.
(66) See Beumers, *Lyubimov*, p. 183.
(67) G. Zamkovets, 'Variatsii pod orkestr' in *Teatral'naya zhizn'*, 1981, part 23, p. 29.
(68) スメリャンスキーは悲観的に、この二つの傾向は「一つに溶け合うことができない」と結論づけた。(Smelyanski, *Nashi*, p. 299.)
(69) Stanislavski, *SS*, vol. 1, p. 489.（『芸術におけるわが生涯』蔵原惟人、江川卓訳、岩波文庫、下巻、二〇〇八年）

第6章　リー・ストラスバーグ――演技における真実

(1) *New York American*; quoted by Foster Hirsh in *A Method to their Madness*, New York, Da Capo Press, 1984, p. 54.
(2) Oliver M. Sayler, *The Russian Theatre*, London, Brentano's, 1923, pp. 46-7.
(3) Kenneth MacGowan, 'And again repertory: the Moscow Art Theatre and Shakespeare divide New York honors' in *Theatre Arts Magazine*, April 1923, vol. 7, part. 2, p. 90.
(4) Alan Dale, *New York Journal*; quoted Hirsh, *A Method*, p. 56.
(5) Percy Hammond, *New York Tribune*, 30 January 1923.
(6) Maida Castellun, *New York Call*; quoted by Christine Edwards in *The Stanislavsky Heritage*, London, Owen, 1966, p. 231.
(7) Hammond, *New York Tribune*, 30 January 1923.
(8) Sayler, *Russian*, p. 52.
(9) Strasberg in Robert H. Hethmon (ed.), *Strasberg at the Actors Studio*, New York, Theatre

Communications Group, 1991, p. 74.

(10) Miriam Kimball Stockton, quoted by J.W.Roberts in *Richard Boleslavsky: His Life and Work in the Theatre*, Ann Arbor, UMI Research Press, 1981, p. 108.

(11) Richard Boleslavsky, 'Living the part' in *Actors on Acting*, Toby Cole and Helen Krich Chinoy (eds), New York, Three Rivers Press, 1970, p. 511.

(12) アメリカ実験室劇場の理事たちによる声明。Quoted by Sharon M.Carnicke in 'Boleslavsky in America' in Laurence Senelick (ed.), *Wandering Stars*, Iowa City, University of Iowa Press, 1992, p. 120.

(13) Stella Adler, quoted by Hirsch in *A Method*, p. 62.

(14) Harold Clurman, quoted by J.W.Roberts in *Boleslavsky*, p. 165.

(15) See Mel Gordon, *The Stanislavsky Technique: Russia*, New York, Applause, 1987, pp. 45–6 and pp. 120–1.

(16) See Roberts, *Boleslavsky*, pp. 165–6.

(17) Letter to Stanislavski, 5 January 1933. See *Ezhegodnik Moskovskogo Khudozhestvennogo Teatra 1943*, Moscow Iskusstvo, 1945, p. 610.

(18) Harold Clurman, *The Fervent Years*, New York, Da Capo Press, 1983, p. 44.

(19) Lee Strasberg, 'Acting and the training of actors' in John Gassner (ed.), *Producing the Play*, New York, Holt, Rinehart & Winston, 1941, p. 144.

(20) Strasberg, quoted by Lorrie Hull in *Strasberg's Method as Taught by Lorrie Hull*, Woodbridge, Connecticut, Ox Bow Publishing, 1985, p. 84.

(21) Strasberg, interview with Richard Schechner, 'Working with live material' in *Tulane Drama*

Review, vol. 9, no. 1, Fall 1964, p. 134.

(22) Phoebe Brand and Margaret Barker, quoted by Hirsh in *A Method*, p. 77.

(23) Elia Kazan, *Elia Kazan: A Life*, London, Andre Deutsch, 1988, pp. 706-7. (『エリア・カザン自伝』上下、朝日新聞社、一九九九年)

(24) Stanislavski, quoted by Hirsch in *A Method*, p. 78.

(25) See *A Player's Place* by David Garfield, New York, Macmillan, 1980, p. 33.

(26) I. Rapoport, 'The work of the actor', in *Acting: A Handbook of the Stanislavski Method*, Toby Cole (ed.), New York, Three Rivers Press, 1995, p. 67. (『俳優の仕事』山田肇訳、未来社、一九五二年)

(27) In Hirsch, *A Method*, p. 79.

(28) Strasberg, quoted by Cindy Adams in *Lee Strasberg*, New York, Doubleday, 1980, p. 179.

(29) Strasberg, 'Working', p. 133.

(30) Adler, quoted in Hirsch, *A Method*, p. 79.

(31) Strasberg, 'View from the studio' in *New York Times*, 2 September 1956.

(32) Strasberg, 'View' in *New York Times*, 2 September 1956.

(33) Strasberg, in *Strasberg at the Actors Studio*, p. 368.

(34) Robert Brustein, quoted Garfield, *A Player's Place*, p. x.

(35) Robert Lewis, 'Method—or madness?', *New York Times*, 23 June 1957.

(36) Harold Clurman, 'There's a method in British acting', *New York Times Magazine*, 12 January 1964, sec. 6, p. 62.

(37) Charles Marowitz, letter to the author, 6 August 1986.

(38) Strasberg, on *Reputations: Lee Strasberg*, BBC Television documentary, broadcast BBC2, 23

July 1997.

(39) Strasberg, 'Working', p. 129.

(40) Strasberg, in *Strasberg at the Actors Studio*, p. 309.

(41) Strasberg, 'Working', p. 129.

(42) Strasberg, in *Strasberg at the Actors Studio*, pp. 316–7.

(43) Susie Mee, 'Chekhov's *Three Sisters* and the Wooster Group's *Brace Up!*', in *The Drama Review*, vol. 36, no. 4 (T136), Winter 1992, p. 144.

(44) Paul Schmidt, introduction to his translation of *Three Sisters*, New York, Theatre Communications Group, 1992, p. ix.

(45) Harold Clurman, *Nation*, 27 July 1964, vol. 199. p. 38.

(46) Geraldine Page, 'The Bottomless Cup' (interview with Richard Schechner), in Cole and Chinoy (eds), *Actors on Acting*, p. 637.

(47) See Hirsch, *A Method*, p. 247, and Garfield, *A Player's Place*, p. 237.

(48) Strasberg, in *Strasberg at the Actors Studio*, pp. 72–4.

(49) Gerald Hiken, quoted by Victor Seymour in *Stage Directors' Workshop: A Descriptive Study of the Actors Studio Directors Unit, 1960–1964*, unpublished Ph.D. thesis, University of Wisconsin, 1965, p. 153.

(50) Hiken, in Seymour, *Stage Directors*', p. 132.

(51) Hiken, in Seymour, *Stage Directors*', p. 135.

(52) Salem Ludwig, in Seymour, *Stage Directors*', p. 133.

(53) Seymour, *Stage Directors*', p. 145.

(54) John Strasberg, *Accidentally on Purpose*, New York, Applause, 1996, pp. 114–5. ジョン・ストラスバーグは、マーシャ役を演じていたキム・スタンレーが感覚記憶を使うのがうまくなくて、上演中、袖のかげに氷の入ったバケツを置いてくれないかと頼んだことを回想している。出を待っている間、俳優たちはバケツの周りに集まって、手を氷の中に突っこんだのだろう。しかしながら、リー・ストラスバーグ自身がこの処置を承認したかは明らかではない。

(55) See Gordon Rogoff, 'Lee Strasberg: burning ice' in *Tulane Drama Review*, Winter 1964, vol. 9, no. 2, pp. 151–2.

(56) Hiken, in Seymour, *Stage Directors*', p. 137.

(57) John Strasberg, *Accidentally*, p. 113.

(58) Page, in Hirsch, *A Method*, p. 285.

(59) Hiken, in Seymour, *Stage Directors*', p. 137.

(60) Page, 'Bottomless Cup', p. 636.

(61) Strasberg, in Seymour, *Stage Directors*', p. 149.

(62) Hiken, in Seymour, *Stage Directors*', p. 139.

(63) John Strasberg, *Accidentally*, p. 111.

(64) Page, 'Bottomless Cup', p. 636.

(65) John Strasberg, *Accidentally*, p. 111.

(66) *Newsweek*, 6 July 1964, p. 45.

(67) Hiken, in Seymour, *Stage Directors*', pp. 141–2.

(68) このフィルムのビデオ版が一九九七年に発売された。(Hen's Tooth Video)

(69) Strasberg, in Hull, *Strasberg's Method*, p. 84.

(70) Hiken, in Seymour, *Stage Directors*', pp. 141–2.
(71) Seymour, *Stage Directors*', p. 146.
(72) Kazan, *Elia Kazan*, p. 707.
(73) Page, 'Bottomless Cup', pp. 636–7.
(74) McCarthy, in Adams, *Lee Strasberg*, p. 293.
(75) John Strasberg, *Accidentally*, p. 114.
(76) Clurman, *Nation*, 27 July 1964, p. 39.
(77) In Garfield, *A Player's Place*, p. 237.　ガーフィールドは、これらのコメントは第三幕について言ったものだが、まちがっているように思うと言っている。映画では、スタンレーが髪をうしろに長く下ろしているのは第四幕であって、第三幕ではない。それから、スタンレーのマーシャが錯乱したように見えるのは最終幕である。
(78) Hiken, in Seymour, *Stage Directors*', p. 154.
(79) See Seymour, *Stage Directors*', pp. 152–3.
(80) Jerry Tallmer, *New York Post*, 23 June 1964; Henry Hewes, *Saturday Review*, 18 July 1964, vol. 47, p. 25.
(81) Kazan, *Elia Kazan*, p. 708.
(82) Olivier, quoted by Ronald Bergan in *Dustin Hoffman*, London, Virgin, 1991, p. 148.
(83) Strasberg, in Adams, *Lee Strasberg*, p. 297.
(84) In John Strasberg, *Accidentally*, p. 119.
(85) Herbert Kretzmer, *Daily Express*, 14 May 1965; B. A. Young, *Financial Times*, 14 May 1965.
(86) Peter Roberts, *Plays and Players*, July 1965, p. 34.

(87) Strasberg in *The Evening Standard*, 14 May 1965.
(88) Strasberg, in Adams, *Lee Strasberg*, p. 301.
(89) Alan Brien, *Sunday Telegraph*, 16 May 1965.
(90) Strasberg, in Adams, *Lee Strasberg*, p. 300.　サンディ・デニスは映画版の上演でもイリーナ役を演じた。彼女の演技は思慮深く、感動的だ。神経質なとちりがいくつかあるが（いつも彼女の演技にはあるように）、ほんのわずかだ。だから、ロンドンでの失敗は一時的な異常だったようだ。
(91) Robert Brustein, *Who Needs Theatre*, New York, Atlantic Monthly Press, 1987, p. 35.
(92) Gordon Rogoff, 'The Moscow Art Theatre: surprise after Stanislavski' in *The Reporter*, 25 March 1965, p. 50.　モスクワ芸術座の巡業には、ゴーゴリ作（ブルガーコフ脚色）『死せる魂』とニコライ・ポゴージン作『クレムリンの大時計』が含まれていた。
(93) Charles Marowitz, *The Act of Being*, London, Martin Secker & Warburg, 1978, p. 24.
(94) Robert Brustein, *The New Public*, 27 February 1965, vol. 152, pp. 26–8.

第7章　アンドレイ・シェルバン——劇作家を鼻であしらう？

(1) Richard Eder, *New York Times*, 10 March 1977.
(2) Walter Kerr, *New York Times*, 27 February 1977; John Simon, 'Deadly Revivals' in *The New Leader*, 14 March 1977, p. 22.
(3) Serban, interviewed by Arthur Bartow in *The Director's Voice*, New York, Theatre Communications Group, 1988, p. 296.
(4) Serban, letter to the *New York Times*, 13 March 1977.
(5) Kerr, *New York Times*, 27 February 1977.　ロクァストの白一色の装置は、あとでシェルバンによって退けられた。「装置は本当にロシアを美化するけれど、私はロシアにそういうふうに何か美しいものがあるとは思えない。私はルーマニア出身だから、田舎の風景がどんなものか知っている——埃と泥と粗野と貧困と、何にも美しくない」。(Serban, interviewed by Laurence Shyer in 'Andrei Serban directs Chekhov: *The Seagull* in New York and Japan' in *Theater*, Winter 1981, p. 58.)

(6) Kerr, *New York Times*, 27 February 1977.

(7) Serban, in Shyer, 'Andrei Serban directs', p. 56.

(8) Serban, letter to the *New York Times*, 13 March 1977.

(9) Kerr, *New York Times*, 27 February 1977.

(10) See Richard Eder, 'Andrei Serban's theatre of terror and beauty' in *New York Times Magazine*, 13 February 1977, p. 53.

(11) See Ed Menta, *The Magic World Behind the Curtain: Andrei Serban in the American Theatre*, New York, Peter Lang, 1977, p. 156.

(12) Strehler's production was staged in 1974 at the Piccolo Teatro di Milano.

(13) Harold Clurman, *Nation*, 12 March 1977, vol. 224. p. 314.

(14) Serban, in Bartow, *The Director's Voice*, p. 294.

(15) See Ron Jenkins, *Theatre Journal*, June 1983, vol. 35, p. 243.

(16) Menta, *The Magic World*, p. 52.

(17) Stanislavski, *Rezhisserskie ekzemplyary K. S. Stanislavskogo*, vol. 3, Moscow, Iskusstvo, 1983, p. 427.

(18) Stanley Kauffmann, *The New Republic*, 26 March 1977, p. 28.

(19) Benedict Nightingale, 'Would Chekhov have embraced this *Vanya?*' in *New York Times*, 18

September 1983.

(20) Serban, quoted by Mel Gussow in 'Serban, his *Vanya* and his Career' in *New York Times*, 6 September 1983.

(21) Richard Gilman, 'How the new theatrical directors are upstaging the playwright' in *New York Times*, 31 July 1977.

(22) Irene Worth, interviewed by Lally Weymouth in 'In order to achieve real wings in Chekhov, you just live it' in *New York Times*, 6 March 1977.

(23) Rocco Landesman, 'Comrade Serban in *The Cherry Orchard*' in *Yale Theatre*, Spring 1977, vol. 8, p. 141.

(24) Serban, in Shyer, 'Andrei Serban directs', p. 65.

(25) Serban, in Shyer, 'Andrei Serban directs', p. 56.

(26) Serban, in Bartow, *The Director's Voice*, p. 296. ブルックの演出が一九八八年にブルックリンのマジェスティック劇場という、もっと慣習的な劇場空間で再演されたときは、その魅力が薄くなっているように思われた。

(27) Serban, in Shyer, 'Andrei Serban directs', p. 60.

(28) Serban, in Shyer, 'Andrei Serban directs', p. 59. われわれは、メイエルホリドがモスクワ芸術座のチェーホフ上演を同じような趣旨で批判したのを思い出すかもしれない。なぜなら、装置にあった自然主義的な細部が、想像力がその先を見るのを止めさせるからだ。See Meyerhold, 'The naturalistic theatre and the theatre of mood' in Edward Braun (ed.), *Meyerhold on Theatre*, London, Methuen, 1969, pp. 23-34.

(29) Serban, in Shyer, 'Andrei Serban directs', p. 66.

(30) Shyer, 'Andrei Serban directs', p. 64.
(31) Robert Asahina, *The Hudson Review*, Spring 1981, vol. xxxiv, no. 1, p. 99.
(32) John Simon, 'Gulling the audience' in *New York Times*, 24 November 1980, p. 56.
(33) Menta, *The Magic World*, p. 61.
(34) Robert Brustein, 'A passion for the familiar' in *The New Republic*, 6 December 1980, vol. 183, p. 29.
(35) Walter Kerr, *New York Times*, 23 November 1980.
(36) Serban in Shyer, 'Andrei Serban directs', p. 63.
(37) Jack Kroll, 'A pair of *Three Sisters*' in *Newsweek*, 10 January 1983, p. 70.
(38) Arthur Holmberg, *Performing Arts Journal*, 1983, part 7, pp. 71–2.
(39) Holmberg, *Performing*, p. 71.
(40) Holmberg, *Performing*, p. 71.
(41) Reported by Ed Menta in *The Magic World*, p. 66.
(42) Ron Jenkins, *Theatre Journal*, June 1983, vol. 35, p. 244.
(43) Cherry Jones, quoted by Menta, *The Magic World*, p. 68.
(44) Chekhov, letter to Knipper, 20 January 1901; in *Chekhov i teatr*, E.D. Surkov (ed.), Moscow, Iskusstvo, 1961, p. 120.
(45) Richard Schechner, 'We do Chekhov right' in *The Village Voice*, 4 October 1983, p. 121.
(46) Albert E. Kalson, *Theatre Journal*, 1984, part 36, p. 108.
(47) Nightingale, *New York Times*, 18 September 1983.
(48) Jack Kroll, '*Uncle Vanya* on the boards' in *Newsweek*, 26 September 1983, p. 93.

(49) Nightingale, *New York Times*, 18 September 1983; Schechner, *The Village Voice*, 4 October 1983, p. 121.

(50) See Jenkins, *Theatre Journal*, June 1983, part 35, p. 243. この場面は『ゴドーを待ちながら』で、エストラゴンが首を吊るためにベルトを外すと、ズボンがくるぶしのところにずり落ちる瞬間を思い出させる。

(51) Kerr, *New York Times*, 27 February 1977.

(52) Bartow, *The Director's Voice*, p. 297.

(53) Robert Brustein, *Who Needs Theatre*, New York, Atlantic Monthly Press, 1987, p. 118.

(54) Brustein, *Who Needs Theatre*, p. 116.

(55) Schechner, *The Village Voice*, 4 October 1983, p. 121.

(56) Kroll, *Newsweek*, 26 September 1983, p. 93.

(57) Julius Novick, 'Avannya Garde' in *The Village Voice*, 20 September 1983, p. 97.

(58) Brustein, *Who Needs Theatre*, pp. 116–9.

(59) Brustein, 'Reworking the classics: homepage or ego trip?' in *New York Times*, 6 November 1988.

第8章 ウースター・グループ——『ブレイス・アップ（しっかりしろ）!』

(1) David Savran, *Breaking the Rules: The Wooster Group*, New York, Theatre Communications Group, 1988, p. 194.

(2) Savran, *Breaking the Rules*, p. 175.

(3) ミラー自身はウースター・グループの仕事の結果に満足していなかった。「ここでの問題は簡単だ。私は、私の戯曲が、私がそれを書いた方法と完全な一致を見ずに上演されるのを望まない」と彼は発言した。(Quoted by Gerald Rabkin in 'Is there a text on this stage? Theatre/authorship/interpretation' in *Performing Arts Journal*, 1985, part 26/27, p. 144.)

(4) Elizabeth LeCompte, quoted by Euridice Arratia in 'Island hopping: rehearsing the Wooster Group's *Brace Up!*' in *The Drama Review*, Winter 1992, vol. 36, no. 4, p. 121.

(5) LeCompte, quoted Savran, *Breaking the Rules*, p. 50.

(6) LeCompte, quoted Rabkin, 'Is there a text...?', p. 145.

(7) Savran, *Breaking the Rules*, p. 51.

(8) Ron Vawter, quoted Savran, *Breaking the Rules*, pp. 53-4.

(9) Paul Schmidt, 'The sounds of *Brace Up!*: translating the music of Chekhov' in *The Drama Review*, Winter 1992, vol. 36, no. 4, p. 157.

(10) Kate Valk, interviewed by Susie Mee in 'Chekhov's *Three Sisters* and the Wooster Group's *Brace Up!*' in *The Drama Review*, Winter 1992, vol. 36, no. 4, p. 145.

(11) LeCompte, interviewed by Mee, 'Chekhov's *Three Sisters*...', p. 146.

(12) Jim Clayburgh, quoted by Arratia, 'Island hopping', p. 124.

(13) Marianne Weems, quoted by Arratia, 'Island hopping', p. 139.

(14) ヴォークは次のように述べている。「能や狂言の台本を検討し、日本演劇や日本映画を見て、われわれは、能でその俳優たちが歩いているように歩き、演じてみようとは思っていない。それは文化的に隔たっており、われわれの頭の中に存在するものだから、われわれは自身の日本、自身の日本的スタイルを作る……文化的にわれわれの中にないものなのだから、われわれは、日本演劇で彼らがするようには、生きようとも作ろうともしていない。それがわれわれの日本なのだ」。(Quoted Arratia, 'Island hopping', p. 138.)

稽古で、ルコントはしきりにロラン・バルトの著書『表徴の帝国』に言及したが、この著の中でバルトは、西洋にいるわれわれは日本を「知る」ことができないと述べている。われわれが日本の文化や社会について持っている考えは、われわれ自身の構成概念にすぎない。われわれはわれわれ自身の日本、われわれの頭の中にあるものを作るのだ。(See Barthes, *Empire of Signs*, New York, Hill and Wang, 1982. 『表徴の帝国』ちくま学芸文庫)

(15) Weems, quoted by Mee, 'Chekhov's *Three Sisters*...', p. 148.

(16) Kate Davy, 'Foreman's "vertical mobility" and "PAIN (T)"' in *The Drama Review*, vol. 18, no. 2 (T62), p. 35.

(17) Arratia, 'Island hopping', p. 132.

(18) Arratia, 'Island hopping', pp. 140-1.

(19) Schmidt, 'The Sounds of *Brace Up!*', p. 157.

(20) Dafoe, quoted by Philip Auslander, 'Task and vision: Willem Dafoe in LSD' in Phillip B. Zarrilli (ed.), *Acting (Re) Considered*, London, Routledge, 1995, p. 309.

(21) Dafoe, in Auslander, 'Task and vision', p. 308.

(22) LeCompte, in Arratia, 'Island hopping', p. 135.

(23) Dafoe, in Auslander, 'Task and vision' p. 307.

(24) LeCompte, in Arratia, 'Island hopping', p. 121.

(25) LeCompte, in Arratia, 'Island hopping', p. 135. フィリップ・オースランダーは、さまざまな演技のスタイルは劇団の「多重的、多義的な上演スタイル」を反映していると述べた。(Auslander, 'Task and vision', p. 305.) 事実、さまざまな演技スタイルが組み入れられ、あるいは「引用され」、そして、折衷的でポストモダンなやり方で寄せ集められてさえいる。たとえば、『しっかりしろ!』では、劇団は「ソープ・

オペラ」（メロドラマ）スタイルを開発した（あるいは、「引用した」）が、これは特にカメラに向かって演技し、テレビモニターに中継するために用いられた。

(26) LeCompte, in Mee, 'Chekhov's *Three Sisters*...', p. 147.

(27) LeCompte, in Arratia, 'Island hopping', pp. 132-3.

(28) Weems, in Mee, 'Chekhov's *Three Sisters*...', pp. 151-2.

(29) Weems, in Mee, 'Chekhov's *Three Sisters*...', p. 149.

(30) Weems, in Mee, 'Chekhov's *Three Sisters*...', p. 149.

(31) John Harrop, *Acting*, London, Routledge, 1992, p. 54.

(32) Arratia, 'Island hopping', p. 135.

(33) Alfred Nordmann, 'The actors' brief: experiences with Chekhov' in *Theatre Research International*, Summer 1994, vol. 19, no. 2, p. 141.

(34) Kate Bassett, *The Times* (London), 6 July 1993.

(35) Charles Marowitz, *Alarums and Excursions*, New York, Applause, 1996, p. 94.

(36) Marowitz, *Alarums*, p. 94.

(37) Gordon Rogoff, 'The Moscow Art Theatre: Surprises after Stanislavski', *The Reporter*, 25 March 1965, p. 49. ロバート・ルイスは一九五七年に一連の講演を行い、それらは後に、彼の著『メソッド、それとも狂気？』にまとめられた。(*Method—or Madness?*, London, Heinemann, 1960). See also 'Dialogue with Robert Lewis' in *Directing the Action* by Charles Marowitz (New York, Applause, 1986).

(38) Phillip B. Zarrilli, introduction to *Acting (Re) Considered*, London, Routledge, 1995, p. 14.

第9章　シオドア・コミッサルジェフスキー

（1）　Rodney Ackland, ‘Anton Tchekov and the British public’. Unpublished manuscript, no date. Suppied by the author and used with permission.

（2）　ナイジェル・プレイフェアは、『桜の園』は「おそらく、G・B・Sの意向に沿うよう上演された。彼自身そう明言しているし、確かに彼はチェーホフを熱烈に賞賛していた」と書き留めている。（Playfair, *Hammersmith Hoy: A Book of Minor Revelations*, London, Faber & Faber, 1930, p. 260.）

（3）　*The Stage*, 1 June 1911.

（4）　Playfair, *Hammersmith Hoy*, p. 260.

（5）　Charles Morgan, *New York Times*, 21 June 1936.

（6）　Gielgud, interviewed by Lewis Funke and John E. Booth in *Actors Talk About Acting*, London, Thames & Hudson, 1961, p. 7.

（7）　John Gielgud, *Stage Directions*, London, Heinemann, 1963, p. 85.

（8）　アゲイトの話は、BBCラジオで一九二五年六月二日に放送され、のちアゲイトの著書に収められた。Agate, *My Theatre Talks*, London, Arthur Baker Ltd, 1933, p. 15. クリスチャン・ギャンブルの伝えるところでは、たくさんのリスナーが「アゲイトのアドバイスにしたがってハンマースミスに行き、そこで観たものにすっかり幻滅した」とき、アゲイトは論争にまきこまれたことを知った。アゲイトは上演に金銭的な関係を持っていて、そのためラジオでアドバイスを放送して私腹を肥やそうとしたとして、非難されさえしたのだった。（Gamble, *The English Chekhovians*, unpublished Ph. D. thesis, University of London, 1979, p. 260.）

（9）　Nigel Playfair, *The Story of the Lyric Theatre, Hammersmith*, London, Chatto & Windus,

1925, p. 216. この上演はあとで、一九二八年にニューヨークで再演された。もちろん、アメリカの観客たちはすでにモスクワ芸術座のチェーホフを観ていたので、フェイガンの俳優たちはそれと比べてとても英国的に見えた。ある批評家などは、「願わくは、ラネーフスカヤ夫人の家の人たちがみなクリケットを始め、まったくすてきなレモン・スカッシュを求めにウォッカ店に向かうことを」と書いた。(*The Referee*, 1 April 1928.)

(10) Ackland, 'Anton Tchekov'.

(11) St John Ervine, *Observer*, 29 September 1929.

(12) John Gielgud, *Early Stages*, London, Heinemann Educational, 1974, p. 63.

(13) 演出家の名前は、実際にはフョードル・コミッサルジェフスキーといった。シオドア・コミッサルジェフスキーは英語化された呼び方である。

(14) *Evening Standard*, 1 September 1922.

(15) Anthony Quayle, quoted by Michael Billington in *Peggy Ashcroft*, London, John Murray, 1988, pp. 52-3.

(16) Theodore Komisarjevsky, *Myself and the Theatre*, London, Heinemann, 1929, p. 143 and p. 149. 一九一七年、コミッサルジェフスキーは、メイエルホリドやタイーロフやエヴレイノフとともに演劇創造者連盟を設立した。彼らが声明した目的は、「演劇創造の全要素(演技、舞台装置、照明などなど)を単一の芸術的構想で満たすこと」であった。(Quoted by Alla Mikhailova in *Meierkhol'd i khudozhniki*, Moscow, Galart, 1995, p. 65.)

(17) Komisarjevsky, *Myself*, p. 172.

(18) Theodore Komisarjevsky, *The Theatre and a Changing Civilization*, London, John Lane, Bodley Head, 1935, p. 123.

(19) Komisarjevsky, *Myself*, p. 138.

(20) 私はかつて俳優としてコミッサルジェフスキーと仕事をしたが、彼がまったく好きになれなかった。私は彼の中に、すばらしい演出家としての性質を何も見出さなかった。彼はニューヨークで、私が脚色した『罪と罰』を演出した。彼はほとんど何もしなかった。彼は（ラスコーリニコフを演じた）ギールグッドに注意を払っただけだった。最初の舞台稽古になったとき、ギールグッドが急に演出全体を引き継いで、大失敗になるのを救った。コミッサルジェフスキーは単にスタニスラフスキーのチェーホフ演出をコピーしたのにちがいないという結論に、私は達した。私は彼が個人的に嫌いだったから、先入観をもって見ていることは分かっているが。（ロドニー・エイクランドへのインタヴュー、一九八八年二月二十五日）

(21) F. Komissarzhevski, 'Iz pisem F. F. Komissarjevskogo', *Vestnik teatra*, 9–17 October 1920, no. 70, p. 15.

(22) Komisarjevsky, *Myself*, p. 67.

(23) Komisarjevsky, *Myself*, pp. 41–2.

(24) F. Komissarzhevski, *Tvorchestvo aktera i teoriya Stanislavskogo*, Petrograd, Svobodnoe Iskusstvo, 1917, p. 98.

(25) Stanislavski, quoted by I. Vinogradskaya in *Zhizn' i tvorchestvo K. S. Stanislavskogo*, vol. 3, Moscow, VTO, 1973, p. 93.

(26) Komisarjevsky, *Myself*, p. 126.

(27) Komisarjevsky, quoted by Simon Callow in *Charles Laughton*, London, Methuen, 1988, p. 14.

(28) Komissarzhevski, *Tvorchestvo*, p. 9.

(29) John Gielgud, interviewed by Carl Wildman, BBC Third Programme, 6 October 1965.

(30) Komisarjevsky, *Myself*, p. 120.

(31) Komisarjevsky, *Myself*, p. 123.

(32) Warren Jenkins, interviewed by the author, 9 March 1986. All quotations from Jenkins are from this source.

(33) Quayle, in Billington, *Peggy Ashcroft*, pp. 52-3.

(34) Gielgud, *Stage Directions*, pp. 2-3.

(35) Gielgud, in Funke and Booth, *Actors*, p. 7.

(36) Charles Morgan, *New York Times*, 17 October 1926.

(37) Gielgud, *Stage Directions*, pp. 87-8.

(38) 演出台本は、ハーヴァード大学ホートン図書館の演劇コレクションに、コミッサルジェフスキー・コレクションの一部として収蔵されている。もちろん、スタニスラフスキーもチェーホフ演出のために「演出プラン」を作成し、その中には「複雑な動きのパターン」がある。彼はあるときゴードン・クレイグに、「観客に目で追わせて、聞かせるためだけに」、チェーホフの中にたくさんの動きを取り入れたと語った。(Reported by Laurence Senelick in *Gordon Craig's Moscow 'Hamlet'*, Westport, CT, Greenwood Press, 1982, p. 77.)

(39) Ivor Brown, *The Saturday Review*, 12 December 1925, vol. CXL, p. 699 (review of *Ivanov*). ある批評家によると、コミスは「熟練した俳優を、見えないゴム紐で操っているかのように、動かした」。(*The Times*, 16 January 1960.)

(40) Desmond MacCarthy, *Drama*, London, Putnam, 1940, p. 120.

(41) Charles Morgan, *New York Times*, 17 October 1926.

(42) Obituary, *The Times*, 19 April 1954. (コミッサルジェフスキーの死亡記事)

(43) James Agate, *James Agate: An Anthology*, London, Rupert Hart-Davis, 1961, p. 84.

(44) Norman Marshall, quoted Callow, *Charles Laughton*, p. 14.

(45) Komisarjevsky, *Myself*, p. 171.「総合演劇」において俳優は、用いなければならない表現のすべての形式を結びつけ、彼の役についての考え方と、彼の感情の単一なリズムへそれらの形式を従わせて、統合を創り出せなければならない。リズムについての理解と実践がなければ、俳優は劇作家の台詞を感じとることができないし、彼の心の中の感情の動きと、彼の台詞の話し方と身体の動きとの、必要なシンメトリーを作り上げることができない、とコミスは書いている（同書、一四三〜四頁）。

(46) Komisarjevsky, quoted by Marc Slonim, *Russian Theater from the Empire to the Soviets*, London, Methuen, 1963, p. 208.

(47) 'On producing Tchehov: An interview with Theodore Komisarjevsky; February 1926', reproduced in *Drama*, 1989, no. 173, p. 17. 同じように、スタニスラフスキーも戯曲ないし役のリズム感覚は、「ひとりでに、直観的に、無意識に、ときに自動的に、俳優の感情をつかんで、役を生きる真実の感覚をよび起こしうる」と語った。（Stanislavski, *SS*, vol. 3, p. 208.）青年時代、スタニスラフスキーはオペラ歌手であったコミッサルジェフスキーの父親に歌唱を習った。二人はともに音楽の伴奏に合わせて、動きの中のリズムを試している。コミッサルジェフスキー自身の、動きや台詞における「音楽的な」リズム感覚が同じく父親由来であったこともありうる。

(48) Peggy Ashcroft, in Billington, *Peggy Ashcroft*, p. 53; Gielgud, *Early Stages*, p. 65; Gielgud, *Backward Glances*, London, Hodder & Stoughton, 1989, p. 82.

(49) See Irving Wardle, *The Theatres of George Devine*, London, Jonathan Cape, 1978, p. 54.

(50) John Shand, *Adelphi*, December 1926, vol. 4, pp. 379–82; Agate, review of *Katerina* by Leonid Andreev, quoted Billington, *Peggy Ashcroft*, p. 21.

(51) コミスは、スタニスラフスキーが「チェーホフの登場人物たちの内的な生活が、周囲のさまざまな事物と音の生活と深く結びついており、そして、これらの事物と音が演技者の感情と調和して舞台上で生きられるようにしたにちがいない」ことに気がついていた、と述べた。(*Myself*, p. 137.)

(52) *Observer*, 9 October 1926. これらの音響効果は、批評家の述べるところによれば、「言葉にできないものの親しげな先触れ」のようだった。

(53) Norman Marshall, *The Other Theatre*, London, John Lehmann, 1947, p. 219.

(54) Shand, *Adelphi*, December 1926, pp. 379-82.

(55) E. A. Baughan, *Daily News*, 17 February 1926.

(56) Shand, *Adelphi*, March 1926, vol. 3, p. 691.

(57) 'H. H.', *Observer*, 27 October 1929. スタニスラフスキーが自然の光源からの照明を同じく用いていたことを、われわれは記しておくべきだろう。彼の『三人姉妹』のためのプランでは、第二幕の始めで、部屋は暗く、アンドレイの部屋のドアからもれる一筋の灯りが射しこんでいるだけだった。マーシャとヴェルシーニンが会話を交わすとき、彼らは上手の半ば暗い中に座っていた。光源は、舞台奥の食堂に灯されていた二本のロウソクの光だけだった。See Stanislavski, *Rezhisserskie ekzemplyary K. S. Stanislavskogo*, vol. 3, Moscow, Iskusstvo, 1983, p. 132 and p. 145.

(58) Agate, *James Agate*, pp. 84-5.

(59) Harris Deans, *Illustrated Sporting and Dramatic News*, 2 November 1929, p. 294. くり返しになるが、ここでもスタニスラフスキーの影響が明らかなようだ。彼の演出プランでは、オリガは舞台上のランプをすべて消して、それからロウソクを灯し、おそらく自分の影を壁に映しだしながら、衝立のかげに退いた。See Stanislavski, *Rezhisserskie*, vol. 3, pp. 235-7.

(60) 'H. H.', *Observer*, 1 May 1928.

(61) James Agate, *The Sunday Times*, 15 April 1928.

(62) *Evening Standard*, quoted by Robert E. Tracy in *The Flight of the Seagull*, unpublished Ph. D. thesis, Harvard University, 1960, p. 163; C. Nabokoff, *Contemporary Review*, January-June 1926, vol. CXXIX, pp. 756–62, reproduced in Victor Emeljanow (ed.), *Chekhov: The Critical Heritage*, London, Routledge & Keagan Paul, 1981, p. 311.

(63) Ivor Brown, 'Acting as a Fine Art', *The Saturday Review*, 27 February 1926, vol. CXLI, p. 258. Francis Birrell recalled that 'the audience were laughing most of the time' —*Nation and Athenaeum*, 27 February 1926, vol. XXXVIII, p. 745.

(64) Ashcroft, in Billington, *Peggy Ashcroft*, p. 21; Rodney Ackland, interview with the author, 25 February 1988. 「コミッサルジェフスキーからジョナサン・ミラーへ」と題した記事の中で、エイクランドは次のように書いている。「第二幕の途中で、私の人生全体に強く影響を与えることになった何かが起こった。それはプローゾロフ家で即席のパーティが行われていた間のことだが、言葉で言い表せないことを言い表そうとしてペンネーム記事に逃げ込むよりも、むしろこう言ったほうがいい、上演中そんなことなどもっともありそうにない瞬間に、一条の啓示が閃いて、私に十七歳の意識を広げてくれ、私はエピファニー（神の顕現）を経験した。上演が終わって、劇場を後にして、私は高揚した状態のまま家へ帰る九番のバスに乗りこんだ。（*Spectator*, 18 September 1976, p. 34.）エイクランドは私に、「エピファニー」は第二幕で、「マーシャが『男爵が酔っぱらった、男爵が酔っぱらった』と言いながら、部屋を踊り回るときに」起こった。それは私には、言葉では言い表せない美の瞬間だった。チェーホフ劇を観るときはいつも、そういった瞬間がある」と語った。

(65) Komisarjevsky, *Myself*, p. 67.

(66) Gielgud, *Early Stages*, p. 65.

(67) Agate, *James Agate*, p. 85.

(68) "R.J.", Spectator, 27 February 1926, p. 363; Ackland, 'From Komisarjevsky', *Spectator*, 18 September 1976, p. 34. グウェン・フランソン＝デイヴィーズは、ベアトリクス・トムソンが「とても繊細で、ちょっとヒステリックな女優だった。あるとき、マチネの上演中、彼女があまりに泣き叫ぶので、幕を下ろさざるを得なかった」と回想した。――著者とのインタヴュー（一九八八年四月七日）。

(69) Brown, 'Acting', *Saturday Review*, 27 February 1926, p. 258.

(70) Gielgud, *Early Stages*, p. 65.

(71) 'A.E.W.', *Star*, 17 February 1926.

(72) Brown, 'Acting', *Saturday Review*, 27 February 1926, p. 258.

(73) Michael Redgrave, *In My Mind's Eye*, London, Weidenfeld & Nicolson, 1983, p. 134.

(74) *The Daily Mirror*, 21 May 1936.

(75) *The Sphere*, 30 May 1936. ギールグッドは、コミスが商業演劇をひどく嫌っていて、商業劇場のプロデューサーから仕事のオファーがあったとき、「彼（プロデューサー）は多額の金を積んで、ときどきは道理に外れたことをしただろうが、それと反対に、われわれがバーンズ劇場にいたときは使える金が、一作品につき数ポンドしかなかったのに、彼（コミス）はきわめて簡単な使える手段を用いて奇蹟をなしとげたのだった」と述べている。（カール・ワイルドマンによるインタヴュー、BBC第三プログラム、一九六五年十月六日）

(76) 'J.C.', *Daily Sketch*, 21 May 1936.

(77) *Play Pictorial*, no date, no. 409, p. 1.

(78) Ivor Brown, *Observer*, 24 May 1936.

(79) 切り抜きが、バーミンガム大学エンソーヴェン・コレクションに保存されている。誌名と日付は残念ながら残されていない。

（80） Ronald Hayman, *Gielgud*, London, Heinemann Educational, 1971, p. 99; Stanislavski, *SS*, vol. 1, p. 298. コミスが初めてモスクワ芸術座の『かもめ』を観たのは、一八九八年、彼十六歳のときだったようである。

（81） Agate, *Sunday Times*, 24 May 1936.

（82） Agate, *Sunday Times*, 24 May 1936; 'J.G.B.', *The Evening News*, 21 May 1936.

（83） Bernard Shaw, letter to Edith Evans, quoted by Bryan Forbes in *Ned's Girl*, London, Elm Tree Books, 1977, p. 179.

（84） Komisarjevsky, *Myself*, p. 88.

（85） Peggy Ashcroft, quoted by Gordon McVay, 'Peggy Ashcroft and Chekhov', in Patrick Miles (ed.), *Chekhov on the British Stage*, Cambridge, CUP, 1993, p. 84.

（86） Ivor Brown, *Illustrated London News*, 6 June 1936. 切り抜きは、バーミンガム大学エンソーヴェン・コレクションに保存されている。ページ数は残念ながら残されていない。

第10章 ジョナサン・ミラー

（1） Rodney Ackland, 'From Komisarjevsky to Jonathan Miller', in *Spectator*, 18 September 1976, p. 34; Hilary Spurling, *Observer*, 27 June 1976.

（2） Jonathan Miller, interview with the author, 17 September 1985. 他に指定されていない限り、ミラーからの引用はこのインタヴューによる。

（3） Jonathan Miller, *Subsequent Performances*, London, Faber & Faber, 1986, pp. 164-5.

（4） Ars. Gurlyand, 'Iz vospominani ob A.P.Chekhove', in E.D.Surkov (ed.), *Chekhov i teatr*, Moscow, Iskusstvo, 1961, p. 206.

(5) Miller, *Subsequent*, p. 165.
(6) Miller, *Subsequent*, p. 167.
(7) Miller, *Subsequent*, p. 168. 一九八七年、モスクワ芸術座の俳優たちが数人イギリスを訪れた。当時、ミラーはロイヤル・シェイクスピア・カンパニーと仕事をしていた。劇団は、モスクワ芸術座の俳優たちが『ワーニャ伯父さん』の一場面を演じるのを観るために、稽古を中断した。選ばれた場面は、第三幕でアーストロフとエレーナが出会う場面で、オレーグ・ボリソフとアナスターシア・ヴェルチンスカヤが演じていた。その場面の始めで、登場人物たちは、どう始めたらいいか分からなくて、きまりわるそうに立っていた。

エレーナ:昨日、あの、仕事を見せてあげるとおっしゃったわね。今はおひまですの?
アーストロフ:ええ、……こんなもの面白いとは思いませんが……
エレーナ:どうして?……えーと……田舎のことを知らないのは本当ですけど、たくさん読みました。
アーストロフ:ほう?
エレーナ:うーん

登場人物たちの神経質さは、見てよく分かったたし、滑稽でもあった。「われわれが驚き、かつわくわくしたことは、ものごとがくつろいだやり方で始まることと、演技の規模の小ささだった」とミラーはあとで意見を述べた。アラン・アームストロングは、俳優たちがしばしばためらって、「うーん」とか「あの」とか、イギリスの俳優ならシャイなやり方と言われるようなやり方で言うのを観察していた。そして、ミラーが言うには、これが演技の「自然な生き生きした様子」に加わるのだった。(モスクワ芸術座訪問の映像は、『ワーニャからの訪問』というタイトルで、BBC2で、一九八七年十月二十一日に放送された。)

(8) Miller, *Subsequent*, p. 171.

(9) Robert Cushman, *First Night Impressions* (broadcast on BBC Radio 4, 28 May 1986).

(10) Irving Wardle, *The Times*, 24 June 1976.

(11) Miller, *Subsequent*, p. 165.

(12) John Shrapnel, interviewed by Michael Romain in *A Profile of Jonathan Miller*, Cambridge, CUP, 1992, p. 128.

(13) David Magarshack, *Chekhov the Dramatist*, London, Eyre Methuen, 1980, p. 247 and p. 257.

(14) Miller, *Subsequent*, p. 171.

(15) Wardle, *The Times*, 24 May 1973.

(16) Cushman, *First Night*.

(17) Michael Billington, *Guardian*, 24 June 1976.

(18) Ackland, 'From Komisarjevsky', p. 34.

(19) Miller, *Subsequent*, p. 167.　コミッサルジェフスキーは、イリーナが男爵の死を知るときの台詞を、やわらかくして、「私分かってた、私分かってた」から「私分かってた、彼に何か面倒なことが起こっているのが分かってた」に変更したもののようである。(See Victor Emeljanow, 'Komisarjevsky's *Three Sisters*: The Prompt Book', in *Theatre Notebook*, 1987, vol. XLI, no. 2, p. 65.)

(20) Ackland, 'From Komisarjevsky', p. 34.

(21) Magarshack, *Chekhov*, p. 249.

(22) Romain, *A Profile*, p. 132.

(23) Wardle, *Times*, 24 June 1976.

(24) Miller, *Subsequent*, p. 165.

(25) Sheridan Morley, *Punch*, 7 July 1976, p. 36.
(26) Spurling, *Observer*, 27 June 1976.
(27) Suzman, interviewed by Cushman, *First Night*. スズマンは、「告白」の場面がいくつかの点で「演出全体の調子」を決めたと述べている。それは「この場面がふつう演じられるのと逆の方法で、とても悲劇的な告白であるかわりに、単にパニックに襲われた」のだった。(interviewed by Romain, *A Profile*, p. 132.)
(28) Miller, *Subsequent*, p. 170.
(29) Miller, *Subsequent*, pp. 170-1.
(30) Miller, *Subsequent*, p. 171.
(31) Irving Wardle, *The Times*, 24 May 1973.
(32) Garry O'Conner, *Financial Times*, 24 May 1973.
(33) Wardle, *The Times*, 24 May 1973.
(34) Michael Billington, *Guardian*, 24 June 1976.
(35) Wardle, *The Times*, 24 June 1976.
(36) John Elsom, 'Touch of Instinct', *The Listener*, 1 July 1976, p. 848.
(37) Michael Billington, *Guardian*, 24 May 1973.
(38) Billington, *Guardian*, 24 May 1973.
(39) スタニスラフスキーは、「現実生活では、多くのすばらしい体験の瞬間は、しばしばごくふつうの、小さくて自然な行動によって表示される」と述べている。(SS, vol. 2, p. 239.)
(40) Elsom, 'Touch', p. 848.
(41) ミラーの発言、「私は前もって上演の振り付けをすることを決してやらない。動きが展開するにまかせて、それから具体化し、そしてもしかすると形式性あるいは『振り付け』の要素をつけ加える。私が少し形式化すると、人々はグループと立ち位置に分かれるので、それは当然のやり方でそうなったにもかかわらず、おそらくまったく当然ではなくなるのだ」。

（42） Miller, *Subsequent*, pp. 165-6.

（43） Spurling, *Observer*, 27 June 1976.

（44） Miller, *Subsequent*, p. 166 & p. 171.

第11章　マイク・アルフレッズ

（1） Robert Cushman, introduction to *Shared Experience 1975–1984*, London, Shared Experience, 1985, p. 6.

（2） 私は一九八二年以来、マイク・アルフレッズのチェーホフ演出について、彼に何度もインタヴューしてきた。特別にことわらない限り、アルフレッズからの引用はすべてこのインタヴューによる。

（3） Spencer Golub, 'The Theatre of Anatolij Efros', *Theatre Quarterly*, 1977, vol. 7, no. 26, p. 22.

（4） アルフレッズは、彼の言っていることの実例として、次のようなベルイマンの作品をあげている。『叫びと囁き』、『冬の夜』、『沈黙』、『ペルソナ』。面白いことに、アンドレイ・シェルバンは「映画で、ベルイマンはチェーホフ的な内的生活を捉えることにもっとも近づいている」述べた。(Serban, interviewed by Laurence Shyer in 'Andrei Serban Directs Chekhov', *Theater*, Winter 1981, p. 64.)

（5） Anne McFerran, *Time Out*; reproduced in *London Theatre Record*, 8-21 October 1981, p. 542.

（6） Robert Cushman, *Observer*, 15 August 1982.

（7） Michael Billington, *Guardian*, 11 August 1982; Ned Chaillet, *The Times*, 10 August 1982; Michael Coveney, *Financial Times*, 10 August 1982.

(8) David Jones, 'David Jones on Directing Gorky', in Simon Trussler (ed.), *New Theatre Voice of the Seventies*, London, Methuen, 1982, p. 39.

(9) Alfreds, production notes for *The Cherry Orchard*; quoted by Stuart Young, 'Changes of Direction: Mike Alfreds' Method with Chekhov' in Patrick Miles (ed.), *Chekhov on the British Stage*, Cambridge, CUP, 1993, p. 175.

(10) 私の妻はロシア人だが、イタリア人の方が「感情の起伏が激しい」と考えている。

(11) Quoted by Kenneth Rea, 'The Theatre of Mike Alfreds', *Drama*, 1987, no. 163, p. 6.

(12) Sheila Hancock, *Ramblings of an Actress*, London, Hutchinson, 1987, p. 202.

(13) Hancock, *Ramblings*, p. 203.

(14) Milton Shulman, *London Standard*, 11 December 1985.

(15) Hancock, *Ramblings*, pp. 204-5.

(16) Michael Billington, *Guardian*, 12 December 1985.

(17) Billington, *Guardian*, 12 December 1985.

(18) Young, 'Changes', p. 176.

(19) Young, 'Changes', p. 176.

(20) *Actors' Workshop*, BBC Radio 4, 25 June 1988.

(21) ラバンは八つの異なった「エフォート」、つまり、動作のタイプを規定した。押す、打つ、絞る、たたく、切る、すべる、なぐる、漂う、である。さらに詳しい説明は、次を参照のこと。(See Jean Newlove, *Laban for Actors and Dancers*, London, Nick Hern Books, 1993.)

(22) *Shared Experience*, p. 43.

(23) Alfreds, *Actors' Workshop*.

(24) Hancock, *Ramblings*, pp. 202-3.
(25) Young, 'Changes', p. 172.
(26) Michael Ratcliffe, *Observer*, 15 December 1985.
(27) Hancock, *Ramblings*, p. 208.
(28) Alfreds, quoted by Hancock, *Ramblings*, pp. 214-5.
(29) Nigel Andrews, speaking on *Critics' Forum*, BBC Radio 3, 19 April 1986.
(30) Charles Spencer, *The Stage*, 10 April 1986.
(31) Michael Billington, speaking on 'Critics' forum', BBC Radio 3, 19 April 1986.
(32) Billington, *Guardian*, 3 April 1986.
(33) Chekhov, letter to Komissarzhevskaya, 13 November 1900; in E.D.Surkov (ed.), *Chekhov i teatr*, Moscow, Iskusstvo, 1961, p. 117.
(34) Andrews, *Critics' Forum*.
(35) Helen Rose, *Time Out*, 9 April 1986; in *London Theatre Record*, 26 March – 8 April 1986, vol. 6, no. 7, p. 321.
(36) Benedict Nightingale, *The Times*, 25 April 1991.
(37) 私はこの演出を四度観た。一九九八年二月六日にエグゼクターのノースコット劇場で、一九九八年六月三日にオクスフォード・プレイハウスで、一九九八年九月十二日にチェルテンハムのエブリマン劇場で、一九九九年一月二十九日にベリー・セイント・エドマンズのシアター・ロイヤルで。

おわりに

(1) Laurence Senelick, *The Chekhov Theatre*, Cambridge, CUP, 1997, pp. 3-4.

(2) Chekhov, 'Opyat'o Sare Bernar', written 1881; in E.D.Surkov (ed.), *Chekhov i teatr*, Moscow, Iskusstvo, 1961, pp. 171–2.

(3) Chekhov, reported by Evtikhi Karpov, 'Istoriya pervogo predstavleniya *Chaiki*', in *Chekhov i teatr*, p. 238.

(4) Maurice Baring, *The Puppet Show of Memory*, London, W.Heinemann, 1922, p. 266.

(5) Stanislavski, *SS*, vol. 1, p. 292.

(6) Stanislavski, 'Otchet o desyatiletnei khudozhestvennoi deyatel'nosti Moskovskogo khudozhestvennogo teatra', *SS*, vol. 5, p. 142.

(7) Stanislavski, *SS*, vol. 4, pp. 351–2.

(8) N.Chushkin, introduction to V.Toporkov, *Stanislavski na repetitsii*, Moscow, Iskusstvo, 1950, p. 11.

(9) Stanislavski, quoted by Sharon M.Carnicke in *Stanislavski in Focus*, Amsterdam, Harwood Academic Publishers, 1998.

(10) See N.Gorchakov, *Rezhisserskie uroki K.S.Stanislavskogo: besedy i zapisi repetitsi*, Moscow, Iskusstvo, 1951, p. 152.

(11) D.Gorodetski, 'Iz vospominani ob A.P.Chekhove', in *Chekhov i teatr*, pp. 208–9; A.Gurlyand, 'Iz vospominani ob A.P.Chekhove', *Chekhov i teatr*, p. 206.

(12) Stanislavski, *SS*, vol. 1, p. 353.

感謝の言葉

次の方々へ感謝を捧げる。故ロドニー・エイクランド、マイク・アルフレッズ、アレクセイ・バルトシェーヴィチ、バーギット・ビューマース、故グウェン・フラングソン＝ディヴィズ、ミランダ・フレンチ、マルコ・ゲラルディ、故ウォーレン・ジェンキンス、ガリーナ・クリメンコ、チャールズ・マローウィッツ、ヴィッキー・ミッドマー、パトリック・マイルズ、ジョナサン・ミラー、ヴァレンティーナ・リャポローワ、ロイ・サドラー、ラリーサ・サドラー夫妻、タチヤーナ・シャフ＝アジーゾワ、ステファニー・ターパント、ジョン・トレヴァー、ニック・ウォード、ステュアート・ヤング、そして最後に妻のオリガへ。

ヴィクター・セイマーには、彼の博士論文「舞台演出家のワークショップ：アクターズ・スタジオの演出家ユニットについての記述的研究一九六〇—一九六四」（ウィスコンシン大学、一九六五年）から引用することを許可していただいたことに感謝する。

ローレンス・シャイアーの「アンドレイ・シェルバンがチェーホフを演出する」（「シアター」一九八一年・冬号）からの抜粋が本書に含まれている。著作権は、一九八一年イェール演劇学校およびイェール・レパートリー・シアター。著作権保有。デューク大学出版局の許可を得てリプリントした。

また、ユーリディス・アラティアには「アイランド・ホッピング：ウースター・グループの『ブレイス・アップ！』のリハーサル」から資料を引用することを許可していただいたことを、スージー・

ミーには「チェーホフの『三人姉妹』とウースター・グループの『ブレイス・アップ!』」からの引用を許可していただいたことを、ヘレン・メリル・エージェンシーには故ポール・シュミットによる「『ブレイス・アップ!』の音響：チェーホフの音楽を翻訳する」からの引用を許可していただいたことを感謝する。上記の三編はすべて「ドラマ・レヴュー」(T一三六、一九九二年・冬号)に掲載されたものだ。

写真は次の機関および方々の御好意による。チャドウィック―ヒーリー・リミティッド(スタニスラフスキー、ヴァフタンゴフ、メイエルホリドの演出作品)、タガンカ劇場アーカイヴ(エフロス、リュビーモフ)、ジョージ・E・ジョゼフ(アンドレイ・シェルバン)、ウースター・グループ(『ブレイス・アップ!』)、V&A写真ライブラリー/シアター・ミュージアム(コミッサルジェフスキーの『かもめ』)、ソフィー・ベイカー(ジョナサン・ミラーの『三人姉妹』)、ジョン・ヘインズ(ナショナル・シアターにおけるマイク・アルフレッズの『桜の園』)、サラ・エインズリー(マイク・アルフレッズの『三人姉妹』)、サイモン・アナンド(マイク・アルフレッズのメソッド・アンド・マッドネスのための『桜の園』)。

私もその一人ですが、あとがきから先にお読みになる方のために。

これはチェーホフの戯曲とその上演に関心がおありの方には実に面白い本ですので、そのままお買い求めいただき、初めからゆっくりとお読みください。決して失望しません。

本書のユニークなところは、チェーホフ戯曲の上演史をロシアだけでなく、アメリカ、イギリスを加えた三国にわたって追求し、検討している点です。

『かもめ』がペテルブルグで初演された一八九六年から約百年（つまり一世紀）の間に、チェーホフの戯曲がこの三国において、どんな演出家によってどんな解釈をほどこされ、いかなる演出によって上演され、結果どんな批評を受け、どんな論議を引き起こしたのか。

著者ディヴィッド・アレンはこの本をチェーホフ戯曲についての完全な上演史研究ではないと謙遜していますが、二十世紀演劇において取り上げるべき重要な演出はほぼ網羅されていると言って過言ではありません。個人的には、ジョルジョ・ストレーレルによる『桜の園』の演出にも触れてほしいところですが、残念ながら彼はイタリア人（ミラノ・ピッコロ座）なので、前述の三国には含まれません。

「おわりに」で著者が述べているように、彼のチェーホフ戯曲上演史研究の核心にあったのは、「内面的なものと外面的なもの」「心理的なものと身体的なもの」の一致ないし結合はどのようにしたら可能になるのか、という疑問です。

二十世紀の演出家たちはチェーホフの戯曲に果敢な挑戦を行ってきましたが、その舞台を評価する上で重大な障害になってきたのが、どうやら批評家たちは「チェーホフはいかに上演されるべきか」について一定のモデル（規範）を抱いているらしいということです。

このモデルがモスクワ芸術座のスタニスラフスキーとネミローヴィチ＝ダンチェンコの演出から始まっているのは当然ですが、これは長い間「自然主義的」と評されてきました。そう理解するのは果たして正しい態度なのかを再検討するところから研究は始められています。

そしてアレンは演劇史の上でいわば定説になっている「レッテル」を次々に剥がしていきます。その際、彼の研究態度のユニークなところは、各演出の同時代批評に対する公平さです。

例えば、一八九六年にペテルブルグのアレクサンドリンスキー劇場で初演された『かもめ』は大失敗だったというのが「定説」になっています。ところが、全部で五回上演されたうち「大失敗」だったのは最初の一回だけで残りの四回は観客に好評に迎えられ、チェーホフ自身がニーナを演じたコミッサルジェフスカヤの演技を褒めている事実はなぜか無視され続けてきました。初回の上演だけが失敗だったのは、チェーホフの作家としての成功を妬んだ同時代の二流作家の仕組んだ陰謀だったという研究があるほどです。（『演劇のダイナミズム』堀江新二著、東洋書店、を参照のこと。）

アレンはさりげなく残り四回は好評に迎えられたが、レパートリーには残らなかったと書いているだけですが、どうか彼の「レッテル剥がし」の見事さを注意して楽しんで下さい。

原文には膨大な数の注が付いていますが、原書通りすべて巻末にまとめました。無視してお読み下さって構わないと思います。訳者による注はできるだけ本文にカッコで入れましたが意をつくせない場合がありました。例えば、本文五九ページに出てくる「ニェダチョーパ」です。原文では「まったくの役立たず」の後に（nedotepa）と出てくるだけなのですが、これはロシア語で、辞書を引くと「まぬけ、うすのろ、ろくでなし」の意味だと出てきます。それはそれで分かるのですが、実はこの言葉は『桜の園』の第四幕最後、独り取り残された老僕フィールスが横になってつぶやく最後の台詞で、「出来そこねえめが」（神西清訳）とか「どじふみやがって」（牧原純訳）とか訳されてきた言葉なのです。『桜の園』を稽古していたモスクワ芸術座の俳優たちの間で、大変に流行った言葉だったそうです。そんなことを知っていれば、また読書の味わいも違ってくるのでしょうが、そこまで本文には入れられませんでした。

また、引用されている文献には邦語訳のあるものもあって参考にさせていただきましたが、アレンがロシア語から英語に訳したものをそのまま日本語に訳しました。ですから、邦語訳と大分違った印象を受けられると思います。チェーホフの戯曲からの台詞の引用は、邦語訳が各種あり、それぞれ参考にさせていただきましたが、いちいち訳者名を挙げることはしませんでした。お許しください。

原題名「パフォーミング・チェーホフ」を「チェーホフをいかに上演するか」に変えたのは、本文の二二一～二三八ページにくり返し出てくる、批評家たちが「チェーホフはいかに上演されるべきか」そのイメージを抱いているらしいというニュアンスを生かすためにです。

二〇〇四年にはチェーホフ没後百年、二〇一〇年には生誕一五〇年を祝って「チェーホフ演劇祭」が盛んに行われましたが、この二つの演劇祭の間に私が感じたことは、チェーホフ戯曲上演に「一定のモデル」を要求するような感覚が急速に薄れてきていることです。より自由に解釈されて上演されるようになって、チェーホフ・ブームは未だ終わりがないようです。

表紙に用いた写真は、本文一六一〜一六二ページに出てくるタガンカ劇場のロビーに飾られた四枚の肖像画で、二〇〇四年に訳者が撮影してきたものです。

最後になりましたが、原稿に目を通してくださり、特にむずかしかったアメリカ篇について貴重な助言をいただいた而立書房社主の宮永捷氏に感謝します。

二〇一二年五月

武田　清

索　引

ア行

カ行

サ行

タ行

ナ行

ハ行

マ行

ヤ行

ラ行

ワ行

著者紹介

David Allen（ディヴィッド・アレン）

1959年　イギリス、バーミンガム生まれ。バーミンガム大学卒、1996年　同大学大学院でPhDを取得。1988-1991年　GITIS（ロシア国立演劇大学）へ留学。
1993-2002年　ウォルヴァーハンプトン大学ドラマ科上級講師。1999年より、バーミンガム・ミッドランド・アクターズ劇場の芸術監督。
著書に、『スタニスラフスキー・フォー・ビギナーズ』

訳者略歴

武田清（たけだ・きよし）

1951年　山形県生まれ。明治大学文学部卒。明治大学文学部教授。
著書に『新劇とロシア演劇――築地小劇場の異文化接触』（而立書房）
『20世紀の戯曲Ⅲ』（共著、社会評論社）
翻訳に『俳優と超人形』ゴードン・クレイグ著（而立書房）
『二十世紀俳優トレーニング』アリソン・ホッジ編著（共訳、而立書房）

チェーホフをいかに上演するか

2012年6月25日　第1刷発行

定　価　本体2000円＋税
著　者　ディヴィッド・アレン
訳　者　武田　清
発行者　宮永　捷
発行所　有限会社而立書房
〒101-0064　東京都千代田区猿楽町2丁目4番2号
振替・東京9-174567／電話 03(3291)5589／FAX 03(3292)8782
印　刷　株式会社スキルプリネット
製　本　有限会社岩佐

落丁・乱丁本はお取り替えいたします。

ISBN 978-4-88059-367-8　C0074